2018年

中国

散文

排行榜

周明 王宗仁 主编

百花洲文艺出版社
BAIHUAZHOU LITERATURE AND ART PRESS

图书在版编目（CIP）数据

2018年中国散文排行榜 / 周明, 王宗仁主编. –– 南昌:
百花洲文艺出版社, 2019.1
ISBN 978-7-5500-3110-4

Ⅰ.①2… Ⅱ.①周… ②王… Ⅲ.①散文集 – 中国 – 当代
Ⅳ.①I267

中国版本图书馆CIP数据核字（2018）第253586号

2018年中国散文排行榜

周　明　王宗仁　主编

出 版 人	姚雪雪
责任编辑	余丽丽　辛蔚萍
书籍设计	方　方
制　　作	何　丹
出版发行	百花洲文艺出版社
社　　址	南昌市红谷滩新区世贸路898号博能中心20楼
邮　　编	330038
经　　销	全国新华书店
印　　刷	江西千叶彩印有限公司
开　　本	850mm×1168mm 1/16　　印张 21.75
版　　次	2019年1月第1版第1次印刷
字　　数	250千字
书　　号	ISBN 978-7-5500-3110-4
定　　价	43.50元

赣版权登字　05-2018-483
版权所有，侵权必究

邮购联系　0791-86895108
网　　址　http://www.bhzwy.com
图书若有印装错误，影响阅读，可向承印厂联系调换。

目 录

1 **铁 凝** 我所认识的伊蕾

6 **徐怀中** 巍巍太行有你的传说

10 **陈建功** 让"幺蛾子"追得"五脊六兽"

15 **蒋子龙** 上虞的"上与下"

20 **马识途** 彰显社会主义文艺的中国特色

25 **贾平凹** 人 家

28 **陈祖芬** 摇碎一湖金

37 **张抗抗** 洛舍漾

42 **梁晓声** 孩子、驴子和水

49 **叶兆言** 记忆中的一些碎片

55 **王巨才** 湘潭看莲

62 **彭丽媛** 我和喜儿

1

77　　石　英　　我的京剧缘

83　　周　明　　从长久以来的冬蛰中苏醒过来

90　　余　华　　没有一种生活是可惜的

95　　葛水平　　黄草纸（外二篇）

110　　肖复兴　　在《诗刊》上画画

117　　任　蒙　　春节又见采莲船

126　　王宗仁　　十八岁哥哥告诉小英莲

144　　刘业勇　　巢湖岸边的李家大院

150　　蒋　殊　　盛大的告别

161　　翁亚尼　　习主席送我两本书

165　　周晓枫　　酿　甜

168　　王必胜　　黑土地的花朵

172　　窦孝鹏　　昆仑山的灯光

176　　王子君　　胡耀邦三请黄克诚

179 **红 孩** 从此家乡是故乡

183 **侯健飞** 慢慢长大

201 **王 洁** 寻找，那消逝的蓝天

204 **郭 伟** 78号大院

212 **谢德才** 行走桑植

220 **宁新路** 土豆的清香

222 **魏丽饶** 檀香型岚卿老师

228 **王贤根** 寻找长城脚下的乡亲

234 **朱金平** 珠峰卫士

239 **任晓璐** 以梦为马　不负韶华

244 **王 宁** 西山梦泉

252 **荆淑敏** 生命之殇

262 **王 韵** 生育记

269 **姚化勤** 玉兰妹子

278 **文清丽** 何人破解武松心

286 **宁　雨** 八月黍成

295 **刘亚荣** 水坑记

305 **简　默** 猫部落

319 **梅雨墨** 爱的寂寞与荒凉

328 **海　津** 阳光落到地上（外一篇）

334 **赵钧海** 马鞍形石磨

我所认识的伊蕾

铁　凝

选择特卡乔夫兄弟的这张草图，并不是因为这兄弟二人曾获苏联"人民艺术家"称号，是当今俄罗斯在世的顶级艺术家之一。更直接的原因是这件作品现在的主人是中国一个名叫伊蕾的女诗人。

我和伊蕾认识很久了，大约在一九七七年，我们同赴河北省的一个业余作者创作座谈会，我们被分配在一个房间。那时我还在河北农村插队，刚写过两三篇小说，伊蕾在河北一家具有保密性质的兵工厂当工人，已经是河北诗坛引人注目的新星了。回忆当初，第一次见面的伊蕾给我留下了极其鲜明的印象：苗条的身材，烫过辫梢的两条过肩辫子，兔毛高领毛衣……这个组合系列在那个尚未开放的时代算得上是"先锋"了。开会之余，我们就在房间聊天。伊蕾长我几岁，她显得格外见多识广。她为我背诵海涅和普希金的诗，哼唱舒伯特的小夜曲，并告诉我她的爱的秘密。她是那么热情奔放、坦诚透亮，那么相信我这个与她初次谋面的人。她当然是满怀诗人的浪漫，却又不是那种不着边际的缥缈。她的浪漫是以可靠的朴素做底的；她的奔放也不是虚张出来的，你领受到更多的是诚恳。

后来，在二十世纪八十年代，她写出了著名的长诗《独身女人的卧室》。

这首影响了当时一批女作家精神领地的长诗，我认为它至今仍旧是伊蕾无可争辩的最好的诗，也是她给二十世纪八十年代的中国文坛无可替代的最明澄的贡献。有时候我会读一读这首诗的某个段落，我被她内心的勇气所打动，被她那焦灼而又彻底的哲思，她那干净而又诙谐的嘲讽，她那豪迈而又柔软、成熟而又稚嫩的青春激情所打动。这就是伊蕾了，这是一个太纯粹的因此会永远不安的女人。

多年之后伊蕾回到她出生的城市天津，当她作为《天津文学》的编辑认真向我约稿时，她的约稿信是短而富有诗意的，其中有这样的句子："……我像爱我自己一样地爱你……"她鼓动我把小说给她，我还是让她失望了。后来她去了俄罗斯，在莫斯科生活了几年又回到中国。这中间我们的联系一直不太多，我只是猜想，伊蕾出国最初的动机可能想赚些钱回来。以前听她说起过她幻想着拥有自己的一所大房子，她在房前种许多玫瑰，然后不受生活所累尽情写诗。几年之中她和朋友通过做工艺品生意赚了一些钱，她对我说那实在是太辛苦的赚钱——而且正遇卢布贬值，她又无法将手中的卢布及时兑成美元。我见过一些她在莫斯科的照片，很多是她在房东家拍的。有一张是莫斯科的严冬她站在房东门口，她身穿羽绒服，肩挎"双肩背包"，头戴花色艳丽的大围巾正准备出门去"办货"。她的脸红扑扑的，真是飒爽英姿，和她另外一些略显凄然和惆怅的表情判若两人。我就在这张照片里看见了伊蕾骨子里的倔强和执拗，还有她的许多不为人知的艰辛。

那么，伊蕾就要过上住在大房子里，种着玫瑰花尽情写诗的理想日子了。可是她忽然把赚来的钱都买了俄罗斯油画。对油画并不内行的这位诗人在莫斯科一些朋友的陪同下，几年之内乘火车、汽车——也许还有船，前往列宾住过、列维坦画过的红松林里的优美的"画家村"一趟趟地拜访画家，"联络感情"。为了买画，和那些大牌画家做着讨价还价。一定是她的诚恳打动了他们，她的纯正的诗人气质是容易和人沟通的。

二〇〇〇年夏天我在莫斯科时，见到好几位伊蕾的朋友，比方俄罗斯爱乐乐团团长左贞观先生，俄罗斯美术家协会第一书记、画家萨罗明先生……他们告诉我，他们很喜欢伊蕾，喜欢她待人的友善和天真。所以她的运气真不错，几年当中她买到了像特卡乔夫兄弟这样的俄罗斯顶级画家的画作，并和这两个老头结下很深的友谊。当钱不够时她就向国内的家人去借，弟弟妹妹的钱她都借过。不能简单地把伊蕾这举动解释成自幼对俄罗斯艺术的热爱，比方说我也是热爱俄罗斯艺术的，可我从来没有想过要把所有积蓄都拿出来买他们的画。我不能不想，这个伊蕾，到底她还是个诗人，她的理智绝对服从着她的灵魂，甚至灵魂里凸现的一朵火花，然后就是不顾一切了。于是也才有了以后的一个属于她自己的美术馆——位于中国天津的卡秋莎美术馆。

今年（二〇〇二年）五月伊蕾打来电话，告诉我，由她亲自设计并监工的卡秋莎美术馆已经开馆了，很希望我能去天津看看。我为此专门去了天津，在南开区一条新建的文化街上，伊蕾站在她那小小的美术馆门前迎着我。这是朋友慷慨借她的一套临街住房，她布置了两层展厅，约有二百平方米的面积。做旧的木地板，故意粗笨的仿橡木楼梯，厚重的窗幔，枝形吊灯，茶炊和织锦缎卧榻……一切都透着女馆长伊蕾所造就的俄罗斯氛围。最重要的当然还是属于她的宝贵财富——一些当代俄罗斯画家的油画原作，包括特卡乔夫兄弟、梅尔尼科夫、法明、科尔日夫等人的作品。

这张《打草时节》的草图赫然悬挂在卡秋莎美术馆二楼展厅一个惹眼的位置，和后来画成的成品相比，它更多一些自然的激情和生命的真实状态，劳动着的人和大自然亲密接触时那种无顾忌的奔放，被兄弟两人表现得自由而又充满诗情。成品之后的《打草时节》构图也许更严谨，人物的细部刻画也许更到位，但在整体上却失掉了草图里洋溢着的画家有感而发的才情——它变得像一篇"命题作文"了。画中人物被"摆"的痕迹也十分突出，几个劳动妇女好像知道自己被画，都有些"作态"。这就是有时候成品代替不了草图的一个最好说明。为什么观众和收藏者不愿漏过名家的草图呢？在草图上，我们往往能够更准确地捕捉到画家最率真的感情和最无功利之心的自由笔触。

特卡乔夫兄弟是严格继承了俄罗斯现实主义油画传统的一代画家，由于获得过国家奖金，他们去过意大利和法国写生。他们在颜色上谨慎地受到过法国印象派的影响，但他们的可贵在于他们那纯朴而真挚的俄罗斯情感，对土地、母亲、劳动和家乡饱满的爱。苏维埃时期他们的某些作品受到过指责，他们塑造的一些母亲形象被认为过于沉重，缺乏昂扬的笑脸。我想兄弟二人还是有着自己的主意，他们尊重内心的感受，他们基本上做到了艺术上的诚实。很多人好奇他们如何共同作画，因为一个人不可能完全变成另外一个人。原因也就在此吧，他们沟通和相融的能力，加上他们的不同，一定使他们能够互相激发或互相"打倒"，再从中获得双倍于常人的力量，尽管最终他们没有找到独属于自己的形式。

以当今世界艺坛对艺术家的定位，俄罗斯绘画并没有很高的地位，我在有些文字里也试着表述了造成这些的并不都是偏见的原因，俄罗斯绘画绝不像俄罗斯文学对世界文坛那般重要。中国画家包括中国作家喜欢他们或许有着十分复杂的历史缘由。我没有和伊蕾探讨过她对俄罗斯以外的画家的看法。也许这对今天的卡秋莎美术馆不是最重要的，伊蕾靠了自己的浪漫激情和孤注一掷的艰苦努力，实现了她童年的一个梦想，实现了她亲近俄罗斯艺术的愿望，这就是一个最确凿的事实。这世上的人能够在有生之年实现童年梦想的毕竟还是少数吧，伊蕾你说呢？

伊蕾说："我要把俄罗斯油画的展览和收藏进行到底，让我的亲人、好友，让每一个陌生的爱好者分享。我想常年举办俄罗斯画家展览，让更多的俄罗斯画家来到天津，让天津成为他们知道和想来的地方。"

当夜晚来临，卡秋莎美术馆闭馆之后，伊蕾和我在馆内的小客厅喝着红茶聊天。她很疲惫，却两眼放光，使我又一次想起她在莫斯科房东家门口那张出发前的照片。这时就听见她说，她已经开始学习画油画了，看画看得她不过瘾了，她要亲自画，并且还动员家里的亲人学油画。因为是朋友，所以我几乎要用最民间的一个形容来说伊蕾了，她简直是"想起一出是一出啊"。油画是那么好学的吗？那得有科班出身的基本功啊。我说出了我的怀疑，伊蕾说："所以我才要学啊。"我不得不再次感叹：这就是伊蕾了，这个看上去有些疲惫的瘦弱的诗人、艺术品收藏家，你坐在她的奋斗许久好不容易刚开张的画廊里，你实在不知道她又会有些什么新想法。唯一使你不怀疑的是，这个人她会不听劝告地去实践她的新梦想。住在自己的大房子里种着玫瑰花写诗，在今天的伊蕾看来，可能已经是一个太小的、太微不足道的愿望了。

我们从卡秋莎美术馆里出来已经很晚，我独自站在门外，看伊蕾在门里逐一关灯并认真操作墙上的报警器，格外想起她在今后诸多的不容易。我祝福伊蕾，并愿意相信，幸福和活力就在这诸多的不容易里吧。

原载《散文》（海外版）2018年第9期

巍巍太行有你的传说

徐怀中

记忆不确，应该是1963年初或许稍后，我订下一个采访计划，打算拜访家乡河北磁县全国第一个抗日民主政府首任县长田裕民。希望我的一支秃笔，能够为这位受人们敬仰的传奇英雄，留下一部真实而又鲜活的传记。

当我向田裕民老县长正式提出要采访他时，他却笑吟吟地说："不急，以后看情况再考虑。"我懂了，老县长从内心不愿意张扬自己。直到1975年2月13日，老县长病逝，我再也没有采访他的机会了。

我自幼崇拜田裕民县长，高仰而视之。

田裕民是1901年生人，抗战前已经从学校走向社会，在黑暗中探索着他的人生路径。1932年初春，由李巨川、王维纲作介绍人，磁县县委书记刘大风带领田裕民宣誓加入中国共产党。那时，正受到"左倾"路线严重影响，出身于地主家庭的田裕民能够加入党组织，实在是一个特例。

常见有文章写道，某某人背叛了他原属的剥削阶级，毅然离家出走，成为一名立场坚定的革命战士。田裕民则有所不同，他彻底背叛了地主阶级家庭，却未离家出走，而是利用家庭关系及社会地位，广交政界要员和有识之士，以利开展工作。田家先后接待了直南特委派来的巡视员李振山等多人，提供职业

6

掩护，安排食宿起居。他常常分派妻子和岳母站岗巡风，以保障安全。他在岳父家里和前妻的娘家，也都办起了联络站与接待中心。1932年，河北省委发动磁县小车社工人武装起义，指挥机构就设在田家后院。

开展工作需要大量开支，田裕民主动承担了为组织筹款的重任。他利用亲友关系，在县城开办了"震亚实业社"，在乡镇开办了布店、瓷器店，以作筹集经费的主要来源。但几个商铺远远不够，他先是打起了自己家里的主意，再三恳求父亲一次次满足他的需求，随即开始变卖财产，到后来只得忍痛卖地，一出手就是几十亩。

日军进抵磁县前夕，田裕民将"震亚实业社"的枪支物资转移到山区抗日根据地。又征得父亲及家人同意，将财产悉数处理，一部分存粮分给本村贫苦群众，一部分运往山区充作军粮。卖棉花的钱，留下一小部分维持家用，其余全部交给组织用于抗日军饷。这说明，在田裕民矢志不渝确立了无产阶级世界观人生观的同时，其本人及一家老小，也都成了真正意义上的无产者。

又何止于此。田裕民家门及亲属中出了几位革命烈士，胞弟田静渊、堂侄婿侯振东、内侄李修身、堂侄田宜之，都是面临生死考验，毫不犹豫地奉献了自己年轻的生命。

田静渊也是一个有抱负有作为的人，田裕民每一项任务完成，都少不了他的热心参与，顺理成章，他成了兄长的一个得力助手，一个生死与共的亲密战友。1942年5月，日军对太行山根据地施行大扫荡，田静渊时任磁武县抗日高级小学校长，为掩护躲藏在山洞里的全体同学，他故意暴露自己，以吸引敌人注意力。敌人追逼急迫，他纵身跳下悬崖，被日军连刺十数刀，流尽了最后一滴血。

1937年11月，田裕民在全县各界代表协调会议上获得通过，正式就任全国第一个抗日民主政府首任县长。

时下人们很难想象当年的华北地区社会动乱达到了何等地步。日军疯狂进攻，"国军"溃败南逃，一路任意为害地方。加之盗匪四起山头林立，种种恶势力及会道门兴风作浪花样百出。社会矛盾高度敏感，投出一个火星，便会引发一场霹雳闪电。

田裕民这个县长，就是在如此纷繁复杂混乱不堪的特定社会条件下走马上任的！对敌斗争形势要求你，必须具有足够的胆识与气魄，以自己身高撑起一方天地！

田裕民宏观意识很强，善于从全局出发，把握事态发展，做事则谨慎细密，具有全方位的组织领导才干，面对敌人强势高压，总是能够积小胜为大胜。

这位"父母官"颁发的第一道政令，即鲜明地体现了抗日民主政府宗旨。规定了统筹统办粮草办法，严禁向民众乱征乱要，先向大户富户筹借粮款，20亩地以下的农户不出负担。不是宣传标语，不是空喊口号，而是县长署名的政府文告，极大鼓舞了民众抗日救国的决心与信念。

磁县小车社工人武装起义失败后，党内同志充分认识到：没有自己的一支军事力量，终成不了大事。田裕民便将他的工作侧重点，转移到创建抗日武装这个方向来了。

他奔走各地，说服地主富商以及亲戚朋友家，把他们的枪支弹药捐献出来，同时派出大批人员，收集"国军"南逃时丢弃的武器装备。至1937年下半年，部队已达千人，组建了统战性质的"磁县抗日保卫总团"。此后数年中，武装力量先后进行多次整编，依次组成了"磁县人民抗日游击总队""八路军129师先遣支队一大队""冀豫抗日义勇军"，均由田裕民兼任司令，即所谓"军政一肩挑"。

日军投降后，田裕民任太行第五专署专员。原由他呕心沥血创建的"冀豫抗日义勇军"，奉命改编为晋冀鲁豫军区第六纵队十八旅五十四团；磁县独立营编为晋冀鲁豫军区第六纵队十六旅四十八团。由磁县地方输送出的这两个主力团，跟随刘邓大军转战南北屡建奇功，为磁县乡亲父老赢得了很大荣誉。

田裕民自幼入私塾，读过诸子百家，从不曾学过怎样拉起一支队伍，怎样亲临前线指挥作战。但他并不怵头，军事指挥艺术，说到底是血性的结晶。一个指挥员只要做到与士兵共生死，冲锋在前退却在后，学到手的军事知识才能发挥巨大作用。田裕民带兵打仗的诀窍就在于此。

1938年农历大年初一，为保障部队过节安全，田裕民率小分队执行营地巡逻任务，意外遭受日军袭击。一发迫击炮弹在他身旁爆炸，腹部受重伤，血流不止。不讲止血带，连一包药棉都没有，只得用毛巾捂住伤口，继续指挥部队退出战斗。事后，夫人发现他随身携带的一个牛皮挎包里，军用地图和日记本都被弹片穿透了，用作部队给养的几块银圆也穿透了一个月牙洞。幸亏有这几块银圆，不然命就难保了。

新中国成立后，田裕民先后任郑州铁路局副局长、党委书记，唐山铁道学院党委副书记，铁道部参事室副主任等职。1959年，组织上安排他到中国科学院北京植物园任副主任、党总支书记。中央统战部还交给他一项特殊任务，即帮助末代皇帝爱新觉罗·溥仪在植物园一边劳动，一边进行思想改造。一天，他提醒说："天要下雪了，溥仪先生可要注意添加衣服。"不想第二天果真飘起了雪花。溥仪大为惊异，问道："田主任怎么会未卜先知的呢？"田裕民仰天大笑："我身上有'晴雨表'哟！"他撩起衣襟，露出腹部近半尺长隆起的伤痕。溥仪这才明白，原来人的伤口可以准确预报气象。

其实，田裕民不必宣讲许多大道理，只消把他的革命经历如实讲述给这位皇帝听，就足以使他大受感动。

人老思故乡。我今年89岁了，写过不少文学作品，却没能完成为家乡革命前辈作传的心愿，这是我此生深深的遗憾。每念及此，不禁怆然泪下……

原载《党建》2018年第6期

让"幺蛾子"追得"五脊六兽"

——我与晚报的"死生契阔"

陈建功

　　"幺蛾子"这词儿在旧时有点儿贬义。记得年少时走过某胡同，听见北京老太太骂她的孙辈儿："家去！小王八蛋净跟我这儿玩儿'幺蛾子'！""幺蛾子"指的是"上房揭瓦"还是"尿尿和泥"，没闹明白，反正知道是"邪门歪道"就是了。及长，发现"幺蛾子"到底算是"正能量"还是"负能量"，有一点可疑。比如当年南方某友人抱怨过领导"净玩幺蛾子"，起因是原始股卖不动，强行摊派大家"勠力同心"。现在那"幺蛾子"，已经变成"英明啊英明"了。另一位友人1997年在密云花13万元买下了一套130平方米的单元房，也曾被我讥讽："玩儿什么'幺蛾子'呀！"岂料不久前他又见到我，挑衅似的说，那套房子，现在已经值200多万啦。那眼神儿分明是问：还是"幺蛾子"吗？

　　其实对我来说，"幺蛾子"是早早就喜欢的。搞创作就不必说了。办报纸，不闹点儿"幺蛾子"，难道不乏味吗？当然这"幺蛾子"所指，不是要"雷人"，也不是要"出位"。是说办张报纸，得独具只眼，时不时整出点儿

"人人心中皆有个个笔下却无"的"动静儿"来。和《北京晚报》交往近四十年，最令我难忘的，就是它那"瞅不冷"闹出的"动静儿"。这"动静儿"绝对是顺势而生，却又勇立潮头。比如早在1980年《北京晚报》联手几家合办的"新星音乐会"，且不说它推出了多少歌坛新秀，就为它顶着"靡靡之音"的"雷"，开创大众音乐的胆略与实践，不能不铭刻于新时期文艺的史册。又如兴起于1984年的"爱我中华，修我长城"活动，也是晚报之首倡，算是喊出了北京人蓄积已久的心声，引起了全球中华儿女的共鸣。

我没掐指头算过自己共给《北京晚报》写了几篇稿子。只记得小小说、散文、随笔都是写过的。这两天，为了激发我撰写回忆的热情，负责纪念专版的晚报编委周家望时不时给我发来刊载于晚报的"旧文"图片。忽想起这位已成"名记"的周家望，之所以有今天，或许与晚报的一个"幺蛾子"也不无关系呢。那应是上个世纪80年代中期，《北京晚报》顺应那个年代文学热潮，在"同仁堂"的支持下，成立了同仁文学院。那时我还在北京市文联从事专业创作，被晚报请去讲授"小说写作"课程。记得在那里任教的，还有儿童文学作家刘厚明、夏有志，散文家韩少华，诗人唐晓渡，剧作家刘树纲等，都是那个时代文学界的活跃人物。而周家望，当年也是到同仁文学院"发蒙"的中学生，跟我学小说。逐渐发现，和家望一样吃上这饭碗的，还不止一个。好几次有青年男女遇见我，拱手便拜："老师，我是您同仁文学院的学生呀！"枉担师名，岂敢岂敢。不过又想，至少晚报办那个"文学院"，在许多少年的心里播下过文学的种子哩。

于我所感，《北京晚报》的好几任领导，编辑、记者，延续至今，都是能出"幺蛾子"的家伙。用时髦的说法儿，叫有点子、敢担当。坦率地说，给《北京晚报》写文章，是很紧张的。一是北京的老百姓天天要看，你不打起精气神儿，敢见江东父老？二是这报纸文章虽小，却荟萃百家，你不玩儿点"邪的"，咋能"混迹江湖"？故此就为这千把字，不能不点灯熬油，僧推月下门，僧敲月下门。就拿《一分钟小说》来说，本就是此报的"招牌菜"，是各地晚报同仁瞩目的栏目。给晚报写一分钟小说，不能不战战兢兢。记得我写过一篇《天道》，又写过一篇《娘家人》，好在差强人意，发表后转载、评论的不少，愧承谬奖便越发紧张。下一篇写什么，怎么写，哈姆雷特似的。记得我跟当时主编副刊的高立林说，我出个"幺蛾子"吧，下回咱不照规矩出牌，大家合伙儿来个"小说续尾"行不？我先写个开头儿，你登出来征集结尾，行不？高立林连声说好。结果还真是"应者如云"。记得陆续发出"续尾"的有文场新锐，也有热心读者。如袁一强、魏幗、王文平、郭建华等，一篇一篇登出来，各擅其长。直到最后才明白，那是自己给自己挖了一个"坑"儿——"续尾"登了些日子，沸沸扬扬中，高立林找来了，说："您自己那个结尾写好没？我们等着收场呢！"始料不及却又不能不"为王前驱"。难办的是，已有那么多精彩的"续尾"刊登于前，我得怎样闪展腾挪才能显着自己不那么"花拳绣腿"？为这"收官之作"，好几个晚上辗转反侧，待完稿交给高立林时，陡然想起北大同窗黄子平说过，"创新"这条狗，已经追得作家们连上洗手间的工夫都没有啦。遂苦笑着对高立林戏仿道："娘的，谁承想，这么一个'幺蛾子'，倒追得我自己'五脊六兽'啦！"

有的"套儿"是自己钻的，也有的"套儿"是晚报设好了，逼我钻的。

大约是1991年，苏文洋找我，说自己刚从晚报的专刊部调到了经济部，到了任欢迎手下。苏文洋是老哥们儿了，上世纪80年代中期，我们曾一起慰问前线，也曾联名撰写报道，甚至还和郭宝昌合作过一部影片。他时不时杀上门来闲扯，是无需理由的。但这次找来，开宗明义便说自己已归任欢迎（《北京晚报》前总编）管辖，还要转达他的领导任欢迎的问候，这让我觉得怪怪的。

原来是要我写关于经济的随笔！我忙不迭敬谢不敏。我说天哪，我哪儿懂经济？我连账都算不过来！

苏文洋呵呵笑道，要的，就是你这恓恓惶惶的劲儿！

我说我就是一个插科打诨说故事的，让我谈经济岂不是关公面前耍大刀？

苏文洋还是呵呵笑着："您试试，您试试！"

就这么着，被苏文洋们逼着，写了《消费六记》。

《消费六记》登了，苏文洋又来戴了几顶"高帽儿"，呵呵了一通。又写了《消费再记》。

回想起来不能不佩服苏文洋们的敏锐，那时市场经济风云初卷，京师百姓，除了商界的弄潮儿，大抵都和我一样，激动而惶恐，茫然而自卑。他们找我出来插科打诨，扮个倒霉蛋，自嘲自纾，或也算别开生面。前几天遇见苏文洋，说起当年请君入瓮，仍得意扬扬。又说起因《消费六记》而起，发生在我们之间那件登不得大雅之堂的事，笑谈"算《消费末记》可乎"，不由得越发前仰后合。

那几篇"消费"的连载发出后，大概报社内外反映不错，苏文洋很为此"嘚瑟"了一下。或有犒劳的意思，某日邀我到其"新居"小酌。

那"新居"地处鼓楼，是为解决苏记者住房困难，得赐的9.6平方米小屋一间。现在估计早已拆迁了。不过那时的苏文洋很为此"蜗居"春风得意。这有点像贫下中农刚刚分了二亩地，精耕细作，上心得很。我应邀前往时，此房刚刚粉刷，未及干爽，进屋时发现墙面上还流着白汤儿。就这么着，哥儿俩豪情万丈，支起了刚刚买来的紫铜火锅，炭火明灭水汽氤氲中，共同分享《消费六记》被打赏与苏记者被"福利"带来的喜悦。

酒酣耳热，夜色渐深。拜谢主人出来，一路骑车沿地安门大街奔南而去。那时我家住在蒲黄榆，路途不算近，出门时还跩跄了一下，苏主人问没事吧，我说喝得并不多，比我挖煤时少多了。就这么骗腿上车，迤逦而去。谁知再睁眼时，发现自己不知何时躺在马路牙子外侧的一个树窝子里，自行车还压着半条腿，顿时一脑门子蒙圈。仰望星空，看见了景山后街的大屋顶。看看表，已过子夜，敢情离鼓楼不过一箭之遥，而我都倒在路边睡了一个时辰啦。赶紧爬起来，扶起了车。幸好，小风一吹，耳聪目明，寻思着不像醉酒。那时的北京人，也不像今天这么怕"碰瓷儿"，故心中别无他怨，只怨灯影昏黑，自己摔的不是地方罢了。爬将起来，忽记起有个友人恰住附近，却便推着车子，"暮投石壕村"，求茶一杯，压压惊，定定神儿，而后兀自归家去也。

第二天一早就给苏文洋去了电话，笑谈"后街"悲催故事。苏文洋在电话那边早已笑弯，说："你肯定也中煤气啦！昨晚送走了你，我也一屁股坐到台阶上……寻思半天，恍然大悟，潮乎乎的屋子，咱哥俩儿点着炭火锅熏了一晚上呢！"

我说："天哪，好歹咱哥儿俩也算个'才俊'，差点儿让您熏出一个'倒卧'！"

知道"倒卧"，和知道"幺蛾子"的难度差不多，不在北京混过几十年，难解堂奥。"倒卧"，就是杜甫说的"路有冻死骨"。

本不想自揭其丑，因此这故事一直是苏文洋和我之间嘻嘻哈哈的话题而已。现在却想，或也可算作我与《北京晚报》之间"死生契阔"的明证。

原载《北京晚报》2018年2月16日

上虞的"上与下"

蒋子龙

"上虞"之名，最早见于殷商甲骨文。由"舜与诸侯会事讫，因相虞乐"而得名。正是在上虞，舜受尧禅让，接受了"允执厥中"四个字，成为中华民族共同的始祖。《史记》载："天下明德皆自舜帝始。"被奉为"道德始祖""文明之元"。上虞也因此文明早披，人伦卓异，鸿儒巨匠，史不绝书。

以《论衡》被尊为思想先驱的王充，以奇书《周易参同契》成为"万古丹经王"的魏伯阳，"竹林七贤"之一的嵇康，创造"东山再起"传奇的东晋名相谢安，山水诗鼻祖谢灵运，十四岁投江救父的"千古孝女"曹娥，或言为士则，或行为世范，或义行懿德，赓续相继，葳蕤生辉。当时空更迭进入现代社会，一所春晖中学就聚集了夏丏尊、丰子恺、朱自清、朱光潜以及蔡元培、黄炎培、胡愈之、何香凝、俞平伯、柳亚子、叶圣陶、黄宾虹等诸多宗师巨匠……如今上虞只是绍兴市的一个区，却产生了以我国近代气象学和地理学奠基人竺可桢为代表的十五位两院院士。

可见上虞之"上"，高山仰止，璀璨多姿。那么，上虞的"下"呢？"上"在高处，是上层建筑，但世上哪有无下层的上层建筑？下是上的基础，上是下的反映。"若升高，必自下"，上行下效，推诚接下。上虞为古越腹

15

地，南天乐土，地理优渥，物产丰饶。南虞灵岩秀峰，流泉飞瀑，林木葱茏，幽密怡静；北部水网沃野，田畴铺锦，水墨农家，户户殷实。如此水土养得民风淳朴，百姓敦厚，尚德重孝，气节立身，耕读传家，勤俭为本。社会转型，世风变幻，且看今日上虞基层广为流传的一些人物和故事——

王园园毕业于中国农业大学，在北京有一份不错的工作，二〇一三年突然辞职，回到家乡上虞丁宅村，创建"南野生态农庄"。朋友们无法理解，连她自己也无法解释，只知道这绝非是心血来潮或灵机一动。其父作为上虞的"老农"，也不同凡响，竟关掉自己有污染的猪场，全身心投到女儿麾下。父女的全部积蓄加上从银行贷款，相继投资五百余万元，将周边的山地流转过来，对道路、沟渠等基础设施进行完善，即"道路硬化，河道净化，路边绿化……"这是真干、大干的气魄，是背水一战。毕竟是学农业的，只四五年时间，南野农庄已经拥有良种果木两百余亩，放养鸡禽的山林两百余亩，猕猴桃、水蜜桃、冬桃开始收获，禽、蛋及四季鲜果的销售口碑尤其好。

此女被上虞人昵称"小园园"。上虞还有一位与她同名同姓的"大园园"。从浙江经贸学院毕业后，就职于宁波对外贸易公司。其父王永田是上虞兴南村的种田好手，家有一百八十多亩稻田，受转基因传言的影响，他自产的上虞传统红米竟无人问津，不得不向"贸易专家"女儿求助。大园园首先是带着父亲生产的各种稻米，找到国家权威食品检测部门做了无公害和非转基因的鉴定，拿到认证书后便在网上注册了"虞南之味"米店。一经宣传，"园园大米"竟变成抢手货。其父大喜过望，乘兴邀请女儿回乡继承"祖业"。大园园竟没怎么犹豫，就真的辞职回到兴南村，帮助父亲采用"土著农耕种植法"种稻，稻秸还田，借大自然之手恢复地力，并陆续开发出由红香米、黑糯米、紫粳米等配比而成的"五彩米"……除去电商平台又成立了"虞南之味"实店，财气正旺。

其实，大小园园不是上虞最早也不是最后回乡的大学生，近几年来上虞已经有一千六百名大学毕业生回乡务农。他们毫无沉重相，举重若轻地改变了自己的命运走向，改变了社会风尚，不再留恋城市，不再羡慕白领金领、升官发财，甚至使他们成为农村"创客"的第一动力，也不是为了发财。小园园有言："经历就是财富，比钱更重要。"比如徐益伟就不缺钱，她在一家日资企业做翻译，或许是厌倦了经常奔波于中日之间，便辞职回到老家上虞许岙村，做艾青团，又称"清明果"，是江南一道传统糕点，用艾叶和糯米做成。而上虞四明山地区是中国艾草主产地，却不知从什么时候开始，艾青团失去了原有的味道，渐渐也就失去了市场。徐益伟自造设备，用最先进的工艺，最大限度地回归自然，竟找回了艾青团浓郁的传统味道。香糯醇厚，不涩不腻，愈嚼愈有味儿，很快风靡开来，老大妈、老奶奶纷纷找上门边学边做，一家知名的线上平台，仅五天时间从每天要两千个上升到两万个……

这种对自我价值的开掘和认可、在精神和文化上的成就感，是多少金钱换不来的。创客们组建了"上虞新农人联盟"，办起了"农夫生态市集"，从他们手上出来的农产品，从品质到包装完全变了，尽一切可能显耀自己的个性和艺术性、趣味性。创客们常说的最带"鸡汤"味的话是：玩物壮志。却真把农业"玩"大了，他们注重衍生农产品的文化内涵，挖掘农产品的现代价值，提升其附加值。他们深知国人被不安全的食品毒怕了，每天都在提心吊胆、小心翼翼地打理进口的东西，"新农人"就是要让消费者找到真正安全、环保的食品，使农业成为有奔头的产业，让农民职业化，而且是有吸引力的职业，农村变为安居乐业、适宜生存的家园。所谓发达地区与贫穷落后地区的差别，主要体现在农村。外人来到上虞，就很难区分哪是城里，哪是乡村。城里如乡，只是高楼集中一些，奢华的商店多一些；乡村如城，只是"独栋别墅"多一些，作为补充，还多了碧空白云，静野清风，丰林蔚蔚，香粳芯芯。

更重要的还是"人"的改变。不知是不是受大学生纷纷回乡当"农小二"的影响，上虞的"农一代"也陆续加入"创客"行列。有的规模已经做得很大，拥有被浙江省农业厅评为"无公害大米"的厉高中，打理着一千五百多亩稻田，有稻谷烘干机二十四台，每台一次性可烘干十五吨稻谷……可想而知他一年会收获多少粮食。有的科技开道，以"高精尖"取胜。多年做室内装饰有了相当积蓄的陶中华，却一直怀有"庄主"梦，流转了两百多亩田地和三百多亩果林，改行种果树。几年干下来他的"蓝珍珠"（蓝莓）每斤售价百元，还经常"一斤难求"。"葡萄大王"沈玉良，居然有自己的"玉穗野藤葡萄研发公司"，有自己开发的新品种：宝光、天工翡翠、早下黑芽变、碧香无核……有的葡萄颗粒如乒乓球，每串都在十斤左右。丁林军领头联合章家埠村的三百多户，种植"舜阳"红心猕猴桃一千四百余亩，每年的销售额过千万元……创客们信奉"优胜劣汰，做大做强"才能立于不败之地。如今虞南山区，八百平方公里的山林中，已有十五万亩的鲜果采摘基地。果园哪里都有，但漫山遍野、累累硕果，就壮观了，黄的灿若悬金，朱实万千星火，满山飘香，四季不断，时令不同，有不同的水果成熟。

评判现代农村一般就用两个标准："富起来""美起来"。"富起来"颇难判断，不知怎样才算富？即便钱不少，但土地和作物的污染都很重，还算富吗？"美"是看得见、可考量的，二〇一七年在上海评选出的"中国最美的村镇"就在上虞，是坐落于覆卮山巅的东澄村。古屋白石黛瓦，街巷曲折幽静，千年古树护顶，高山草甸铺阶，梯田从山腰一侧铺排而下，又从另一侧自山脚叠层而上，两旁直岩森森如神立，垒石宕宕似涌浪，真人间仙境！

只有站在这儿，才会蓦然有所悟，为什么是上虞对多年困扰国人，甚至由失望渐渐绝望的土地污染、食物毒化有了破解之道。上虞"新农人"成功地大规模实现生态农业，让国人看到了能吃上安全食品的希望，自是功德无量！上虞祝温村被国家授予"群众最满意的平安村"称号。这个头衔让人感到新奇又温暖，还有什么比百姓的"平安"更重要？其中食物的安全最重要，谁又能想象带领这样一个大村长期保持平安的一把手，竟然是一位七十岁的老太太——杭兰英，而且她当祝温村的一把手已经三十多年。她年轻时是这个村里的赤脚医生，对各家的情况都烂熟于心，并养成了救急解难的心性。数十年来她是这个村里说了算的人，却从未向村里报销过一分钱，连村里有接待任务都是她自掏腰包，包括办公室待客的茶叶，都是从自己家里拿来的。有人算了一笔账，几十年来她为村里垫付了四十多万元。

——如此看来，上虞新的"乡贤榜"，同样是个庞大的名单。这样，上虞的"上"与"下"，才匀称，才协调。"圣人积聚众善以为功"，是上虞之德，也是上虞之福。

原载《中国文化报》2018年5月15日

彰显社会主义文艺的中国特色

——一个百岁作家的心声

马识途

我今年已进入一百零四岁了，年老体衰，已无力在文学创作上再做贡献，但我和一些"心存魏阙常思国，身老江湖永矢志"的老作家一样，对中国当代文学特别是创作思想的走向，寄予深切的关注。

目前，我正在学习党的十九大文件，深感习近平新时代中国特色社会主义思想作为工作准绳的重要性。在文艺工作座谈会、全国第十次文代会和第九次作代会上的讲话中，习近平同志都明确提出要繁荣发展社会主义文艺，指明中国文艺要以鲜明的中国特色屹立于世，并且语重心长地指出当前存在的诸多问题。这些讲话让我深受启发，我曾反复思考，什么是中国文学的中国特色呢？如何理解"中国特色"的理论精髓和深刻内涵并在文学创作实践中彰显它呢？

在细读和研究后，我试图用几句话来加以概括：中国当代社会主义文学应当是在马克思主义光照下，以习近平新时代中国特色社会主义思想为引导，以人民为中心，贯穿中国精神，用老百姓喜闻乐见的有中国新风格和新气派的生动的中国话语，讲好波澜壮阔的中国故事，并艺术性地体现社会主义核心价值观，服务于中国人民。

我以为中国的作家都应该在自己的创作中彰显这样的中国特色，而要彰显这样的中国特色，就需要识知和协调以下三个关系：文学与资本的关系，雅文学与通俗文学的关系，文学的思想性、艺术性和娱乐性的关系。

自尊自励　增益世道

没有资本的投入，文艺活动无法持续进行，这一点不言而喻。过去是由国家按计划提供创作资金，所以文艺创作多注重社会效益，很少考虑经济效益，改革开放以来，容许资本进入文化市场，几十年来已取得辉煌成就，人所共见。

而资本有自我增殖的本能，关键就看投资者意图和资本运用的优劣。由于投资动机不一、目的不同、运行办法各异，产生了优劣不同的效益。在文化市场中，有的投资者是为了报效祖国，服务人民，不计回报，追求社会效益，这种优良品质受到国家和人民的赞许；也有一些投资者依法依规投资文化市场，以优良产品获得合法利润，这样的投资者占大多数，为社会所认同；唯有另一类投资者，为数不多，为害却烈，曾有过一段时间的恶性发展。这是一群运用资本追求利润最大化的食利者，他们窜入文化市场，搜寻和瞄准最能获得暴利的文化投资项目。当发现一些低俗恶俗的节目容易受到青少年和追求娱乐至上的人喜欢，因而可以获得丰厚利润时，便挟雄厚资本，凭借最易传播的网络平台，收罗少数醉心名利、实是写手的所谓作家，穷思极想，写出低俗作品，交由唯利是图之徒加以制作，投入文化市场，牟取暴利。正如马克思说过的那样，创作出自己的作品的同时，也就制造出自己的读者。他们千方百计地培养、制造牟利需要的"粉丝"，竭力侵占文学的阅读领地和文化市场。随着利润的诱惑不断膨胀，他们日益突破文化管理的藩篱，推出"三俗"产品，甚至喊出要"爱得死去活来，打得昏天黑地，笑得气闭肠断"的所谓"枕头、拳头、噱头"的"三头"作品，污染市场，毒害观众。

当然，这只是一时出现的不良文化现象，已引起文化管理部门的重视和治理，大有改观。相信文化市场的食利之徒只是极少数，"三俗"作品的写手应自尊自励，成为真正有益于世道人心的作家。

雅俗共美　文学大兴

中国当代文坛一直有两种不同的文学，就是所谓雅文学和俗文学。这两种不同的文学似乎各有特色，在两股平行的轨道上行进，遥相对望，很少交流。直到作为通俗文学当代继承者的网络文学异军突起，声势煊赫，投资纷纭，挤占了雅文学的阅读园地，直到有些雅文学作家喊出文学"边缘化"了、"式微"了，才引起广泛注意，这两种文学才相互注视和关切，相向而行，开始互助互学的交流。近几年来，成效显著。

自新文化运动起，西学东渐，白话文学发展出雅文学，成为当代中国文学主流，涌现无数新文学作家和广泛的创作活动，出版大量文学作品，其中不少对精神文明建设做出不可估量的贡献。但是，正如习近平同志所指出的，"在文艺创作方面，也存在着有数量缺质量、有'高原'缺'高峰'的现象"。现在的文学出版物数量的确是不少，甚至听说有一年出版了四千部长篇小说，这就意味着我们曾有四千位作家争相去爬文学金字塔的高峰。一年四千部长篇小说，恐怕不少是粗制滥造，只能落入化为纸浆的命运，而那么多作家想登上塔尖，其中大半也只能半途而废，甚至会掉下来，这是多大的人力物力的浪费！

从诞生高峰的目标来看，我们现有高原的高度还不能说很高，我们的作家应该、事实上也正在不断为建设更高水平的高原、促成高峰的出现而努力。当然，要出现更高的高峰，恐怕更是不容易的事，珠穆朗玛峰到底只有一座。所谓"李杜出而唐诗亡"，后来还有"唐诗衰而宋词兴"的说法，这些都说明，要想出现更高峰，必须是有前所未见的智慧和胆识，能创造出前所未见的文学环境和文学作品者。在这个意义上，中国当代文学前程远大，任重道远。

近年来异军突起的网络文学特别是网络小说，其实是我国有长远历史、深厚影响的通俗小说的现代继承和发展。我国通俗小说发端于唐宋如《红拂传》之类的传奇，兴盛于明清勾栏瓦舍的"说话"，而以《水浒传》《西游记》等小说拔其尖。不过据查，其实在宋朝苏轼时已见市井有"说三国"的流行。降至于清末民初以后，通俗小说寄生于时新报纸副刊，以长篇小说连载为主要形式。鸳鸯蝴蝶派、武侠小说派、社会小说派，各有千秋，出现了张恨水、金庸这样的拔尖作家，成为今日部分网络小说的精神宗师。在继承中国通俗小说历史脉络的基础上，吸收借鉴西方侦探、悬疑等类型化通俗小说，就形成今天各派网络小说异彩纷呈的繁荣景象。当然，有些低俗以至"三俗"作品也混迹其中。

对于网络文学，我曾写过一篇文章《要善于引导，也要宽容一点》，我始终以为雅文学和网络文学是中国当代两支文学大军，应当相伴相容，互助互学，取长弃短，提高水平。我一直有一个梦想，两支大军日益靠近，最后达到雅俗共赏、老少咸宜的非古非洋、亦中亦洋的新文学。这虽然可能只是一个幻想，但是我仍然想仿费孝通先生说的"各美其美，美人之美，美美与共，天下大同"的话，说出我的希望："美雅之美，美俗之美，雅俗共美，文学大兴。"

品格为上　娱乐有度

一切文艺作品都有思想性和艺术性，但近年来也有人提出文艺作品有思想性、艺术性、认知性、教育性、娱乐性的所谓"五性"，我不以为然，却难以分析，直到读到仲呈祥同志的一篇文章，才恍然判明。他提出要区分文艺理论上两组不同的概念，思想性和艺术性同时产生于作品创作过程中，而认知性、教育性和娱乐性以及我们经常说的观赏性则产生于作品问世以后。一个在当时，一个在事后。思想性和艺术性属于创作美学的范畴，认知性、教育性、娱乐性以及观赏性等都属于接受美学的范畴，是不可以混同的。

我很赞同这种说法。一件文艺作品投入文化市场后所产生的观赏性和娱乐性，虽然都属于接受美学范畴，但是目前特别值得关注的是文化市场里过分强调娱乐性，以至于弱化美学观赏性的现象。娱乐性当然是有必要的，但应该有个度。过度强调娱乐性就有可能让食利之徒为了获取扩大化了的利润，而乘机大量生产和制作"三俗"作品。这些作品与我们提倡的主流价值观相左，挑战公众的道德底线，带来不小的危害。

我们的消费者进入文化市场消费，有接受倾向的差异。有些消费者倾向于思想上的启迪，艺术上的欣赏，希望真正在精神上有所收获。也有的消费者单纯是为了消遣娱乐，在工作学习之余，愉悦精神，放松身心，这也无可厚非。但还有一些消费者，在娱乐至上思潮影响下，更倾向于感官刺激，肉欲享受，这正是食利者投资所迎合的。他们提供的低俗作品，破坏良好的美学观赏环境，助长文化市场的秩序混乱，使寻求美学观赏的人们避而远之。可以说，这是文化市场过度强调娱乐性，忽视社会效益而只求经济效益的必然结果。这样的现象，是我们的文化政策所不容许的。作为精神文明建设者重要组成部分的作家艺术家，对维护文化市场正常秩序有着不可推卸的责任，应该努力为这个市场提供更多更好的为中国老百姓所喜闻乐见的优秀文艺作品。

我对上述三个关系所作的诠释，无非是希望：第一，对文化市场的资本运行进行有效监督，坚决抵制食利之徒制造出的不良文艺作品；第二，雅文学和网络文学更加互信互助，提高艺术水平，追求雅俗共赏、老少咸宜的好作品，共同创造文明的文化环境；第三，不要过分强调文艺作品的娱乐性，应更加注重社会效益。说到底，就是希望我们的作家艺术家们不忘初心，牢记使命，为我们的文化市场提供更多体现社会主义核心价值观的具有中国特色的优秀文艺作品。

原载《人民日报》2018年5月25日

人　家

贾平凹

在秦岭，去一户人家。院子没有墙，是栽了一圈多刺的枳篱笆，篱笆外又是一圈荨麻。我原本拿着棍，准备打狗的，狗是不见，荨麻上却有螫毛，被螫了胳膊，顿时红肿一片，火烧火燎。

主人是老两口，就坐在上房台阶上，似乎我到来前就一直吵着，听见我哎哟，老婆子说：馍还占不住你的嘴吗？顺手从门墩上拿起一块肥皂，在上边唾几口，扔了过来。我把肥皂在胳膊上涂抹了一会，疼痛是止了，推开篱笆门走进去。

你把棍扔了，老头子说，你防着狗，我们也防着你么。

他留着一撮胡子，眼睛里白多黑少，像是一只老山羊，继续骂骂咧咧，嘴里就溅出馍渣来。一只公鸡在他面前的地上啄，啄到脚面上的馍渣子，把脚啄疼了，他踢了一下公鸡。

老婆子已经起来从台阶下来，她的腿脚趔趄着，再到院角的厨房去，一阵风箱响，端了碗经过院子，再上到上房台阶。院子里的猪槽，捶布石，还有一个竹篓子，没能绊磕她。她说：没鸡蛋了，喝些牡丹花水吧。

牡丹花水？我以为是用牡丹花煮的水，接过碗，水是白开水。

25

哦，我笑了一下，说：这里还有牡丹？

咋没牡丹，我就是种牡丹的。

老头子是插了一句，径自顺着牡丹的话头骂起来。骂这儿地瘦草都生得短，人来得少门前的路也坏了，屋后那十二亩牡丹，全是他早年栽种的。那时产的丹皮能赚钱，比种苞谷土豆都划算。苞谷是一斤×毛×分，土豆是一斤×毛×分，怎么能不栽种牡丹呢？日他妈，他咳出一口痰来，要唾给公鸡，却唾在公鸡背上。现在牡丹长得不景气了，收下的丹皮也卖不了，没人么，黄鼠狼不来来谁呀，来了一次，又能来两次，拉的全是母鸡。拉母鸡哩，咋不把你也拉去？！

老婆子手在空中打了两下，好像要把他的话打乱，打乱了就不成话了，是风。她说：水烧开了，翻腾着不就是和牡丹花开了一样么，你是城里来的？

是城里来的。

我儿也在城里！

在城里哪个部门？

老头子又骂起儿子了，说屁部门，浪荡哩！五年前还跟着他栽种牡丹卖丹皮哩，这一跑就再没影了，他腿脚不行了，卖丹皮走不到沟外的镇子去。日他妈，养儿给城里养了！

秦岭深似海，我本是来考察山中修行人的，修行人还没找到，却见着了很多这样的人家。遂想起我在城里居住的那幢楼上，就有着五六个山里的孩子合租着一间房子，他们没有技术，没有资金，反靠着打些零短工为生，但都穿着廉价的西服，染了黄头发，即便只吃泡面，一定要在城里。

是树就长在沟里么。老头子说，要到高处去，你站在房顶了，缺水少土的，就长个瓦松？！

我儿是个菟丝子，纠缠它城里又咋啦？老婆子说：他说他挣下好日子了，还接咱去城里哩。

你就听他谎话吧！

啥树上的花全都结果啦？有谎花也有结果的花么。

老两口就再次吵起来，他们可能是吵惯了，吵起来并不生气，就那么你一句我一句，不紧不慢，软和着嘴。

我站在那里，先还尴尬着，后来就觉得有趣，我说我会掏钱的，能不能给我做顿饭呢？老婆子说：做啥饭呀？老头子说：你还能做啥饭？熬碗糊汤，弄个菜吧。老婆子说：弄啥菜？老头子说：树上不是有熟菜么，这你也问我？！

院子里有两棵树，一棵是紫薇，一棵是香椿。老婆子拿了竹竿在夹香椿树上的嫩芽，嫩芽铁红的颜色，倒像是开着的花。我过去帮着捡掉在地上的香椿芽，她嘟囔说：他说我没生下好儿，种瓜得瓜种豆得豆，那怪地呀？我应该噎住他，刚才倒没想出来。

却突然问我：你知道燕麦吗？

我说：知道呀，麦地里长的一种草。

她说：那不是草，燕麦也是麦么。

我说：你是说你儿？

她说：我儿好着哩，燕麦就要长到麦地里，你越要拔它，它越疯长哩。

我靠在了紫薇树上，树叶都是羽状，在哗哗地响，这树是想飞的。

吃过了饭，老两口又开始吵嘴，我离开了继续往深山去。黄昏时经过另一个村子，也就七八户人家，村口的一丛慈竹下是座碾盘，碾盘旁站着几只狗，而一只一直坐着，坐着的狗比站着的狗高。

原载《当代》2018年第2期

摇碎一湖金

陈祖芬

平湖秋月这个所在，好似伸进西湖的一个楼台。楼台一角，一柱圆月灯，几株垂杨柳，柳丝掩映，月影婆娑，有几多神仙在喝茶。树们背光而立，依稀地幽幽发光，幽幽地依稀低语。这里不远处曾经留下一代儒宗马一浮与弘一法师李叔同的一段情缘，百年佳话。

清张岱在《西湖梦寻》中写到平湖秋月："可风可月""无日无之"。湖边夜间的树，蒙上了月笼纱，就不是树林而是树雾，林深处便如云深处。我不由想起贾岛的"云深不知处"。独行的、结伴的人们步入云深处，便是林仙云仙。也有人骑着共享自行车，悠悠地顺着林边绕行，是追踪月光，还是丈量快乐？

一轮画舫，灯光闪烁着徐徐开过，好像一座流动的亭台楼阁。又有扁舟摇来，船上载着一只油灯、三两游客和一轮明月。当然，船上本没有月，但是我想，那三两赏月人，一定把那月也邀到了船上，击节咏叹一夕千年的感觉。

朦胧西湖在群山环抱中，拥着万千宠爱睡去。这一睡，就好像睡进了远古。

杭州的"州"，原先是有三点水的，是"洲"。八千年前，杭州的先民已经生产独木舟。西湖里一叶叶扁舟，讲着悠远的、不尽的故事。西湖的水，本来就是千年诗词。西湖边的老房子里，萦绕着太多的记忆，关于民国、明清、南宋和历朝历代的文化因子。

湖对面的山上有城隍阁，有雷峰塔。灯光一起，一阁一塔，被金色的灯光簇拥着，如上天降落的镇湖之宝。金光融入湖水，化成摇动的碎金，一直摇向湖这边，摇碎一湖金。

夜西湖美得让人心醉，让人心碎！

泛舟至长桥，那拱起的上方，挂着一轮明月，似桥的托起，似月的小憩。是桥上月，是月下桥。是长桥月语，是月光桥曲。

月越来越亮，灿烂地镶在藏蓝的天幕上，深沉而华丽而神秘。

古人今人情寄明月，也许，月亮承载着千年音韵万民诗兴，承载着太多的不了情、家国情，所以就有了一种天人合一的宁静和普度众生的胸襟。中国的月亮是中国的文化，中国的月亮最重最大。

美国景观设计专家帕西亚·强森感叹：很多人是从中国画知道中国的。到了杭州，才体会到，中国画是怎么来的了。更妙的是，它竟然是你们生活的一部分。

走到西湖，就如走进一幅织锦的国画长卷：人们原来可以这样诗意地生活。

最美丽的人是无须修饰的。西湖也只用苏堤、白堤在腰间松松地系上两道玉带，简约而雍容。

常有游人叹曰：太美了，应该到杭州来结婚！更有游人叹曰：应该在西湖每个景点都结一次婚！有很多的现代灰姑娘，会在西湖找到她们美丽的童话。

尤爱雨西湖。翠绿的柳树，在细雨的冲淋中，那长长的垂柳好似长长的水淋淋的美发。细雨调和了花香、树香、草香、叶香，空气里便喷洒着纯天然的香水。树们美美，知道湿淋滴绿的浓发使她们越发婀娜妩媚。西湖，西湖，湖边一圈婷婷的柳树，那是一幅绮丽的美人出浴图。

雨中的湖面，又似一幅抖动的厚重的绸缎。雨中的天空，好似挂起层层薄质的丝幔。还有各色花儿，躲在大树下。大树慷慨地伸展开繁枝茂叶，为这些小弟弟小妹妹挡雨。雨，透过枝叶间的缝隙，变得更细更小地蹦到这些花儿里嬉闹。花们被小雨点挠了痒痒似的嘻嘻嘻嘻地俏笑。

雨中的荷叶，一叶叶洒落在湖面上。每一叶都托着大大小小的钻石——雨点落在荷叶上，不知怎的都变成纽扣大的雨珠，而且闪闪发亮，像多少克拉的钻石。原来钻石是这样炼成的？

湖，因为树，这样地令人动容；树，因为湖，这样地情意浓浓。人在湖边走，边走边与那湖、那树对话，享受到的是一种无障碍的视觉语言。

杭州的伞，大都粉白、粉红、粉绿、粉蓝，开在细雨下绿树中，像吐着露珠的轻移莲步的花儿群舞。

雨停的时候，在湖边眺望那廊的叠叠层层和绿的层层叠叠，思绪告别层叠一派清新。每推开窗，满眼的绿叶拥来打招呼，有福之人，与树同住。

西湖是装在绿的框架里的。

西湖周边杭州市区有古树名木一千九百二十三株。有一千四百二十年的银杏，有一千二百年的樟树，面对这些三百岁、五百岁、一千岁的古树，你都得恭恭敬敬地叫一声前辈！树们在空中依偎着搭成密密的树廊，高高的古树把人们带进未开垦的蛮荒。偶一抬头，常会产生幻觉：杨公堤对面密林深处或住着先民？现代和古代，只一堤之隔。

而这边，杨公堤的天空，上了湛蓝水彩那么清丽，杨公堤那一道道木桥和一幢幢房子的木边，也清晰得好像是用尺子用笔一道道画出来的。

杨公堤虫声鸟鸣，古道疏影。春日芳馨，秋日丰韵，夏日如锦，冬日如君。一年四季的魅力，都能叫人长叹息！

在这里，常常觉得汽车不是从马路上开来的，是从树丛里驰出的。汽车也不是开进城市，而是驰入林子。感觉车在林中潜行，车往园地踏青。不知是公园里的城市，还是城市里的森林。葱葱的路，郁郁的堤，郁郁葱葱此心情！

西湖比树比花还丰富的，是诗文。

如果想把写西湖的诗文数一数，那么不如去数湖边那花、那树。

杭州前"市长"白居易诗曰："未能抛得杭州去，一半勾留是此湖。"杭州又一前"市长"苏东坡在杭州抒发情怀的诗更是有四百首："欲把西湖比西子，淡妆浓抹总相宜。"清人《西湖水史》写道："皎蟾当空，波光生艳，众山静绕，如百千美人临镜梳鬟，四季皆妙。"如此百千美人，真叫人击掌称妙。不过最叫人过目不忘的，是徐志摩的形容，只一字：嫩。

西湖是一部液体的书，有历史卷、文学卷、故事卷、神话卷、诗词卷、字画卷，说不尽的上下几千年的丰富和美丽。

推开湖边的一扇扇门，都是文化的一个个切口。在今日杭州，尤其是梦想与现实的连接口。湖边北山街就有玛瑙寺、镜湖厅、小刘庄、菩提精舍、抱青别墅、静逸别墅、孤云草舍、秋水山庄、第一届西湖博览会旧址等历史文化遗存。真是：北山湖水几多弯，时空合一望不断。

西湖的一抹风、一丝雨、一声响，皆是文化。一九二四年九月二十五日下午，张爱玲的先生胡兰成正在享受白堤，就听一声响——雷峰塔倒了。白娘子从雷峰塔下抬起身来，但见许仙打着保和堂药铺的伞急急赶来。当然后两句是我的演绎了。

杭州诗书与园林荟萃，人文共山水一色。西湖故事多，岁月如水波。诗词水中行，风韵耐猜度。西湖，这是一个旷世佳人，千古水神。上苍对西湖是这样的眷顾，西湖当惊世界殊！

与西湖直接有关的文化名人至少有一百多，西湖畔若不出一百多名人，还真是辜负了这片山水。在湖边的一条街又一条街，都可以闻到一个时代又一个时代的气息和韵味。

杭州的历史文化只有杭州的自然风景配得上，杭州的自然风景也只有杭州的历史文化配得上。

杭州春有苏堤春晓，夏有曲院风荷，秋有平湖秋月，冬有断桥残雪。仰望双峰插云，俯瞰花港观鱼，远听南屏晚钟，近享柳浪闻莺。更有六和观潮、白马凌空、海立天风、灵隐禅踪、古刹飞峰、回龙春淙等等。真是美丽着西湖的美丽，承载着西湖的承载，也承载着今日西湖的光荣与梦想。

西湖无处无典故，无处不景观。譬如从萧山下了一桥就是六和塔，然后是虎跑、动物园、满陇桂雨、杨公堤。杭州半是山水半是城，半是景点半是人。杭人自有景中缘。不过如今一到旅游旺季，景中便鲜有杭人了，杭人可能去爬山可能去周边，西湖景点便是东南西北五湖四海人，尤其是把西湖视为后花园的上海人。

节日西湖的断桥上，最是站满了人，那断桥是断不了啦，即使桥断了，那些人也连成一座桥了。

西湖有长桥，有断桥，有孤山。但是长桥不长，断桥不断，孤山不孤。湖不大不小，山不高不低，水不深不浅，温柔和谐不温不火。然而浙人在不温不火的茶香中，有声有色地创业。西湖周边到底有多少茶室？这个题目或许可以考倒所有的当地人。

梅家坞、龙井村等等茶乡，家家有茶室，更有供你品茶的一份闲适。茶农奉茶，只用玻璃杯。让你先观水中绿，再品茶叶香。观，而后品；品，而后赏。似觉得那满山满坡的绿茶，都已入得杯中。

一千三百多年前，唐朝的陆羽来到杭州，茶文化传入皇家公侯。入宋，喝茶、斗茶，活脱脱一幅南宋茶俗图。明朝，杭州已遍布茶馆、茶庄。清朝乾隆三十年三月二十日的诏书中，有这样的文字："茶乃水中之君子""朕巡视江南六次，遍尝天下名茶，唯觉杭州龙井茶色绿、香清、味甘、形美，为茶中之佳品，因此故四下龙井，观农采茶。"

一个无处不龙井的城市，自有水中君子之风。沿着西湖一圈走，密密树荫一层层，处处皆有喝茶人。或许西湖，本是个茶水壶？拂晓，童颜鹤发的老年人穿行在林间。"早上好！""你好！"的声音洒落到花间树下茶杯里，尤像森林晨曲。

今日世界，如果更多的人坐在一起喝茶，就多一份君子之风，就多一份世界和平。

西湖无处不龙井。龙井无处不文化。不知是西湖在品人，还是茶人在品湖。

元朝时，意大利旅行家马可·波罗盛赞杭州是"世界上最美丽华贵的城市"。梁山伯祝英台窗下共读，白娘子许仙雨中同行，佳话连连，美人频频。世人常说西湖很女性，但是西湖的美人缘不盖西湖的英雄气。岳飞、于谦、张苍水，杭州堂堂三杰！人在岳庙，凭栏处，潇潇雨歇。抬头望，壮怀激烈！岳飞手书的《满江红》词，代代皆知，浩荡励志！

吴越钱王钱镠，和他之后的共五位钱王，保境安民，光泽百世。有土斯有财。张岱在《钱王祠》里有这样的名句："五胡纷扰中华地，歌舞西湖近百秋。"

宋代列百家姓，当时皇帝姓赵，赵匡胤，赵姓便列首位。第二位，便是钱镠的钱。而后才有几十代的钱姓名人，有钱谦益、钱锺书，有钱三强、钱伟长、钱学森。西湖更有伍子胥、文天祥、章太炎等等名人。道光年间礼部主事、被柳亚子誉为"三百年来第一流"的杭人龚自珍，是一百五十年前与马克思同时期的思想家。他仁和（今杭州）老家的东面有伍公祠（伍子胥），北面有胡公祠（胡宗宪），栖霞岭下有岳王庙，三台山麓有于谦祠，吴山顶有为按察御史周新建的城隍阁。真是清官大荟萃，又是冤案博览会。有人说龚自珍只能出生在文化浓烈的西湖边，这与蔡元培、鲁迅当然是浙江人一样。

清诗人袁枚有诗曰："赖有岳于双少保，人间始觉重西湖。"

西湖重，因了岳飞、于谦，又不仅仅因为岳飞、于谦，还有抗清英雄张苍水的临刑绝呼："好山色！"这是英雄留给这个世界的最后的声音。

西湖重，还因为前"市长"白居易和苏东坡，山上的鸟都认识他们，水里的鱼都认识他们。

西湖，传递着一份份经久的感动。雷峰塔、保俶塔像立在山上的两支火炬，点燃着激情和光荣。

宋人吴惟信的诗曰："湿了荷花雨便休，晚风归柳淡于秋。"西湖人，喝着龙井，剥着莲蓬，论剑称雄，写着今日的西湖重。

中国"杭州西湖文化景观"在联合国教科文组织第三十五届世界遗产委员会会议上，正式列入《世界遗产名录》。会议尤其指出西湖景观在十个多世纪的持续演变中，使"天人合一"的哲理日臻完善。

西湖，"三面云山一面城"，山也和谐，水也和谐。山在城里，水在山里，树在水里，城在树里。

一九二〇年十月，英国著名哲学家罗素应蔡元培和梁启超之邀来中国。他说："西湖的古文明，其绝顶之美，赛过意大利。"西湖的优雅美丽，那种千丝万缕的脉络，延伸在湖边飘拂的垂柳中，流淌在晚霞烘托的扁舟旁，融会到深秋铺路的黄叶里。

杭州最不缺少的，是景观。西湖边上随便取一个景，随便切一块下来皆是公园，每个杭州市民的"私家"花园。

就见两位老外，光着上身只穿短裤绕湖慢跑，让肌肤淋漓尽致地感受细雨的爱抚。看他们那幸福的神情，应该是爱上了西湖。

绕着西湖转的，还有音乐，观光车上永远播放着小提琴协奏曲《梁祝》。

一座被爱情滋润的城市，鲜活美丽。杭州的《都市快报》曾经有篇醒目的报道，叫作《第一朵荷花开了》。

杭州的市花是桂花，并不是荷花。感受着第一朵荷花引来的欢欣、热闹，我不由想，此外还有哪个城市会把荷花宝宝放到新闻头条？

这是对美的希冀和对美的体会！

现代社会行色匆匆，好像只有到西湖，才会放慢脚步。一个个游人在西湖边上痴痴地握着手机、照相机。人在湖边走，边走边与那湖、那树对话。那一个个镜头里的一幅幅照片，是不需要翻译的世界语，是西湖美丽的表达。

湖也留客，树也留客，游人来到湖滨路，每每被那铺天盖地的美镇住，就不知道眼睛应该长在哪里才好——前后左右的不知先看哪里了。能曲径处就曲径，得通幽处且通幽，视线能及的任何一个花窗树廊，都是大自然与诗歌连接起来的地方。

啊，杭州的湖水，是长满诗文的。杭州的天空，是住满绿树的。丰厚的绿在天上摆开。是谁，把不尽的绿色，倾倒下来？是谁，让精巧的细节，作美的表白？有什么比爱，更激情澎湃？

在西湖边，我的眼睛与树亲密接触，我的相机与树从不同角度对话。我拎着相机沿着西湖边走边拍。偶一回头，远处忽见一人划来一叶扁舟，把整个画面搅动了起来呀，又是好景！我不觉往回走，往回拍，于是便如迷路一般，再走不到预设的目标。我每每总想这天要拍湖边哪一段路，但是从来没能按计划进行。因为，我回头了。

在西湖摄影不要回头看。

否则就走不动了。

令我足资吹牛的是，三十八九度，又是正午，手握照相机，漫步湖滨路。人人说酷暑，本人不在乎。

但是，问题很快就冒出来了。那船，那湖，那塔，那树，那亭，那路，每天的阳光是不一样的表情，每天的游客是不一样的投影。风里雨里、阴天晴天都是别样风景。

我本来是晚睡晚起的，但是住在湖边，多晚睡，也常常有一个声音在催我快起：今晨有没有太阳？我六点钟一起床就走到窗前，看看这天能不能一早去照几张景？完全不影响上午的安排。我从来没有这样关心过太阳，我变得像农民一样靠天吃饭。

杭州一回头一美景，一抬头一故居。

杭州可以办一所摄影学校，老师的名字叫西湖。

西湖，用铺天盖地的美丽，给我们带来不断的惊喜。不管是西湖大树，还是西湖小草，都在告诉我：西湖这个地方，进去容易离开难。没有去过西湖是一种遗憾，去过西湖而不能再去，更是遗憾！

明代狂客钟禧有诗曰："万顷西湖水贴天，芙蓉杨柳乱秋烟。湖边为问山多少？每个峰头住一年。"

而我想：湖边为问树多少？每棵树下待半天。

至少，待在夜西湖的树下，看湖里闪亮起雷峰塔和城隍阁那金色的灯光。金光融入湖水，化成摇动的碎金，摇碎一湖金。湖也碎了，心也碎了。

原载《中国文化报》2018年2月27日

洛舍漾

张抗抗

洛舍，杭嘉湖平原一个水乡小镇。

洛舍是个喜乐的名字，北宋宣和年间，此地曾有"乐舍"之称，意即江南富庶宜居之地，也有说指南迁至此的洛阳人集居地，至近代终定名"洛舍"。小镇位于湖州市德清县境内，距著名的莫干山尚有二十七公里，距新市古镇也有三十公里左右，因而另成一隅自得其乐。小镇很小，一条街就走完了；小镇很老，史考早在新石器时代此地便有古村落聚居。小镇史上农桑稻米渔业丰衣足食，安逸闲静与世无争。但洛舍的与众不同，在于镇北有一个"大漾"，其水面浩阔，水波淼淼。我小时候站在大通桥头瞭望"洛舍漾"，觉得它像大海一样，坦坦荡荡望不到边际。那边——大人指着漾的远处说：岸北边就到邻县吴兴了。

"漾"——水流长、水摇动貌。《辞海》"漾"字解：泛、荡之意。漾水，古水名。漾漾，水波动荡。那首著名的苏联歌曲《山楂树》歌词：歌声轻轻荡漾在黄昏的水面上……

由此可知洛舍漾湖面宽泛，流水灵动。这个"漾"字用在这里，一字尽得风流。漾以洛舍得名，洛舍以漾为荣。洛舍漾水域条件优越，清康熙《德清县志》载："鱼菱之利匪鲜。"据《德清水利志》记载，洛舍漾面积两千多亩，南起洛舍镇，北迄湖州市东林乡，北过湖州而入太湖。东苕溪从德清穿境而过，洛舍漾为东苕溪水系形成的湖泊，而东苕溪来自东天目山。古往今来，水就这么来去自由地荡漾着。饱满充盈的漾水，经过镇东的大通桥，与小镇的河港连成一体。在我幼年的记忆里，一条条河港穿镇而过，房屋被四通八岔的河湾环绕，家家的后门头都有涤衣洗菜的河埠。石阶下的水中立着系船的木桩，小河埠停小船，大河埠停大船，大大小小的河埠，就像小镇的门槛，船是小镇人的鞋子，上船出门，每一条河港都通往洛舍漾也通向大运河，我的妈妈就这样从运河跑到外面世界去了。

曾经的洛舍小镇，是温暖的外婆家。外婆离世很多年，小镇依然是外婆家。我离开小镇半个多世纪了，小镇依然是永远的外婆家。半个多世纪之前，从杭州去洛舍，坐摇橹的木船在大运河走一夜；后来是时长五小时的小火轮；再后来，通了汽车；再后来，是高速公路。河港一年年少下去，楼房一年年多起来。上个世纪六十年代起，小镇填河铺路填河建房，水乡成了平地，失去河流的小镇，就像饥渴多病的躯体，有了衰颓之相。每次回去探望它，心里都有隐隐的痛。

幸好还有一座碧水盈盈的洛舍漾，安静地守护着小镇。湿润的水汽从湖上飘过来又散开去，犹如甘霖洒在小镇的上空。幸好洛舍是洛舍漾的小镇，洛舍漾用它丰沛的水滋润着，养护着小镇，于是，很多年后的一个春天，小镇苏醒过来。

我有几年没来外婆家了呢？变化恰恰就是在这几年里发生的。当我再次踏上洛舍镇的大通桥，我见到的是一座秀雅的小镇，临河一长排高大密集葱翠的香樟树和整洁的石板路，拉开了水乡情韵的序幕：白墙黛瓦的古镇老屋，保留了老镇的房屋风格，白墙上搭建着精致的黑瓦雨檐，是老房子的格调。房檐屋檩都是老款，细格子木门木窗，一线光亮从遥远的时光里透过来。宽敞的木栈道立在水中，沿着外河的岸边延伸，像我小时候见过的石板"塘堤"，凌空架在河里。一个湾又一个湾，从西墩到弄里，把整个洛舍镇的河湾和水墩环成了一个整体。江南多雨，木栈道上设有古色古香的木质长廊，还有供人休息的靠背长椅，让人想起早年洛舍小镇"南海"的廊棚。河埠头是必须有的，设计成了一条带篷顶的方头船形状，有妇人蹲在水边洗涤，河水一圈一圈荡漾开去。从洛舍漾来又到洛舍漾去的河水，清凌凌慢悠悠，像水乡人悠闲散淡的性格，更像一幅幅烟雨朦胧的水墨画。对岸的土墩也是从前的样子，从葱茏的树林竹园里，隐约露出房屋的一角，树下的河埠拴着一条条小木船，随时可解缆出门。在这幅图画中，河埠与船是不可缺少的，它们代表着水乡活着的生命，以及一种未被侵犯或改变的生活方式。有老家的亲戚笑吟吟从屋子里走出来，亲热地和我拉着手说话，可知这老房子不是用来参观，而是有人住的。再往前走，脚步停下了，一幢砖房门楣上写着"洛舍站"三个字。认出这是哪里了吗？当年你从杭州来，就是在这里下船的。哦，是轮船码头！码头依稀还有旧日的影子，一级级通往河里的石台阶，或许留着我幼年的脚印儿。尽管不再有轮船往来，小镇却保留了这个码头。我看见了多年前的洛舍站，从大运河来的客轮渐渐靠岸，雾气中隐隐可辨出码头上那个等候我们的熟悉身影，河上的风，掀起外婆带襟扣的衣襟……

　　我惊讶我欢喜。洛舍不再是原来那个洛舍，却更具水乡小镇的情致了。这是洛舍人多年来"精心策划"的老镇改造行动，既不伤筋动骨更非大拆大建，只是依着洛舍河湾的走向顺势而为，将多年的老河道进行疏通，让流水更通畅；路跟着河走，道路所经之处，临河的老房子都露出了外墙，再略加修整装饰，凸显出杭嘉湖农家的建筑元素。等于在洛舍老镇的外围，以河为界，以水为媒，置换出一个生活与休闲多用、民众可参与可共享的湿地公园。这个新洛舍综合治理的设计方案，具有相当的审美品位，规划方案出自年轻的镇领导班子的集体智慧。中国美术学院的一个设计团队，提供了与之默契的图纸。既然过去的老镇已回不去了，尽可能多留住一些水乡的风采和神韵，是今人责无旁贷的使命。

我的目光被栈道拐角上一个木制垃圾箱所吸引。这个垃圾箱的与众不同之处，在于它的箱檐上有一排黑白两色的琴键。确实是琴键，钢琴的琴键。它被巧妙地绘制于垃圾箱上，提醒或炫耀着钢琴制作与洛舍小镇的关系。这或许是一个略带传奇色彩的故事，平凡的小镇并不甘于平庸，闲适的小镇人也能创造奇迹。上个世纪八十年代中期，小镇开始生产一种钢琴，初名"伯牙"，是专门从上海钢琴厂聘请来退休的老师傅，常驻洛舍精心研制打造出来的牌子。钢琴音质不错，价格适中，很受学琴的家庭欢迎。前几年网上流传一个小段子，说去洛舍购琴，在展销大厅遇一大妈，给他们讲解洛舍钢琴的种种优点，并随手给他们弹了一段钢琴曲，手法流畅娴熟。大家以为她是钢琴厂的导购员，最后发现她竟是钢琴厂的清洁工，可见洛舍钢琴的普及程度。三十年过去，洛舍钢琴顽强地繁衍发展，如今多家民营企业并存，年产钢琴达五万台，演绎出"农民"造钢琴的传奇。优雅的琴声打破了小镇上空的宁静，琴声如流水、流水如琴声，钢琴与古镇、音乐与洛水，就此结缘。

　　短短几年，小镇的变化令人吃惊。当年我插队的陆家湾村，环村皆水港，从镇上走水路，小船穿过洛舍漾，得大半个小时，或步行穿过砂村和张家湾，也得近一个钟点。而今陆家湾与张家湾已合并张陆湾村，从镇上开车过去只几分钟。陆家湾的大樟树依旧繁茂，村中心那个终年水量丰盈的大水塘，用条石砌垒加固，周围配有石凳长椅，成为村民的休闲场所。当年木条凳的俱乐部，改建成了舒适的文化会堂，旁边还有一个小型村史馆。村里的小河小桥都在，想起我和两个同班女生在河里学习划船，那条木船歪歪斜斜地一次次撞击着两边的河岸，却怎么也划不进洛舍漾。

　　是的，那一年我十九岁，正是"诗和远方"的年龄，小村子已容不下我的理想。我至今清楚地记得，那个月夜，我辗转坐上长途汽车回到杭州，报名去北大荒。然后又返回陆家湾村，收拾完行李后，叫了一条小木船，把自己的私人物品运去洛舍码头。我几乎像逃离一般告别了陆家湾，当时外婆正在杭州，我却没忘记把生产队分给我的那只竹榻送去了外婆家。小船穿过苍茫迷蒙的洛舍漾，看不见前方的岸在哪里。灰色的水波一浪一浪地拍打船舷，唰的一声，船底擦过了湖上的鱼寮，金色的鳜鱼从水面上跃起。那一刻我听见了洛舍漾的心跳，如同我青春慌乱的激情。洛舍漾终究没有留住我，但我在离开后的很多年中，洛舍漾却像一幅模糊而又清晰的黑白照片，从未被记忆覆盖。

半个世纪之后的这个春天，我们去一个叫作"洛漾半岛"的地方吃鱼。洛漾半岛据说原是洛舍漾南端的一座风水墩，经过规划整治，变成了一座绿草茵茵鲜花烂漫的水上公园。

迎接我的是一条古色古香的木结构画舫，不是当年的小船，而是一条气度轩昂、可观景亦可用餐的大船。它泊于洛舍漾岸边，静候八方来客。人在其中，几乎感觉不到洛舍漾水浪的晃动。从窗口望出去，洛舍漾辽阔的湖面依旧烟雨朦胧，是我多年前熟悉的水景。漾水平静而淡定，冷眼察看着世事沧桑，波澜不兴处变不惊。很久以前的日子渐渐从水的深处浮上来，那时候，老镇的小街商铺盈客，临河有一长排茶馆面馆，房屋都站在水里，底下用一根根圆柱撑起来，像一只只长脚鹭鸶。从河上摇来小船，叫卖青菜鲜鱼，从窗口把竹篮放下去，提上来就是，再把钱币放在竹篮里放下去付账。小镇往昔的日常风景，那些安逸的旧时光已不复再现。那一刻，我领悟了洛舍漾的温情与柔韧。它拥有宽大包容的胸怀，咽下了也盛下了历史的所有苦难。

如今的洛舍漾一如既往地荡漾着，慷慨地用它所有的气力，把一条条大船托举在湖面上。洛舍漾有自己应循的水道，它终究要经太湖入黄浦江而汇东海。

原载《人民日报》2018年8月22日

孩子、驴子和水

梁晓声

那是一头漂亮驴子。三岁多，能干不少活了。

驴子属于牲畜。

若将迄今为止的中国历史数字化，则可以这么说，此前十之八九的世纪是农业史。全人类的历史也是如此。在漫长的农业时期，牛马骡驴四类能帮人干活的牲畜，也被中国某些省份的农民叫作"牲口"。牲畜是世界性叫法；"牲口"是中国的特殊叫法。特殊就特殊在，视它们为另册的"一口"。在古代，评估一个农村大家族兴旺程度时，每言人口多少，"牲口"多少。"土改"时划成分，土地和"牲口"是两项主要依据。若一户农民分到了一头"牲口"，必会兴高采烈。

"牲口"实际上是对牲畜含有敬意的尊称，后来才演变成辱人话的。

在四类"牲口"中，驴子的地位排在最后。牛马骡的力气都比它大，它干不了的重活，对牛马骡不是个事儿。通常情况下，驴的本职工作是拉碾子或磨，拉轻便的载物小车，代足。如果代足，骑它的大抵是女人、老人和孩子。男人一般是不骑驴的，觉得失风度。若驴干的是第一种活，那时它是比较可怜的。怕它晕，人要将它的眼罩上。它围着磨盘或碾盘，转了一圈又一圈。即使很累了，人不喝止，它自己则不停止。往往，一干就是一天。秋季，须去壳的粮食多，一两个月内，它从早到晚被罩着眼，拉着沉重的碾石或磨扇，一千圈一千圈地转啊转的。它也往往充当拉大车的牛马骡的边套。驴那时是不惜力气的，实心实意地往前拉。可一卸了车，人首先将水桶和草料袋子拎向驾辕的牛马骡，待它们饮够吃饱了，才轮到驴。人觉得，最辛苦的当然是驾辕的牲口。在"大牲口"中，驴一向被视为小字辈。如果牛马骡是自家的，且正当壮年，农民往往会以欣赏的目光望着它们，目光中有时甚至流露着感激；却很少以那种目光看驴。

但，那孩子却经常以欣赏的目光望着自家的驴，欣赏起来没个够。在他眼中，他家的驴好漂亮啊——兔耳似的一对耳朵，睫毛很长又整齐的眼睛，不宽不窄的头，不厚不薄的唇，肩部那条驴们特有的招牌式的深色条纹，直直的腿，完好的尚未受损的蹄……总之，在那孩子眼中，他家的驴哪儿都漂亮，没有一处不耐看。

十六岁的少年只从印刷品上见过牛和马，还没见过真的。至于骡，他仅仅会写那个字，都没从印刷品上见过。他也暗自承认印刷品上的牛和马皆很精神，各有各的雄姿。但它们是印在纸上的，不是他家的呀。而且，不论他还是他父母，都不敢想自己家里会有一头牛或一匹马。中国刚实行分田到户不久，全村哪一户人家都不敢做家有大牲口的梦。

那个村太小，在大山深处，东一户西一户的，几十户农家分散而居，围绕着面积有限的一片可耕地。不论每家的人多么勤劳，那片土地上打下的粮食从没使人们吃饱过。后来，被迁到此处的农户多了，全村就只能年年靠救济粮度日了。

然而那少年当年却是有自己的梦的，他正处在喜欢有梦想的年龄。他家的驴是好的，他的梦想是它经常做母亲，每年都会生下小驴，一头头送给别人家，于是全村有很多驴，家家都有小驴车。女人、老人和孩子们，经常可以进县城了。十六岁的他，还没进过县城。进过县城的孩子是有数的几个，进县城

43

是他的另一个梦。

他不可能不对别人说说自己的梦想，首先听他说过的是他父亲。

"不许你再做那种大头梦！你也是驴脑子呀？还梦想着家家都养驴！人不喝水啦？！"

父亲生气地一训，他就再也不在家里说他的梦想了。

对于一个少年，心有梦想是憋不住的。不久，老师和同学们也知道他的梦想了。同学们对他的梦想都持嘲笑态度——和驴联系在一起的梦想，也能算是梦想么？梦想应该是高级的想法嘛！老师却对他的梦想深有感触，还鼓励他写出来。他就写了。几个月后，他家的驴出了名，他也出了名，因为他的梦想登在县里的文学刊物上了。同村的同学将此事在村中说开了，不仅他的父母，村里的大人都对他刮目相看了。

但是对那头驴，他父亲的既定方针并没改变——尽快卖掉。那也就意味着，县里某些饭馆的菜单上，会多了以"驴肉"二字吸引人眼球的菜名；县城里没有靠驴来干的什么活。村里的大人们也都认为，他父亲尽快那么做了，才不失为明智的一家之主。

分田到户时，那头驴出生不久。它母亲是队里重要的公共财富，为队里贡献了毕生力气，生下它没隔几天就病死了。它的父亲是另一个队的牲口，被杀掉了，将肉分吃了。小驴没人家要，都明白长大了谁家也养不起，驴的胃口并不比牛马骡小多少，单干了，每家才分一二亩地，庄稼活人就干得过来，何必非养一头驴？少年的父亲出于恻隐之心，将小驴牵回了家。果不其然，驴子后来给他家带来了很大的烦恼——全村人仅靠一口井解决饮用水问题，井水忽然变浅了。县里的地质专家给出的结论是，水层太薄，已快渗完了。解决方案是，须找准水层丰沛的地方，用钻井机再钻出一处深井，起码得钻一百几十米深，也许还要深，并且要靠汲水设备将水汲上来。总之，在当年，少说得花十几万元。村里的人家生活都很困难，凑不了那么大数的一笔钱，只得作罢。后来，井水更浅了。便每家轮流用水。轮到谁家，将孩子和桶轮流吊下井去，一大碗一大碗地往桶里装水。各户人家斯时都全家出动，一切能盛水的东西都用上，轮到一次要一周多呢！倘缺水了，就得向别人家借水啊！

轮到那少年家时，他母亲将驴子也牵到井边。拽上的第一桶水先不往家里拎，而是先让驴子饮个够。那驴经常处于渴而无水可饮的情况，有几次都闯入屋里找水喝。见着水，饮得像没个够似的。往往，它一抬头，一小桶水已饮光了。有村人看见，心里便生气了——"专家说水层都快渗不出水来了，那话你家人也听到了！还讲不讲点人道主义啦？"少年的母亲也生气了："到哪时说哪时，现在不是还有水吗？有水我就不能让我家的驴活活渴死！我家的驴还被别人家借去干过许多活呢，这又该怎么说？"

结果，吵了起来。少年赶紧将驴牵回家，他父亲则急忙跑到井那儿去制止自己的老婆，向对方谢罪。也许，他父亲的内心里，也曾有过如儿子一样的梦想——造一辆小驴车，使自己的老婆儿子进县城变得容易些。没想到出水的实际问题，梦想破灭了。自从发生了吵架事件，少年的父亲卖驴的想法更急迫了，只不过一时还找不到出价合理的买主。而少年望着他眼中那头漂亮的驴子时，目光忧郁了，他变得心事重重了。两年过去了，他家的驴却没卖，真相是——每天夜里，他将驴牵到井边，将长绳的一端系在驴身上，另一端系自己腰上，一手拎小桶，缓缓下到十几米深的井里。好在井壁并不平滑，突出着些石凸，可踏足。预先测准距离，并无危险。驴也听话，命它在哪站定，就老老实实站在哪儿，一动不动。待拎上半桶水，看着驴一口气饮光了，再下井。每次临走，还要拎回家半小桶水。那驴聪明，经过两次后，明白小主人的半夜行动是出于对它的爱心，以后极配合。因为半夜饮足了水，白天不那么渴了，不犯驴脾气了，干起活来格外有劲儿了。某夜下雪，他粗心大意，留下了蹄印和足迹。天亮后，一些男人女人聚到他家院门前，嚷嚷成一片，指责他家人偷水。

丢人啊！

但那种行为确实是偷嘛！

他母亲臊得不出屋，他父亲当众扇了他一耳光，保证当日就杀驴，驴肉分给每一家，算是谢罪。待人们散去，父亲一会儿磨刀，一会儿结绳套。瞪着驴，刚说完非把你杀了不可，叹口气又说，我下得了手吗？要不就吊死你！又瞪着少年吼，我一个人弄得死它吗？你必须帮我！

少年流泪不止。

驴也意识到问题严重，大祸即将临头了，在圈内贴壁而站，惴惴不安。

那时村里出现了几名军人，是招兵的。为首的是位连长，被支书安排住到了他家。该县是贫困县，该村是贫困村。上级指示，招兵也应向贫困村倾斜，所以他们亲自来了。

天黑后，趁父母没注意，少年进了连长住的小屋。

连长笑问："想走我后门参军？那可不行。我住在你家里也不能为你开后门。招兵是严肃的事，各方面必须符合条件。"

他哭了。说自己参得了军参不了军无所谓，尽管自己非常想参军——他哀求连长们走时，将他家的驴买走，那等于救它一命。他夸他家的驴是一头多么多么能干活的驴，绝不会使部队白养的。

连长从枕下抽出两期杂志，又问："发表在这上边的两篇关于驴的散文，是你写的？"

那时他已发表了第二篇散文，第二篇比第一篇反响更好。他点头承认。连长是喜欢文学的人，杂志是在县里买的。上世纪八十年代的中国，是文学很热的年代，那份杂志是县里的文化名片。

一位招兵的连长，一个贫困农村的少年，因为文学的作用忽然有了共同语言。

连长说："你对你家的驴感情很深啊！"

他说："它早已经是我朋友了。它为我家为别人家干了那么多活，人得讲良心。"

连长思忖着说："是啊，是啊，完全同意你的话。"

由于家中住了一位连长，他爸暂且不提怎么弄死那头驴了。

而那少年，已过十八岁生日了，严格说属于小青年了。他和同村的几名小青年到县里一检查身体，都合乎入伍条件，于是都成了新兵。即将离村时，唯独他迟迟不出家门。连长迈进他家院子，见他抱着驴头在哭呢。

他父亲说："你倒是快走哇！"

他就跪下了，对父亲说："爸，千万别杀死我的朋友……我走了，不是等于省下一份给它喝的水了吗？"

连长表情为之戚然，也说："老乡，告诉大家，我保证，一回到部队就号召捐款，争取能为你们村集到一笔打机井的钱。"

连长和他刚走出院子，驴圈里猛响起一阵驴叫，听来像是驴也放声大哭了……

2017年12月某日，在一次扶贫题材的电视剧提纲讨论会上，一位转业后当起了影视投资公司项目主管的曾经的团长，讲了以上他和一头驴子的往事。

讨论会我也应邀参加了。

有人问："你们那个县现在情况如何了？"

他说还是贫困县，但已确实在发生一年比一年好的变化。

有人问："你们那个村呢？"

他说已有两口机井，不再缺水了；与县城之间，也有一条畅通的公路了。

导演问："那头驴后来怎么样了？"

曾经的步兵团的团长，五十几岁的大老爷们，眼眶顿时湿了。他说，据他父亲讲，当年为了送一名难产的女人到县医院去，一路奔跑，累死在医院门前了。

他说，他无法证实父亲的话是真是假。既然村里人的口径也一致，他宁愿相信真是那么回事。

"导演，请把我的朋友写到剧本中吧。没有它，我也许不会热爱上文学，也许不会有现在这一种人生。我一直在想用什么方式纪念它，人得讲良心，求

47

你了……"

众人肃然。而且，愀然。

导演李文岐看着编剧说："加上这个情节，必须。否则，咱们都成了没良心的人了，可咱们得成为讲良心的人！"

众人点头。

原载《解放日报》2018年2月8日

记忆中的一些碎片

叶兆言

1

记不清楚哪一年，应该是八十年代末，在北京，何立伟带着我们一起去见史铁生。为什么会是他率领，为什么我们要去，真有些忘记了。伟哥曾在文章中说过这事，因此也可以算有文字为证。

反正这是第一次见到铁生，心仪已久，一见如故，好像早就认识。铁生的那个家很小，在胡同里，老屋，一个乱糟糟的小院。隔着时间窗纱，一切都变得十分模糊。那时候的陈希米很年轻，完全还是个小丫头，大家有说有笑，她似乎什么也没参与，说不上话。后来肚子饿了，铁生说下些面条吧，有挂面，然后就有了一大锅热乎乎的汤面。我们吃得很香，吃得稀里哗啦，动静很大，都一个劲地喊好吃，好吃。

完全忘记当时说过什么，显然是无主题乱说，能记住的，让人念念不忘，是铁生特有的阳光，说不说话，都让人如沐春风。铁生的一生一直被病魔折磨，可是他天生就有佛相，光明磊落，恒常清静，是我一生中见过心智最健康的一位。说他能够自带光环并不为过，与熟悉的朋友追忆铁生，很多人都有差不多的体会。

　　我和铁生都是很早就开始用电脑写作的，有一段时间，十分认真地切磋过打印机字体。我们都是使用九针打印机，他的打印机打出的字体不好看，我建议可以尝试一下我的软盘。结果这事好像也不了了之，毕竟我们都不懂计算机技术，使用的机型都很原始，讨论来讨论去，只能在纸上谈兵。他承认我的打印机打出来的字体更好看，确实比他的强。我也给他寄过一份软盘，能不能用，也不知道。九针打印机太古老，很快就淘汰了。

2

　　到了1996年，我们有一次很好的机会，又在杭州相遇，当时有余华、苏童、格非，还有马原。大家一空下来，都跑到铁生房间聊天。仍然记不清说些什么，天南海北瞎说，东方西方胡诌。与铁生在一起，不会觉得没话说，说啥都不重要。他坐在床上，过一会就换个姿势。突然，铁生的眼睛发亮，说是不是地震了。我们都一怔，经他提醒，似乎也有些感觉，意识到大楼在晃动，感觉越来越明显。

　　服务员在走道里惊恐地喊起来。地震消息立刻被证实了，我们都感到非常震惊。不是为了发生地震而震惊，地震并没有什么了不起，是感叹最先能感觉到地震的，竟然是高位截瘫的铁生。为什么他会比我们更敏感呢？记得那一年在杭州，除了这场不太大的地震，还有霍里菲尔德与泰森的拳击世纪大战。当时舆论一致认为泰森必胜，解说员使用的词汇，是猜测在第几个回合可以击倒霍里菲尔德。

　　我们却希望霍里菲尔德能赢，能够绝处逢生，能够以弱胜强。巅峰时期的泰森人挡杀人，佛挡杀佛，不可一世，结果还真是霍里菲尔德获得了胜利。马原像小孩子一样跳起来欢呼，他的个子大，跳起来动静也大。这是一次非常值得纪念的聚会，我们很高兴地看着铁生领奖，看他荣获大奖，正是因为这个奖，大家才聚集在了一起。铁生坐在轮椅上，红光满面。他行动不方便，出门很不容易，大家都发自内心地为他高兴。

我们并没有聚在一起过多地谈文学，文学这个东西，有时候完全没什么好唠叨，根本也聊不起来。仔细回想过去，好像从来也没跟铁生认真地聊过什么文学。事实上，不只是与铁生，与其他志同道合的作家朋友，一样很少一本正经地谈文学。文学这玩意说不清楚，从来就不是用来夸夸其谈的，向作家表示致敬，莫过于认真地读他的作品。作家之间的交往，更多还是应该通过阅读，通过阅读对方的作品。铁生的文字中，总是会有一种少有的安静，这种安静足以让我们无限地敬重他。

和铁生联系并不多，甚至可以说是很少。在铁生的印象中，我和苏童，还有余华和格非，这几位都是差不多时期冒出来的一茬庄稼，都有着相同的江南生长背景。那时候，恐怕不只是铁生心里这么想，很多读者都会这么认为。我们经常被放在一起议论，记得朱伟曾想在《人民文学》上凑热闹，发个专号，约了我们四个人。他们三位的小说都准时到达，偏偏我的那篇小说在邮路上耽误了，结果没能一起发表。此后不久，朱伟便因为这个那个不再管事，很快又离开了《人民文学》。

铁生给我写信，结尾常会附加上一句向苏童问好。现在回忆起来，也是一种典型的时代痕迹，一种可有可无的客套。当时很多作家朋友与我通信，都会有这么一笔。还是那句话，也许在铁生看来，你们几位经常形迹可疑地被放在一起谈，虽然不曾梁山结义，差不多也应该是拜过把子的同伙，应该三天两头相聚。那些年我确实经常与苏童在一起，两人都在南京，后来干脆在一个单位，只要有活动，无论在哪，都会被安排在同一个房间。可是这种代为问好，有很多都会被忽视，因为真跟苏童在一起的时候，很可能就把这事给忘了。

还是那句话，作家之间交往，能够心心相印，通常都是借助作品相识，因为作品认同而结交。当然也有例外，譬如我跟苏童，或许都生活在南京的缘故，不知道怎么就先成了熟人。与马原见面也是莫名其妙，早在上世纪七十年代末我们居然就认识了。那时候我们都还是大学生，有点小野心的文学青年，都是恢复高考才上大学。在此之前，我当过四年工人，马原年龄比我大，工作年限也更长。

跟余华和格非的初次见面，则属于相见恨晚。因为很熟悉他们的作品，人还没见面，好像早就该认识。譬如第一次见余华，仿佛地下党接头。当时约好了在上海火车站相见，我和苏童从南京出发，余华从浙江嘉兴过来。说好了大致时间，那年头也没手机，写信约好时间，对方有没有收到信，不清楚。没高铁，也没动车，弄不清楚具体哪一班，就站在出站口死等。火车站人山人海，大包小包乱哄哄，一浪接一浪的人流涌出来。苏童此前跟余华有过一面之缘，此时也吃不准余华模样，一会说这个像，一会说那个可能就是，于是我们不停地乱喊，反正人家不答应，就肯定不是。我们等余华的样子实在太傻，最后只好灰溜溜放弃，执行第二方案，直接去另一个接头地点，去与台湾过来的两位编辑见面。刚到酒店门口，迎面碰上余华，他正从另一个方向走过来，笑容可掬。

与格非初次见面是在济南，这次我和苏童没有再傻乎乎地在火车站等他。我们直接被当地人接走了，格非到济南的时间不太好，好像是大清早。结果呢，他在车站广场的草地上先睡了一觉，等到大家正式见面，他给人的感觉，是还没睡醒。

3

跟铁生最后一次相聚，也还是在北京，在北京饭店。那天有个相当重要的会议，有人要讲话，说好了不准请假。然而铁生突然过来了，铁生同志过来看望大家。我们立刻觉得铁生才是更重要的人物，不约而同逃会，不去人民大会堂了。

仍然记不清楚当时还有谁，有林白，有陈村。写此文时，正好是新概念作文大赛期间，与陈村同住上海青松城，天天晚上一起聊天。说起那天聚会，问他还有谁。他记性好，说余华在，苏童也在，并说有照片为证。我是真的记不住还有谁了，印象中根本没有苏童和余华。与铁生在一起，铁生就是天然的中心，在他的光环下，别人很容易被忽略。实际上，我甚至连陈村当时在不在场，都有些怀疑。陈村说我回去查照片，这很容易。

陈希米也在，她当然应该在，从头到尾一直很安静。铁生有一辆很高级的电动残疾人车，起码在我看来是相当高级。大家都在房间里操纵这车，像小孩玩玩具车，只是那车太大了，马力很足，在房间里运行，基本上就是美国佬的"悍马"。一个很大的房间，不知道是谁的，也不知道为什么我们这些人会在这么一个巨大的空间里。规格有些特殊，肯定是哪位参会领导的房间。他一定跟我们一样，对铁生充满敬重，自己遵纪守法开会去了，把他的豪华房间让给了我们。

能够记住林白，是因为她坐在那辆残疾人车上，又瘦又小，显得非常无助，完全像个孩子，一惊一乍，根本驾驭不了那辆车。玩得最潇洒的还是铁生，行动自如，感觉他甚至都可以为我们表演漂移。那天印象最深的就是高兴，大家都很高兴，难得这么高兴。一个个岁数都老大不小，可是我们突然都变得年轻起来，都有了些孩子气。

为什么铁生在场的时候，大家的心情都会变得特别好，为什么铁生会让别人变得年轻？铁生让我们远离了俗世，为我们屏蔽了尘嚣。与铁生在一起，你能感觉到身心的健康，你会不知不觉地放松。你会羡慕他的开朗，认同他的平静，欣赏他的爱情，似乎也只有他，才配得上天使一般的陈希米。马原曾经很认真地说过，陈希米是上天派来照顾铁生的，有了她，大家都觉得我们可以放心了。

铁生过世的时候，我们心里都很难过，生死有命，富贵在天，早知道这一日是躲不过的。说起铁生，就好像回首上世纪八十年代和九十年代的文学，我们看到的都是阳光，都是春天。这当然不是文学的真相。事实上，我们内心深处很清楚，世界上哪有那么多的阳光和春天。铁生的日常生活，肯定充满了阴影，一个被病魔选中的人，他的生活质量一定会大打折扣，一定是非常不容易。铁生身体状况不太好的消息，一直在朋友之间流传。大家都在为他担心，为他祈祷，心里都明白，这一天他躲不过，谁也躲不过。

有了网络，大家几乎都在第一时间，知道铁生已经离开。落花流水春去也，接受也好，不接受也好，有些事谁也改变不了。转眼又过去八年，想起一句我们这一代人都熟悉的样板戏台词：

"八年了，别提他了！"

可是又怎么能够不提呢，怎么能？五四时期有一首著名的流行歌曲，《叫我如何不想她》，刘半农作词，赵元任谱曲，此时此刻，这首歌仿佛正在我耳边回响。枯树在冷风里摇，野火在暮色中烧，铁生是当代文学很重要的一个符号，一把可以测量上一个世纪八九十年代文学水准的很好标尺。没有人说得清楚，铁生留下的文字，已经达到了什么样的高度。是非任凭别人去说，然而在当代作家中，他无疑是我们最敬重的一位。他在我们心目中的位置，其他人永远无法替代。当代文坛并不缺乏优秀作家，像铁生这样遗世独立，这样让人众口一词，可以说绝无仅有。

最后补充一句，与铁生在北京饭店相聚，以陈村回家找到的照片为证，没有苏童和余华，有孙甘露，有查建英，还有邓一光。这充分说明铁生的光环下，别人在不在现场，不重要。

原载《收获》2018年第3期

湘潭看莲

王巨才

湘潭产莲，冠于湖湘。

当年诵读毛主席"芙蓉国里尽朝晖"，以为那只是浪漫主义的畅想，并非实指。及至这次去湘潭，才知道湖南自战国起就培植莲花，有近三千年历史。南朝江淹的"著缥菱兮出波，揽湘莲兮映渚"，五代谭用之的"秋风万里芙蓉国，暮雨千家薜荔村"，都印证了湘莲在南北朝以迄唐宋就相当有名，已成为文人学士倾心吟咏的对象。"芙蓉国"之称，非自当代。

湘莲品种多，以湘潭"寸三莲"品质最好。平常所说的湘莲，多指这种莲子。其特点是粒大饱满，洁白圆润，三粒排列一起长可一寸，故名。又因质地细腻，营养价值高，有健胃、安神、润肺、清心等显著功效，战国以降，例为朝廷贡品。清道光年间，宣宗皇帝"圣德恭俭，悉罢四方土贡，湘莲贡亦罢"（《湘潭志》）。宣宗在位时清朝统治已现颓势，他虽无力回天，但能看到这种"四方土贡"对官风民风的危害而禁止，也算一桩革除积弊的英明之举。新中国成立后，湘潭被定为国家湘莲出口基地。1987年全国首届食品博览会，湘潭"寸三莲"获头奖，被专家誉为"中国第一莲子"。1995年，湘潭被命名为"中国湘莲之乡"。时移势易，"湘莲甲天下，潭莲冠湖湘"的地位从未动摇。

今年天气异常，无论北方南方持续高温。我们是农历六月底去湘潭的，出发前北海公园第二十一届荷花展刚刚举办。北海赏荷是北京人的老传统，大清早四面八方的游众便蜂拥而至。多数是胸前挂着老年卡的银发一族，也有趁孩子假期从外地来京游览的。北海以荷花繁育经验丰富见称，今年除粉、白两色外，又增加了黄、绿、橙等新品种。从岸边放眼，但见从琼岛到公园南门一百多亩湖面上，菡萏竞发，暗香浮动，画舫轻驶，琴音低回，比往年又多了几许诗意。只是由于人挤嘈杂，也为避开大晌午的天气蒸烤，多数人只是抓紧时间跑前蹿后地找一理想位置照几张相便匆匆离去，这与古人"当轩对樽酒，四面芙蓉开"（王维）的观荷，"牵花怜共蒂，折藕爱莲丝"（王勃）的羡荷，"细嗅深看暗断肠，从今无意爱红芳"（皮日休）的恋荷，"向日但疑酥滴水，含风浑讶雪生香"（皮日休）的闻荷，"从今有雨君须记，来听萧萧打叶声"（韩愈）的听荷，以及"墨海灵光散紫霞，大千世界一莲花"（齐白石）的品荷，意趣不同，但也是各得其乐，难分轩轾。

到湘潭，入住高新区接待宾馆，一进客房便觉满目喜意。房间的整洁自不待言，最招人的，是果盘里那三枝绿莹莹、水灵灵子实鼓鼓乳钉突现的莲蓬，在这炎热的天气，用这种刚采摘的当地时鲜待客，既朴实，又真诚亲切，且让人一下子想到朱自清笔下莲叶田田、清风习习的月夜，身心顿觉凉爽下来。在县委宣传部白云部长指点下，掰开蓬松的莲室，取出碧绿的莲子，剥去莲壳莲衣，便是象牙色的籽肉了。呀！说真的，倘非亲自品尝，真不敢相信世上会有如此鲜美的果实。一粒入口，轻轻一咬那脆生生、甜丝丝爽嫩清香的滋味立马扩散开来，让人沁心沁肺，通身舒畅，仔细咂摸回味，不舍得下咽。这种奇妙的感觉，是平生从未体验过的，以致馋欲难禁，顾不得体面，将三只莲蓬一股脑剥食殆尽。过后自己也觉好笑：年老如我尚且若此，则稼轩笔下那个"溪头卧剥莲蓬"的"无赖"小儿，就不只是贪玩，也是馋嘴了。白部长说，这样新鲜的莲子也就吃个时令，过早过迟都不行，你们来得正是时候。

第二天早餐后，趁天凉，抓紧时间赶往花石镇。那里是寸三莲主产区，又是全国最大的湘莲交易市场。从县城到石花四十公里车程中，凭窗眺望，但见公路两旁从路边到遥远的山根下，视野所及，全是高高低低、迤逦无尽的莲田。晨风吹拂中，起起伏伏、相拥相接的莲叶犹如波光潋滟的湖水，而隐隐约约、依稀可见的莲朵则像黎明时分跌落湖中的星斗。这无远弗届的景象，自然是久困都市的人无法想见的，车厢里于是不时响起惊喜的赞叹，但无论司机还是白部长，都没停下车来让大家下去观赏的意思。这或许正如我儿时面对满山满谷金黄的糜谷和开遍川塬的洋芋花常常无动于衷，而在古元、力群、修军的眼里和版画作品中却是那样色彩浓烈、明艳动人一样。美感，常缘于陌生与距离。

花石镇出面接待的是位二十多岁的女副镇长，农大毕业，活泼干练，按白部长的称呼，我们也叫她小谭。因时近中午，阳光正烈，此行中又有几位最怕晒怕热的女同胞，小谭领我们沿万亩莲田观光大道取取景拍拍照，又到附近花石溪上的汉代古桥和旁边的十八罗汉山匆匆浏览一过，便回到政府会议室喝茶休息。小谭的父母都是莲农，见我们说到这一路几乎没看见下地干活的老乡，解释说，乡村六月无闲人，这会儿都在家里忙着呢。据她讲，作务莲田是一项费时费力、十分辛苦的活路。从整地、选藕、移栽到施肥、锄草、防治病虫害直至疏叶增蓬、分时采摘，一年四季连轴转，每个环节都不能耽搁。像现在这样的大热天，莲农都是黎明四点左右下地，蹚着泥水，忍着蚊虫叮咬和莲杆倒刺的划伤一直忙到九点收工，回到家里，全家老少立刻围在一起，剥莲蓬，取莲子，去莲壳，捅莲心，而后还要拿到太阳底下摊开晾晒。下午四五点钟，太阳偏西，忙罢室内活计的男女劳力又得下地作业，到晚上八点以后才擦黑回家。像这样紧张劳碌的一个夏天下来，莲农无论男女几乎都要脱掉一层皮。说句实话，他们的劳动，可不像诗歌里、舞台上、绘画中表现得那样惬意，浪漫。可能意识到我们也都是一帮舞文弄墨的人，小谭不着痕迹地找补一句：当然，那也是对劳动的诗意升华与赞美，是对美好生活的热切向往与呼唤，源于生活，高于生活，老百姓当然爱看。

这显然是一位有良好文化修养的年轻人。但除过她说的那些唯美作品，不还有李绅的"谁知盘中餐，粒粒皆辛苦"，有张籍的"白练束腰袖半卷，不插玉钗妆梳浅""试牵绿茎下寻藕，断处丝多刺伤手"和白居易的"我来一长叹，知是东溪莲。下有青泥污，馨香无复全。上有红尘扑，颜色不得鲜。物性犹如此，人事亦宜然"，不还有那么多深入生活、关注现实、反映人民心声愿望有道德、有温度、有筋骨的优秀作品吗？唯美或写实，歌颂和讽喻，只要使人受到教育和启迪，激励和愉悦，不都能受到欢迎吗？小谭几句并不经意的话，引发我如许与座谈主题并不相干的思绪，连自己也莫名其妙。她说得全对。我只是为在这偏远的基层，尚有人关注和谈论文艺而如遇知音，兴奋不已。

关于莲农的生活，小谭讲，还可以。特别是通过推广莲稻轮作和莲田养鱼，单位面积收益增加，加上这几年国家扶贫攻坚力度加大，各项补贴和惠农政策落实到位，多数家庭生活显著改善，家电应有尽有，摩托、小车也不算稀奇。但莲业生产的效益主要体现在加工流通环节。湘潭是全国最大的湘莲集散中心，从事湘莲加工的企业一百六十多家，从业人数十多万，莲产品年销售收入十多亿元。别处不敢说，单花石镇一百多家湘莲经营户，年收入都在百万元以上。

有人问，那么多企业和加工量，莲田面积只有五六万亩，原材料缺口从哪来？小谭笑笑，说这就要讲到我们湖南人勇闯天下的传统了。由于湘莲品质好，价值高，不止湖南，周围的湖北、江西等省也都大面积引种。此外每年都有大批湘潭莲农携带莲种、资金、技术北上洞庭、洪湖、鄱阳湖承包水田种植湘莲，到深秋又把自产和收购的莲子源源运回湘潭，这既是一批技术能手，也是一支庞大的运销队伍。小谭强调，现在的问题不在原材料，而是如何通过深加工使它进一步增值。湘莲通身是宝，除食用外，莲子、莲心、莲茎、莲叶、莲藕、莲壳都可以加工成医药、食品、饲料精细产品，市场前途十分广阔。好在这两年已有不少实力雄厚的大型企业和科研单位陆续前来考察投资，作为全县的支柱产业，莲业生产正在迈上新的起点，面临一个大提升、大发展的局面，说来真让人高兴，振奋。

小谭的介绍在热烈的掌声中结束。这不只是一席莲业生产及"三农"信息的演讲。大家用这样的方式表达对她的称赞，也庆幸从这场"接地气"的采访中得到的鼓舞与启示。

来湘潭，彭德怀故居是一定要去的。好在距离不远，从县城到乌石镇也就一个多小时车程。故居在镇西北高耸的乌石峰下，是一座面宽三间，砖木结构的普通农舍。院子大门上有彭德怀撰书的对联："为善最乐；见恶必除。"其爱憎分明、疾恶如仇的秉性一望而知。1961年10月30日至12月25日，彭德怀第二次回乡调研，就在这里接待过两千多名干部群众。他写给党中央、毛主席的八万言书稿，也曾由亲属埋藏在西侧厨房灶台底下。故居院子不算大，院内栽有棕树、柚子、紫藤等花草树木。其中一棵柑子树，长势旺盛，老乡说也是彭德怀手植，1959年彭总遭罪后此树无端枯死，1978年平反后又生枝发芽，开花结果。此说是否可靠，未便详问，其反映的天理民心，倒颇令人感动。这所故居，原叫三华堂，是彭德怀任湘军营长期间寄钱改建老屋时所起。彭总兄弟三人，原名分别为得华、金华、荣华。1937年10月，时任八路军副总司令的彭德怀写信给弟弟，让金华来延安抗大学习，毕业后派回家乡，宣传革命，发展党的组织。彭金华先是吸收弟弟荣华和俩妯娌入党，创建乌石乡第一个地下党支部，而后发动群众，不断壮大党团队伍和各种抗日组织，引起反动派的仇恨和恐慌，终于在1940年第一次反共高潮中将金华、荣华秘密杀害。舍身报国，一门忠烈。但这些情况彭总和亲属很少提及，因而也鲜为人知。

出故居大门，眼前是一片开阔平展的田畴。盛开的荷花迎风摇曳，青翠的稻秧绸缎般摆动，水泥小道通往四围村寨，白墙灰瓦的民居掩映在竹林果树间。这赏心悦目的田园风光，在渲染着故居的平民身段。从这里往前不到半华里，便是卧虎山上的铜像广场和旁边的彭德怀纪念馆。纪念馆序厅背景为血战罗霄、百团大战、抗美援朝三组浮雕，四个展厅以投身革命、军事统帅、人民公仆、巍巍丰碑为主题，以丰富翔实的图文和实物，再现了这位被毛泽东称作"彭大将军"的伟人横刀跃马、叱咤风云又波澜跌宕的一生，瞻顾之际，不禁油然起敬，心潮澎湃。此外，让一行人啧啧称赞的，是这个纪念馆包括附属景区朴素新颖的设计与精心细致的管理。单就服务而言，就连老弱观众用餐的食堂和休息的客房都考虑到了，这在别的地方是很少见到的。一打听，该馆在文博界早有"全国一流"之誉，多次荣获各种奖励。白部长补充说，彭德怀、毛泽东、刘少奇三人的故居相距都只三五十公里，现在各家都在争创5A级红色景区，管理不断升级，观众满意度越来越高。

这让我大感意外。三位伟人家乡在湖南早就知道，但相距如此之近却是没想到的。"地灵人杰"，此之谓耶？这三位湖南老乡，出身有别，性情各异，为了共同的理想走到一起，几十年风雨同舟的奋斗中，不同认识、不同意见的分歧与争论在所难免，但有一点是共同的：他们任何情况下都是把党和人民的利益放在最高位置的，为坚持原则、捍卫真理，赴汤蹈火，在所不惜。他们毫无自私自利之心，是毛泽东所说的那种高尚的人，纯粹的人，脱离了低级趣味的人，大有益于人民的人。他们的身上有着中华民族最高贵的品质，也有湖南人的倔强，刚毅，血性！

若道中华国果亡，除非湖南人尽死。我想到了湘潭人的这句话。

想到周敦颐的《爱莲说》："水陆草木之花，可爱者甚蕃。……予独爱莲之出淤泥而不染，濯清涟而不妖，中通外直，不蔓不枝，香远益清，亭亭净植，可远观而不可亵玩焉。"

周敦颐当年讲学授徒的濂溪书堂就在乌石峰背后的黄荆坪。这位濂溪先生不仅是著名文学家，也是宋明理学的开山之祖，"其功在孔孟之间"。盖因"孔孟之后汉儒止有传经之学，性道微言之绝久矣。元公（敦颐谥号）崛起，二程（程颢、程颐）嗣之，又复横渠（张载）诸大儒辈出，圣学大昌"（黄宗羲《宋元学案》）。清人杨凯运那副"吾道南来，原是濂溪一脉；大江东去，无非湘水余波"的对联，即是对周敦颐及其理学贡献推崇备至的颂扬。因为

《爱莲说》，对濂溪书堂自然心向往之。但白云部长说，那里也是南宋名儒胡安国、胡宏父子潜沉学问的隐居处，被称为"湖湘文化的源头"，明朝正德皇帝朱厚照曾亲题"天下隐山"，古迹甚多，要看，至少也得一整天，要不以后专门安排时间来凭吊，踏访？

日头西斜，晚霞飞红，只好"留点遗憾"。

岂止遗憾。在我的心目中，生活在湘潭是有福的。这地方遍地莲花，名人辈出，存正脉，播清风，元气沛然，催人奋发，足堪引以自豪，也令世人仰视、追慕。

原载《海外文摘》2018年第4期

我和喜儿

彭丽媛

　　我是个小女孩时，就与喜儿结了缘。那时，我家在山东省郓城县影剧院家属院内，这也是郓城县剧团所在地。剧团的大人们练身段，吊嗓子，排练剧目，日复一日，日子平静。我喜欢逢年过节，特别是春节，还有县里召开"两会"。那些日子，剧院内外车水马龙，声腔缭绕，热闹非凡。热闹并非我所中意，高兴的是一天有两场大戏，如《穆桂英挂帅》《花木兰》等。"文革"时期上演现代戏，如《白毛女》《沙家浜》《红嫂》等。

　　第一次看《白毛女》演出时，我也就五六岁，山东梆子的移植版，由我母亲李秀英主演。她时年二十五六岁，曾是地区远近闻名的旦角，主演过《穆桂英挂帅》《花木兰》等古装戏。长辈们说她扮相好，特别棒，可那是我出生前的事了。一场场看下去，从喜儿盼过年，扎红头绳，到地主逼债，顶租到黄世仁家，再到逃往深山，变成白毛仙姑，报仇雪恨……印象最深的是白毛仙姑那一场，看到黄世仁供奉，我母亲从两米高的供台上，一个跟斗翻下来，追赶黄世仁，台下幼小的我被吓得哇哇大哭起来。

　　两个小时的演出，剧情跌宕起伏，情感大起大落，给我留下了深刻印象。同时，在我幼小的心灵中留下了许多解不开的谜团：为什么顶租子？为什么遭强暴？为什么逃跑？为什么头发变白？等等。时变物迁，不可预知，命中注定这些谜团要以我自己的亲身实践来解答。小时候看母亲演过的一出戏，竟然为我20岁出头时寻求答案埋下了伏笔，成为日后我演好喜儿的内驱力，也成为把自己的心与喜儿的心贴在一起进而感染观众的"第一阶梯"。艺术的传承方式有"家族传承、师徒传承、学堂传承"，三种方式竟然奇特地凝结到我对喜儿角色的塑造中。"家族传承"的深远影响只是到了蓦然回首艺术体验的初始阶梯，才领会其启蒙意义。连自己也没想到，冥冥之中，母亲的艺术实践，竟与我的未来之路交织得如此之深。

第一个亮相与第一声咏唱

大部分人了解接触喜儿，都是从《白毛女》中那首著名的主题歌《北风吹》开始的，我也不例外。在那首朗朗上口、妇孺皆知的旋律中，红袄绿裤，扎了一根大辫子的农家少女形象油然浮现。起初，我对角色的认识很不充分，总以为把天真活泼的形象呈现出来就是喜儿了。其实《白毛女》中的喜儿是旧中国农村的喜儿，穿的是打着补丁的粗布裤袄，梳一根大辫子，连红头绳都没有，用一根破布条扎着辫子，一年到头吃糠咽菜，肚子都吃不饱。所以，表面上天真活泼，心里面却苦闷苦涩，这其中隐伏了另一个喜儿——下半场登场、面目全非的喜儿！只有通过前一个喜儿和后一个喜儿的强烈对比和戏剧张力，才能彰显前者的单纯美丽。

生活虽苦，依然挡不住生命初放的灿烂。爹爹因为租借了地主粮食，年关还不起账，到外面以卖豆腐为生，名为挣钱，实为躲账。按照旧时传统，无论欠什么债，到了年关都暂时搁下。所以，大年三十前一天，喜儿知道爹爹要回来了，到大婶（大春哥的娘）家借了两斤白面。这两斤白面虽非黄金，但与生命相连。

"北风吹，雪花飘"，前奏一响，喜儿迎着风雪出场。初一亮相，光彩照人。这是喜儿在全剧中的第一个亮相，观众心目中的形象，定格于此。这个喜儿是不是他们心目中的形象？是不是可爱的喜儿、真实的喜儿？关键就在亮相。这个亮相是集农村女孩的喜悦、羞涩（刚在大婶家见到了心上人——大春哥）、单纯、朴实于一体的造型。对于这个亮相，我琢磨了许久，反复把握，务求完美。

看过田华老师在电影《白毛女》中剪窗花的剧照，天真、美丽、纯朴，一个纯洁无瑕、略含羞涩、真实的农村少女。第一个亮相，我以此为据。内心装着一个活喜儿，定型就有了着落。我也以此定型第一幕的基调。

接下来的一系列动作就此展开。先看天上飘落的雪，一股大风吹来，本能地用手挡住风雪，脸往后扭；又看到斗里的白面（因为上世纪初的北方农村是用斗或白布盛面）。这么金贵的白面，可不能被风吹走了，要是吹走，就包不成饺子了。赶紧用胳膊加手护住斗。喜儿来到自家门，把门打开、进门、关门，门被风吹开，再回头关门……几个动作，在间奏中完成。

"北风吹，雪花飘，年来到"一句，是喜儿看到村前村后、各家各户张贴春联、挂红灯笼景象的感触。手脚轻盈，表情灵动。"年来到"三字，旋律从上至下，断连相间，透着欣喜。整部歌剧的第一首主题歌，在这一组动作之中完成，构成动作的是戏曲的程式化表演。

我虽生长于县城机关家属院，但每年寒暑假，父亲总让我到其老家——郓城县"大老人公社前彭庄"住上十多天。在老家过年，才知道农村生活不易。每年三十，我和堂哥、堂姐、堂弟们一起吃团圆饺子。因为家境穷，孩子多，大伯家总是用黑面粉掺和白面粉包饺子，馅儿是胡萝卜稍加几粒羊肉沫。我不喜欢羊肉和胡萝卜味，饺子皮又厚又硬，难以下咽。所以，我常含着跑出来偷偷吐到树底下，用脚扒拉上土，再饿也不吃。我把这种心情转借到对喜儿的体会上。她竟然借了两斤白面包饺子，不管什么馅，只要是白面的，一定好吃。这个心情，我一下子找到了。

这让我体会到农村孩子的喜悦心情。不是漂亮衣服，更不是玩具，而是只有年根儿才能吃到的白面饺子。儿时的乡村生活，让我找到了体验喜儿感觉的途径。

整部歌剧的核心旋律，乃至广大观众认同《白毛女》的标志性符号，是改编自民歌的风格明快的主题歌。《北风吹》被几代艺术家阐释过，不用说王昆、郭兰英等老一代歌唱家，就是新中国成立后无数个移植版、普及版的喜儿，几乎把这首千人琢磨、万人打磨的主题歌挖掘到再也难辟新境的高度。然而，我还是渴望让观众品到别样之声，因为这是我的青春之歌。"随人作计终后人，自成一家始逼真"（黄庭坚语），能不能赋予一首耳熟能详、有口皆碑的旋律以时代的脉动感，就是艺术家独辟蹊径、捕捉艺术之魂的关键。我务求做到字字真切，声声入耳，让人"虽观旧剧，如阅新篇"（李渔语）。

每次演出，"北风吹"一开口，全场寂然。一曲唱罢，观众往往报以热烈掌声。我知道，这是观众对喜儿的感情，也是对我所呈现的人物的认可，更是对我苦思冥想、潜心琢磨唱好主题歌的回报。

端详喜儿与审视角色

喜儿是旧中国千千万万个受苦受难百姓中的一个，是沧海一粟，又是代表人物。塑造人物要有时代特征，脱离时代就不能让观众感受到生活于旧中国底层的女孩子的苦难，对阶级压迫也就不会有深切理解和真实触动。艺术形象不脱离实际，才真实可信。我试图从不同角度观察这个角色。

杨白劳看喜儿是什么感觉？老来得女，少小失母，杨白劳又当爹又当娘，一口水一口饭将喜儿拉扯大，疼爱如宝。放在地上怕丢了，含在口里怕化了，捧在手里方才安稳。在他眼里，喜儿是任何东西也不能替换的心肝宝贝。

在大婶（大春娘）及大春眼里，喜儿是俊俏、聪明的好女孩，大婶未来的儿媳妇，大春心中的好妻子。

在地主黄世仁和狗腿子穆仁智眼里，喜儿不过是一个花样年华的丫头，可以用租子来顶替的廉价农家女孩，想要就必须得到，如同一个物件。

在观众眼里，喜儿是活泼可爱、无忧无虑的花季少女，充满青春美好和憧懂爱情。然而，她突遭命运转折，从无奈无助，到被糟蹋蹂躏，继而反抗出逃。

我从各个侧面审视喜儿，挑选她每个阶段最具特色、最活跃的因素，以此确定性格基调。基调是关键。关键确立了，并不等于表达清楚了，还要一层层揭示她的演变轨迹。关键像一颗杏子，仁是包在里面的，外面需要音乐、表演、舞美等综合元素配合，进行立体塑造。

我把喜儿的形象分成三个时段：一、少女、纯真；二、绝望、求生；三、复仇的刚烈与希望中成长。

把三个时段归于一个总体判断，源于戏剧底本。三个喜儿，三改其颜。无论是少女纯真的喜儿，绝望求生的喜儿，还是复仇刚烈的白毛女，都以歌剧的核心音乐基调为依托。也就是说，必须把三种形象依托于几首最重要的唱段上。

第一个是少女阶段。企盼幸福，渴望爱情，盼望"年来到"。表现主调是活泼。眼睛是发光明亮的，看东西是跳跃快速的，肢体语言是轻盈雀跃的，音乐语言是欢快流畅的。从"北风吹"的音乐进门，先快速把白面斗放在锅台上，马上转身把门关上，门闩还没有闩好，头已经快速扭转到白面上。一系列动作都集中于包好饺子、等待爹爹回来一起过年的单纯目的上。

白面饺子成为主要载体，也是推动喜儿行为的主要想象物。以此穿针引线，把一系列事件串联在一起。爹爹回来要吃饺子，大婶、大春哥要来吃饺子，大伯要来吃饺子。正在一家人将要团圆吃饺子之时，穆仁智打着灯笼追上门来逼租。拿喜儿顶租的阴谋出现，摧毁了饺子寓意的团圆，团圆寓意的年，年寓意的家。饺子没吃上，杨白劳悲痛欲绝，趁着喜儿睡着的空当，喝下了点豆腐的卤水，悲愤而死。所以，白面饺子要从歌唱、眼睛、动作、语言上尽其所能，加以突出，让观众时刻感受其多重寓意。

喜儿"哭爹爹"是第一个高潮。在这个转折点上，爹爹死去，梦想破碎，观众情绪一下跌至谷底。

第二个阶段是绝望、求生。喜儿被迫顶租子，到黄家当丫鬟。每天给黄母熬药、捶背，稍打个盹就被黄母扎针、辱骂，受尽欺辱。恶毒的黄世仁不安好心，在烧香的白虎堂糟蹋了喜儿。

当喜儿挣脱黄世仁从屏风背后出来时，已不是观众之前认识的那个秀丽干净、眼睛发亮的喜儿，而是衣衫凌乱、头发蓬松、眼神浑浊不清、手拿麻绳准备上吊——绝望的喜儿。

《刀杀我斧砍我》是音乐的第二个高潮。音乐前奏，悲痛凄婉，如同柴可夫斯基第六交响乐《悲怆》那个短小动机，如同贝多芬第五交响乐《命运》的敲门声。这是一个女孩子的命运挣扎，是哭诉、是觉醒、是无助、是绝望……双腿沉重跪地，双手拍打地面，内心愤懑，化为第一声呐喊"天哪！"声音由弱到强，张力由内到外，气息拖得尽可能长些，再长些。控制声音，释放生命并保持恒定能量，把怨气尽最大可能喊出来。对天说，对地说，对命运说，对观众说！

"刀杀我斧砍我，你不该这样糟蹋我"这句是"曲首冠音"。音乐采用戏曲垛板。演唱者必须具备戏曲基本功，把几个字，特别是"糟蹋我"三个字，用"喷口"喷出来，如此才能感染观众。我童年时演唱过山东梆子、河南豫剧，这些基本功派上了用场。采用演唱梆子的方法，把字咬住，用气息推出，效果极佳，很有感染力。

接下来，要把悲愤一句句诉说出来。"自从我进了这黄家门，想不到今天啊"，两句是无颜面世的哭诉。

大婶进入，手拿包袱，悄悄劝喜儿："一定要活命，等到大春哥（已参军）回来替你报仇，快从后门逃出去。"

绝望激发本能。弱小生命面临死亡威胁，尚存一线生机，也要抗争。为大春哥而活，为父母而活，为报仇而活！逃出黄家才能活。

泥泞河塘旁，崎岖山坡上，喜儿摔跟头，在漆黑一片的夜色中逃亡……圆场、碎步，不能颠，既稳且匀，像一串珠子不断线。戏曲演员练碎步，两膝之间夹一条手绢不能掉下来，头顶一碗水不能洒出来，方能过关。

猛摔在地，迅速爬起，展现对活的渴望与命运抗争的坚强。右手指向前方，喊唱："他们要杀我，他们要害我，我逃出虎口，我逃出狼窝。""娘生我、爹养我，生我养我，我要活，我要活"，与白虎堂《刀杀我斧砍我》作回应。喜儿的抗争，给观众留下抗击命运的鼓舞。

喜儿从小河流水声判断方向，顺河水奔向前方。生的欲望，逃的急切，前面无路、后有追兵的慌张，使她成为在黑暗中漫无目的、张皇无措的逃亡者。父亲、大婶、大伯、大春哥呵护中无忧无虑的少女，被残酷命运一击而醒。

喜儿命运的转折，也是台下观众心理的转折。演员要有能力通过手、眼、身、法、步，把观众带入情境。戏剧性转变需要表演者的深厚功力，把心情交代出来，而非仅仅顺从剧情。此时的表演，既借鉴了斯坦尼斯拉夫斯基表演体系的要义，又继承了中国戏剧的表演传统。斯坦尼体系强调真实体验，中国戏曲强调虚拟程式。故事是真，表演是虚；既有现实的真实体验，又有艺术的虚拟空间。表情要真实，紧张急切；身段要虚拟，美丽舒张。这就是既要融入角色，又要保持距离的中国歌剧的特殊的表演方式。

音乐家走进喜儿的途径

我体验喜儿，也大致分为三个阶段：音乐、舞蹈、电影。

第一步熟悉音乐。先从歌词理解人物，初步定位。我能够通过儿时农村过年的情境体会喜儿的喜悦，但对于还未成家的我，要体验"白毛女"的感受（当时我22岁，在读大学本科二年级），就要费一番周折了。这就要从书籍、报刊、录音、电影中寻找。我听了郭兰英老师的实况录音（因各种原因和技术限制，她一生演出了众多歌剧，却未能留下一部影像），从中寻找和感受喜儿。学习郭老师的歌唱风格，再转化成自己的风格。

第二步从芭蕾舞剧《白毛女》中寻找感受。我们这代人没看过原始版的歌剧《白毛女》，常看的是"文革"时期拍成电影的舞剧《白毛女》。我从"白毛仙姑"演员身上（上下场由两人扮演）找到了对生的渴望的强烈表达。在充满张力的舞蹈动作中，找到了挣脱枷锁、奋起反抗的"内力"。特别是从服装和肢体语言上，感受到女性之怒与女性之美的平衡，进而理解到"艺术源于生活又高于生活"的真谛。

第三步到电影故事片《白毛女》中找寻感觉。田华老师是故事主角的同代人，把从喜儿到白毛仙姑的转变表现得淋漓尽致，如同真实再现。田华老师是河北人，故事也发生在河北境内。她从小生活贫困，后来参加革命，对人物的理解和表达贴近真实，影响了几代人。

然而，电影人物要生活化才可信，舞台人物则因空间不同而需采用不同方式。电影拍摄于实景，如同生活再现，越自然逼真越令人信服。舞台则是虚拟场景，服装、化妆、造型都不同。电影角色可以用不同场景的蒙太奇剪辑等后期制作塑造人物，两个小时如同看一部中长篇小说。虽然歌剧也在两个小时内完成，却由歌唱、表演、台词、舞蹈等元素合力完成。这就需要我自己寻找其他途径，获得进入角色的门禁卡。当我扎上喜儿的辫子，系上红头绳，穿上打着补丁的衣服，不免对着镜子寻找心中的喜儿，脑海里不断闪现出电影、舞剧、小说等各艺术品种中的喜儿。我必须找到自己心中的歌剧舞台上的喜儿！

我心中的喜儿是个什么样子？人物必须在三段剧情中塑造为三种形象：第一个是无忧无虑、渴望幸福、天真多于理性的少女；第二个是爹爹服毒自杀、如闻晴天霹雳，再到被糟蹋，内心绝望到逃亡求生的姑娘；第三个是不屈不挠与命运抗争到底的白毛女。

我从音乐中揣摩喜儿的内心。《北风吹》的纯真与质朴，《刀杀我斧砍我》的质问与觉悟，《恨是高山仇是海》的遽变与刚烈。音乐脉络让我捕捉到这个人物的性格伏线，获得了情感基调。这就是歌剧《白毛女》之所以不同于芭蕾舞剧《白毛女》、不同于电影《白毛女》的地方，也是歌剧舞台上"长歌当哭""托诗以怨"熠熠生辉的地方。我坚信，《北风吹》的力量倾城倾国，《恨是高山仇是海》的力量撼天动地，是千千万万观众理解、喜爱、定位喜儿的"魂"。

与其他艺术品种的对比，使我逐渐把握到歌剧喜儿角色的构成要素。三个阶段的三种音乐基调，是歌剧舞台上的喜儿不同于其他艺术品种的关键。执此一脉，大势可夺！观摩琢磨，苦思砥砺，我清醒地感受到，一个具体的歌剧艺术中的喜儿，开始驻进我心，占据心灵。这可能就是一个表演者探索人物并享受创作过程，准确定位的辛劳与快乐。

打动人心的另一半

喜儿的第三阶段，是该剧之所以称为《白毛女》的重头戏。中场休息后，观众渴望见到另一个喜儿——白毛女。这是新起点，是轴心。造型变化，音乐基调，都与轴心一一呼应，浑然天成。下半场开幕，必须把观众的目光集中到白毛仙姑上来。她是喜儿，又不是原来的喜儿，是个曾是喜儿的白毛女。生活于深山老林，庙里躲风避雨，偷吃乡亲给菩萨上供的瓜果充饥，致使没有盐吃的喜儿头发变白，衣服蜕霜。虽然衣衫褴褛，但她已经变成一个坚强的人，一个令千千万万观众难以置信又感动钦佩的人。所以，下半场第一个亮相不亚于开场第一场亮相，也要在视觉上给观众以再一次冲击。

这一幕，除了《恨是高山仇是海》的十分钟咏叹调，再一个支持人物之魂的就是白色服装和长发造型。斯坦尼斯拉夫斯基的体验体系把舞台元素分为两类，一类是内在的、心里的、体验的，一类是外在的、形体的、体现的。喜儿与白毛女的区别体现在两套造型上：红袄绿裤与黑色长辫，白衫褴褛与白色长发。

装扮从外到内，唱腔从内到外，相互应和，牵人入戏。有了外在依托，再通过歌唱功力把主人翁的独特造型及辛酸内心表现出来，使之成为有血有肉、有躯有魂的"白毛女"。

长达十分钟的唱段《恨是高山仇是海》音乐体裁上属于西方式的咏叹调，但融合了一闻便知的戏曲板腔体元素。有散板，有垛板，更有歌唱性极强的

"一道道彩虹"。作曲家的唱腔设计，需要演唱者至少具备两三种以上的戏曲演唱经验才行，没有积淀，难于应付。表演者要熟悉河北梆子、河南梆子、山西梆子，还有曲艺和说唱艺术，如京腔大鼓、河南坠子等，更要有西洋唱法的气息连贯，把胸腔共鸣、头腔共鸣、鼻腔共鸣融为一体，才能完整诠释这首核心唱段。

唱段与西洋歌剧咏叹调有共同处，也有不同处。共同处在于人物从宣叙调到咏叹调，有快有慢，自由抒发，不同处则是西洋咏叹调大部分由三部曲式构成，A、B、A，每段有高潮，有高音，最后往往结束在一个高音上。中国歌剧唱段可能没有最后高音，却于每段中出现高音。开头便是"曲首冠音"，一下子就到G，用以表现情绪的高度激愤。

风高月黑，白毛女到庙里寻找供果，遇到前来敬拜白毛仙姑的黄世仁。当满头白发、浑身素衣、怒目相视的白毛女出现于供桌，黄世仁、穆仁智，魂飞魄散，仓皇奔逃。喜儿追赶不及，却听到他们嘴里喊的："鬼、鬼、鬼。"理着银发，瞅着白衫，喜儿在月光下自忖，可不是，自己已在不知不觉中变成了"鬼"。与世隔绝，苦等苦熬，祈求老天爷睁眼："我，我，我……浑身发了白……问天问地，为什么把我逼成鬼？"

第二乐段是第一乐段的再现。喜儿坚定道："好吧，我是鬼。我是屈死的鬼，我是冤死的鬼，我是不死的鬼！"

这是歌剧后半场分量最重的唱腔，作曲家成功地融合了中外两种音乐元素，强化了戏剧冲突。咏叹调加宣叙调，秦腔散板加道情滚板，唱念间插，歌中加戏，戏中有歌，"柔可荡魂，烈足开胸"。整场歌剧的主题"旧社会把人变成鬼，新社会把鬼变成人"，此时此刻在唱腔中盎然托出。无数次演唱这段唱腔，让我明白，音乐的生命力绝非只是初听时的那样浅白，无尽的深度只待有心人不断发掘。

捕捉时代感

我多次回忆年轻时看的电影《白毛女》（1985年还没有DVD），再找来当年田华老师扮演的剧照，哪怕一点也不放过。对照曲谱，反复聆听郭兰英老师1980年代演出《白毛女》剧时的录音。我多么渴望能亲眼见到仰慕已久的郭兰英老师，但她在"文革"中受迫害致使腰部重伤，当时旧伤发作，躺在医院，无法到排练现场，所以只能听郭老师的开盘带实况录音，从音乐中捕捉喜怒哀乐。对每首唱段，特别是重点唱段，精彩唱段，难度大的唱段，反复听，反复唱。如开场《北风吹》和《哭爹爹》，第三幕《刀杀我斧砍我》《逃跑》唱段，下半场《恨是高山仇是海》，十遍、三十遍、八十遍、一百遍，直听到磁带破损为止。

听录音，模唱腔，接下来重新处理，融入自己的感觉，根据个人声音特点和特长再创作。《白毛女》在新中国成立之初就已家喻户晓，特别是以王昆、郭兰英等老一辈艺术家为代表的演唱和表演早已深入人心，定型定式。如何在继承和发扬基础上提高与转型，这是当时摆在我面前的最大难题。唐代书法家李邕说："似我者俗，学我者死。"韩愈说："能自树立不因循。"（《韩昌黎集·答刘正夫书》）我要在传承经典的基础上，不动声色地融进我在中国音乐学院学到的东西，力求呈现一个独具时代风貌的喜儿。

歌剧的核心是音乐，是托举喜儿、白毛女性格的灵魂，更是不同于其他艺术的根本。没有音乐的呈现，歌剧的喜儿就不成立。所以，音乐是点石成金的关键。我年富力强，气息充沛，音域宽广，勤心实践。生在戏曲院团环境中，从小会唱戏，童年的耳濡目染成为塑造角色的天赐条件。数年专业院校的系统学习，为我添翼，为我鼓帆，更有初生牛犊不畏虎的一腔热情，所以在舞台上从没有畏葸不前。

对人的第一印象来自外形。一进排演场，我便穿上那套衣服，打着补丁的破棉布衣裤，一双旧黑布鞋，把头发梳成一根辫子。破旧衣服加上这根长辫子可以使我立刻找到感觉。白毛仙姑应该是个充满野性、不畏野狼虎豹、不惧惊雷闪电、不怕狂风暴雨的人，与天地抗争，练就了刚强性格的人，不怕死、心中抱着为父报仇充满希望的人。穿上白色服装，白色长发披到肩上，我就立刻找到了这种感觉。在舞台上，一定要尊重服装、化妆呈现的造型，不能仅为自己漂亮。

外形是否美，取决于内心。没有对人物内心的揣摩和认同，穿什么服装都不会让观众接受。当我做到了这些，心里确定，我就是喜儿，喜儿就是我，我就是白毛女，白毛女就是我了。如同斯坦尼斯拉夫斯基所说，演员的"第一自我"被摆脱了，我就是角色。与角色融为一体，从里到外与表演人物相一致，是我作为一个歌剧表演者探索歌剧艺术境界的途径之一。

通过他人的眼睛看自己

排练过程中，在喜儿形象的初次呈现上，总让我觉得不尽如人意。在家中姊妹排行我是老大，家中诸事由我做主，苦活累活都是我干，因而形成了坚强的性格。刚刚出场的喜儿，却是一个可爱而不能展示坚强外表的形象。我的性格自然表露出来，与喜儿应有的造型不相一致。对于这一点，同事们给我指了出来。他们告诉我，人们喜欢的喜儿，是个可爱、单纯、柔弱、纯朴的姑娘，特别是在爹爹死去、要去黄家顶租时，无望无奈，无援无助，可怜地望着大叔、大婶、大春哥……所以我要调整自己，尽快把自己变成一个大家认同的喜儿。

"哭爹爹"也不能一直哭，否则会让观众感到吵闹。哭声阵阵，不但不能感动人，还容易让人烦。看到爹爹躺在雪地上身体僵硬，一个大快步向前，跪在地上，晴天霹雳般喊一声"爹"，用北方人特有的长腔去喊，腔中带悲、带苦、带惊、带怨……这一跪一喊，一定要让观众情不自禁地落泪。表演拿捏好度很关键，既不能欠缺，也不能过火。切忌演员台上泪如泉涌，观众台下无动于衷。为什么？感情不能自制，只剩下自己在感动自己，没能打动观众，白费

73

功夫。一个合格的表演者，不但要善于把自己化为人物，还要善于建立人物与观众的联系。这样观众才能真受感动。就是一句话："要让观众流泪而你不流泪。"若自己流泪观众不流泪，能是一个高素养的表演者吗？

白虎堂一场，喜儿被黄世仁侮辱后，唱段虽短，但内涵丰富，若理解不透，一是情绪平平，绝望得不到渲染；二是演过火，戏过火就不是喜儿。唱到"娘生我，爹养我，生我养我为什么？"悲愤伤痛，无奈无助，羞耻交织，形体上一边对天说，一边因悲伤而跪瘫在地，双手握拳捶打自己的腿，再而伸双掌交换击地，表达遭受蹂躏的无辜少女的惨痛。这一动作是我想到电影《地道战》《苦菜花》中失去亲人和儿女的女人们，坐地双掌拍地表达愤怒的样子而得到的启发。

第一次彩排，我过于强调此点，张嘴朝天，双眼紧闭，一直保持这种状态。侧幕旁，扮演穆仁智的导演之一、老艺术家方元老师看在眼里。等台上下来，他告诉我：舞台上的女演员要呈现美感，无论高兴还是悲伤，不要忘记这是升华的艺术，不仅仅是生活再现，否则就会跑偏，真实度减退。观众希望看到的是一个值得同情的喜儿，不是一个过火的怨妇……

一句善意提醒，如醍醐灌顶，金针度人，让我懂得了过犹不及的含义。我很感激，也非常认同。舞台上的表演家如同在生活中做人，要掌握分寸、恰如其分，过了就如同"水满则溢"。

我开始琢磨，收敛表情，以唱腔打动人。有的动作要夸张，如跪地时要猛，这一跪要能让观众流出同情的泪水。但嘴不要夸张，眼睛里闪现悲愤无助的光。如此调整，让我与观众的距离拉近了，美感增加了。我体会到，表演者的投入不能过火，在充分表达内心的同时，要让人感受艺术之美。当然，不温不火太中性，既要有能力将剧情推向高潮，又要尽量表演适度不过火。

我感谢老艺术家和同行及观众给我的直接的意见指导。离开他们，如同鱼儿离开了水。"胜我者我师之，类我者我友之。"一桩桩幕后往事，渗透着老一代艺术家薪传后人的温暖。

丰满人物就是丰满我的艺术人生

艺术理论，论述了人物内心与表情之间的联系。一位表演者如果不能深刻体验角色的内心世界，就不可能将角色应有的表情转化为自己的表情。"他山之石"对于拓深我的表演空间起到了关键性作用，不仅激活了思考、获得开阔的艺术视域，而且也深化了我的艺术观。没有哲思的引领，就无法理解艺术语境中特定人物表情背后的底蕴。这些理论循序渐进地指引我不断发现艺术家的使命。

钱锺书谈道："遥体人情，悬想事势，设身局中，潜心腔内，忖心度之，以揣以摩，庶几入情合理。盖与小说、院本之臆造人物、虚构境地，不尽同而可相通。"

舞台上喜儿的生命，内在于一个艺术原型的真实生命，也内在于我一个表演者的艺术使命，作为表演者，她的生命与我的生命连接起来，构成一段可以连接、可以感知的统一体。一幕幕戏剧，一段段音乐，如同一个个接点，让我走近人物并把其活灵活现地展现于舞台。"变死音为活曲，化歌者为文人"（李渔语），舞台上，喜儿的表情就是我的表情，白毛女的声音就是我的声音。换句话说，我的表情就是喜儿的表情，我的声音就是白毛女的声音。因此，忠实再现表情，就是我的使命。

1985年，经过近半个月排练、合乐、彩排，终于在歌剧《白毛女》首演40周年之际，在北京天桥剧场上演全剧（20世纪80年代的天桥剧场是北京最优秀的剧场之一），后来又赴哈尔滨参加"哈尔滨之夏"音乐会演出，在北方剧场一演就是十几场。在观众强烈要求下，经常还要加场。有时我下午演下半场，晚上演整场。时任中国歌剧舞剧院院长、著名剧作家、词作家乔羽先生曾对我说："别人不信任你能挑起这个大梁，当时我就拍板说，小彭肯定行。现在你用实践证明了我的判断。我与原创贺敬之、陈紫等同志见面，他们也一致认为，你是《白毛女》诞生以来最好的喜儿之一，可以称为第三代喜儿的代表。”

　　我感恩中国歌剧舞剧院和老一辈艺术家让我与喜儿结缘，在我初出茅庐之际（1985年7月还不满23岁）就担任了这部历史经典剧作的主角，这是何等的机缘和幸运！作为一名歌唱演员，一辈子能有机会出演歌剧是一种幸福，能出演一部经典歌剧更是一种荣幸，能出演一部经典歌剧中的主角更是幸中之幸！有哪个女演员能拒绝歌剧舞台上光彩夺目的喜儿角色？用我的声音塑造、我的身法扮演我爱戴的喜儿，真是难得的享受。殊为不易的平台，给了我体验歌剧艺术魅力的机会，也给了我总结中国歌剧表演艺术理论的机会。无数场舞台的实践和体验，使我渐渐悟出许多道理，也懂得了把握艺术形象必须强化理论学习的重要性。“看似寻常最奇崛，成如容易却艰辛。”（王安石《题张司业诗》）

　　2015年，《白毛女》迎来首演70周年的日子，年轻一代的演员复排此剧。年轻人手拿iPad翻看不同历史时期、不同艺术家扮演喜儿的视频，从不同角度汲取养分。这种方式是现代的、科技的、时尚的、便捷的，但我更希望他们从内心向经典致敬。怀着对人物、对艺术、对前辈的敬畏，踏踏实实走进喜儿的内心，给观众呈现一台在原有基础上既来源于生活又高于生活，与现代观众没有隔阂的精品。不让观众失望，不让师长失望，更不能让历史失望。

原载《海外文摘》2018年第 6 期

我的京剧缘

石　英

　　说起来，我的京剧缘开始于幼年时期。记得在刚懂事时，爱看"大戏"（当地乡间对京剧的俗称）的母亲和二姨就带我去城乡戏楼和野台子去"听戏"（乡间平时多称"听"而少说"看"）。对京剧剧情与程式随年龄增长而开窍和了解。稍大，村里春节期间举办"同乐会"，由村里的京剧爱好者和京城回乡探亲的票友搭台唱戏，至少能唱到正月十五，个别情况下还能唱到二月二"龙抬头"。我自觉不自觉地成为这个活动的小"积极分子"，开始仅是欣赏、着迷，渐次还会跟大人票友学唱几句或一段。由于我的叔伯二舅（我母亲娘家叔叔的儿子）走南闯北，会的戏不少，不仅是京剧，也会唱"落子"（评剧）、梆子和昆曲，他是我开始学唱的启蒙老师。后来又经回乡探亲的北平票友孙老师的悉心指点，我始而学老生，随后孙老师说我的嗓子更适合唱旦角，便改唱青衣，在我九岁到十一岁的三年中，学会了《女起解》和《霸王别姬》中的几乎所有唱段，以及《凤还巢》《打渔杀家》中的几段，而且在二舅和孙老师的支持鼓励下，我还登台彩唱了两次，留下的两张黑白剧照一直被我大姐所收藏。前些年我几次向她索要，她都不愿给我，说是"看不见你，看你小时候的模样也好"，却不料大姐突然去世，这两张仅有的剧照也不知去向。

故乡的京剧"同乐会"活动,在解放战争正炽时自行终止。不久,我参加了中国人民解放军,做的又是极度繁忙而紧张的机要密码电报工作,根本不可能顾及对京剧的爱好之类。所以可以说它在我大脑中息影息声达数年之久,直到上世纪五十年代(五四、五五年间吧)我因在抗美援朝、"镇反"和"土改"三大运动中日夜工作连轴转累得吐血休养了一段后,组织上安排我转做相对轻松些的密码调配和整理电报档案工作,业余有了空闲时间,偶尔去司令部大院的文娱室,惊喜地听到工作人员在留声机上放送我所熟悉的唱段,有时还情不自禁地小声哼唱,仿佛又复萌了儿时在故乡中那淳朴而珍贵的情景。再以后,我们机要处档案室爱好京胡和二胡的朱同志叫上我和业务科爱唱老生的老马,由老朱操琴,我和老马合唱一场《打渔杀家》,似乎胸中对京剧的热情又再复燃,后来一个时期,我又看了一些军区京剧团的演出,并个人购票在济南北洋大戏院和天庆戏院等看过来自北京和上海戏班的名角演出,由此中断了数年的京剧情又渐次贴近。但这一时段直至1956年我考入天津南开大学中文系的数年间,对京剧的接触大都停留在看戏和欣赏京剧艺术,反而少了童少年时期亲身学唱的机会。"文革"风暴来临,传统京剧与京剧人陷入一场"史无前例"的浩劫之中。当然,几个样板戏的先后登场,在当时的工厂、农村乃至街道,也掀起了大唱大演样板戏的热潮。那时我因在"文革"前出版的中篇小说《文明地狱》被批为全国六十株"特大毒草"之一,批斗、关押后又下放至天津郊区工厂劳动改造。这个厂的现代戏积极分子们也日夜赶排样板戏,向"文化大革命"爆发三周年献礼。因我当时仍是被专政之身,只有低头干活,而没有参与观赏、更不必说演样板戏的权利。对于京剧"样板戏",在此我不想做什么全面评价,只想讲出一个有趣的现象:就是可能因为性格和气质的原因,我并不太适应样板戏的唱法与表演方式,因此便对当时厂里在演戏和看戏上对我的排斥,也并不甚在意,更没在内心里感到十分痛苦。对样板戏的这种态度至今如此。对其唱腔和表演程式,我也提出过一些自认为值得商榷的看法,但对传统京剧唱腔和道白中深涵的韵味,始终是赞赏有加的。这里牵涉到一个艺术本质和艺术作品相互关系的问题。"韵味",不仅对京剧,其实对于一切文学作品,应该都是一种妙不可言的魅力所在。

"文革"后传统京剧大都开禁,经过多年的沉寂后,我又经受了人生第二阶段国粹艺术的精神洗礼,年岁大了,艺术修养的提高,对于京剧艺术自然有了较之少时更深的体味。二十世纪八十年代后,文学界出现了一个活跃期,笔会、研讨会等交流活动空前频繁。我在工作岗位上不可能对过去所学的唱段进行复习,而在去外地参加文学活动的余暇中却得以实现。许多地区的文友原来就知道我的这一业余爱好,也多有鼓励。记得九十年代去苏州参加散文研讨会,那里文联的领导、女作家吕锦华本来就是我在天津主编《散文》月刊的重点作者,她和文联的秘书长都很热情,会间举行了非止一次的与会作家们自娱自乐的晚会,不只是京剧,还有黄梅戏和越剧等,而我自然成为文友们拥推的"主角"。在这当中,我得以回忆起当年学过但已有些忘记的唱段,如梅兰芳先生借鉴汉剧名家陈伯华的《宇宙锋》,其中有的西皮和二黄唱段我在上世纪五十年代中期从唱盘中学过,这次笔会中我又将其中赵高女儿赵艳蓉的一段西皮原板《老爹爹发恩德将本修上》重新"捋"了一遍,觉得这唱段颇有新味,虽同为西皮原板,与别的许多梅派剧目均有所不同。这次笔会在古镇周庄夜晚泛舟时,船娘摇橹时的欸乃声伴着我的唱段,以及道白"云敛晴空,冰轮乍涌,好一派清秋光景"与那夜的星月天空氛围十分吻合。文友中济空创作室的一位作家很懂京剧,他半开玩笑地说:"假如石英老师早生二十年,带领一个戏班唱遍大江南北,说不定比走码字儿的道路更火。最主要的是,他能唱还有文化,可以自编剧本嘛。"他这当然是一种调侃,但今天回忆,那时毕竟相对年轻,嗓音仍然处于一个较好阶段,嘹亮而圆润。咳,时光不饶人,深以为然。

不过,虽为业余爱好,我仍以京剧唱腔中体会到此种国粹确乎有一般艺术品类难以企及的精妙。换言之,如认真品味京剧行腔之细微之处与精髓极致,将其引用至其他文学艺术品类之中,毫不夸张地说可收以一当十之效。同样是近二十年前在山东青州的一次采风活动中，当时的潍坊音乐学校（估计现在已是音乐学院了）的一位女老师听了我在席间唱的一段《霸王别姬》中"西皮南梆子"，因她以前曾读过我的诗和散文等作品，以她训练有素的音乐人的敏感，说我"在驾驭音律方面的功力绝不逊于驾驭文字"，甚至她还说"二者之间有相通相融的感觉"。为了表达得具体，她举出我唱过的那两句"适听得众兵丁闲谈议论，口声声露出了离散之情"，说我在处理"适听得"和"闲谈议论"这几个字时，如见其人，如入其境，皆由声韵之细处表达，而没有拘泥原唱片的唱法，足见虽为业余爱好亦不绝对循规蹈矩刻板模拟。内行人的这番评语我并未当作溢美之词，因我确是根据个人对人物和情境的体验加以微小的"再创作"，能够为行家听出足堪安慰。

另外，在出国访问期间，曾有两次因唱京剧而留下了较深的记忆。一次是1992年去英国访问，在利兹大学戏剧系的座谈会上，我在发言中说到京剧故事与真实历史的关系时，涉及《凤还巢》中的"镐京"所指，便随口唱了那段《本应当随母亲镐京避难》中之首句，没料想在场的竟有一位留学生是上海的一位旦角名家的女儿。她可能是脱口而出："有味儿！"她提出要我把整段唱完，我却有些不好意思了。这时，他们系汉语说得极好的英国教授黎明瞰先生也真诚地敦促我："唱吧，我们大伙爱听。"他用了一个"大伙"，使我觉得亲切，便不再犹豫，接唱了"原板"的几句和两句"散板"："思前想后柔肠百转，前生造成此姻缘。"接着，在座的李女士又用英语向大家介绍了《凤还巢》的剧情，并特别指出"镐京就是今天的西安"（其实只能说是附近）。在座的一些当地人都兴奋起来："哦，西安！知道，知道，兵马俑！"我估计这当中有人去过西安。还有一次是1994年去日本访问，在北海道札幌，《北海道新闻》驻北京的记者给我们做翻译，他的几家邻居挺爱听京剧，盛情难却，我也只好唱了两段。其中有一位邻居过春节时，还用中文给我写了一封信，中间特别提到唱京剧的事。她先生的日本名字中有一个"石"字，于是她在信中幽默地说："按照中国的说法，我们还算是'本家'呢。"

这些事一晃二十多年过去，但留下的印象却是很深的。在外国唱京剧，给我的启示至少有一点：国粹京剧较之唱一般歌曲啥的对于增进感情与文化交流应该说是更有意义。

本世纪伊始，我在报刊上陆续发表了一些有关京剧内容的随笔性文字。如《国粹京剧》《忆当年：故乡那片京剧热土》《京剧与散文》等。有些好心的京剧爱好者和新闻出版业的朋友看了，热情鼓励我多写一些。有的这方面文章初次发表了以后，被非止一家报刊转载，这些无疑会促使我又写得更多，内容也更广阔了些，一直写了四十多篇才暂告一段落。恰巧，有的这类文章也被我过去的老同事，当时天津百花文艺出版社总编辑薛炎文和发行部主任马志鹏看到了，在他们的推动与关怀下，2012年1月由百花文艺出版社出版了一本《石英京剧艺术散文》（之后的几年，我又陆续写了几篇更长些的探讨京剧艺术的文章，零散地收入到别的集子中）。

这本书，在一个偶然机会下被京城一家出版社的一位资深编辑看到了以后，对其封面设计和内容相当欣赏，问我与原出版社的版权期限多长，颇有想重新整理再版的良好意愿。对此，我至为感谢，但我素来有一个生性中的"毛病"，不愿"再嚼旧馍"。当年焦裕禄同志有句名言叫"嚼别人嚼过的馍没味道"，我又进一步说"嚼自己嚼过的馍没味道"，而且把它写进我新出的一本诗集的序诗里。不过，那位职业风范和艺术敏感俱佳的资深编辑同志还是启发了我，即我对京剧艺术的积累和熟谙还是应以相应形式进一步挖掘与生发，否则是非常可惜的。于是，我决定另辟蹊径，以小说的形式融入京剧的内容，主要是京剧的意蕴与京剧人的命运，在尝试性的创作中初获成果。2017年中我创作发表了依据当年故乡一位美男名旦的坎坷命运和扑朔迷离结局写成的《寻觅失落的声音》（中篇）；状写故乡解放区村镇"同乐会"盛况、种种趣事与龌龊的《乡村大戏》；对已经发表的中篇《他也曾有过幻想》的结尾部分改写——男女主人公都投入南山八路军根据地，组建了半岛地区第一个京剧团并成为台柱主角，以京剧进行抗日宣传活动。另外两个写当代现实生活篇幅较长的短篇小说，一个囊括了京剧票友的艺术展现，另一个后半部的一位重要人物是京剧音乐艺术家——京胡与月琴的高手。五篇小说之后还附录了京剧内容的四篇散文随笔文字。所有的小说和散文都是绝对的原创，拟编成一本题材新颖别致、幅制精干厚重较有可读性的小说。但愿有志者事竟成。

至此，我的京剧缘已历七十年。当年启我开窍、滋我以艺术营养的前辈均已辞世，但我内心的感慰之情始终依然。对我而言，京剧是文学创作之外唯一的终生爱好。其实早年我还爱好过绘画。少时，解放区物资供应匮乏，春节窗花集市上都已绝迹，我便自己动手为自家和邻居们自画自剪窗花，内容多为三国、水浒人物集锦，但参军后绘画的兴趣中断。大学时期还爱好过作曲，并曾在地方报纸上发表过两首歌曲，后因各种原因，亦未持续下来。最后唯余京剧一种，正是：梨园回眸一千载，声韵终成三生缘。

原载《散文百家》2018年第9期

从长久以来的冬蛰中苏醒过来

——写在徐迟《哥德巴赫猜想》发表四十周年之际

周　明

"陈氏定理了不起啊！应该写"

上世纪七十年代末，虽然"文革"已经结束，但人们的思想还受到"两个凡是"的束缚。组织报告文学是缘于当时中央提出"四个现代化"的奋斗目标，而实现"四个现代化"，自然需要知识，需要知识分子。

科学大会的召开，意味着中国文化的新方向，预示科学的春天即将到来。获此信息，《人民文学》编辑部的同志们深受鼓舞，同时也想到了自己应负的责任和使命。如能在这个时候组织一篇反映科学领域的报告文学，读者一定会喜欢看的，同时也可借此推动思想解放的大潮，呼吁人们尊重知识、尊重知识分子。这便是我们当初一些朴素的想法。

然而，写谁好呢？又请谁来写呢？就这两个问题编辑部展开了讨论。

突然间，我们想起当时流传的一个民间故事，即有个外国代表团来华访问，成员中有人提出要见中国一名大数学家陈景润教授。因为，他从一本权威科学杂志上看到了陈景润攻克世界数学难题"哥德巴赫猜想"的学术论文，十分敬佩。我国有关方面千方百计寻找，终于在中国科学院数学研究所发现了这位数学家。

谁也不知道他取得的这一了不起的成果。陈景润慑于"文革"中对他所谓走"白专"道路的严厉批判和打击，甚至一度要自杀，但他挺了过来，冒着风险，埋头潜心于论证。

应该说，这是一位有贡献的科学家。然而同时又传出他的许多不食人间烟火的笑话和"自私"的行为，据说他是一个"科学怪人"。

编辑部的同志们一致认为，就写陈景润吧！不管怎样，他是有贡献的。

那么，找谁来写好呢？大家都不约而同地想到了徐迟。徐迟虽是一位诗人，但他做过新闻记者，写过不少通讯特写。他比较熟悉知识分子。

于是，我挂长途电话到武汉，寻找久违了的诗人。时值一九七七年深秋，这年，诗人已六十三岁。徐迟在电话里的声音是那么激动！对于我们邀请他来京采写陈景润一事，他很高兴，但只是说"试试看"。

为什么说"试试看"呢？一是他觉得数学这门学科他不熟悉更不懂；二是听说陈景润是个"科学怪人"，尽管他突破"哥德巴赫猜想"有贡献，但这样的"怪人"好采访吗？

因此他有些犹豫不定，只能说进入采访后再决定吧。

果然，他抵达北京后不几天，接触到几位老朋友，大家一听说他来写陈景润，也都好心劝他换个题目。

这时，我告诉他，我已同中国科学院有关方面联系，得到了院领导方毅同志的支持。他说："那太好了！"并说，他也向一位老同志谈了，征求意见，那位老同志说："陈氏定理了不起啊！应该写。"

这位老同志是谁呢？我事后才知道，原来是徐迟的姐夫、时任解放军副总参谋长的伍修权将军。将军的支持，坚定了徐迟的决心。

"我爱上他了！就写他了"

一个艳阳秋日里，我陪同徐迟到了北京西郊中关村的中科院数学研究所。接待我们的是数学所党支部书记李尚杰同志。这是一位深受科学家爱戴的转业军人干部，陈景润对他更是百倍信赖，什么心里话都对他述说，这是很难得的。

在办公室，老李动情地向我们讲述着"小陈"钻研科学的故事。不一会儿，他离开办公室，带进来一个个头儿不高、面颊红扑扑、身着一套普通旧蓝制服的年轻人。这个年轻人一进门便和我们热情握手，直说："欢迎你们，欢迎你们。"老李这才向我们介绍："这就是小陈，陈景润同志。"

李尚杰向他说明我们的身份和来意后，我又特意向他介绍，我们特约徐迟同志来采访你如何攻克"哥德巴赫猜想"难关，攀登科学高峰，写一篇报告文学，准备在《人民文学》上发表。他紧紧握住徐迟的手说："徐迟，噢，诗人，我中学时读过您的诗。哎呀，徐老，您可别写我，我没有什么好写的。您写写工农兵吧！写写老前辈科学家吧！"

徐迟笑了，告诉他："我来看看你，不是写你，我是来写科学界的，来写'四个现代化'的，你放心好了。"小陈笑了，天真地说："那好，那好，我一定给您提供材料。"

于是，我们便随意交谈起来。徐迟问他"哥德巴赫猜想"攻关最近进展情况如何？他说："到了最后关头，但也正是难度最大的阶段。"他说他看到叶剑英元帅最近发表的《攻关》一诗，很受鼓舞。说着，他便顺口背诵出来。背毕，他充满信心地说："我要继续苦战，努力攻关，攀登科学高峰。"

我们又问他最近还在考虑什么问题？他说，最近没有顾上别的，只是收到一个国际会议的邀请，领导让他自己考虑去不去的问题。

接着，他告诉我们，不久前他收到国际数学联合会主席的一封邀请函，邀请他去芬兰参加国际数学家学术会议，并做四十五分钟的学术报告。

他说，据主席先生在信中介绍，出席本次会议的有世界各国的学者三千多人，但确定做学术报告者仅十来名，其中，亚洲只有两名，一个是日本的一位学者，一个便是中国的陈景润。也觉得事关重大，便将此信及时交给了数学所和院领导。

当时，中国科学院的领导同志接见了他和李尚杰书记，亲切地对他说，你是大数学家，国家很尊重你，这封信是写给你的，由你考虑去还是不去。考虑好了，你可以直接回信答复，告诉我一声就是了。

回到所里，经过一番认真考虑，并做了一些调查研究之后，他很快写了一封回信。他信里大致有如下三点内容：第一，中国一贯重视世界各国科学家之间的学术交流和友好关系，因此，我感谢国际数学会主席先生的盛情邀请；第二，世界上只有一个中国，就是中华人民共和国，台湾是中国不可分割的一个省，而目前台湾占据着数学会的席位，因此，我不能参加；第三，如果驱逐了台湾代表，我可以考虑出席。

接着，陈景润说，曾经有几个挂着"记者"招牌的人到数学所，三番五次地动员他，威胁他，要他写文章"批邓"。他巧妙地拒绝了。

一计不成，又生一计。这些人又变了一副腔调，哄骗他说，人家不都说你是走"白专"道路的人嘛，好啦，现在有个机会，如果你对"批邓"表个态，写篇文章，那就可以证明你不是。

陈景润依然毫不犹豫地拒绝了。他还向我们述说了一些他在"文革"中被残酷批斗的惨状以及他如何施计躲避参加斗争他的老师华罗庚教授的情景。

徐迟动情地悄声对我说："周明，他多可爱，我爱上他了！就写他了。"

"我相信他会写出一篇精彩的报告文学"

虽然这件事运作前我们已经汇报给主编张光年（光未然），他表示支持，但这些新的情况必须向他及时汇报。

当晚，我安排徐迟住进中关村科学院招待所后，立即返回城里，直奔东总布胡同四十六号张光年同志家，当面向他述说了当日我们的感受。

张光年饶有兴味地听着，还不时提问。考虑片刻，他斩钉截铁地说："好哇！就写陈景润！不要动摇。'文革'把知识分子打成'臭老九'，不得翻身，现在党中央提出搞'四个现代化'，这就要依靠知识和知识分子！陈景润如此刻苦地钻研科学，突破了'哥德巴赫猜想'，这是很了不起的！这样的知识分子为什么不可以进入文学画廊？！"他说："你转告徐迟同志，我相信他会写出一篇精彩的报告文学，就在明年一月号《人民文学》上发表。"

为了写好这篇报告文学，徐迟进行了深入采访和大量调查研究。他住在中关村，白天黑夜都排满了采访。他先后采访了许多著名的数学家，其中有陈景润的老师，有陈景润的同学，也有现在的同事。有讲陈景润好的，也有对陈景润有看法的。讲好的、讲坏的，正反两方面意见他都认真地倾听。他说："这样才能做到客观地全面地判断一件事物、一个人。"这期间，他花了很多工夫硬"啃"了陈景润的学术论文。我问："好懂吗？"他摇摇头说："不好懂，但是要写这个人必须对他的学术成就了解一二。虽然对于数学不可能太懂，但对数学家本人总可以读懂。"

有一天，徐迟在食堂吃饭，一位女同志知道他是作家，来写陈景润的，便直言劝告他："别写陈景润。科学院、数学所的优秀科学家多的是，干吗非写陈景润？这可是个有争议的人物。写写数学所的杨乐、张广厚也好啊。"

当然，采访中赞成写陈景润的人也不少。

在数学研究所，徐迟去了陈景润经常出入的图书馆，去了他的办公室，跟他一起进食堂，一块儿聊天，还去看了"文革"中陈景润被毒打而滚下楼的那个楼梯。很快，他和陈景润成了知心的朋友。但是唯独没有看到过那个重要的地方——陈景润解析"哥德巴赫猜想"的那间六平方米的房间。如果不看看这间小屋，势必缺少对他攻关的环境氛围的直接感受，那该多遗憾！

为此，我们一再向李尚杰同志表达这个小小的愿望。老李说："小陈可是从来不让人进他那间小屋的！他每次进了门就赶紧锁起来，使得那间小屋很神秘。我倒是进去过，如果你们要过去，只能另想办法，要不，咱们搞点'阴谋诡计'试试看。"

经策划，这天，我和徐迟、李尚杰三人一同上楼，临近陈景润房间时，老李去敲门，先进屋。我和徐迟过了十分钟后也去敲门，表示找李书记有急事，然后争取挤进屋去。

当我敲响门，陈景润还未反应过来，李尚杰抢先给我们开了门，来了个措手不及，我和徐迟迅速跨进了屋，他也只好不好意思地说："请坐，请坐。"其实，哪里能坐呀！我环顾四周，室内一张单人床、一张简陋的办公桌和一把椅子。墙角放了两个鼓鼓囊囊的麻袋，一个装的是他要换洗的衣服，另一个全是计算题手稿和废纸。办公桌上除了中间常用的一小片地方，其余桌面上落满了灰尘。他有时不用桌子，习惯挲床上的一角褥子撩起，坐个小板凳趴在床上思考和演算。

徐迟经过深入采访，经过一番梳理、思索和提炼，反复斟酌，几番修改，报告文学《哥德巴赫猜想》终于完成。

"这么多的来信可怎么办哪！"

《哥德巴赫猜想》一经问世，立即引起读者的热烈反响。许多人争相购买和竞相传阅。各地报纸、广播电台纷纷全文转载和连续广播。党政军领导干部喜欢文学的和平时不太关心文学的，也都找来一遍又一遍地阅读。还有人格外喜欢文章中第六节对"文化大革命"尖锐批判的精彩描写，有的人甚至能够背诵出来。

当时，中央关于彻底否定"文化大革命"的决议尚未做出，而人们积压已久的愤懑被徐迟痛快地说了出来，这正是徐迟作为一个报告文学作家的政治敏锐性。

一时间，《哥德巴赫猜想》飞扬神州大地，家喻户晓。陈景润也因此名声大噪，每天都有大量读者来信飞往数学所。过了几个月，我和徐迟再去数学所看望陈景润时，他指着堆满办公室的若干满满当当的麻袋，既兴奋又忧虑地告诉我们："这么多的来信可怎么办哪！"起初少量来信他还回得过来，成麻袋成麻袋的就不好办了。他觉得不回信，对不住热情的读者，也不礼貌。可要一一作复实际上又不可能，他因此感到不安。

其中，还有些信是一些女孩子写的，有的对他表示同情，有的表示爱慕，愿和他结为伴侣，照料他的生活。还有附寄了照片的。陈景润很善良，也很纯真，这类信，他说都放在一起锁起来，免得有人利用。

同样，徐迟也每天收到大量来自全国各地的读者来信。他都一一认真地阅读。尤其是提出宝贵意见的信，他着意收藏起来。嗣后，在他编辑集子时，多数都参照着读者的有益意见做了改动。他特别在集子的后记中说："应《人民文学》的召唤，写了一篇《哥德巴赫猜想》，这时我似乎已从长久以来的冬蛰中苏醒过来。"

原载《中国文化报》2018年1月23日

没有一种生活是可惜的

余 华

我和马原不知道是多少年的朋友了，什么难听的话都可以说，如果他或者我生气了，我们的友谊就不会保持到今天。马原身上始终保持一个优点，就是幼稚。我刚才听他啰唆半天，为自己的书辩护，我想马原真是，65岁了，还是没变。那些批评你的人都是在鸡蛋里挑骨头，你搭理他们干吗？你的房子还没盖好，你过几天回去，房子一盖，什么事跟你都没关系了。

我认真把这本书读完了，读了三天。其实我可以一口气读完，我现在老花眼，读一小时就要休息一下。这本书虽然有300多页，但给我的感觉只有200页，很快读完。几天前马原到北京了给我打电话，我在电话里对他说，你的新书很好看。好多年前，马原在北京漂泊的时候，没事干会到我家来，那时我送给他一本《活着》，他看完以后给我打电话说写得真好看。这就是我们互相之间的评价，我们不会说其他的话。

我读完这本书有一个感觉，这是一个江湖中人写出来的书，一个经历了很多的人才能写出来的书。至于里面有一些什么细节或者故事你们可能在网上看到过，有些人拿这个来批评马原。其实文学早就不是什么新鲜玩意了，什么样主题什么样题材都被写过了，我们读《安娜·卡列尼娜》的时候，会发现安娜的故事，渥伦斯基的故事，列文的故事里也有我们自己的感受。当然也有读者陌生的故事，每部小说里都有读者似曾相识的故事，也有读者陌生的故事，我们先不谈这些。

我谈谈我所了解的马原。

八十年代末我们在鲁迅文学院的时候，马原经常过来。那时候陈晓明在社科院研究生院读博士，当时觉得那地方很远，现在北京大了，感觉不远了。我和格非转五六次公交车去看他，他就在宿舍里用电炉炒鸡块给我们吃，一大盘，晓明很会做菜。不过他很牛，不搞礼尚往来那一套，从来不到鲁迅文学院来看我。马原经常来鲁迅文学院，当时莫言和我住一个房间，有一个学期他回家盖房子去了，他也不在，马原就在那住了几夜。我们通宵聊天，充满热情谈文学，没谈其他的话题。我们到晓明那里，也是只谈文学，除了文学没有别的话题，那真是一个很美好的时代。我记得晓明当时还写诗，问他发表在哪里，他很得意说，发表在研究生院女同学们的笔记本上。

那时候马原工作单位还在西藏，有一段时间马原离开西藏回到沈阳，马原是一个很认真的人，但是他做事基本上是半途而废。当时他很热心地给辽宁文学院搞一个活动，把我们请过去。这是我认识史铁生以来他的第一次长途跋涉，我和莫言、刘震云三个人把史铁生扛上火车。震云身体比我和莫言强壮，他背着铁生上火车，我和莫言负责把轮椅和四个人的包弄上火车，到了沈阳以后，就是马原背着铁生走了，他比震云更强壮。记得我们还在那进行了一场足球比赛，在一个篮球场上，我们是北京队，加上沈阳的马原，马原再帮我们拉来两个踢得好的，我们让铁生当守门员，铁生坐在轮椅里，我们说你就在这待着，把门守住，辽宁文学院的同学不敢踢，怕把铁生踢坏。（马原补充说：就是一个篮筐下面，铁生一个轮椅就已经把它围住了。）我们告诉他们，你们一脚把球踢到史铁生身上，他很可能被你们踢死了。所以他们不敢往我们的球门踢，他们只能防守，不能进攻，整场比赛就是我们围着他们的球门踢。那时候确实很好玩，晚上去偷黄瓜，当时辽宁文学院周边全是农田。我记得走道里摆着一个大水缸，偷来的黄瓜在水缸里面洗一下给铁生送过去，铁生咬一口说，我这一辈子没有吃过这么新鲜的黄瓜。我说这黄瓜从摘下来到你嘴里不到十分钟。

这样的故事太多了。在沈阳待了一些日子后，马原去海南了。马原一直在漂泊，他当年选择去西藏，其实已经走上今天的道路，就是漂泊的道路，总是在途中。他一直安定不下来，他在北京也漂过一段时间，在北京漂着的时候是我们见面最多的时候。他原来在拉萨群艺馆工作，马原这个人心高气傲，他个子也高，平时看别人都比他矮，他瞧不起别人，跟群艺馆馆长关系很不好，他这种性格，拉萨市委书记都不放在眼里，群艺馆馆长算什么，所以经常吵架。有一天他们群艺馆馆长发火了，说马原你别再来上班。马原如获至宝，说：你说的不让我上班。从此以后马原再也不上班了，但是工资照样拿。然后他就到北京来了，工资还有，但他不上班了，他抓住了那个馆长的把柄，不是他不想上班，是那个馆长不让他上班。

后来他又去了海南，去了很长时间。他在海南时有了一个想法，就是刚才晓明说的，要拍一个叫《中国文学梦》的纪录片。那时候我已经回嘉兴了，有一次刚好程永新和格非从上海过来玩，住在我家里，我们三个人正下着围棋，有人敲门，打开门一看，我们三个人都傻了，马原带着一个摄制组来了。问他是怎么找过来的，那时候我们没有手机，家里也没有电话，马原大概是听说我们在嘉兴，直接上了火车，就找过来了，好像《中国文学梦》是在我家开机的。（马原说：前一段有一本《重返八十年代》，那本书就是关于我拍的《中国文学梦》的活动，拍了两三年，这个片子开机就在余华家里。）

片子在我嘉兴的那个家开机了，马原就把我们三个人先拍了，然后满世界跑去拍其他作家。当时巴老巴金虽然还没有常住华东医院，但是已经年老体弱，要不是因为李小林，他根本拍不到巴老，他拿着那个大灯烤了巴老好几个小时。等到他的片子历尽艰辛，钱花完了也剪完了，可是放不了，为什么放不了？电视台的清晰度不断升格，他用的磁带的清晰度已经过时了。（马原：原来有4-3的带，大宽带，等我拍完了，那个带变了，制式又变了。）

我印象很深的还有一件事。当时为了让《收获》上《焦点访谈》，这样可以增加发行量，我们去忽悠央视新闻评论部的人，最后他们同意了，给《收获》做一个《焦点访谈》。找来找去谁来做这个节目，王利芬。王利芬那时候在新闻评论部，她是谢冕的博士，是新闻评论部唯一懂文学的。王利芬很关心马原，问他这些年不写东西在做什么？马原说在拍一部《中国文学梦》。王利芬说：你做这个片子干吗？马原说：我想为中国文学做点事情。王利芬说了一句很好的话，她说：你要是想为中国文学做点事，你就多写几篇小说吧。

他后来还是漂泊，漂到上海去同济大学当中文系主任。说实话，晓明当北大中文系主任合情合理，没有人感到惊讶。马原当中文系主任我觉得就是他这本《黄棠一家》前面的书名——荒唐。一个漂泊不定的人做了中文系主任，也好，我以为他从此会安定下来，在上海安家落户了。那时他还请我去同济大学做了一场演讲，到了同济的招待所，吃了午饭，我们哥俩就在房间里面，坐在两张床上开始聊天，好几年没见了。我忘了问演讲题目是什么，他也没有说演讲题目是什么，聊的差不多该去吃晚饭了，吃完晚饭就去会场。人很多，马原自己不上去，就在下面坐着，让他们系里的一个教授在上面主持活动，等我开始发言的时候才想起能说什么啊。往后面看一看，有标题在。其实马原也不知道我演讲的题目是什么，他根本不关心这些破事，他就是陪着我，跟我聊天，陪我吃饭。没过多久，他有自知之明，辞掉中文系主任了，他知道这事情胜任不了。

他在同济的时候我到上海我们必会见面。有一次我和苏童去他家，他在同济刚分了一套房子，他很骄傲自己的装修，他把所有直角的墙全部弄成圆的，还说他拥有知识产权，给我们展示他的成就。我们说马原还真是喜欢折腾，把墙的直角都弄成圆角，这也有好处，撞上不会划破皮。

当我们大家都以为马原是上海人时，他又消失了。我不知道他生病的事情，他绝对不会对任何人说生病的事情，是他在同济的一个朋友黄昌勇，当时在同济做宣传部长。黄昌勇找到我，说你能不能给马原打一个电话，我说发生什么了，他说马原跑了。我说怎么跑了，被通缉跑了？他说生病跑了，肺里有一个肿瘤，非常严重的病，马原不愿意住院治疗，从上海跑到海南去了，他很危险，你能不能给他打一个电话，把他叫回来，说服他，让他回到上海的医院治病。我想了想，我说我知道你们关系挺好，但是我告诉你，我这个电话打过去屁用没有，第一他不一定会接听，即便他接听了，不仅不会回来，还会说你以后生了病也到我这里来。我说我太了解他这个人了，让他去吧，是死是活，听天由命。几年以后，听说他漂到云南去了，前天他和马大湾（马原的儿子）到我家来，给我看他在云南盖的那些房子，盛情邀请我去。我心里想，希望这是你最后的住处了，别再漂了。

这些年来马原的生活跌宕起伏，漂泊不定，谁都不知道他在哪里。我们老朋友见面时，经常会提到马原，马原在哪里？一桌子人都不知道他在哪里。你说晓明在哪里，谁都知道晓明在北大，知道的更多一点的人会说，他昨天刚从上海讲课回来。说到马原，大家都不知道他在哪里。

那么多年来我听到很多对马原的惋惜声音，说马原不写东西，瞎折腾，折腾来折腾去，不知道折腾什么。还有人讽刺马原，各种各样的声音都有。但是我读完马原这本新书的感受是：没有一种生活是可惜的，也没有一种生活是不值得的，所有的生活都充满了财富，只不过是你开采了还是没有开采。所以我为什么说读完这本书，感觉就是一个江湖中人写的。解放前有一句老话叫十年修成一个举人，十年修不成一个江湖。刚才晓明谈了不少马原过去的作品，《虚构》这样的作品，在我看来像是一个举人写的，《黄棠一家》则像是一个江湖写的。我并不是说江湖强于举人，或者举人强于江湖，我们这个社会需要举人也需要江湖，如果从社会安定角度看的话，举人多江湖少肯定更好。

原载《当代》2018年第1期

黄草纸（外二篇）

葛水平

文字斑驳地记录着老时光。

来自北方的桑皮麻头纸，再生环保。我还记得童年，植物的纤维，每次被平筛托起，即成一张纸。纸，有厚、有薄、有舒散、有凝聚。手工的纸，粗放里蕴含细腻，细腻里潜藏豁达，和风丽日中晾干，融入了阳光的色调，乡人叫：黄草纸。

冬天的黄草纸糊在窗户上，整个村庄都很怀旧，镰刀似的月亮挑在树梢，猜不透，窗外雪地上一长串狐狸脚窝，它的三寸金莲盛满了各种故事，与生活有关，与风霜有关，与情感有关，糊窗纸没有捅破之前，我听到一个女人喊：

"雪啊，凉啊，屁股蛋子挂了霜啊。"

空空荡荡的，站在千年文化的凝结点上，需要和黄草纸一样悠远沉静的心境，才好去抚慰岁月。

从前的黄草纸糊在窗户上，透过阳光能够照见那些浮动的桑皮经络，亲切得让你觉得如体内的血液流动。我似乎又想起了从前，从前的心爱之物，阳光裹起密集的尘土，慢慢涌动着，我的亲人们穿梭在中间，有一点儿生存的荒凉味道，风吹动他们的衣襟，而笼罩在这一切之上的是一股扩散开来的牲畜味

95

儿，那一瞬间被惶惑了，最好的命运被篡改了，是什么样的魔术手破坏了原有的秩序？

奇怪的是，事隔多少年我站在乡村的山脊上，村庄里的一些人和事，或是由各种关系将我的从前联系在一起的理由，或许不曾有过任何生活的记忆，或许因为不曾记得的矛盾，甚至一场单纯的口角，彼此那么多年过去了，我还记得他们在黄草纸张满窗格的天光下妖娆的身姿。

这些记忆是扎了根的，在心里，有时候做什么事情，也不知为什么就感觉那种从前突然非常熟悉地来了。

绽开来，仿佛颓败的美好越来越大地洞洞开去。我把他们框在脑子里，很久之后，就想把他们一一画出来，可惜我没有那么多的天赋或秉异。我想，就随性而画吧。

想象一种情景时，脑海中出现的画面不是出自自己的视角，而是像灵魂出窍一般，因为真切地感受过他们的喜怒哀乐，动笔之前，他们只是视觉上一种强烈的刺激带来心尖上的一阵颤抖，墨落下时，黄昏跟随寂寞爬满了我的小屋。

一件事情开始之后，我总是怀揣着一个很大的抱负，看着纸上的他们，突然明白，抱负只是暂时被替换了，我还是一个写作者。天边光线的层次穿过云层诚实地映射到我的脸上，我是我，我的画只是内心的一份不舍。不管怎么说，只要写作，只要画画，都可以洗涤我脑海中一些烦恼。

想起童年，乡下的岁月弥漫着戏曲故事，炕围子上画着的"三娘教子""苏武牧羊""水漫金山"，寺庙墙壁上的"草船借箭""游龙戏凤""钟馗嫁妹"，八步床脸上更是挂着一座舞台，人人都是描了金的彩面妆，秀气的眉与眼，水蛇腰，风摆柳，或者水袖，或者髯口，骨骼间飘逸着秋水、浓艳般的气息。

伴随着日子成长，后来又学了戏剧，可惜没有当过舞台上的主角。

庆幸的是，更多的日子里是站在台子下看戏。风云变幻的历史，折射的却是社会的风情变迁，人生前无论怎样显赫、辉煌，尘埃落定后都将成为过眼云烟。

"饿肚皮包容古今，生傲骨支撑天地。"

正值好年华，那时候，有村就有庙，有庙就有台子，有台子就有戏唱，有戏就唱才子佳人。舞台上人生命运错落纷纭，连小脚老太都坐着小椅子，拿着茶壶，在场地上激动呢。我看台子上，也看台子下，台子下就像捅了一扁担的马蜂窝，戏没有开场时，人与人相见真是要出尽了风头。

台子上，一把杨柳腰，烘托着纤纤身段，款款而行，每一位出场的演员一代一代，永远倾诉不完人间的一腔幽怨。

人这一辈子真是做不了几件事，一件事都做不到头，哪里有头呀！我实在不想轻易忘记从前，它们看似不存在了，等回忆起来的时候却像拉开了的舞台幕布，进入一段历史，民间演绎的历史，让我长时间徜徉在里面。

尘世间形形色色的诱惑真多，好在尘世里没有多少东西总是吸引我，唯有唱戏的人和看戏的人，沉入其间我没有感觉到缺失了什么，比如人生缺失了什么都是缘分，都得感恩！

乡下，浮游的尘土罩着山里的生灵。春天，河开的日子里，觉得春风并不都是诗情画意，亦有风势渐紧的日子，活着的和曾经活着的，横晃着影子走进我的文字，岁月滴滴答答的水声，消歇了一代又一代人，那些走老了的倦怠的脚步，推着山水蠕蠕而动。那些风口前的树，那些树下聊家常的人，说过去就过去了，人是要知道节气，是不是？

记忆如果会流泪该是怎样的绵长！

亲人们让我懂得什么是善良、仁慈和坚忍，我庆幸我出生在贫民家里，繁华的一切成为旧日过眼的云烟之后，身后无数的山河岁月，心目所及，我的乡民，只要还想得起他们明澈的眼睛，不久就会是丰收的秋天了。

对于乡下人，收获的秋天就是一场戏剧"秋报"的开始。台上台下，台上是疯子，台下是傻子，生动的脸，无疑让我有了绘画感觉的获得。

岁月如发黄的黑白片色调，想画时，感觉并不沉重，它是清清淡淡、丝丝缕缕地由心底生起，像一声轻轻的叹息，单色调更像是彩色作品的底子或者说是逝去日子的旁白。那些清新的人间柴烟味道的生活，让我再一次回到尚不算遥远的青春时代，回到那些已经在无数次的记忆中经过滤留存下来的明月当空的日子，那些日子里有我们共同的卑微。是的，一种挥之不去的惆怅，我总得抓住光阴做点什么，以便对自己的生命作一个交代。

　　一生一世，时间的距离使追忆成为对现实感受的提炼，只想对他们深切的关注，他们都是我曾经认识的熟人熟事，入文入画都不如入心来得疼痛，我在画案前，我在书桌前，我们一起坐着天就黑了。

　　岁月是如此曼妙而朴素，世上万物都有因果，在村庄里感受生命里的爱，我便懂得了一个人的灵魂因饥饿而终于变得坚强，因富足衰弱得像煮熟了的毛豆，听不到爆壳声，嗅不到生豆的味道。

　　无论现在和从前，鸡狗畜生，都知道走至河边会感觉村庄格外地平整敞亮。那些庄稼人的屋子总是朝着太阳，男人和女人担了生活的苦重时，天空落下的碎金子般的阳光，这就是界限了。他们懂得，那些节外生枝的人生也许是另一番天地，但是，只有回到朝南开的屋门前才有勇气喜怒哀乐。

　　写作和画画都是怀恋从前，都是玩儿的生活。人生是一条没有目的的长路，一个人停留在一件事上，事与人成了彼此的目的，互相以依恋的方式存在着，既神妙莫测，又难以抗拒，其使命就是介入你，改变你，重塑你，将不可理解的事情变成天经地义，如此就有了自己的成长历程。

　　成长，其实也是寻找自我，不断靠近或远离自己的过程。

　　现在，我手上握着一支羊毫，尽管我只是一个初学者，很难操控我对好的绘画偷窥，很害怕自己喜欢上了别人的东西，很怕被人影响，但是，不影响又能怎样？喜欢的同时又觉得，别人那么画挺好，我喜欢，但是，不是我心里的东西。我想画什么，技艺难以操控我的心力，或者说心力难以操控我的技艺。唯一是，想到我经历过的生活，我感到我自己就不那么贫乏了，甚至可以说难过，有些时候难过是一种幸福。

因为，我活不回从前了，可从前还活在我的心里。

文人学画，其实是走一条捷径。即便是诚心画，许多难度大的地方永远过不了关，简单的地方又容易流于油滑，所以画来画去，依旧是文学的声名，始终不能臻于画中妙境。

我始终不敢丢掉我的写作，画为余事。

想起张守仁老写汪曾祺，题目叫《最后一位文人作家汪曾祺》，说，汪曾祺的文好、字好、诗好，兼擅丹青，被人称为当代最后一位文人作家，这是因为天资聪颖的他从小就受了书香门第的熏陶。汪曾祺之后，谁还是最后一位文人作家？我自称文人画，有些时候我会脸红。其实，我只是觉得从前还有那么多的牵挂，在精力的游移不定中，文学和画，都是我埋设在廉价快乐下面的陷阱。我为之寻找到了一种貌合神离的辩解，随着日子往前走，有如河床里的淤泥层层加厚，我厚着脸选择了我的生活，而你们给了我一个最高的褒奖"文人画"。我只能说落入任何陷阱都是心甘情愿的。

我相信任何一门艺术都是有灵之物，它会报答那些懂它的人，它在夜与昼交替之间，控制了未知，并一次次浇灭体内因欲望而生的焦火。人到中年，再一次靠近自己的兴趣，我才发现，写作和画画于劳力的人，确实有份实在的功效，天气，物，光线，都是无法复制的，尤其是入画时的那一刻的静，风的节奏，就连性格也比平常内敛。一辈子的好时光都留在了从前，那些我认识的故人，还有他们的恩情，我怎么好一个人执意往前走呢？在我从来就没有真正寂寞过的世界里，夜与昼之余，一种很幽深的精神勾连，让我犹如见到菜籽花般的喜悦。信不？世界上最美好的事情就是这样，相互依存。

春天了，风吹着宣纸，飞花凌空掠过，一层景色，一番诗情画意。浪漫而不无虚荣的记忆中，与生活有关，与风霜有关，与情感有关，站在千年文化的凝结点上，需要有和宣纸一样悠远沉静的内敛，我才好去抚慰岁月。

有路的地方就能通往戏台

乡民爱戏，常常在夜幕即将垂帘的黄昏时分凑在一起胡喊。

当我最初领略这些美好事物的时候，内心的经验世界还是一片空白，只看到他们的呈现和存在，至多也就是在感官上给我以刺激。

乡村是整个社会最微不足道的部位，它静静地承受着季节的轮回与气候的变化，并在这种无言的重复中掌握了把风雨和冰霜转化为养料的本领。

然而，对乡村的记忆是从舞台开始的，念念不忘。那些过日子的痛苦和沉重总是很短暂，劳作之余，他们对日常生活的期望没有城市人高，所有的苦难，也许一句话就能够拨云见日，只要有戏看，想不来的问题便永远不再去想。热爱，赋予了活着的意义。

单纯的活着是没有意义的，在这个内部缺乏秩序的世界上，每个人都应该学会做一个真正的生存者，每个生存者都应该懂得一种娱乐。

在我看不懂那些戏的日子里，我只看到灯光照亮，人影晃动，一股活力，四处洒落，那些声音，纷纷扬扬地落在村民身上，没有表情过度，与狂欢的洪流猝然遭逢，他们无比快乐的笑容感染了我。

乡下人不知现在的乐谱，只懂五音。

所谓五音，又称五声。最古的音阶，仅用五音，即宫、商、角、徵、羽五个音阶；所谓六律，是指定乐器的标准，即指古代音律。后也泛指音乐。

这就牵涉到了古代音律的开创之初。民间的舞台上"五音和六律"，只有这两样东西，它们便带出了精神与念想，以及生活中依赖宗教所产生的遐思。

民间有"无庙不成村"之说。有庙又必有戏台，又有"无（戏）台不成庙"之说。

我还记得和村庄里的大人们一起去庙里看戏，台下人头攒动，是一张张凝神上望的脸。戏台上，生旦净末丑，正演绎着一场沧桑岁月的人间大戏，让人们感受着人生的喜怒哀乐，生死荣枯。历史上可真有这样的事啊，那些千真万确的不同寻常，留得住生，留不住死，看戏的人开始为生欢呼雀跃，开始为死悲从中来。

一段哭腔唱得入心入骨疼，唱得好呀，戏到此时不是演了，是唱，是说演员的唱功，五音六律揪扯得人心战栗。

古代戏台有着多种称谓。

宋代时的称呼是舞亭、舞楼；金代则谓之舞庭；元代又出现了乐亭、舞厅、舞榭等，名谓甚多。同时反映出了不同历史时期人们对戏曲表演形式、戏台功能和建筑形制的理解。舞楼及至戏台，作为戏曲的重要载体，是千百年来民间舞台艺术的主要活动场所，更是传播和见证华夏文化演绎发展的平台。

戏曲在祭祀文化中由娱神到娱人的演变过程，我们可以看到舞台大社会中活着的民间对富贵的理解：无常与兴衰。

戏在舞台上演绎历史，演绎帝王将相，只有在舞台上帝王将相才可以低下它高贵的头。在民间，舞台轻而易举消解、软化了帝王将相对手无寸铁的百姓生硬的伤害。

民间娱乐历史，娱乐帝王将相，让历史中的帝王将相堕落、羞耻！哈，多好的舞台，被灯光照亮的那一瞬间，我确实感觉到了"人民"才是伟大的终结者。

我们常用"黄钟大吕"来形容音乐或言辞里的庄严、高妙及和谐。这黄钟大吕"即我国古代音韵十二律的代称"。十二律又分为阴阳两类，凡属奇数的六种律称"阳律"，简称为"律"；属偶数的六种律称"阴律"，简称为"吕"。故十二律可分为"六律"和"六吕"。"黄钟"为六律中的第一律；"大吕"为六吕中的第四吕。律、吕之音高低，是由不同长度的竹管决定的，竹管不同长度的制作，又是依十二律制中第一律黄钟的长度计算出来的。

《汉书·律历志》载："以子谷秬黍中者，一黍之广，度之九十分，黄钟之长。"

黑色黍子的中等颗粒，横排90粒，其长度为9寸。

9寸长的竹管（孔径3分）吹出来的声音就是黄钟之音。即相当于现今简谱的"1"（dao），黄钟的低音调相当于现今的C调。这样依黄钟9寸的长度，按照古人的"三分损益法"，可计算出六律和六吕的分别长度。

传统向着社会的反方向撤退，传统远去，远去就该是传统的本身吗？

黑色黍子的中等颗粒使我感觉到了智慧的力量。在我的故乡黑色黍子越来越少，时光的轮子似乎还是过去的速度，我们遗失了什么？世界被欲望照亮，欲望同时也照亮了我，多少事物都被毁灭了，当我夜晚看到舞台上的灯光时，我突然明白了，美好的事物都是从黑暗中升起。

我极端喜欢看野台子的戏，排除了神的干扰，既可以进入荒凉而凄苦的民间，又可以找到民间跳跃的欢喜。

一个小村，村外是广袤的田野，暮色下的村庄就像春天成长的庄稼。搭一个台子唱戏，是旧时戏台的一种形制。演出前，选一方宽敞的空地，即可搭建，演出后则拆卸掉，不留一点痕迹，非常灵活机动。

一场热闹，平地而起，又骤然而歇。

正如一首山西民歌所唱：

"姐儿哪门前一棵槐，槐树底下搭戏台，前晌唱的梁山伯，后晌又唱祝英台。门槛高，金莲小，三跷两跷闪坏奴的腰，活活跌一跤……"

一台戏就是一个季节的驿站。

我反复回忆童年时期的那些夜晚。

等不到傍晚，地里的壮汉急急收起农具匆匆往家里赶。

他们从大地的深处起身转过身子，那样的不约而同，盛热的空气里有虫子擦着草尖飞翔，暮色斑驳迷幻。

匆匆一口饭，大人和孩子们齐齐聚在了村口，一条土路拽着所有人的心。所有人的心澄明如镜，有一种洗礼后的神秘感。一行人前前后后挨挤着，小孩挽着大人的胳膊，一轮明月升到孩子们仰望的高度，远山肃穆，它凝聚着山外的声色犬马。

走上山顶，远远看见了野地里的台子，灯光还没有点亮，月明在山尖上，黄土小路有微风的暖痕，一路上话都不敢多说，怕话多了耽误了行程。

围绕着戏台周围有许多零嘴，孩子们和大人要了钱买了占嘴的零食，匆匆拽着大人的衣角往舞台前挤。一个女演员，腰肢纤细，头戴花冠，袭一件镶边水红绣花长裙，在戏台当中走台，女演员无视台子下的观众，水袖飞舞，台步走得欢实。

星光与夜鸟的鸣唱在彼此胸腔汹涌，那时间，我们觉得大地上的声音开始乱了，人影晃动，苍蝇拍翅、蚂蚱蹬腿，都显得激动异常。

村口的老槐树黑黑地站在夜幕里，横权上落着一层来看戏的乌鸦。

戏就要开始了。

我们在台前乱跑大叫，不时掀起幕布看台子上有人搬布景，都是穿好戏装的龙套生，没见有主演搬布景。

刚才的那个穿水红长裙的女子在侧幕旁吊嗓子，咿咿呀呀，兰花指跷着不时指出去收回来，在自己包好的头上撅撅鬓花，开戏前的几分钟里她就那么精心地装饰着自己。

我们叽叽喳喳乱叫，吸引得演员走过来，瞪着眼把我们轰下舞台。各自跑往父母身边，拉着父母的手说："看见了，看见了。"

大人们要孩子们讲讲看到了台子上什么？有调皮一些的娃娃就扭捏着模仿幕布后的表演，捏着嗓子咿咿呀呀学后台人。这时候准备演出的铃声响了，大人们用尖利的噪音呵斥自己的娃娃，咳嗽声和互相打趣声弥漫着台下的人群。

突然地炸起一阵锣鼓家伙响，台子下的热闹和混乱被震得鸦雀无声。

大幕徐徐拉开，演员踩着台步上场。台上的台下的距离一点也不遥远。台上的唱念做打，算不得炉火纯青，却也生动活泼。

瞬息万变的浪漫爱情，还来不及留恋追怀，陡生变故。无论是家国情怀还是儿女情长，都能让台子下的观众撒一把悲情泪水。

历史被放在演员和观众之间，真假都不重要了，观众早已熟悉了演员的表演，多了什么少了什么，演员胆敢偷懒作假，台下的嘘声起了，口哨声起了，鼓倒掌是高级待遇，石头蛋子飞上台，给你起一个外号，立马叫响，看你敢不敢日哄观众。

戏班子，沿用了类似于古老的吉普赛人的生活方式，四处不停地游走，定期地从一个地方迁到另一个地方。他们带着手艺走乡串村，当一个村庄在空地上搭起戏台子时，村庄里的普通农妇走起路来如同踩着棉花，来人待客扭来扭去，腰肢如柳叶，风不来自个儿就摆了，优美地走在村街上，似乎嗓门也比往日响亮了。

"唱大戏了，来咱村看戏来啊！"

夜戏结束时，有些意犹未尽，瞌睡虫被赶到了九霄云外，不舍得回家，挤在戏台后看演员卸妆。凡士林和油彩味儿扑面而来，大裆裤忽闪忽闪晃荡，看不清的影子中，大家对照台上和台下使劲儿辨认演员核对角色。

走吧，杀戏了。

脚踩着地时，心往上飞。

将来谁家能出一个唱戏把式就好了。谁家有那福分呢？挨着家户数过去找不着苗头。

笼罩在无奈的气氛之下，有人转移了话题，议论演员的扮相，走着走着没话了，话断在了半路上。

大片的荒野中只有脚步声响起，一些瞌睡虫上来的娃娃被大人肩在背上，快要睡过去了，大人打着屁股不让睡，怕小孩子魂灵不全睡着了把魂儿丢在半路上。

大人吆喝孩子们瞪大眼照着路走，瞌睡走路会撞着鬼，鬼是一层白皮皮贴在自家的门帘上等你呢。

裤脚甩开扯着路两边的草叶，"唰唰唰唰"，一时让我们的头皮发麻，鬼跟着呢，千万别朝后看。

一条小路直达村庄，月亮钻进云层，山野像巨大幕布，把一切罩在其中。

远望村庄有灯光亮着，路在七弯八拐中，像村庄扯开生长的身子，又像时光的投影。村庄最老的老人在村口上站着，黑树桩一样，如果不是手里提着的灯笼，夜色中看不出是人形。

他多么想听听看戏回来的人说说都唱了啥戏，没有人支应他，他孤单的影子加深了夜的浓度。

有人吼他，"咋这时间还不睡？快回睡！"

夜收尽了人声和呼吸。

他嘟囔了一句：

"天不怜老，活生生叫我看不动戏了。"

谁在忍受时光的驱赶？道路的驱赶？戏还活着，明天照样不敢耽搁了看戏去。时光开始的一天正在看不见的地方形成一台戏，信不信已经不由我们，只要在人间，有路的地方就可能通往戏台。

张灯结彩

春天最有风韵的那个部分由桃花的绿意释放出来，无比陶醉。

看这样的景致时是在傍晚，在一座寺庙厢房的脚地上站着，透过一扇老窗的花格，天地间一片花红柳绿。

中国的乡村，除了那些藏在沟里的山庄窝铺，"村"或"庄"，几乎都修有戏台。因为"娱神"的缘故，民间一直把"神"看得很高贵，爱着，敬着，怕着，哄着。

神住在村庄的寺庙里，戏台大多建于寺庙神祠之内，多是坐南面北，对正殿而建，戏台下一般有高低不等的基座，以方便神平视瞻赏。神啊，离谁都很远，离谁都很近，与富贵有着深刻的血缘关系。

记得十五岁时去乡下看迎神赛戏。我、母亲和众多村庄里的亲朋好友坐在驴车上，正是秋天，乡下，到处飘着粮食成熟的味道。走在路上，两边的青草总是吸引驴探过去头，车便走走停停很是消停。赶驴人挥着鞭子说，走时它是吃足了草料的。

驴听完这句话，仰起脖子，冲着远处粗壮而短促地"哥哦哥哦"叫，像似抗议。

我看见驴的腹部一伸一缩地喘着粗气，我努力伸过手抚摸它光滑的脊背，它打着响鼻，表现出一副满足了的样子。

迎神赛戏，也叫迎神赛社。

这一民间自发形成的迎神祭祀活动，是农耕文明的产物。它可以追溯到商周时期，农人在春季向神灵祈求丰收而举行的祭祀活动。

宋人刘克庄《喜雨二首柬张使君又和》中的"林深隐隐闻箫鼓，知是田家赛社还"即指此俗。古时，赛社风盛行，漳河、沁河两岸有宋代碑记赛庙"创起舞楼"，说明当时已盛行以歌舞杂剧迎神、酬神。

乡下的好，明清建筑高门大院是一个好，吵闹打逗呼儿唤女声挑开屋脊，也是一个好。有迎神赛社必然是过会，街道两旁搭满了棚子，卖饭的，卖菜的，卖农具的，卖杂货的，卖麻糖的，卖油条豆浆的，卖烧饼麻花的，卖秋果子的，算卦求婚的，理发点痦子的，密实实排过去。

阳光下，赶会的乡下人面孔绛酡，劳动的双手满是纵横的纹理，吆喝声结实有力，像练过嗓子的演员。

穿过街道，孩子们的叽吵声伴着吆喝叫卖声，那热闹真是掀翻了以往村庄里的寂寞。一年一度的迎神赛社像捻子一样被点燃了，热闹稠稠的，能把寂寞了半年的村庄喝饱。

还没有等我们走到台子前，舞台上迎神礼仪就开始了。听见锣鼓声时，有人吆喝着赶快走开，说是关公来了。

关公手举大刀追杀华雄，从戏台上踩着锣鼓点一鼓作气追到台下，两人在观看的人群中穿梭，那时节，一个胸前挂着鼓，一个臂弯上挂着锣的乐队跟着他们，有一下没有一下地敲打着，他们绕村子边打边跑。

村外沿途庄稼熟了，鸡们狗们家畜们，老者站在村边的路沿上，下巴颏一翘一翘的，嘴张着笑不出声来，笑在肚子里乱窜。

一群大小娃娃跟在后头，走进街道，关公和华雄沿途随意抓取摊贩的瓜果梨桃，边吃边打，觉得秋风并不都是千姿百态，亦有刀光剑影。打一阵子，摊主笑逐颜开地再一次扔给他们吃食，舍得，是福报是大吉大利。

一群娃娃横晃着膀子钻到演员前面，两张挂了油彩的脸齐齐对着娃娃们，吓唬他们，说是要杀人啦！娃娃们呼呼四散，敞亮的空地上，把历史演得玩儿似的轻松。

敲锣的敲鼓的，不时吼一声，此时打斗到了戏台下。演出快要结束时，跑得满头冒汗的关公和华雄重新登上戏台，关公大刀挥舞，斩下华雄首级。

《斩华雄》，是赛社最有特色的对戏演出。场面宏大，参演人数众多，整个迎神赛社的过程，就像一个走街串巷流动的表演群体。演员与观众融为一体，演出气氛高潮迭出。表演者和观看者相互追逐，村子有多大，戏台就有多大。

通看《三国志》（包括裴注），提及"华雄"这个名字的只有一处，出现在《三国志·吴书·孙破虏讨逆传第一》里，确切地说是在孙坚（破虏将军）的传里，只一句话："坚复相收兵，合战于阳人，大破卓军，枭其都督华雄等。"

说的是（梁东一战后）孙坚重整旗鼓，在阳人大败董卓军队，杀了董卓的都督华雄等人。显然，华雄是因为被孙坚的军队打败而被杀的，虽然具体是谁下的手不得而知，但绝对不可能是并不在孙坚军中的关羽，甚至极有可能，华雄终其一生也与关羽毫无瓜葛。

历史给戏剧最重要的一点是戏说。

民间奔田地，奔日月，奔前程的普通人，能知道多少历史中的事情是真的，若能知道了真相，那一定是彻底改变了农人命运的朝野之人。

农民的肩上担了生活的苦重，一年中苦度光阴，看戏看热闹，热闹中那些非想、闭眼、睁眼、醒着、梦着，黄尘覆盖着村口大道上，一出戏明晃晃亮过来，历史中的真真假假对后来人没啥坏处，那就娱乐吧！

涂脂抹粉，更换各种鲜亮的戏装，放开喉咙的歌唱和扭动肢体的耍弄，民间没有严肃，严肃是容易让人们嘲笑的。

民间都是面朝黄土背朝天的普通人，三尺黄土既是坟墓又是屋檐，能给英雄喝彩是普通人的福气，可英雄是啥，说来都是不着调调的人。真人不做假事，不做傻事，戏台上的英雄谁敢保证不是虚构来的。

邻居一只鸡死了，隔夜村主里都知道邻居家死了一口人。他们可是从不去费脑子揣摩那真假，真假都是中国造，只要不动那脑子那就跟着快乐吧！

话说回来，就算关羽是立下了军令状，就算曹操觉得他是英雄，就算关羽道："酒且斟下，某去便来。"关羽瞬间拿了华雄的首级回营，此时酒尚未冷。这些，对于民间来说真有戏剧效果么？怕是民间就只看热闹，他们就想看女子的腰肢是柔软的，英雄打斗舞弄出强烈的声音，不仅是锣鼓家伙的响，还要有猛烈撞击观众内心杂乱的喊叫。

谁见过这样的演出！无论过去还是现在，走至村口的人都要愣愣站站，步子里显出几分怀念，盼一场戏开始，不光是人，鸡了狗了的，都盼。

神秘与古朴的迎神赛社历经千年，赛社活动附带了各种传统礼仪、表演，显示了人间对活着的依恋和不舍。它不仅承载着古老的文化信息，也为生长于斯的民众带来了无限乐趣，成为一个地方发展中保持文化命脉、张扬地方个性的重要表征。

民众狂欢和世俗娱乐始终是自由的，风把土地吹得虚弱阴寒，就让热闹给土地增加一些阳气吧！

赛社是为了迎神。民间迎神赛社大体分为三类：一是"官赛"，就是由官府筹资组织的赛社；二是"乡赛"，由周边几个村子联合或轮流组织的"赛社"；三是"村赛"。这三种类型的赛社在上世纪三十年代前，年年见热闹。

乡村的戏台经历了完整的嬗变过程，它是热闹的中心，于平淡平常之中系着撕心裂胆、揪肠挂肚的乡情。要说什么地方最能体现乡村的味道，肯定是戏台。戏台，只要唱戏了，生活就进入了最饱满最疯癫的时刻。很多人平常想不起来，在你就要忘掉的时候，一转身却和他在戏台下碰见了。天涯海角走远的家乡人，到了过会的节点上，再忙也要找一个借口，回乡看戏去。

回乡看戏，啥时候念着了，心吊在腔子里都会咣当一声响。

戏台的演变史是一部戏曲的演变史，从中可以解读出戏曲变化的时代特征。农人举着神的牌位，修着供神的庙宇，发展起了属于自己的戏曲演唱，并建造出了形式各异的古老戏台。看看戏台的模样就知道农人有多么爱戴自己的生活。

迎神赛社让我想到了张灯结彩，大红大绿别有一番情趣，它点缀着质朴而平和的乡下生活，让民间懂得敬畏，懂得阳光明媚。它把乡下的日子照亮的同时，土地与炊烟般的质朴也让乡村无所牵挂并充满了梦想。

原载《山西文学》2018年第9期

在《诗刊》上画画

肖复兴

借题

我时常在《诗刊》杂志上画画。我不懂诗，也不写新诗，所以基本上不怎么看这本杂志。但诗刊印制得很不错，用纸也不错，而且，内文留有大量的空白，正好适合画两笔，便常在上面涂鸦。由于不是正规的画本和画纸，因此不那么拘谨，可以随心所欲，信马由缰。乐趣便也由此而生，是在别处画画所没有的。所谓游野泳，或荒原驰马，别有一番畅快的心致。

有一次，画了一个戏人，过了好几天，忽然发现戏人的下面有一首诗的题目，叫作《在梨园》。怎么那么巧，和我画的戏人相吻合，好像有意在那里等着我一样，好和我、和我的戏人有一个邂逅。想如果用《在梨园》作为我的画的题目，不也是得来全不费功夫？

这一发现，让我其乐无穷。便回过头来重新看我在《诗刊》上画的画，居然很多画的旁边或画的里面，都有诗的题目或诗的句子，和画剑鞘相配，仿佛前世的默默姻缘，似乎是埋伏在那里的伏兵，等待着出其不意的袭击，和我的画撞个满怀。

特别是有一张画：在公园里父母给自己的小孩子拍照，小孩子扶着他的滑轮车，冲着镜头露出微笑。在画的上面，正好有一行诗句："惯常浮现的表情。"如果再伸出V字形的手指，那真的是孩子们在照相时惯常的表情。

还有一张画，画的是四个身穿漂亮长裙的老女人，如同年轻人一样，手舞足蹈往前走，画的上方，是一行黑体字的题目《当我回眸无可回眸的青春》。一下子，让我的画立刻如照一面凸透镜，充满反讽。

另外一张画，一位挺着啤酒肚的男人，挽着一位穿着紧腿裤的女人，迎面碰着一位身穿风衣的女人，这女人正用一只手指指着他们。本来，这只是我在公园里偶然见到的一景，被我随手画了下来。不过是熟人意外相见的常见场景。谁想到，在画中穿风衣的女人风衣里，藏着一首诗这样的一个题目：《相逢却不说话》。让我这张画一下子充满戏剧性，三个人之间构成了富有前因后果的戏剧关系，瞬间变得不那么简单起来。这个题目，让我忍不住想笑。

《在梨园》，并非孤例。诗画暗通款曲。所有的艺术都是横竖相通的。

中国文人画本来就讲究题诗和题句，让画与诗互文。好的诗文，会给画添色，以更多的象外之意。《诗刊》上这些诗句和诗题，无风起浪，帮我这些单薄无聊的画点缀出新鲜一些的生趣。这样意外的发现，让我自鸣得意，在《诗刊》上画画的劲头更多更浓。在我家所有的刊物中，《诗刊》是被利用最充分的，也成为我最喜欢随身携带的速写本。

民间有借钱借物之说，戏曲里有《借伞》的传统折子戏。我从《诗刊》这里则是借题。这样的借题，颇有些像农民种植花木时的嫁接，或像蜜蜂借花传媒，不仅可以生出新的生命，还可以酿造出别样的产品蜂蜜。所以，应该感谢被我所借用的那些位诗人美好的诗句和诗题，可以让我借水行船，划得更远。

封面画

两年前的五月，我和雪村、赵蘅几个人一起看望画家兼翻译家高莽先生。那时候，我刚发现在《诗刊》上画的乐趣，热乎气儿正浓，已经随手画了几本《诗刊》，便从中挑了两本带到高莽先生家，请他看看。一是请他指点，二是和他共同一乐，三是请他在上面题个词，留个纪念。一箭三雕。

高莽先生看了之后，连说不错。他的女儿晓岚在旁边对他说：咱家也有好多旧杂志，你也可以在上面画！他连连说是，这样画画，挺有意思！

我翻开杂志的扉页，请他能为之题个词。高莽先生不仅画好，书法尤其是隶书也挺好的。

那天，高莽先生兴致很高，对我说：我给你画个像吧！

这让我有些受宠若惊，因为相比题词，画像比较麻烦，要费好多时间，而且，高莽先生已经九十高龄，眼神大不如以前了。

他说罢，让晓岚拿来一粗一细两支笔，顺手合上那本《诗刊》，就在《诗刊》的封面上画了起来。

他画了一幅我的侧面像。面目的轮廓用的细笔，头发和眼镜用的粗笔，粗细的对比与融合之间，让画面有了层次，也有了灵动感。

画完之后，他问我今年多大了？我告诉他：七十初度。他便在画像的下方写了几行小字：老朽九十，能为七十老弟画像，实人生之幸事也。高莽二〇一六年五月十二日于北京。

这是他的自谦，能够得到九十高龄高莽先生为我画像，人生之幸事，应该属于我才是。尤其是看到他题字时，手中的笔在不住地颤抖，心里很是感动，也很感激。在所有为我画像的作品中，坦率地讲，这一幅真的是最为简洁而传神。

谢过他之后，他带我走进他的书房，取出一方盒，里面装的全部都是他的印章，然后让我和他一起挑印章，好在画上印铃。一边挑，他一边对我评点这个印章刻得一般，这个是名家所刻……我就对他说，就用这个名家所刻的印章吧！他亲自将印章沾满印泥，有力地盖在了画像的下端。高莽先生是属虎的，我又挑了一方虎的属相印，雪村告我用那个橙黄色的印泥有特点，我便在最后面盖上了这一方印。

没有想到，《诗刊》的封面立刻像变了魔术一般，变成了另一番模样。起码对于我，在所有数期的《诗刊》中，这一本最让我惊艳，是唯一的。

当然，也没有想到，此次有了这样一个意外的收获。

事后好久，重新翻看高莽先生为我画像的这期《诗刊》封面的时候，忽然有了另一个发现，我也可以学习高莽先生这样，在每一本我所画过的《诗刊》的封面上画一幅画。那样，我所画过的《诗刊》，便成了有里有面、有瓢有皮，真正意义的一本速写本了。高莽先生的启发，让我开始在《诗刊》封面上作画。

不过，比起在《诗刊》里面随心所欲地画来，我显得有些拘谨。因为《诗刊》封面用的是那种米黄色带皱纹的特种纸，我怕画坏了，糟践了一个好好的封面，暴殄天物。再有，货卖一张皮，也怕画坏了，连带着里面的速写也看不下去了。

我最先画的是学蒙克的《水边之舞》。画的是局部，彩色变成了黑白。因为有样子摆在那里，画得再走样，心底多少托点儿底。当然，也想借大牌给自己壮点儿门面。

以后，陆续又画了几幅封面，打算贼不走空，把所有我染指过的《诗刊》的封面都一一画过。其中自得其乐中的乐子，和在别处画画又不大一样。我画画本来就是野路子，没有什么大的志向，就是图一个乐儿。马踏青苗，是曹操的乐子。马踏飞燕，是东汉人的乐子。野马飞驰青草地，是不入流的乐子。

有意思的是，前年暑假，我的小孙子从美国来北京度暑假，我拿来高莽先生为我画肖像的那期《诗刊》给他显摆。他看后说，我也能给你画个封面。我找来一本新到的《诗刊》给他，他拿起笔，三笔两笔就画完了，一条鱼，两枝柳叶，倒也简单。那一年，他六岁半。

一眨眼，两年过去了。

孩子长大了。

高莽先生却离开我们快一年了。

藤萝架下

天坛公园里，有一个白色的藤萝架。春末，一架紫藤花盛开，风中像翩翩飞舞的紫蝴蝶，最是漂亮。其他时候，这里也很不错，我常常愿意到这里来，因为这里会常常坐着好多人，大多是北京人退休的，到这里聊天，散心。也有外地人，一般不会久坐，只是穿行而过，到前面的月季园，或倚在藤萝架下拍照后走人。

坐在藤萝架下，以静观动，能看到很多不同人等，想象着他们不同的性情和人生。没事的时候，我会带本《诗刊》到这里写生，这里是我最好的写生课堂。那么多来来往往的人，成了我写生的模特。迅速地抓住那转瞬即逝的情景，往往让眼睛和笔都不够使唤，常常是顾此失彼，却是写生最大的乐趣。莫奈最初学画的时候，他的启蒙老师欧仁·布丹就常带着他到户外，让他练写生，告诉他写生是其他绘画方式不可取代的，对他说："现场直接画下来的任何东西，往往有一种你不可能在画室里能找到的力量和用笔的生动性。"所以，莫奈最愿意在他的吉维尼花园写生他那一池睡莲。

我不是莫奈。《诗刊》，便给了我这样跛腿老马偏要奔驰的一方草地，容忍我的笨拙，让我可以在上面随意涂抹，画不好，可以毫不吝惜地在下一页接着肆意挥洒。每月两期的《诗刊》，足够我奢侈地挥霍。

去年秋末，藤萝架的叶子发黄，开始飘落了，但阳光明澈，透过稀疏的叶子，如水流淌。我已经坐在这里画了老半天了，正要起身走的时候，忽然看到一位老太太，步履蹒跚地推着一辆婴儿车走过来，在我的斜对面坐了下来。老太太个子很高，体量很壮，头戴着一顶棒球帽，还是歪戴着，很俏皮的样子；身上穿着一件男士的西装，不大合身，有点儿肥大。

这让我很好奇，猜想那帽子肯定是孩子淘汰下来的，西装不是孩子的，就是她家老头儿穿剩下的。老人一般都会这样节省，将就。婴儿车在她身前放着，车里面没有孩子，车的样式，得是几十年前的了，现在的孩子是绝对不会坐这样土得掉渣儿的车了。或许是她初当奶奶或姥姥时候推过的婴儿车呢。如今的车上，放着一个水杯，垫着一块厚厚的棉垫，想大概是她在天坛里遛弯儿，如果冷了，就作为自己的坐垫吧。而那婴儿车已经废物利用，变为了她行走的拐杖，和那种助力车的功能相似。

老太太别看老，长得很精神，眉眼俊朗，年轻时一定是个美人。我们相对藤萝架之间几步的距离，彼此看得很清楚，我注意观察她，她时不时地也瞄上我两眼。我不懂那目光里包含着什么意思，是好奇，是不屑，还是不以为然？正是中午时分，太阳很暖，透过藤萝残存的叶子，斑斑点点地洒落在老太太的身上，老太太垂下了脑袋，不知在想什么，也没准儿是打瞌睡呢。

我画完了老太太的一幅速写像，站起来走，路过她身边的时候，老太太抬起头，问了我一句：刚才是不是在画我呢？

我像小孩爬上了树偷摘人家树上的枣吃，刚下得树来要走，看见树的主人站在树底下正等着我呢，有些束手就擒的感觉，让我很尴尬，赶紧缴械投降，坦白道：是画您呢。然后打开旧杂志，递给她看，等待着她的评判。

她扫了一眼画，便把《诗刊》递还我，没有说一句我画的她到底像还是不像，只说了句：我也会画画。这话说得有点儿孩子气，有点儿不服气，特别像小时候体育课上跳高或跳远，我跳过去了或跳出来的那个高度或远度，另一个同学歪着脑袋说我也能跳。老太太真可爱。

我赶紧把《诗刊》又递给她，对她说：您给我画一个。

她接过杂志，又接过笔，说：我没文化，也没人教过我，我也不画你画的人，我就爱画花。

我指着杂志对她说：您就给我画个花，就在这上面，随便画。

她拧开笔帽，对我说：我不会使这种毛笔，我都是拿铅笔画。

我说：没事的，您随便画就好！

架不住我一再的请求和鼓励，老太太开始画了。她很快就画出了一朵牡丹花，还有两片叶子。每一个花瓣都画得很仔细，竟然手一点儿不抖，眼一点儿不花。我连连夸她：您画得真好！

她把杂志和笔递还我，说：好什么呀！不成样子了。以前，我和你一样，也爱到这里来画花。我家就住在金鱼池，天天都到天坛里来。

我说，您就够棒的了，都多大岁数了呀！然后我问她有多大岁数了，她反问我：你猜。我说，我看您没到八十。她笑了，伸出手指冲我比画：八十八啦！

八十八了，还能画这么漂亮的花，真的让人羡慕。我不知道我能不能活到老太太这样的岁数，能够活到这样岁数的人，身体是一方面原因，心情和心理更是一方面的原因。这样一把年纪了，心中未与年俱老，笔下犹能有花开，并不是所有这么大年纪的人，都能拥有这样的心态。

那天整个一下午，阳光都特别地暖。回家的路上，总想起老太太和她画的那朵牡丹花，忍不住好几次打开那本《诗刊》，翻开来看，心里想，如果我活到老太太这样的岁数，能够也画出这样漂亮的牡丹花来吗？

原载《中国文化报》2018年8月7日

春节又见采莲船

任　蒙

春节将至，大街小巷看似与往日无异，只有那些或公或私的媒体在忙着制造"年味"。微信群里冒出一段演练采莲船的视频，唤起我对"过年"的许多回忆，许多思考。

一

那段视频里。双肩上挽着花船的年轻女子身材高挑，腿长脚大，花船底沿悬在她的膝盖部位，她一边踏着锣鼓的节拍舞动，一边轻轻地晃动着花船，看上去动作很大，船亭的重檐花顶富有节奏地颠抖着，摇晃着。后面的艄公戴着布制斗笠，耳根挂着齐胸的白胡子，双手握着一只船桨不停地划来划去，动作有些憨拙，有些搞笑。

这种娱乐我并不陌生，读小学的时候，村上还让我扮过"丑角"，跟在彩船后面摇蒲扇，头顶破草帽，蒲扇也必须是残破的，怪动作加鬼脸，想办法逗人发笑。一次下来，大家就认为我不合格，我也感到自己不适合干这个，但忘了他们是怎样把我换下去的。

据考，采莲船作为娱乐活动，最早源于湖泊众多的江汉平原，经过千年传承，逐渐延及后来的湖北全境和湖南、陕西、河南、川渝等周边省份，随后又向更大范围传播。据专家统计，全国大部分省市都有表演采莲船的文化传统，成为春节庙会、社火的重要表演内容，不过，北方叫作"跑旱船"，比如，河南各县市普遍流行跑旱船，北京延庆的表演还颇具特色。无论是叫"跑船"还是叫"跳船"，这种娱乐起源在南方是无疑的，如陕南地区从来没有采莲船，民俗专家明确表示是南方移民带过去的。

由于这种娱乐一般都伴有唱曲，许多地方就地取材，融入了当地的民间小调，因而，各地的船调可谓千差万别。

从对这种民间文艺表演的称谓看，其流传范围要远远大于它源起的区域。踩莲船、彩龙船、采菱船、采龙船、采凉船、花船、彩船、船灯等等，叫法各有不同，但指的都是同一项活动。所以出现如此众多的"音讹"现象，是因为更多地区的现实生活中并没有"驾船采莲"的劳动场景。

我的故乡地处桐柏山以南的丘陵地区，过去并不种植莲藕，人们仅仅见过村边池塘里的零星野藕，虽然多数人那时也吃过莲藕，但没法想象莲子多得需要划着船去采摘，甚至读过书的人也不知道"采莲船"到底是哪三个字。

因此，我对采莲船起源于湖北历史上的随县之观点，是持否定态度的。随县与我的故乡湖北广水是邻县，同样不具备"驾船采莲"的地理条件。

我们家乡的采莲船娱乐与随州没有什么差别，船后没有艄公，但彩船两侧各有一个女子拎着一根竹棍"伴舞"，估计是模仿撑篙，相当于艄公的角色。显然，那种采莲船活动是经过了改造的。

漫长的古代社会，没有现代这些包含着种种政治理念的节假日，只有几个按照自然节令形成的全民性或地域性节日，所以一代代先人格外珍惜，标志着四季轮回结束的春节，一元复始，更是普天同庆的盛大节日。那样的喜庆，在我们这些属于南方的广大地区，当然少不了采莲船。

二

当年每逢春节来临，我们乡下由大队的团支书挑选几个青年男女，自己动手砍来几根细竹，用书写春联的那种大红大绿的彩纸敷船扎花，制作一只花船。我还观摩过他们扎船的过程，将一片红纸缠在筷子上一勒，就变成了皱纹均匀而细腻的花瓣。

村上一套锣鼓是先前就有的家当，一只铜钹上还破了个缺口，将就着敲吧。这样算下来，全村人过年的那场"精神大餐"，就是买纸花了几个钱。那种年头，大队部能够拿得出来的"财政"，恐怕只能购买那几张彩纸了。

或许是因为年年如此，或许是因为每个村子都要"玩船"，或许是因为公社明确地做过安排，所以村里无论怎样困难也不能省去采莲船的活动。可以断定，他们从来不曾想过这是在延续一种风俗，也不会意识到这是在传承什么文化，当然更不会联系到今天的"非遗"。但是，他们却给一代又一代孩童留下了最浓郁的年味记忆。

"文革"初期"破四旧"，几乎把所有的风俗文化都打成"封资修"，连打扑克都被禁止了，但在许多地方，春节组织采莲船却成了坚不可摧的保留节目。在那种极其荒诞而贫困的岁月，能够让辛劳一年的乡下人享受这仅存的一点儿欢乐，实在值得庆幸。不过，唱词必须彻底革命化，毛主席诗词和革命歌曲中的句子都可借用，比如"心中的太阳红艳艳嘞，战士爱读老三篇啦！哟呵哟呵噫哟呵"等等。以往船词中那种打情骂俏、滑稽逗趣的内容，我们这一辈孩子从来没见过，也没有人胆敢触碰当时的政治空气。

三

有的专家考证，有关采莲船的记载最早见于《明皇杂录》，说明至少在唐代玄宗时期就有这种民间表演。唐宋时期流传很广，《宋史》对其还有具体描绘。相比之下，年俗中最重要的贴春联则远远晚于采莲船，到了北宋时期，春节还停留在往门上画桃符的历史阶段，因为王安石在他的诗中曾经明确地写过"千家万户瞳瞳日，总把新桃换旧符"。但是，后来采莲船与春联一起，成为全国许多乡村迎接新年和闹元宵的重要内容。

在我们记事的年代，很多人家春联的横批上，还写着"五谷丰登"或"风调雨顺"等千百年延续下来的祈盼之词。这种"陈词滥调"没有时代色彩，可谓古今皆宜。但"政通人和"却未必经得起推敲，辛亥年之前你写这个，朝廷肯定很高兴，民国时期你写这个，政府或许也很高兴，后来的时代你还这样写，就值得分析了。"政通人和"出现在春联中，同样含有庆幸或祈望的意思，但按照过去多少年我们接受的理念，在春联里表达这种政治祈盼是一种多余，因为作为一种优越的体制，应该不存在"通或不通"的问题，它本来就是"通"的。

不过，那时候乡下基本上只有年轻人识字，好些不识字的人并不在意别人的门联上写了些什么。家家户户到了那一天都必须披红挂绿，连水牛角上也要刷一片红纸条，就是为了图个热闹，图个吉利。相对于静止的春联来说，采莲船就是流动的色彩、流动的热闹，加上锣声鼓声和欢歌笑语，很容易激发人们的情绪，很容易让孩子们亢奋起来。

采莲船和舞龙、耍狮、踩高跷等等，在民间的迎春娱乐活动中，相当于一个"套餐"，但后面的几种表演形式要么对技巧要求比较高，要么比较费体力，只有采莲船简便易行。彩船是主要的道具，其造型可以变化多姿，或龙头形，或鲤鱼形，只要能够表示吉祥就没问题。参与演出的人员可多可少，最少时有两个人就行，一个扮演驾船者，一个扮艄公，并且现实生活中的夫妻、父女、兄妹等，都可以结伴表演。但是，驾船者必须是女性，如果没有女性出演，还可男扮女装。如果参演者较多，摇桨男性和撑篙女子也能够同时参与，还可以加上"蚌蛤精"等角色，只要能够丰富表演内容，尽可随意变化。伴唱也灵活多变，参与表演的每个角色和在场的围观者，谁都有资格穿插起唱，众人一起接腔互动。采莲船的舞步没有固定程式，表演起来也很随性，从来没有玩过的人简单训练几下就熟悉了。

采莲船的诸多特点，都体现了其大众娱乐的属性。虽然它曾经被召唤到宫廷，取悦权贵阶层，但它更多的还是在民间传承，对民间文化土壤具有极强的适应性。

四

俗语说：大人望种田，小孩盼过年。

采莲船这类喜庆活动，与其说是为了除旧布新，不如说是为孩子们准备的。

多少个大年三十晚上，母亲在灶台忙碌，父亲在灶前添火，每年的那餐饭，不再用麦秸杂草烧灶，烧的全是灌木好柴，煮着满满一锅腊肉和腊鸡，厚厚的白沫带着油脂和香味满溢在锅沿，可那种一年一度的饱餐没有留下多少印象。只记得每年到大年初一，真的是"一夜之间"，饭桌上立马单调起来，甚至只剩下孤零零的一个陶盆，里面盛着咸菜，与平日不同的是，咸菜里拌了些豆腐丁，妈妈说那些煮好的鸡和肉已经所剩无几了，必须留着待客。村里有的小伙伴家里，年前都快断炊了，他父亲赶到县城籴了半袋"供应粮"，就是政府按照严格计划指标向一些乡村断粮户返销的稻米或小麦，数量极其有限，却使他们家吃上了年饭。初一早餐，他们家开始拌着萝卜煮饭了。

那天清早，母亲看着我面对一盆酸菜的失望眼神，以淡淡的语气提醒我说，年已经过了。但是，村后很快传来叮叮哐哐的锣鼓声，采莲船的队伍终于来到我们的垮子，我立马拔腿出门，一盆咸菜的扫兴顿时烟消云散。

那年头，采莲船挨家挨户地贺年，从一个垮子转移到另一个垮子的途中，后面总是跟着长长的孩子队伍。只有锣鼓敲到自己垮子时，成年人才出来，否则会遭人笑话。

可以说，采莲船只是一种烘托过年气氛的"成人游戏"，说不上有多少艺术含量，更没有多高的文化品位，只能在最低层面上满足人们的精神需求，说它是为孩子们准备的节目或许更恰当。

我记忆中的那个"知识分子",更能证明这种民间游乐的粗鄙性质。

采莲船每到一个垮子,并非所有人都出来看热闹,他完全可以不露面,但他认为自己必须出来。他背着手踱到门前的池塘边,与看热闹的人群若即若离,却始终不扭头,背后的鞭炮声和欢声笑语似乎不存在。虽然我是小他十来岁的小学生,但我注意到他了,并且猜定他是希望别人都看到他的"与众不同",不屑于这种粗俗的表演。因为,他是县一中的毕业生。可我还是一个孩子,需要这种热闹打破自己日复一日的枯燥与辛劳,需要这种热闹刺激出来的莫名兴奋。

那些岁月,生活这样延续着,欢乐也这样延续着。

五

采莲船,是中国农耕文明这条长藤上缔结出来的一枚小小的花果,如前所述,它既不艳丽,又不精致,没有人过多关注。但是,如果稍加思考,仍然能够发现其中丰富的历史痕迹和社会信息。

翻遍历史沉重的册页,你很难找出没有重大战乱和天灾的"百年安定"的时段。曾经多少个时代,在许多破败的乡村连这种"最低端"的自娱自乐也没法开展起来。

那种荒诞的社会机制,注定了残杀和动乱将随时爆发,社会的平静没有什么保障。

谁都知道,宗法社会的天下属于一个家族,具体地说是属于某个人的,这些个人就是君主。最高权力如此设置,诱发了无数人为这个权柄去铤而走险,给人世间带来了不可避免的相互杀戮。朝野之间,君臣之间,父子之间,兄弟之间,杀个没完没了,并且每一次争夺,都要将成千上万无辜的百姓卷入战争,甚至连老翁和妇孺都难以幸免,每一场大规模的杀戮都是尸横遍野,血流成河。

多少回，皇权走马灯似的更迭，国家分裂，生灵涂炭，天下陷于没有规律的混战之中，没有任何力量能够煞住这种混战的疯狂。

有史几千年中，天下人口增减的曲线一直是大起大落。

剧烈的社会动荡犹如一个巨大的魔影，总是尾随着可怜的百姓。当它的魔爪扑上来，谁也无法逃避，谁也无法躲藏，它带来的只会是战乱，只会是苦难，只会是死亡，只会是恐惧。

从东汉末年的天下三分，到李唐王朝的重新统一，基本上长达4个世纪的民族分裂，到唐高祖的武德年间，人口锐减到200多万户。这是一个比较模糊的数据，但过了将近20年，到贞观十三年，全国人口才增长到1200多万人，回头看看那个"200多万户"，充其量就是五六百万人口，相对于后来巨大的人口基数，那时稀疏的户口只是给我们这个庞大的民族留了点儿"人种"。《贞观政要》简单记述过当时的悲凉景象，从洛阳至东海，土地荒芜，人烟断绝，鸡犬不闻。如果有谁从洛阳去一趟山东，犹如穿越无人戈壁，必须备足一路的干粮。

当初，蜀主刘禅出城向邓艾投降时，捧出蜀国的户口名册：总计28万户，男女人口94万，军队10.2万，官吏4万，粮10余万石。看看现在，随意挑出一个南方大县就拥有百万人口。曹操也在诗中记有"白骨露于野，千里无鸡鸣"的惨象。而这些还是李渊之前400年的战乱写照，接着，兵燹战火反复不断地延续到唐兴之初，其惨状令今人难以想象。

励精图治的社会多么不易，天下凋零与衰败却转瞬即来。

不难理解，生活在贞观盛世的先人是何等幸运！一代圣主自省内敛，克己制欲，抚民以静，并且从谏如流，大唐的政治天空万里无云，艳阳高照，可谓中国封建史上最为和谐、最为美满的岁月，但这种幸福的时光仅仅保持了17年。此后，随着著名谏臣魏征的死去，英明皇帝李世民"渐不克终"。后来的李隆基更说不上慎始敬终，他在执政后期糟糕得不能再糟糕，导致了历时7年多的安史之乱，百姓所遭受的痛苦，正好被生活在那个时代的一个现实主义诗人做了些"笔录"。假如百姓可以选择时代，我相信很多人宁愿不要玄宗此前造就的甜美光景，也不会忍受这个蜕变的昏君带来的人间浩劫。

今人津津乐道的大唐盛世，主要是指它前期的鼎盛局面，太宗、武后、玄宗三代开创的好日子，断断续续加起来不过五六十年时光，采莲船可能就产生在这个时代。而这个时间段在李唐王朝的三百年的寿命中，只能是个"小头"。况且，那种让后世无比怀念的欣欣向荣，并不是百姓"盼"来的。

四海升平的局面，可遇而不可求。

能够出现一个理智开明的帝王，在皇权世袭的传承过程中带有某种必然性，因为世世代代的权力接替，总会碰上几个稍为理想一点的君主；但这种幸遇又是偶然的，不过是"瞎猫碰到死老鼠"，人们压根儿无法预料一个所谓圣明的君主什么时候降临，连老皇上也没法知道他是否播下了一个好种。

海清河晏，国泰民安，并非多么高远的社会理想，可它没有任何制度保障。无论臣民怎样努力，都无济于事。

芸芸众生对自己的命运毫无掌控能力。

六

每个人来到世间，应该是为享乐而生的，应该是来享受生活的，从人生的终极意义来看，这至少没什么大错。可是，几千年来出生在我们这个古老国度的先人们，生命能够善终的人到底占多大比例没有人统计，也无法统计，但肯定不能估计过高。

除了战乱，平静的日子也并非平静，无数人终年辛勤，却是为土地的占有者而耕作。

有人总结过，对人类社会威胁最大、破坏最惨烈的，是不受制约的权力，其次才是自然灾害和人类的无知。

人祸，还包括许多地方不尽的匪患。社会动乱，匪帮往往成军事建制地迅速集结，半兵半匪，军事化武装，一路打杀劫掠，加上许多蒙面剪径的个体土匪和黑社会，可以推想，不知多少先辈就是在恐惧之中度过一生的。

人祸之外，还有天灾。古代的农耕生产几乎对自然灾害没有抗拒能力，因此，即使是和平年代，不可抵抗的旱灾、水灾、蝗灾、瘟疫，都能够轻而易举地让千万个家庭十室九空，都可以轻而易举地使若干个州县化作赤地千里。

那样的战乱，那样的灾难，那样的"元日"，能够侥幸活过来已经谢天谢地了，很难想象多少人有心情参与采莲船这类娱乐。

采莲船对于一代代先民来说，它是那么隆重也那么简便，因而成为最容易普及的娱乐形式，千余年来传承至今，显示出坚韧的文化生命力。可是，它又是那么不堪风雨。

因为，安定的生活一触即破，温饱的日子更是比纸糊的采莲船还要脆弱。

采莲船粗粝的锣鼓和简单舞步，折射的却是社会兴衰，蕴含着农耕历史的DNA。

时代今非昔比，我在那段视频中看到的彩船，估计是用丝绸制作的，船亭的顶部层层叠叠，极尽考究，华丽而精致。比起当年我们盼望的贺岁彩船来，远不是"鸟枪换炮"的差别，那种纸糊的船顶，没摇几下就开始一片片往下掉落，更怕刮风下雨。再看视频中的采莲船，锣鼓铿锵整齐，表演者精神饱满，动作轻松和谐，洋溢着青春的气息。

然而，这种曾经展示过坚韧生命力的自娱活动，正伴着乡村城市化的步履渐渐从生活中淡化而去。中国的农耕文明将以缓慢而沉重的脚步走向终结，它所孕育的采莲船，也将和这种古老的文明一起告别广阔的乡村舞台。

原载《四川文学》2018年第7期

十八岁哥哥告诉小英莲

王宗仁

这是三十年前发生的事了，我却念念不忘。往事，对一个即将八十岁的老人来说，记下的不多了。

他是汽车兵，我也是汽车兵出身，而且都是在两千公里青藏公路上跑车。其实，这不重要。我和他站在一起，差距显而易见。他能问心无愧走到的高度，我，还有像我一样的不少汽车兵，也许曾经想做却未必能到达。当然，我们都像一棵树朝着一个方向生长，我无意间长出了一些多余的枝叶，他没有。或者说一度有过，后来被岁月剪枝了。他生命的最后时刻苍劲地咬碎了病魔的缠绕，仍然运载着一车战备物资穿越世界屋脊，向西藏边防飞奔而去。那是他身患癌症后在高原上执行的第八次运输任务。汽车快到山顶了，坡极陡，险峻之极。山顶的雪莲花顿显孤高，巍峨！

那年春节的前两天，汽车团年轻的副指导员韦升泉，带着他写的一封长信《应把连队最高的荣誉给他》，从昆仑山下出发，专程来到总后勤部机关，要求宣传他们连队驾驶员韩廷富的事迹。韦升泉此次到机关简化了一层层逐级汇报请示工作的程序，直接出现在总后赵南起部长的办公室，在座的还有总后政治部主任王永生。他交上自己亲手写的韩廷富的事迹材料，又把韩廷富的事迹

126

给领导汇报了一遍。赵部长是一位从部队最基层的练兵场上摸打滚爬出来的将军，他当即拍板指示，这样好的兵，我们一定要好好宣传。他让王永生主任负责具体落实。

我就是在这时候看到了韦升泉那封长信，果断地决定放弃春节的休假为他——韩廷富写篇报告文学。我的采访路线：先到昆仑山下格尔木他所在的汽车团，然后直奔他的家乡甘肃临夏回族自治州临夏县麻尼沟乡郭山庄。不幸的事发生在我动身前，韩廷富最终没有扛过疾病的袭击，永远离开了我们。

坐在西行列车的窗口，我的心随着铿锵的车轮飞旋。车窗外的景色变换着形状和色彩，不管你留意还是不留意，它就在那里，也许十年八年了，也许百年甚至千年了。有的人终生都不曾有机会与这些美景结缘，可是此刻坐在列车的窗口，我的视角完全可以痛痛快快地来一番放逐，追随那蓝得如同清水拭过的碧空，遥望那锯齿般起伏得绵延的雪山，近瞧那平滑明镜似的湖面……我的心，与荒原上正在奔跑的藏羚羊一同疾飞。从我眼前流水般闪过的每一个镜头，都呈现着满满的美。那是大自然的美，是很少受到人类践踏的天然去雕饰的大美……对这些稍纵即逝的景物我却视而不见，而一首唐诗总是那么清晰地，从远古的征途上连声带形地幻成画面，反反复复地呈现在我眼前：

青海长云暗雪山，
孤城遥望玉门关。
黄沙百战穿金甲，
不破楼兰终不还。

· 韩廷富曾经把这首诗工工整整地抄录在笔记本上。数千年前征战士兵用热血壮写战歌，让人难以忘怀。你可知，诗中的青海长云、玉门关、楼兰、祁连山，还有古战场上士兵们可望而不可即的日月山、昆仑山、长江源头……韩廷富都驾车飞奔而过。作为一个曾经的汽车兵，我能想象得出韩廷富跨越这些地

127

方时那种豪情自得：那些山冈挺腹颔首，那些湖泊闭目养神，那些急湍的河流，每每随山势打个回旋伴随他向西流淌一段后转身东去。韩廷富和他的战友们一直在青藏山水之间寻找生命与世界的真谛，也在强化自己的灵魂背景。他在这一盏灯的辉映下出征，又从另一盏灯下返回。这样，王昌龄诗中的长云和雪山就活脱脱地变成另外一盏灯。那灯便是他自己。

天阴着脸，被云压得很重。列车一过西宁，一直憋在云里的雪终于飘落下来。铺天盖地的雪花，充塞天地之间。没想车在日月山下拐了个弯，又见朗日高照，山地晴好，雪粒融消的细碎声响伴随着阳光的亲吻，静悄悄地潜入车轮碾压的每一粒泥土。我依着窗口，无心观赏高原突变的天气，便又一次捧起《应把连队最高的荣誉给他》潜心阅读。不曾记得这是第几次读这封长信了，每次读来总有一种触电般的震撼。单就写作技巧而言，它并非无可挑剔，但那种粗粝中鲜露着的清纯质感，那种不可重复的对生活和生命一眼望穿，那种在城府深沉世态中不免显得天真或幼稚的设想，真的冰释了我心里对现实社会一些不尽如人意的抱怨。我如梦初醒地想到，原来还有这么善良美好的人像蜜蜂一样在酿造生活！

在西行列车的窗口，我萌发了一个强烈的想法，我要把韦升泉的那封信原汁原味地在我的报告文学里展示出来。把它放大的方式之一，就是写成报告文学，让更多的人感受文学的力量。在这位连队副指导员的笔下，他带领的兵的生命和感情总是和自己紧紧连在一起。通过他的忧愁喜乐映衬出兵们的品格。他用写信的方式为自己的情思意蕴建立了适宜表达的空间。

列车正扯着时断时续的车笛声，穿过一个长长的隧道，向昆仑山逼近。车窗外，一片白肥绿瘦，山坡上一间老屋旁，一位老农人举着镢头刨挖着什么，那么吃力。给人的感觉即使到了春天，这把老镢头指不定也打不开老屋的锈锁。

下面就是韦升泉给总后领导写的信。《解放军报》在一九八五年四月三日摘要刊登了这封信。我在这里抄下的是一字未改的原文。

应把连队最高的荣誉给他

总后首长：

我是五九零一九部队六十二分队的副指导员韦升泉。我怀着极其复杂的心情，向你们推荐我连战士韩廷富的事迹。

今天是一九八五年一月三十一日，我的心里难过得说不出来是什么滋味。现在韩廷富正躺在西安第四军医大学附属医院内三科的病床上，刚刚经过剧烈的呕吐，现在又昏睡过去了。如果不是生病，他将享受双喜临门的幸福。几天前，团党委批准我们连队两名战士荣立三等功，他是其中之一。还有，已经办过结婚登记手续近一年的韩廷富和王英莲也应该在预定的冬月三十（元月二十日）举行婚礼了。眼看着这位即将踏入幸福之门的好战士倒下去，我作为一个连队干部是愧对于他的。

我和韩廷富去年年初先后调到二连。当时，部队接受了援藏运输任务。为了充实基层的力量，我从团机关调到二连任副指导员，韩廷富从团司机训练队调到二连一班任副班长。我们一起从驻地古城洛阳开赴青海格尔木。在严重缺氧、路况很差的情况下，他和全班同志八次执行运输任务，十六次翻越素称"世界屋脊"的唐古拉山，出色地完成了任务。仅他个人驾驶的汽车，就安全行驶两万两千六百四十公里，运送援藏物资三十八吨，节约油料四百六十二公斤（名列全连第四），节约材料费六百五十元（名列全连第三），而他的车况却是全连最差的。谁也不知道，他的病也在这次执行任务过程中悄悄地恶化着。好几次，我发现他总是把手抱在胸前，便问他是不是不舒服。他每次都说："没事，肚子有点胀。"去年十一月初，部队执行第七次运输任务返回格尔木时，我发现他的脸色发紫变青，很难看，又劝他住院检查身体，他摇了摇头，到炊事班熬了几个萝卜，说："顺顺气，治治消化不良。"到执行最后一次运输任务时，我和连长考虑到他连续执行了七趟任务，车况又不好，决定把他留在驻地。他知道后，找到我们说："连里驾驶员少，新兵又比较多，我不去，不放心。"就这样，他又顶着寒风大雪上了唐古拉山。连队出发后的第四天，他们班里的〇九号车在离当雄十五公里的地段，被地方的一辆车撞翻了，车上运的大米包散落在地上。为了保护粮食，韩廷富和几位党员、骨干守在荒野整整看守了一昼夜。当时，气温已是零下三十摄氏度，我们穿着皮大衣还觉得冷。第二天上午交通部门来到了现场，小韩又和大家一起，把散在地上的平均二百斤重的米袋一袋袋装上汽车。一个身患重病的人，这样工作着，该需要多大的毅力啊！

就在这次运输中，好几次吃饭的时候，我看到别人在吃饭，而他不是在那里检查维修车辆，就是为大家看管车上的物资。我当时只是为他的工作精神所感动，还在全连大会上表扬了他。我完全不知道，这正是他病情加重的表现。没有多少可以干活的时间了，他抓紧工作呢！严重的肝硬化已经使他吃不下饭，睡不好觉，以至于吃了饭就吐，肝区疼痛得他彻夜不眠。

写到这里，我不得不停下笔来，小韩在叫我。也许，这是我与他的最后一次对话了。我记下原话，供你们参考。韩廷富在昏迷中对我说："副指导员，我没见过女人。"我好像预感到了什么，心里一热忙俯在他的耳边问："你想见谁？是不是王英莲？"他说："是。你给我找她来。"我预料的没错。可是我怎么才能找到她呢？为了使他平静下来，我不得不问："小韩，你知道你现在在什么地方？"他答："格尔木。"显然，他的意识已经不大清楚了。他明明是躺在西安的医院里。格尔木，那是他的部队所在地，是他出发去执勤的地方，怎么会忘记呢？我又问他："还去拉萨吗？"他说："去。"我问："怎么去？"他回答："开车去。"虽说这些话不是一名优秀战士的豪言壮语，可我却怎么也抑制不住内心的感情，眼泪夺眶而出。

他在生命的最后时刻想见王英莲，让我心酸难忍！记得十二月二十二日，也就是韩廷富病危，团党委决定用飞机把他送到西安治疗的头天晚上，他的几个老乡给他送来家乡临夏县的一封信。信是他舅舅写的，写得很简单，告诉他婚期已经定好，无论如何要在农历冬月三十回家结婚。他忧心地对战友们说："现在我病成这个样子，怎么回去呢？算了！"老乡建议他给家里去封信，他说："到四医大再说吧。"后来我才知道，去年春节，他和王英莲就登记结婚了。按照农村的规矩，办了酒席才算正式过门。就在全家忙着置办结婚家具的时候，他的假期到了。他得知部队要去执行援藏任务的消息，按期归队。在执行任务期间，家里曾几次来信，要他请假回家办喜事。因为部队执行任务紧张，他一拖再拖，一直拖到现在。就在他病重期间，我曾几次问他是不是写封信，让王英莲来医院。他都没有同意，怕她来了看到他病得连个人样都没有了，心难过。

昨天上午，他忽然哭了，哭得很伤心。这是我第一次见到他流泪。我问他为什么哭，他说："我知道自己是不行了。"我安慰他，让他放宽心。下午，他请我代笔给他的家里写一封信。信是这样写的——

舅舅、母亲：春节快到了，家里一定很忙吧。我在西安住院不久，部队就来了人，天天守候在这里，还给我买了可口的罐头、橘子、糕点等，病情有所稳定，请放心。听说妹妹腊月十七要出嫁了，我很高兴。当哥的本应当为妹妹操办点事，可我现在身体不争气，请妹妹多原谅。父亲现在在医院陪着我，我舍不得他走。妹妹的婚事如能按计划操办好，我和父亲也就放心了。祝全家春节好，身体健康，工作愉快！

信写完，我给他念了一遍，问他还有什么话要说，他说："要说的话很多，英莲虽然说没过门，可她也应该算我们家的人了。应该给她写几句呀！"我提起要写时，却不知该给这位未成为妻子的姑娘写些什么……可是我又不能问廷富，怕勾起他的伤感……

一个二十四岁的年轻战士，在他即将走完自己短暂的生活道路时，他想着连队，想着亲人，特别是不忘还没成为妻子的英莲。人呀人呀……我多想有一种回天的医术，能治好他的病啊！

现在，我一闭上眼睛，就仿佛看到他把手按在肚子上坚持工作的情景。那情景常常使我想起焦裕禄。小韩生性不爱说话，就知道不吭不哈地工作。他一九七九年入伍，当过通信兵、炊事员、驾驶员和司机训练队的教员，为连队培养了十五名司机，先后五次受到连队嘉奖，还被团里评为"安全标兵"、先进个人。去年九月，由我主持党支部大会，吸收他为中共预备党员，但我却没有保护好这位好党员。我真后悔，如果当时劝他看病时态度坚决点儿，或者想办法请一位医生来，结果都会比现在好得多！到连队当副指导员快一年了，我第一次明白了应该怎样爱战士，关心战士。

连队的战士听说韩廷富病危后，都很难过。他虽然才来连队一年，就已经在大家的心目中留下了不可磨灭的印象。例如在一次运输任务中，二十三号车的车灯坏了，天渐渐黑了，在青藏线上，没有车灯夜间行车是很危险的。本来二十三号车不是他们班的，他完全可以绕过去，继续往前开，可他没有这样做，而是停下车来，直到把车修好，到达兵站已经是深夜十二点了。兵站没有多余的床位，他和那位同志硬是在车厢上睡了一个夜晚。类似这样的事情还很多。在年终评功评奖的时候，大家异口同声："要把全连最高的荣誉给他。"而现在，他的庆功会不得不在病房里举行了。二十三日下午，我受团党委之托，专程到西安向他授了三等功奖章。躺在病床上的韩廷富接过这枚奖章，又像往常那样，憨厚地笑了。而我的心却在默默地流泪……

就在我动身来北京的前一天，韩廷富永远地离开了他深深热爱着的这个世界。这样一个好同志走了。不过，他带走的只是一个躯体，却把爱生活的灵魂留下了。正是在给他开庆功会的病房，我们又不得不开了追悼会。在整理他的遗物时，大家发现他的那本随身带着的笔记本里，工工整整地抄写着《九九艳阳天》的歌词，还加了个副标题："献给我亲爱的英莲"——

九九那个艳阳天，

十八岁的哥哥坐在河边，

东风吹得那风车转，

蚕豆花儿香呀麦苗儿鲜。

风车呀风车那个依呀呀的唱哪，

小哥哥为什么不开言？

九九那个艳阳天，

十八岁的哥哥想把军来参，

风车呀跟着那个东风转，

哥哥惦记着小英莲。

风向不定呀那个车难转哪，

决心没有下怎么开言？

九九那个艳阳天，

十八岁的哥哥告诉我小英莲，

这一去翻山又过海，

这一去三年两载呀不回还，

这一去枪如林弹如雨呀，

这一去革命胜利再相见。

九九那个艳阳天，

十八岁的哥哥细听我小英莲，

哪怕你一去呀千万里，

133

哪怕你十年八载不回还，

只要你不把英莲忘，

只要你胸戴红花回家转。

　　我拿着这个笔记本，把这支歌默默地唱了好几遍，这歌里珍藏着激活韩廷富生命的音符。我甚至这样推想在他离开人世之前的那个白天或者晚上，他已经什么也不去想了，只是想着他的小英莲。他的爱情是承受了命运的无情打击，但他仍然是挽着妻子的胳膊走向远方。他走得多姿多彩，浪漫而且风流！

　　韩廷富实在是一个好兵啊！可惜我自己没有本事把他的事迹写出来，你们能帮帮我吗？我恳求你们来部队写写他的事迹。

　　此致

　　敬礼！

五九零一九部队六十二分队　韦升泉

写于西安

一九八五年一月三十一日

　　正是韦升泉在这封信中写到的韩廷富在生命最后时刻，提出见王英莲一面的这个细节，以及他抄写在笔记本上《九九艳阳天》这支歌，如电石火花一下子点燃了我的创作激情，使我一直飘在天上想写韩廷富的想法，变成了落到土地上的行动。这之前，我苦苦寻找写作灵感的突破口，现在有了。它来得仿佛不费功夫，中间却可能走过万水千山。

　　"我没见过女人！"就这六个字，似乎没头没脑，它有来头，却没去处，也仿佛不合乎事实。可是韦升泉明白，当时在场的人心里也明白。读信的我以及所有读信的人，也都知道韩廷富说这话是什么意思。要和他舍不下的世界告别前的瞬间，爱情的胚胎在他身上鼓胀难耐地顶出了芽。我读了信中这个细节的那天晚上，久久无法入眠。这是从一个普普通通士兵心里发出的清香的爱，它是爱亲人的人性味道。那清香不仅是领了结婚证却没有来得及成为妻子的女孩的清纯味道，还有夜风卷着母亲唤儿归来声音的味道，以及离乡时走在秋收后土地上一步三回头被露水咬湿了裤角的味道。还有村庄前面小河里船娘那桨板浪打浪的味道……爱情就是如此简单而如石击水，不管它以什么形式出现，谁都难以抵挡它来势勇猛的魅力！小韩在讲出这句话的那一刻，在他心里也许不求普度众生，只为世间一人能识。那个人就是英莲。

毕竟，爱情在时间的流失中离韩廷富越来越远了，随着病魔对他生命的掠夺。可是我们听着他的呼唤，反而觉得爱情的故事离他的心还是那么近，近！

韩廷富，多么心急火燎地奔跑在要娶英莲为妻的路上！

也许正因为韩廷富用他独有的形式创造了他和王英莲的爱情故事，这次我重返青藏高原，更加爱上了高原的阔远和苍野。生活是可以灿烂的，不管它在什么时候。

列车继续飞驰着。

我和韦升泉面对面坐在窗口。远山后退，流水向前，车在走动，我们不动。聊天，除了韩廷富别无话题。多是他说我听，当然是我提出问题让他说。他有时反问我，这样我们的话题就会很丰富，渐渐走向了深层。我真的佩服他的脑子里怎么就装了那么多韩廷富的故事。当然如果仅仅是一个韩廷富就罢了，使我惊叹的是，往往讲起韩廷富的事，他会把许多兵甚至连队干部的事串起来。

我问他，听说韩廷富讲了他没有见过女人这句话后，把一张照片交给了你，我想知道那是一张什么样的照片，他为什么要交给你？我想知道这张照片的下落？

我的问话好像刺疼了他，他犹豫了一下，许是在整理自己的思绪吧。稍停了一下，他才说："照片就在我手里。"说着，他从放在身旁的军用挎包里拿出笔记本，里面夹着一张照片，展示给我看——

照片是以艳阳高照的布达拉宫为背景，全连的班长们正在开会，十多个人坐成了月牙形，凝神静听连长宣读文件。

不能说我找得不认真，我翻来覆去地看着照片，从前排第一个人找到最后排末一个人，始终没有见到韩廷富。我见过他的标准半身照片，对他的相貌特征有很深的印象，略带方形的脸盘上那双滴溜溜转动的大眼睛，尤其能把瞅他的女孩埋进去。可是在这张照片上都对不上号。

当然是韦升泉帮我找到了，他指着后排角边那个战士说："这就是韩廷富！"

也难怪，他藏得那么深，只露了一小半脸，唯帽檐上那颗红五星闪着亮光。韦升泉告诉我，小韩平时都是这样，只求把工作干好，不愿意露面。那天团里的宣传干事领了个摄影记者为电视台拍片子，那记者肩上架了个录像机到处显摆，每拍一个镜头他都要费心地导演一番。干什么工作呀，摆什么姿势呀，讲什么话呀……一套一套的全听他指挥。韩廷富很是看不惯，太假了，烦死人了！本来安排有他手捧书本学习的镜头，他窝在宿舍里硬是不肯露面。几次叫出来，他都推托说，正给未婚妻写信商量结婚的事。有什么办法呢，总不能为上个不值多少钱的镜头搅黄了人家的终身大事，只好作罢，让摄影记者另请高明。

"这就躲过去了？"小韩这倔劲难免让我有几分担忧。

躲过了初一，躲不过十五。后来，那位记者又出了个新招，拍一张"全连福"，在荧屏上展现高原汽车连队的凝聚力。小韩便出来了，这不，他站在最后一排，遮遮掩掩的，还不肯露出整个脸。他就这牛脾气，很少听见他高喉咙大嗓门地唱高调，一旦吐句话，地上就能砸个坑。听他是怎么说来着："我们做的都是平平凡凡的事，上什么电视呀上！开车嘛，把物资安安全全准时运到西藏，心里就美气得很！"

美气，陕甘一带人吊在嘴边的土话，大实话，就是做"最美"的事，就是少耍花腔，干不美气的事。说得真好！高原军人的憨厚耿直和踏实灵动彰显。

我和韦升泉继续谈论着照片。

小韦："我明白韩廷富把这张照片给我的用心，他是让我把它转递给王英莲的。我接过照片心情一下子变得沉重起来，好像谁用锒锤猛击了一下胸肋。"

残缺也是一种美呀！

好端端一个人，为什么只照半拉脸！凶多吉少的预兆吧？我们都不愿意这么想，却由不得自己。

小韦半天才说，我实在没有勇气把这张只有半拉脸的照片送给王英莲！我能给她说清楚吗？说得清楚或说不清楚，都无法减轻她对廷富的揪心思念！

无语。痛肝刺心的沉默，我实在承受不起，终于先开口对小韦说："小韩既然把照片托付给你了，总得给他有个交代，好让他在另一个世界安心地闭上眼睛！"

"照片当然要交给英莲，我考虑的是找个适当的时机如何交给她。"

飘雪的白天过去了，天色渐渐暗下来。雪停了，天空仍然静静地在蜿蜒的青藏公路上旋转。我们的汽车不断奔跑，道路不断延伸，没有尽头。山巅的碧空一只鹰在不紧不慢地盘旋，阳光把它的影子一寸一寸地拉长，又一寸一寸地缩短。它活在自己的位置上，活在独行里。

许是因为心里牵挂着望眼欲穿盼着部队来人的英莲——我们已经提前和对方武装部门沟通了情况。说实话，我们是怀着忐忑恐慌的心情准备把韩廷富的遗物交给英莲的。

到格尔木汽车团那天上午，因为汽车抛锚耽误了预定的时间，我们双脚从驾驶室脚踏板一落地，就直奔会议室等着开座谈会的现场。一连三个收集小韩事迹的座谈会，一直延时到夜里十点钟。我记录了大半本的笔记，还有小韩床下装满了从拉萨、敦煌、西宁，当然也有从格尔木买来的一木箱书籍，沉甸甸地离开格尔木，踏上了去临夏的征途。

坐汽车，乘火车，再坐汽车，然后步行……漫长的旅途把季节撕成了碎片。晨在雪原迎日出，傍晚戈壁送晚霞。

一天一夜的汽车连轴转，颠簸得人浑身乏困，到了敦煌还是没有赶上当天去柳园火车站的末班长途汽车。我们只好心慌意乱地歇了一夜。敦煌千佛洞的夜景虽然诱人，却对我毫无吸引力。次日我们坐火车，到了兰州已经是第五天的中午了。没有出站就买上去临夏的长途汽车票……

麻尼沟乡是公路的终点。就是说剩下的二十公里路，只能靠我们用脚步去丈量。下了汽车，我们连提兜里的洗漱工具都没有拿出来，只在乡政府的小卖部匆匆忙忙吃了几块烤土豆，填了填空空的肚子，打问好去郭山庄的路，就直奔而去。山里的天黑得早，空气中的阳光正在收紧，枝头的残阳渐渐淡去。风清露冷正好赶路。快到村里时，我看到庄稼地里跪着一片农民，好像在拔麦田里的杂草。一位头扎羊肚手巾的妇女站起来，手放在额头搭凉棚看我们，我便打听韩廷富的家。巧了，她正是韩母。显然她已经知道今天部队要来人，便撂下手头的活路领我们进村。一路上她无语，总是欲言又止，很为难的窘态。我理解老人此刻的心境，她隐忍着失去儿子的疼痛。我便有意躲开敏感的话题，问：

"大娘，眼瞅着就过年了，还忙地里的活？"

我想退，她却进，扔下一句话砸给我："你们不打算见英莲？"

"当然要见，咱们先去她家！"我的回答没有丝毫犹豫。在这样娘的面前，我无法也不能来得半点虚假。

娘继续带着我们赶路，再也不说一句话了。我们默默走了约莫十来分钟，进村。她指指左侧的路，我明白那是通向英莲家的路。娘在前，我们低头弯下腰走进了英莲家矮矮的虚掩的木条钉成的街门。这是一户极为简朴透着丝丝缕缕疲惫和孤独的乡村农人之家。斑驳的泥土与砖瓦混搭成的院墙下，靠放着一辆锈蚀的独轮推车。墙头上栽着几个瓷盆或瓦罐的半圆碎片。瓦罐里卧着一只半睡半醒的流浪猫。两间土木结构的上房和偏厦占去了院子的一大半，砖缝瓦砾间的酸酸草逍遥自在地随风摆晃。算不上天井的那块顶多十多平方米的空地上，长着一棵老枣树，叶子落尽，曾经一树的清香，现在刚进初冬就挂满陌生的凄凉。枝条上的节骨像小黑豆似的裸露着，分明是紧抱着枣树浓重的体温，等待来年再为主人送一树枣花。窗台上放着一个被什么人咬了一口的苹果，此刻好像在努力地弥合缺口……

树下站着英莲娘，正撩起衣角擦眼泪。还没等廷富娘介绍，我就自报家门：

"大婶，我是廷富部队上的，来看看英莲！"

"她在屋里哭呢！"

说着她就转身进屋把英莲领出来，开始她拉着英莲的手，很快英莲就挣脱开她，走向我。我惊叹，山沟沟里竟然能出脱这么靓丽的女娃。均匀而壮实的身材，微黑的长睫毛下那一双大眼睛见了我，羞涩地合闭了一下，显出的是流动的宁静，不含一点杂质。鼻梁两侧微红泛亮的脸蛋是太阳镀上的天然的美容霜。红袄配绿裤，绣花红布鞋，一条长辫像吊兰一样垂挂下来，不甘示弱似的越过肩膀伸到胸前，拐了个小弯，恰好盖住了凸出的地方。西北农村的女娃没有嫁人以前都梳着这样的辫子，一旦成了人家的媳妇，后脑勺就会挽起一个发髻。我一看到英莲这般纯美朴实的女娃，其他风景都可以省略了。她留给我的第一印象是：天塌了！

英莲站在离我不近稍远的地方，无话可说或有话不知从何说起的样子。廷富娘对英莲说："孩子，部队上来人了，人家说就是来看你的！"

英莲却没有走近我，只是瞭了我一眼，就一头栽到娘怀里失声痛哭起来。足足有三分钟，她才抬起头，抹去眼泪，对娘也是对我说：

"部队来的同志我没脸见，是我没有把廷富疼爱好，让他走了！怪我，克星！"

她说着竟扑通一声跪在我面前。我承受不了这样的刺痛，实在难以接受她的这个跪。我想扶起她，可我觉得我这半辈子都没有积攒够扶她起来的力气。

当然，最后还是我扶起了她，说：

"英莲，你是一个值得廷富深爱也值得我们大家敬重的好姑娘。病魔夺走了廷富年轻的生命，全连同志都十分难过。那天在医院，当我们把三等功的立功奖章戴在他胸前时，他硬撑着从床上坐起来，一再说着父母对他的苦心抚养，你对他的恩爱。就是在他的生命最后一刻，也念念不忘家乡的亲人们！"

英莲反复地责备自己："是我把廷富克走了，都怨我，怨我！"

听着英莲这样怨叹，如芒针刺我背，羞愧咬心，愧到自责。我明白，这个山乡的女娃渴求爱情的心像玻璃一样透明和容易破碎。作为部队派来看望廷富亲人的代表，当然我可以替韦升泉在他们面前，问心有愧地反省自己，我们对廷富的关爱是很不够的，严格地讲对他的病故负有难以推卸的责任。他抱病坚持上路执勤，不是一次两次，而是八次。连队干部不是不知道这些，虽然也劝过让他去治病，但只是敷衍塞责，更多地被他顽强的精神所折服，没有果断送他住院去治病。甚至在一些会议上还表扬他轻伤不下火线的美德。美德在这种时候则变成了一块顽固的可爱的遮羞布。和平年代作为爱兵干部没有必要让一个士兵身负重疾，用年轻的宝贵生命去兑现承诺。关心群众关心士兵，法则我们有，只是缺少贴心的关照，我们的可悲就在于当兵们带病忍痛搏命时，忽略了他们的顽强坚持往往是用生命做抵押的！

我这一生都无法想到的事情，就在麻尼寺这个农家院里发生了。英莲突然站到我面前，问：

"同志哥，中国还有个英莲的姑娘，你该是知道吧？"

英莲？我真的一时想不起来哪里还有个英莲？

英莲逼问："你知道！识文断字的人能不知道英莲！"

可我真的不知道呀！看来她不想为难满脸茫然的我了，便轻声哼唱起来：

"九九那个艳阳天，十八岁的哥哥细听我小英莲……"

噢！我突然明白，是她呀，《柳堡的故事》里的英莲！同时，我立刻想到了韩廷富抄在笔记本上的《九九艳阳天》。当时只认为那是小韩在借题抒发自己对爱情的向往而已，竟忽略电影里的那个叫英莲的姑娘。原来，意味深长呀！好个情种韩廷富！明白了，我马上跟着英莲唱起来：

　　　　九九那个艳阳天，

　　　　十八岁的哥哥告诉我小英莲……

　　二重唱。我只是低声唱——因为我明白，我不是主唱，此刻只是在扮演一个角色。英莲的唱声一直嘹亮着，而且越唱越亮。二重唱，原本是英莲和韩廷富对唱，可现在我却不得不阴错阳差地顶替了上来。显然英莲太激动了，她唱的那些我十分熟悉的歌词，近在咫尺，我却不能触及。她的歌声里有一些近乎绝望却又走向重生的凄美，一种凝聚着忧怨可又闪射着清亮的难舍，还有一种引发着的向往却分明已经远去而值得记忆的永恒。肯定是过于激动，她唱起歌来难免有时跑调或者忘词，甚至把词张冠李戴。这时我就放高一个或几个音阶，起个提词作用，她就会跟着流畅地唱下去。唱完后，她已经泪流满面。给我的感觉，她这一唱把失去的爱情又领回了家。

　　英莲侧着身子背对我望着院中枣树上那几颗未落净的干瘪的枣出神，很久不语。她的眼里含满了故事，分明要说但牙齿紧紧咬着不让它出唇。那是一个姑娘对爱情最初的含苞待放的最美的神态。这时我似乎才理解了韩廷富在生命的最后时刻为什么那么急切深情地惦记着她。我一句也没隐瞒地把韩廷富在病床上对她的思念，原原本本地转告给了她，然后我拿出了韩廷富的那个笔记本。英莲接过笔记本，眼睛睁得大大的，是一种喜出望外的惊愕。她翻阅又翻阅，说："这个笔记本是我送给廷富的，他喜欢写日记，需要笔记本。"

　　停顿了一下，她接着说："笔记上面的歌词也是我写的！"

　　"你写的？"我似乎没听见，或者说没听懂，只觉得头部"轰"的一下，好像被什么东西触动了。但是绝不是要爆炸的那种感觉，而是葡萄成熟了，雪莲花已经开了的那种柔酥酥的很美丽的柔情感觉。我不得不这样问她。

"他唱一句，我就跟着唱一句。然后，他再唱一句，由我写下来一句。"

我再问："你们为什么要唱这支歌，又为啥要记录下来？"

英莲答："因为这支歌里也有个英莲。我说那个英莲不是我，廷富说那就是你呀，你看我不就是那个'这一去三年两载不回还'的班长吗？"

英莲说着又唱起来了："九九那个艳阳天……"

这回我没有跟上她应和，只是任由她投入地唱。我完全能听得出，她回到了当初和廷富同唱这支歌的气氛里。犹如一匹脱缰的马，四蹄飞扬，任她驰骋。我也明白了，所谓初恋，不就是一再回到开端吗？或者说，一直为自己重新找到开端。如果刚才她唱这支歌还有点打磕巴的话，那么现在她十分流利地唱着。我明白，她不是只唱给自己，因而唤醒的又岂止是千山？她那个亲爱的人就在歌里，廷富随着歌声来到了她身边。音乐可以消弭人之间的距离，我一下子感到英莲好像成为我们部队的一名战友。我也恍惚感觉我步入现实的历史，步入那滞留在原地的美好岁月。

我百感交集！

这时，韦升泉上前一步把不知什么时候已经取出来拿在手上的那张照片递到英莲面前，颤颤巍巍地说：

"嫂子，这是廷富告别他一直舍不下的你之前，委托我们转交给你的一张照片！"

英莲含着热泪正要说什么时，升泉显然料到她会说什么，便抢先一步堵住了她的话，解释道："我要叫你嫂子，必须叫你嫂子，因为今生我叫你嫂子的机会不会太多了。你不要拒绝，也不要问什么。你已经和廷富领了结婚证，你就是军嫂了，我理应叫你嫂子！"

韦升泉说着不由自主地流出了热泪，立正恭恭敬敬地给英莲敬了一个军礼。

英莲饱含泪水地接过照片，又要跪拜时，升泉赶紧扶起了她的身子，泪水涟涟地说："嫂子，敬爱的嫂子，你一定要保重！保重！"

英莲顾不得抹去泪水，翻来覆去地在照片上找着，却不见廷富。她还在找……

当韦升泉指给她廷富的位置以后，她控制不住自己感情的奔流，终于放声大哭，大哭，边哭边说："廷富，你在哪里呀，为什么不让我看到你？我要见你，要见你！我夜里做梦都见到你回来了，今天你终于回到家了，却不照面！你好狠心呀，回到家了还不露面！你来得及死，却来不及爱我。我一切都准备好了，就让你好好地爱我，我也爱你！你不会狠心的，我知道你还像过去一样，是和我藏猫猫玩呢！你快出来，不要逗我了！我等你都熬得发心慌了！你快出来，让我好好看看你，哪怕看你一眼，就看一眼，我的心里也安然呀……"

英莲就这样像一位老人一样絮絮叨叨地说着，她不时地拍打着照片，有时声音急促，有时又很缓慢。没有人劝她，任她这么诉说，这么痛哭。

"廷富呀，你到哪里去了？为什么不回来看我一眼就走了……"

此刻，我浑身涌腾着创作欲望。倘若我不能把韩廷富办了结婚登记却无法举行婚礼，以及他生命之光即将熄灭时渴望见到合法妻子却未能如愿，这样凄美的故事写出来，不说别的，首先愧对王英莲给我唱了那支《九九艳阳天》的歌，愧对韩廷富让我千里路上为英莲转递的那张照片！

我们不能让这个爱情故事在岁月的流失中积满尘埃。

那晚，我在麻尼东沟乡昏暗的油灯下，展开了稿纸……

写到半夜，天上下起毛毛雨，接着又是雨夹雪。住笔，我踽踽独行在乡野尘土飞扬的小街上，鞋底沾满了湿湿的牛粪渣，脚步反而变轻快了。我喜欢这样的夜晚，有雨，有雪，还有风，都渗进泥土中了。雪渐渐变大，覆盖了所有真相，一切好像重生。远处有座寺庙，茫茫雪夜中闪烁着一排灯火，似乎还传来诵经声。不知为什么，我多想把自己变作一炷香，虔诚地献在佛前，对着那灯光说些什么……

原载《解放军文艺》2018年第5期

巢湖岸边的李家大院

刘业勇

母亲从安徽巢湖市的家中打来电话说：我们家40多年前住过的旧居"李家大院"修葺一新，从市文物保护单位升级为省文物保护单位，并且是巢湖市唯一的省级民居文保单位。这个电话像电脑上被触动的按键，一下子打开我记忆的数据库，40年前的如烟往事又渐渐清晰。

1954年，25岁的父亲随南下的解放军从山东老家来到安徽，由于身负多处战伤，加上地方工作需要，怀揣一本"残废军人证"（后改为"残疾军人证"）提前转业，脱下军装，被任命为巢县（巢湖市当时是县，后撤县建市）柘皋区区长，也许是父亲有一段在南京汤山炮校当教官的经历，1964年，又调任巢县农村干部学校校长，这个学校的校址就是"李家大院"。1964年，我刚刚5岁，牵着两岁的弟弟，随父母一起往学校搬家，一辆大板车（如独轮车大小的架子车）装着一家四口的全部家当来到"李家大院"，住进这座当时巢县最著名建筑的主楼。"李家大院"坐落在今安徽省巢湖市西坝口汤家闸，1929年由木材商人李鼎新修建，由一栋三层碉堡式主楼和几个大小不等的院落组成，加之院外的附属建筑，有几百间，均为砖木混合结构。院内木雕砖雕石雕俱全，集江南民居及徽派建筑风格为一体，兼有北方城墙形态，造型粗犷又不失婉约。1949年后，李家人陆续搬出大院，大院收为国有。我家住在主楼的一楼。当天，我就爬上楼顶举目四顾，整个县城几乎尽收眼底，方知这栋三层楼房居然是当时巢县最高的"大厦"。楼的南边不远处是波光粼粼渔帆点点的巢湖；东边是一条河，直通长江，谓之天河，西边也是一条河，直通巢湖，叫后河。当时"李家大院"已陆续住进一些人家，能听到楼下狗吠鸡叫，大人的呵斥，孩子的哭闹，还有戏匣子里传出的庐剧和李焕之作曲、方金扣演唱的《巢湖好》。

一楼共两间半房，外加一个楼道。父亲说："'李家大院'是全县最好的房子，要倍加爱惜。"我一看，不论楼房平房，果然很大，窗户居然都是玻璃的，玻璃在当时的巢县属奢侈品。楼板是油漆的木质地板，楼的顶层是水泥地面（水泥在建楼时叫洋灰，也是舶来品）。一间间房屋组成一个个天井，如同北京的四合院，依次连缀，曲径通幽。地面是大理石和青石铺成的图案。走廊是一排排用整根木头做成雕着图案的支柱，如同颐和园的长廊。门窗的木框也是用整块名贵木料镶嵌在灰色的墙壁上，特别是那砖缝细密足有二尺厚的外墙，令人想起长城的城垛。爸爸说："这么坚固的房子，可以抵挡一般的枪炮，就是炸药包也很难炸开，我们住的这幢楼，也是一座炮楼。"简单粉刷之后，支上床，我们全家住进了"李家大院"。

两年后，"文革"爆发，学校全部停课。1967年夏，巢县以南的芜湖市"造反派"和"保皇派"发生武斗。"造反派"北上，与巢县的"造反派"汇合，要在巢县"破四旧、立四新"，砸烂"封资修"，而古色古香的"李家大院"作为资本家的老宅自然就成了"造反派"摧毁的目标。一天早上，一辆卡车和一台推土机停在了大院门口，从车上跳下十几名全副武装的"造反派"，他们拿着铁镐铁锹铁锤钢钎直接冲进院子，对着我家的那块雕着《西厢记》人物图案的大门砸起来。我和弟弟吓得躲进屋里。"放肆！"爸爸闻讯喝道。"这是封资修！砸烂帝王将相、才子佳人。""造反派"回应。"这是国家财产！你们在犯罪！""你这个走资派胆敢保护这些'四旧'！打倒走资派！"

"造反派"们放下工具就要上来揪我父亲，突然，走在前面的几名"造反派"停住手。原来，早有准备的父亲为了阻止这些"造反派"的破坏，特地换上了军装，同时，把他在历次战场上荣获的军功章密密麻麻地挂在胸前，右手拿着一把日本枪刺。"造反派"们愣住了。父亲吼道："你们这些兔崽子，老子打鬼子时，你们还在娘的肚子里翻跟头。今天，你们要是敢动一砖一木，让你们站着进来，躺着出去。这把刺刀是我宰了两个小鬼子缴获的！"说着，举起那把日本枪刺挥舞起来。这时大院里当年徐海东的马夫、老红军乔伯伯，经历过"皖南事变"的新四军老战士张伯伯、柯伯伯，抗日联军老战士解伯伯，解放军老兵朱伯伯、江叔叔、徐伯伯等都举着家伙冲在前，当过儿童团员的母亲则举着一把红缨枪，还有很多当过兵和没当过兵的邻居全体男女老少也抄起家伙陆续围上来，面对带着枪的"造反派"毫无惧色，大家反复朗诵毛主席语录，晓之以理动之以情，软硬兼施，说服"造反派"停止破坏。

如此阵势，"造反派"们怕也没见过，几个头头嘀咕了一下，终于打道回府。当时安徽的武斗惊动了中央，时任12军军长李德生奉中央之命，率军宣队亲临芜湖等地，平息了这场武斗。但由于"文革"还在继续，我父亲及大院里的几乎所有的老干部都成"走资派""三反分子"，戴高帽上街游行。大人们没逃脱厄运，但"李家大院"被保护下来。这件事令我感动，平时这些邻居给我的印象并不太好，但当自己的家园和国家财产受到侵害和威胁时，他们的奋不顾身，令我刮目相看！

1969年，安徽发生洪灾，巢湖水位暴涨，"李家大院"被淹没在水中，我们全家和邻居被迫搬到地势较高的卧牛山上。两个月后，大水退下，我们又搬回来，当时，很多被淹没在水中的房屋都倒塌了，"李家大院"墙角和地基被大水冲得裸露出来，这时，一些灾民也搬进了大院闲置的房屋里，此时，"李家大院"的几十间房加上前后院几百间房屋全都住满了人。灾后重建，大家认真加固地基，清理杂物，粉刷墙壁，修补门窗，喷洒药水。二楼搬来的新邻居锁伯伯是志愿军的宣传队长，会写美术字，为了防止"造反派"再来破坏，锁伯伯、父亲及邻居们把院外的墙壁上都用油漆写上不怕日晒雨淋的毛主席语录，在每家的入门处安置一个"宝书台"，把石膏制成的毛主席像和《毛主席语录》端端正正地放在中间，使"李家大院"躲过一次次劫难。

那时的巢县，四季分明，一派田园风光。春天来了，湖畔的垂柳吐蕊，天河后河的鹅鸭游弋；夏日，大院的人都搬到楼顶平台过夜，在水泥地上，一方篾席铺开，一家人躺在上面享受天伦之乐；深秋，站在楼顶，视线越过天河、后河、官圩，家塘圩，金黄色的水稻波浪滚滚，瓜果飘香；冬天，银装素裹，河面结一层薄冰，像一面映衬蓝天白云的镜子。那时，不论是两条河的河水还是巢湖水，都是可以直接饮用的，连明矾都不用放。

随着入住"李家大院"的人口的增加，大院的社会成分也变得复杂，除工农商学兵外，也有出身地主、富农、商人、小业主以及华侨和外籍人士等。人员的职业不同，文化程度和素质也参差不齐，邻里之间的纠纷、摩擦时常发生，甚至为一点针头线脑的事大打出手。每当有冲突发生，大家便主动上前苦口相劝，最后也其乐融融。我小时候，能听到各种方言在这里汇聚，也常常品尝到每家餐桌上的风味美食。大家来自全国各地，但住进一个院，就是一家人，大家除了尽力呵护来之不易的缘分，更是竭尽全力保护自己的家园——"李家大院"。以至于2011年政府确定"李家大院"为文物保护单位时，"李家大院"依然基本保持着当年的原貌，而当时的巢湖市，几座城门、十几公里的城墙，包括诞生过成语"洗耳恭听"的遗址洗耳池等几乎所有的历史遗迹都早已荡然无存。

邻居们在"李家大院"繁衍生息，有了第二代，甚至第三代，过着自给自足的和谐生活，享受着天伦之乐，好几家甚至成为"亲家"。他们用生命捍卫着自己的家园，并且把对自己家园的捍卫顺理成章地延伸到一种家国情怀、升华为一种民族精神。上世纪60年代，中印边境冲突，大院里有青年应征入伍上前线，抗美援越的队伍中，有大院子弟的身影，1969年的珍宝岛战斗，有大院的儿女冲在最前线，70年代，国家号召大西北戍边，大院的适龄青年走了4

名，直至1978年3月，我与大院的姜志远、王小明、吴晓明、任华等8人同时穿上军装来到第二炮兵和海空军部队。

上世纪90年代，巢湖市（此时巢县已撤县建市）全城开始大拆迁，"李家大院"也列入拆迁范围，邻居们得知此消息，纷纷上书政府，要求保留，专家论证后，确认"李家大院"是巢湖市保存最好、规模最大的历史文化民居，2011年政府确定"李家大院"为市级文物保护单位，要求邻居搬出，此时，邻居们方知自己争取来的"李家大院"住不成了。虽然政府给了一定的补偿，但是，搬离几代人居住了几十年的家园，还是难舍难分的。然而，政府一声令下，深明大义的邻居们还是一步三回头地陆续撤出了"李家大院"。一个个故事在院里面封存，一段段记忆在大院中沉淀，这记录着巢县90年变迁的大院，这寄托着我们几十年情感的深宅终于又一次被保存下来，与我们共同走进新的时代、新的梦想。

大院里，有父亲和邻居们亲手用砖石垒砌的支撑立柱、修缮的一扇扇门窗；有父亲亲手更换的火表、电线，夯实的"三合土"地板；有我们全家用了几十年的灶台；有父母栽下的"仙人掌"、"拐枣"树和冬青树；有诞生了我妹妹和小弟弟的木床……父亲去世后，没有回山东安葬。他生前要求我们把他葬在一个可以看到"李家大院"的地方，妹妹和弟弟经过选择，确认巢湖东北方的鼓山寺公墓是最佳地点。我们把父亲的骨灰，连同他骨灰中的日本炮弹片和子弹头，一起放在鸽子笼大小的匣子里。沿着坐北朝南的公墓举目望去，巢湖市尽收眼底，不仅"李家大院"隐约可见，连大院镇守的湖泊、河流、田园、村庄也一览无余。而"李家大院"主楼的窗户如同眼睛，也在默默地深情看着父亲。

我离开"李家大院"后，只在1997年探亲时回过一次大院。当时，因父亲工作调动，我们家已搬到"洗耳池"公园附近的小区，邻居们也搬走了一些。失修的房屋开始破损，四周也长出了荒草。如今，成为省级文物保护单位的"李家大院"会怎样？

在巢湖市网站的照片上，我终于看到了新修建的"李家大院"雄姿，原来"李家大院"早在2012年就已是省级文物保护单位，下一个目标是申报国家级重点文物保护单位。她所走过的历史沧桑绝不仅是"文革"这段"历险记"，她经历和见证了抗日战争解放战争的炮火，其厚重的历史积淀和文化色彩凸显出她无与伦比的价值地位。凝视着这座建筑，我脑海里突然跳出两个字："长城！"是呀，这多么像俯卧在巢湖边的一座长城呀，三层主楼是烽火台，周围蜿蜒着的屋脊酷似城墙，与巢湖市鳞次栉比的建筑连成一体，一直延伸到浩瀚无垠的巢湖和波涛滚滚的长江。从这"长城"中走出去的人，有冯玉祥、张治中、李克农等爱国将领（3人的故乡均离"李家大院"不远），更有一批批后来者，他们接过先辈的火炬，用热血和生命连接起祖国四面八方的"长城"，共同护卫着自己的家园，保卫着自己的疆土。前两天，我和弟弟妹妹掐手算了一下，大院里几乎每家都是军属或烈属，或者是曾经的军属，更多的是已经离休退休复员退伍转业的老兵，当年大院邻居目前仍有30多名子弟在部队的强军路上建功立业，他们继承父辈的血性，在军旅大展宏图。他们中，有军事院校的教授，有航天领域的科研工作者，有军队的高级指挥员，有优秀士官、军医、舰长、飞行员、部队新闻工作者，也有为祖国洒尽一腔热血的烈士。"李家大院"在巢湖市首屈一指，多年来，被誉为巢湖市的"红色大院"。

"巢湖好，好风光，水接云天白茫茫……"李焕之这首悠扬粗犷的《巢湖好》又一次在我耳边响起。离开大院整整40年了，我分明感到巢湖岸边的"李家大院"在时时向我召唤。40年，当年大院里的父老乡亲都还好吗？大院养育了一代代人，并把他们送到祖国的四面八方，现在，她正深情地对远方卫国戍边的赤子们说："孩子们，你们没有辜负大院的哺育，你们是'李家大院'的骄傲，大院以你们为荣！"

原载《解放军报》2018年5月25日

盛大的告别

蒋　殊

2018年 中国 散文排行榜

那个极为讶异的消息，就是顺着2016年第一场春风来的。

一个不到50岁的老乡朋友病重，而且"不会太久了"。得说点什么是不是，该做点什么对不对？可是，一个在人世间"不会太久"的人，听什么，可以暖暖心？

沉默地挣扎了几天，终于鼓起勇气发去一条虚伪的信息：最近忙什么？他很快回：哥在吃喝睡觉，只是暂时少了酒。是的，他是一个大口喝酒的人。我不能再装下去，笑：待我哥养好身体，咱大喝。

他乐得不行，笑过来：怀念大喝！好想大喝！我笑着哭了。可是，很快又得知，体重两百多斤的他已经瘦到不满百。努力，也想不出他瘦下来的样子。之前，他最大的愿望就是减掉一身肥肉，瘦成一道闪电。他一米八多的个头，不到100斤，就是闪电的模样吧？我哭着笑了。不敢去看望他，也不敢再问些什么。他依然偶尔发一条朋友圈，内容一如他的性格，充满欢乐。

终于，属于他独有头像的微信朋友圈，终止在某一天。春风转为夏雨。他离去。

那一天，是党的生日。当晚，大型文献纪录片《火种》正式播出。

他是总编导，据说闭眼前还在惦记。

那个晚上，那么多双眼睛盯着电视屏幕。上天独断了他当观众的路。他留下的作品太多。各大媒体上，是"他把生命献给纪录片"这样沉痛的文字。

表妹刚刚26周岁，是姑姑的女儿，因为没有兄弟姐妹，一直当我是亲姐姐。一年前惊闻她患了乳腺癌，吃惊之际让她快来省城，然而医生认真检查了她那只硬邦邦的乳房后，抱着同情的态度勉强对她进行了两个疗程抢救性化疗，之后打发回家。见惯了生死的医生已经足够温暖，因为表妹乳腺上的癌细胞已经转移到肝，到骨头。

那时她才25岁，还是个孩子。她对突然终止的化疗产生了恐惧。于是骗她，说需要回去歇歇，再来。之后没与她商量，给她买了去威海的车票，让她看看只在电视里见过的大海。

那是她平生第一次远行。尽管她惦记着自己的病，尽管她一直在我耳边念叨路费很贵，住宿很贵，尽管她最想做的还是赶紧化疗。那个时候，她最大的希望是熬过一段痛苦的化疗后，让医生可以切去她的一只乳房。

那是一只年轻的乳房啊！可那个时候，舍去一只乳房成为她最大的愿望。然而，这样残酷的梦想，命运却拒绝帮忙。她的乳房已经错过最佳治疗期，连冰冷的手术刀都不想靠近。

送她上长途车，向她描述海边的美，给她承诺回来的好。她笑容灿烂，因为她始终相信我这个姐姐。从当初的炎症到后来的癌症，她一步步知道了自己的病情，也一句句相信了我说的癌症并非不治之症。她由绝望到失望，再由失望到充满希望。

大不了，舍弃一只乳房。

我这样说。

她这样应。

切了还有办法的。她听了笑着点头：我信，姐姐。

我把谎言变成诺言，换取她明净的笑脸。

此后几天，她把疼痛淹没在海水中。结束后她发来信：姐姐，我是不是可以直接回医院？

突然发现，一个人可以去医院，竟是一种幸福的奢侈。可是，医生不收她。她不仅没有资格上手术台，甚至连去窗口交费挂号的权利也被剥夺了。

"姐姐，我听你的，回家，等。"这条信息后，她坐长途车，从海边回到山里的老家。

而她的母亲，我的姑姑，一遍遍向我求证着女儿的身体信息。一次她忍不住问我：是不是治不好的病？

瞬间难过到不耐烦，大声责怪她：如今医术这么发达，有什么病治不好？再说，哪有妈妈幻想女儿病治不好的？姑姑怯怯向我解释，她只是想知道真相，她只是无比无比担心。因为，她是母亲。

听筒，控制不住颤抖。沉默良久，那头说：姑姑想哭一场，可哪里都有人——内心轰然崩溃。

为了消除表妹的疑虑，也是全家唯一可以抓住的最后救命稻草，让她吃中药。中途她不甘心，频频跑去当地医院化疗。

她一个医生一个医生恳求：化疗后，给我切了吧？

无人回应。

如何，才肯切去她一只25岁的乳房？！

骄阳退去，秋风起。

秋叶落尽，冬雪至。

她端着那只沉重的乳房，熬到第二年。其间对于我每一次"最近怎样"的信息，她总是回复：姐姐，我好。或者：姐姐，它软了些。

有一天，她欢喜地发来一张照片。

我夸：新发型真好看。

她回：姐姐，假发，真的一根也没有了。

翻出前一年闲来无事为她编织了满头小辫的照片，欣喜地看，无力地哭。

事实中的小表妹，比我坚强。身体不疼时，她依然戴着那头美丽的假发，满村跑。依然在灶台边刷锅洗碗做饭，依然与她5岁的女儿抢手机玩。

她越坚强，亲人越疼痛。终于有一天，她忍不住问我：姐姐，我会不会死？

叫我怎么回答！叫我如何回答？！我的谎言，已经够多。表妹会不会死？这也是我一直向天向地要不到结果的大问题！我年轻而美丽的表妹，我每天蹦蹦跳跳不知疲倦的表妹，真的哪一天就会突然死去？

姑姑在给母亲的，电话里，描述着表妹的病情与身体状况，不忍听。脑海里，总是她轻盈的笑：姐姐。

终于，表妹无力的笑容，定格在2016年7月4日那天。

离前面老乡朋友的离去，仅仅过了四天。

昨天，我刚刚在一场雨里告别了小张，告别了小李。我们轻描淡写地说着"再见"，我们从来不想"再见"的含义。

怎么会知道，与谁，突然就没了下一场再见？

静静就是。

我们同桌过两个多月，在鲁院。

她才35岁。

她选择的日子，是表妹离开的第二天。一个声音缥缈传来：静静不在了。

怎样的不在了？

就是不在了。就是，以后谁都不可能在人世间看到她了。

尽管，她前一天还与许多人说了"再见"。

活着的人是无用的。只能哭，唯有哭。

我们相识于两年前，我们相处了两个月。她在我的左手边，我在她的右手边。上课时，她右转，我左转，窃窃私语，偷偷交谈。

毕业后，我们见了两次。

幸亏，我们见过两次，尽管不在彼此的城市。

每次坐高铁去北京，都会经过她的城市石家庄。而每一次路经，我都会拍一张照片发她：此刻，我在你的城市。

她回：什么时候，能停下来。

我说：如果终点站是石家庄，一定是去看你。

她回：那必定，是我接你。

我与她，就这样兴奋地约定一次又一次。其中有一次，是约定去吃她的纯手工肉排堡。

我与她的城市，高铁只有一个小时。因此我们都觉得，见面太容易。

太容易的见面，一次一次被忽视。更有，我们太相信各自还年轻，太以为还有大把的时间掌握在手里。我们自信地以为，见面还有长长久久的若干年，根本不必急于这短暂的一两年。况且，我们要做的事实在太多，怎么可以辟出专门的时间只为见面？相信她在另一个世界，定会与我一样，遗憾到心碎。

第一次把终点站定在石家庄，竟是盛大的告别，是无法说"再见"的见面。

夜色里，向她而去。

突然，身后一阵柔美的笑声，让我想起两朵花儿。她们开放，她们消失，如此随心所欲。我的心，却需要一段时间，艰难治愈。

躺在太平间的静静，听说有好友一整夜一整夜向她倾诉未说完的故事。

真后悔。我对她的表白，一直悄悄藏在自己手里。其实，我专门为她写过文字，有一篇还在杂志上刊发，却一直没有告诉她。发表前是想着送她铅字惊喜；发表后却又极度对文章不满意，悄然藏起。

不满意，是我总不能写出她的好，她的美。

那本杂志，那些文字，她竟从未看见。我不善当面言辞，那些话，我最终只说给自己。与她常常当面表达对我的喜爱不同，那些藏起来的文字，是我仅有的对她表达过的心声，就这样成了永久遗恨。我是多么无知与小气，对她的好，竟要这样遮遮掩掩。终归是我想不到，有些人，突然就会永不见。

熟悉的石家庄站。

静静，我兑现了承诺。接站的人不是你。

次日殡仪馆。一位男人在阳光下肆无忌惮地落泪，我知道是她爱人。果真，他用力握了我的手：你一定是蒋殊。

我一定是蒋殊，而我多想此刻他是笑着站在静静身后。抬眼，另一位男人走来，挂着一脸泪。我一眼认出，他是静静写作上的搭档，生活中的好友。他直愣愣冲我过来，像遇到久违的亲人，泣不成声抓起我的手：静静走了，别忘了石家庄还有我。

一股相依为命、同病相怜的切肤之痛从他的脸袭进我的心。而我，宁愿他像之前一样，站在静静旁边，与我只是淡淡一笑的关系。

有人喊：见最后一面的，赶紧！

来不及想太多，我们携手，恐惧而迫切地跟着她的亲人，向着黑暗深处走。

之前，是她这样牵着我，给我讲她看过的那么多电影，读过的书。那是在一棵铺了一地金黄的银杏树下。之后她边捡叶子边说：秋天多好，认识了你。

还有两个月，秋天就到了；再过两个月，银杏叶就黄了。

她的世界有没有秋天？可不可以看到金黄？

她以枣红色的形象，出现在眼前。枣红色的衣服，枣红色的小礼帽。肃穆的青春，疼痛难忍。

"殊"，是她，最早这样称呼我。

"殊"，多想，让她一扭脸，再一次这样喊我。

被人催。回头，牢牢记下她的脸。

等待处廊下，一双相拥哭泣的老人。我知道，那是静静的父母。

众人无语，落泪相劝。

父亲站起来，祥林嫂一般讲述。尽管老伴在一旁又拽又拉，他还是语无伦次地坚持。我听明白了，两天前，静静是在从普通病房转往重症监护室的路上，停止了呼吸。她的父亲一遍遍强调，前一分钟，躺在移动病床上的静静，还想弯腰捡拾一件什么东西。而瞬间，她在说过心脏突然有些难受之后，便永远停止了呼吸，静静地离去。我第一次知道有一种要命的病，叫引不起太大重视的"心肌炎"。

"小时候，她那么小，抱在我怀里。"她并不年迈的父亲捶胸顿足，"最后，还在我怀里，就在我怀里。"

尽管，父亲一瞬间就把心脏突然难受的女儿搂在怀里，他所有的力量却只能用在紧紧抱着这个慢慢冷却的身体。最近的距离，他抱到最远的世界。

那一刻，是不是一个父亲最大的失败？那一瞬，是不是一个男人最大的恐惧？

医院人来人往，为各自的亲人脚步匆忙。偶尔有人停下来看一眼，也只是瞬间感受一下这个年迈男人的撕心裂肺。

睡不着的长夜，一睁眼的黎明，两位老人对抗生命的时光里，飘来飘去只有一个痛切的影子。

那是他们唯一的、刚刚开启了精彩人生路的女儿。不久前，他们还抱着外孙嘱咐女儿：一个孩子太少了，再给她生个伴儿。

去世前一个月的一天，静静一边把一张张卡纸给3岁的女儿剪成圆角，一边感慨，人生苦短，爱最珍贵。只要她在，就不会让女儿受到丝毫伤害，哪怕替她抹平所有的棱角，哪怕她生活中都是圆角。

去世前半年的一日，她出差几天后回家，3岁的女儿抱住她，这样向她描述"时间"：时间是想你的时候，它走得特别特别慢/你陪着我，它又走得特别特别快。

今后，女儿的生命里，再也没有了特别特别快的时间。她一生要处在特别特别慢的时光里，一遍一遍重新定位对时间的认知。而她的脑子里，妈妈的形象会越来越模糊，只剩下一堆发黄的圆角卡纸。

秋天带着忧伤的气息，如约而至。

不记得从什么时候开始，激励父亲与疾病抗争的理由，就是"想想我们"。也许是发现父亲对于恢复健康的不主动，也许是越来越觉得走的人一撒手走了，痛苦要由活着的人承受。于是生气时大声吼父亲：怎么那么自私！每一次，父亲总像做错事的孩子，无助地低头不语。

全家艰苦地努力着，想激起父亲好起来的斗志。

磕磕绊绊，父亲顽强地进入冬季。

冬天来了，春天还会远吗？而父亲，还是发扬了自私的性格，执着地不肯等春来，执着地选择在这个年终离去。创建了这个家的人，抛下一家人走了。其实，即便是斗争最激烈的时候，也未想过父亲会离去。从未想过，我们几个孩子，如此快便跨入没爹孩子的行列。尽管，茫茫天地间，有庞大的同行者跟我一样，"父亲"成为陌生的称谓。尽管，与静静3岁的女儿以及表妹5岁的孩子相比，我们已经十分幸运。

可是，我们依旧是需要父亲的孩子。

恐惧，慌乱，无助。

那天见到父亲时，他正躺在早我一步而去的妹妹怀里。我们都是没有吃完最后那餐晚饭赶过去的。父亲睡去一样，不言不语，平和，安详。

还剩了最后一口稀饭的碗，就在身边。

我是第一次如此近距离看到一个人到了另一个世界的样子。父亲的手温热，脸温热，肢体柔软。一切，都是熟睡的样子。

父亲爱睡。每次去看他，大多在睡。每一次，总是被我喊起。父亲自脑梗后，就爱睡，总是躺在床上不想起来。而我，总是一次又一次，把他唤醒，拉他下地。

父亲许是被我喊累了，唤烦了，再也不想起来。

父亲终于不再"为了我们"而活下去。

该做些什么呢？父亲，另一个世界，需要怎样的准备？衣服，鞋子，被褥。感谢母亲，早已一件一件，准备齐全。可她那天比任何一天都慌张，一切都记不清放在哪里。隔一阵，我们便要去摸摸父亲，叫叫父亲。总希望，他只是睡去；总觉得，他会突然醒来。

一个活人，就这么再没了声息？

手忙脚乱给父亲穿戴整齐，送父亲回他的村子。路上，父亲的身体一点点变得僵硬；父亲的温度，慢慢传递到另一个缥缈的世界。

那个世界，空出父亲的位置。一代一代，身边的亲人相继到了那个世界。那个世界，大得让人生畏。聚集了众多亲人的那个世界，每个人最终都要去到的那个世界，却让活着的人无比畏惧。相逢的人，终究还是忍受不了这个世界的不相见。

家中一盆花枯了，叶子落得只剩几片。多日抢救，依旧不见效。一点一点，走向死亡。那个世界，不仅需要人，也需要花，需要狗，需要羊，需要像人间一样的万物。也因此，人间不断有死亡，不只是人。死亡，亦是重生。一切死亡，都是向那个世界输送生命。那么，我的老乡朋友，我的表妹，静静，还有我的父亲，他们是获得了另一种新生？然而，我的格局实在还是太小了，总是写着写着就要哭出来。我依旧无法接受他们远离了我的身边，无法接受与他们没有了明天。

父亲入棺木时，我又认真拉了他的手，抚摸了他的脸。冰冷。可是父亲的脸，与生前毫无异样。父亲没穿一件豪华衣裳。父亲被生前不舍得上身的崭新的衣服，一层层紧紧裹在狭小的棺木里。

棺木是临时从县城买的，与父亲同时间回到村里。村里的匠人，用了四天时间，专注地装饰父亲的棺木。每一天，他都要工作到凌晨两点。一个下午，村里一位88岁的老者推门进来。他是父亲生前的好友。他放下拐杖坐在父亲的棺木前，边说"我来看看你"，边与匠人打着趣。匠人说，你这么大年纪不好好在家待着，跑出来做啥？他说，感受一下啊，看看你以后的服务可不可靠，到不到位。匠人哈哈大笑，回荡在狭小的房间里，环绕在父亲耳边。父亲躺在自己的小屋里，听着他们风趣的言语。

有亲人进来，跪拜，以乡里的规矩大声哭泣。这些程序丝毫不影响匠人与父亲老友你来我往的打趣。匠人一秒都不会中断手里的工作，他一丝不苟，把保佑和祈愿绘成精致的图案与纹饰，温暖地包裹在父亲周围。他一边描绘，一边解读，父亲的老友终于停止打趣，连连点头称是。偶尔一个说法，让他抑制不住抓过手边的拐杖狠狠击地。"好得很！"半下午后，他终于起身，给父亲留下三个字。

我却看着他的背影，模糊了双眼。

墓葬，是两年前砌好的。砌好的墓葬在两年以后，等来父亲。父亲用近十年的不懈，催促我们终于在两年前砌好这个墓葬。生前，父亲没有看到自己的墓葬，那时候他已经有病在身。可是一个阳光柔和的午后，病中的父亲起身，听母亲详细描述了墓葬的情形。父亲一边听一边笑。

父亲踏实的笑，是对终于有了墓葬的宽心，还是对另一个世界有了向往？无奈竟会转变为向往，就像小孩子盼着长大恋爱，恋爱盼着有孩子，之后盼着孩子长大结婚生子。最后，便不得不消除曾经的恐惧，坦然笑对另一个世界。

多么恐怖的妥协，多么悲壮的演变。

父亲的棺木下葬前，村人说，下去看看吧，好好拾掇拾掇里面。与上一次与母亲下来验收墓葬不同，好奇的心已经变成阴天。上次母亲玩笑地对待的这个空间，成了父亲的永久居所。

空空的墓葬里，父亲成了全部。

盛大的告别仪式之后，墓门封锁。一座坟头，切断了父亲回家的路。父亲，成了黄土之下的人。大地，天空，庄稼，与他再没了关系。陪伴他的，只有旷野的风。

没有了父亲的日子，常常与母亲一起，坐在沙发里历数生命中那些离去的人，那一场一场盛大的告别。我与母亲彼此知道，这是另一种对内心的安慰，是对父亲的想忘记。

我们彼此用活生生的事例提醒对方，死亡与出生一样，都是平常的事。只是谁也预料不到，一路同行的人，不知道哪双脚步突然就终止在哪条路途。

原载《海外文摘》2018年第11期

习主席送我两本书

翁亚尼

2018年5月15日，我收到了习近平主席送的两本书：《习近平谈治国理政》第一、二卷。两本厚厚的书用精美的红玫瑰色纸包装，大红色缎带捆好，多出的缎带巧妙地扎成一朵红花，喜庆而热烈。手捧这沉甸甸的礼物，我激动不已，惊喜万分，心里暖洋洋的，半天无法平静。许多往事也一一浮现，渐渐清晰。

2014年10月15日，习近平主席在人民大会堂主持召开文艺工作座谈会并发表重要讲话。习主席在讲到第三个问题——"坚持以人民为中心的创作导向"时说，他1982年到河北正定县去工作前夕，一些熟人来为他送行，其中就有八一厂的作家、编剧王愿坚。王愿坚对他说，你到农村去，要像柳青那样，深入到农民群众中去，同农民群众打成一片。柳青为了深入农民生活，1952年曾经任陕西长安县县委副书记，后来辞去了县委副书记职务，保留常委职务，并定居在那儿的皇甫村，蹲点14年，集中精力创作《创业史》。因为他对陕西关中农民生活有深入了解，所以笔下的人物才那样栩栩如生。柳青熟知乡亲们的喜怒哀乐，中央出台一项涉及农村农民的政策，他脑子里立即就能想象出农民群众是高兴还是不高兴。会上习主席谈到，王愿坚给他讲过很多红军长征的故事，还讲了很多老将军的故事，令他很有感触，要求大家不忘初心，不能忘了打天下时的艰苦岁月，永远不能脱离人民群众。

愿坚当年为习近平同志送行话别，虽然时间过去30多年，但那天的情景至今我仍能记起。作为王愿坚的妻子，我了解愿坚的性格，他内向，一脸的严肃，不苟言笑，更不轻易无原则地夸奖一个人，他嘴里的褒义词是很吝啬的。但那天一回到家，愿坚就满怀喜悦地对我说："如今很多人喜欢向上走，他却选择了下基层农村。"

我问："谁呀？"

愿坚说："习近平。"愿坚接着对我说："近平的工作要调动，作为习仲勋同志的儿子、耿飚同志的秘书，他完全可以去一个条件好的地区和岗位，却去了河北正定县，而且还是他自己要求去的。他已经在陕北偏僻的农村梁家河插队7年了，难道还没干够呀！现在有些人削尖脑袋往大城市、大机关、大公司钻，他却偏偏要去艰苦的地区继续磨炼自己。也好，天将降大任于斯人也，必先苦其心志，劳其筋骨……好样的，近平离开北京，会在更广阔的天地飞得更高更远。"

"那你们俩都聊了些什么？"我问。

"近平是个很谦虚的人，主要是我讲，他听。我给他讲了些革命传统故事，很多是我当年写《星火燎原》时采访老红军、老八路时的素材，还讲了柳青等优秀作家深入基层一线体验生活与人民群众打成一片的事。他一边听一边记，十分认真，令人感动。近平是个不可多得的人才，他的未来绝对能成大气候！"

其实，在这之前，愿坚与习近平同志已有交往，也多次在我面前说起习近平同志。记得有一次，他说起习近平同志热爱学习的事。因为愿坚是部队作家、编剧，所以他和习近平同志在一起谈论的大多是战争年代的故事和文学。那天，愿坚对我说："真没想到，近平的阅读量这么大，仅文学这一项，古今中外名著他读了很多，有的还不止读过一遍，让我大吃一惊！许多故事情节他能很详细地随口讲出来，有些段落甚至能完整背诵！不仅能讲能背，他还能准确说出作品主题思想、社会背景、创作风格、写作特点和作家的基本情况。除文学之外，中外的政治、军事、经济、文化、自然科学等方面的著述他也读了很多。"

1988年底，中国作协安排愿坚和我去深圳"创作之家"度假，愿坚说："近平在福建厦门担任市领导，从北京到深圳，我们中途绕道在厦门停一下，看看近平，顺便给他带几本书。"我连声说："好。"

我们满怀希望来到厦门，方知习近平同志刚刚从厦门调到宁德地区工作。没见到他，愿坚感到十分遗憾，说："我满肚子的话儿，没法对他说了！"接着又举起大拇指对我说："从繁华的特区到贫困地区，他又下去为民造福了！老伴，近平爱书如命，如果今后有机会出版我的作品集时，一定送他一套，他用得着，也表示我对他的敬意！"我连忙点头，记在心上。

愿坚去世后，我开始着手联系出版他的文集，同时，按照他的交代，整理他生前一些未刊发的作品。我们在整理时，特别选择那些体现以人民为中心创作导向的作品，交由报刊发表。2017年6月13日，《解放军报》以一个整版的篇幅刊发了愿坚的遗作《人民的乳汁》，引起反响，《新华文摘》等许多报刊媒体全文转载，并荣登《2017年中国散文排行榜》。随后，多家出版社联系我，商讨出版《王愿坚文集》事宜。今年上半年，《王愿坚文集》（七卷本）由春风文艺出版社出版。当散发着墨香的《王愿坚文集》一拿到手，我就着手给习主席寄书，通常送书是要作者签名的，但愿坚去世了，无法由作者签，但这又是作者的作品和遗愿呀，我想了想，就在扉页写上了"王愿坚赠"，下面写上"翁亚尼代笔"，附上信，顺手用出版社包书的旧牛皮纸包起来，寄给了习主席。习主席日理万机，工作那么忙，能不能收到，有没有时间看？这些都没多想……

5月14日，家里电话响了，是中央办公厅的一位同志打过来的。他在电话中对我说："习总书记收到了您的来信。总书记表示，谢谢您赠送《王愿坚文集》，看到他的作品，就想起当年与他交往时的情景，至今都很怀念他。习总书记祝您身体健康，晚年幸福。"中办的同志接着说："习总书记要回赠您两本他自己的书《习近平谈治国理政》第一、二卷，共两册，您看怎样交给您，是派人送去还是从邮局寄您？"我一听，惊喜万分！我说："太谢谢习主席了。怎么样都行，看你们方便吧！"中办的同志说："那就从邮局寄吧。"此后，我一直处于期盼的喜悦中，两次去传达室询问有没有我的邮件，担心被别人拿走或丢失了。

5月15日，邮局的同志给我送来了《习近平谈治国理政》第一、二卷。接到书，一股暖流涌上心头。习主席日理万机，各方面事务繁忙，还惦记着我给他写信这件事，专门赠书给故交的家属。高兴之余，我也陷入深深的自责：我送给习主席的书是用粗糙破旧的牛皮纸包装从邮局寄的，而习主席送我的书却是用红玫瑰色的纸精心包好的，用大红色缎带捆好，还扎了一朵红花，可见习主席想得多么细，多么周到，多么温馨呀。这其中饱含的深情实在难以用语言表达。我想，这两本书不仅仅是送给我的，也不仅仅是送给愿坚的慰藉，更是对全体部队文艺工作者和他们亲人的关怀，是他心系人民群众的真实体现。我要把这一切都告诉黄土之下的愿坚，我还要把习主席率领全党全军全国人民初心不变、牢记使命、在新时代大展宏图的一个个精彩中国故事告诉愿坚。他如果在天有灵，一定会高兴的。

谢谢您，敬爱的习主席。

（作者为王愿坚同志遗孀、离休干部）

原载《解放军报》2018年7月9日

酿　甜

周晓枫

　　如果征集答案：最想去国内哪里旅行？云南肯定是许多人的选择。云南太丰富多彩，太不平庸，你才能得到这样平凡得近乎平庸的答案。我去过云南很多次，去过很多地方，但每次都有新的感受和收获。

　　此行目的地是曲靖。行车，一路的山。有时晴朗，天空浩荡；有时云涌，高处的云掩映着低处的云。有时光线并不明朗，尤其临近暮色，两侧是介于墨绿与黛黑的山影；依然有珠灰色的云沉降下来，峰岭之间，云缕不绝。

　　涌云之下，层峦之间，生命丰富。孔雀的美仿若幻觉，大象的品德有如寓言，蝴蝶的魔术、长臂猿的绝技……这里的动物，接近神迹。云南的植物，一定被神的嘴唇秘密吻过，它们才能繁茂至此，才能铺开这样辽阔而恍惚的梦境。

　　云南的茶有名，以普洱为最。那么粗朴而凝重的茶色，深琥珀般古老的时间，就这样涓滴入口，缭绕在心。我到了曲靖的沾益，最早《山海经》里曾提及温水，这里在1985年被水利专家确认为珠江源。我喝着用珠江的源头之水泡制的普洱茶……谁都无法溯游，回到自己生命的源头，但每个人的血管里，都流淌着记忆的江河。

165

云南的菌有名，奇怪的样子和味道。菌，很像介乎肉蔬之间的食材。有的艳异如花，有的朴素如泥，还有的表面滑腻，菌盖上有层薄薄的黏液。有的平滑如伞，有的菌褶如书册，有的布满微雕般的蜂巢气孔，像活着的珊瑚。雨后多了许多采菌人，我深入林间，亦有所发现。我发现的蘑菇颜色暗淡，隐约几根像是松针的短梗，不仅散在菌盖表面，也镶嵌在牛粪色的菌褶之间。蘑菇湿冷，初闻起来没有什么味道；闻得久了，才有树根或者湿泥的味道。这个季节，正是曲靖野生菌上市的时候，让我大快朵颐。

云南的花有名。本来要攀登曲靖的马雄山，目的是探访珠江源，我却忍不住，不停记录那些册间植物的名字：长叶女贞、大花卫矛、粉叶小檗、火绒草、高原露珠草、喜冬草、野鸦椿、苦葛、珍珠荚蒾。科学家在这里发现了杜鹃的新品种，就命名为"马雄杜鹃"。杜鹃开放，有大年小年之说。假设某年是小年，可能恰恰因为上个年份的"怒放"——杜鹃开得太汹涌，因而耗尽根系里储存的力气。我来的季节不对，杜鹃灌丛只剩墨色的裸枝；但我知道，花朵层出不穷的焰火正酝酿喷薄，就在不动声色的沉默里。

想到花，就想到花的媒人：蜜蜂。在曲靖的罗平旧屋基乡，我参观"一窝蜂"计划的养殖基地。我听到段子，说某人在此地有五十多块土地，有一天，突然发现其中两块土地不见了。左找右找，终于失而复得，原来斗笠和蓑衣各盖着一块土地。虽是夸张的形容，但旧屋基乡山高石头多，出门就爬坡，土地资源的确非常有限。不过，正由于地理条件的封闭，锥状山体林立，这里人迹罕至，既没有工业也没有农业，自然生态未被破坏，有的是覆盖山体的植被和花朵——更适合养蜂，比种庄稼更环保。

我记忆中的放蜂人，总是追逐着春天和花期，似乎是以最美好的方式流浪着。事实上，这种浪漫实现起来非常辛苦，养蜂人并不轻松，就像他们的蜜蜂一样勤劳得近乎疲劳———只蜜蜂每天要造访几千朵花，一个养蜂人每年要辗转数千公里。他们漂泊，睡在露天帐篷里，冷暖自知，风雨兼程；他们不断搬运沉重的蜂箱，寻找新的安置点；蜜蜂嗡嗡作响，而他们是沉默而孤独的。可我在罗平看到的，恰恰相反。养蜂，把外出的打工者吸引回来，让他们不必在异乡颠沛流离，就在家乡，就在故土，就在亲人旁边，开始安居乐业的劳动。这里出品的叫"那色土蜜"，那色是彝语里彝族人的意思；土蜜，指的是中华蜂的土蜂蜜。蜂箱不是我常见的简陋板条箱，这里的蜂箱设计精致，有斜顶和苫草，蜜蜂像是从棚户搬进别墅。蜜蜂也不必远行，花太多了，这里有简直能淹死蜜蜂的花海；它们的小翅膀轻轻振动，就能抵达那些人类难以抵达的陡峭山体，那是理想的蜜源地。它们制造的花粉和蜜滴，清热解毒，清火润燥……那种甜，安慰舌尖和心尖。

我很喜欢蜜蜂。它们在花朵上工作。它们用舞蹈的方式交流。它们的蜂巢充满建筑学的美感。它们是情商出色的社会学家。它们是佩剑的小武士，不畏死亡地为了个人荣誉与集体安危而战。它们是这个世界上伟大的媒人，每天都在缔结花朵的婚姻，让植物拥有果实的未来与新生。在曲靖罗平，蜜蜂不仅是花的媒人，也是人的。"一窝蜂"计划，采用与众不同的认养模式。认养者可享受蜂群一整年酿造的生态蜜，每年不低于12公斤的产量，包括提供现场割蜜的体验和食宿。并且，每窝蜂后面对应着养蜂的贫困户，这样认养者不仅收获蜂蜜，也帮助了蜂农，所以说"认养一窝蜂，甜蜜两家人"。蜂农疼惜蜜蜂，说蜜蜂自己舍不得吃，都留给蜂王和幼蜂；他们割蜜的时候只取一半，要给蜜蜂留下充足的食物。他们感恩蜜蜂，感恩这些甜蜜的小劳力和袖珍的小媒人。

据说：自然、成熟而优质的蜂蜜几乎不会变质。不是一年，不是两年，是几百年、几千年也不会变质。例证是1913年美国考古学家在埃及金字塔，发现了一坛距今3300多年依然没有变质的蜂蜜。这样的蜂蜜，简直像是液体的琥珀，无比稳定，经得起古老而漫长的岁月。我在曲靖，一边用荞饼沾着那色土蜜享受午后时光，一边想着那些关于蜜蜂的传奇。人们总是在习以为常中有所忽略，蜜滴的浅金色真美……或许奇迹，有时来自某种熟视无睹的光芒。

原载《人民日报》2018年8月20日

黑土地的花朵

——北安杂拾

王必胜

　　盛夏在北安，这黑河所辖的县级市，荒野广袤被气派新颖的商品房、各类规划有序的街头公园和臻于精致的小区所代替。华灯初上，进入市里，耀眼的马路霓虹灯和建筑物轮廓灯，让人感觉仿佛置身于大都市。一轮初升明月，清亮硕大，在街市明亮的灯火中，亮得那样鲜明，圆得如在眼前。这大自然夜之精灵在北国天幕中兀自气定神闲，你才觉得，这是中国北端，在高纬度的北方气候中，恍兮惚兮：这东北的一隅小城，其实也融入了喧闹的现代都市洪流中。

　　作为南方水乡人氏，记忆中，偌大的东北是黑土地的世界，旷野无疆，田畴阡陌，苍茫万顷，庄稼密实；是林莽草甸，牛马成群；是粗犷野性，博大宏阔的。然而，这些在北安只是一种想象，或者是昔日的景象。往事越千年，几经变易，北安仍保持着一份执着和固守。1911年建县，1945年成为当时的黑龙江省省会，为中国北大门的重镇。现在的城区虽不大，却应和着现代化进程的潮流，置身于此，"景中不知身为客"，北国小城尽显南方都市的繁华妖娆。

住宿在城北的凤凰城宾馆，门前有一条宽三五十米的小河，清清流水游鱼可数，一早就有人垂钓，这种随意在其他地方，即便是水乡泽国，也不多见。两旁人行道平整清洁，晨练客如织，背音箱的急走壮汉高调地踩着节奏，与两岸各类时事宣传牌，以及路灯柱上刻有的唐宋诗词，组合为斑斓的城市色调。街头的雕塑，多用鲜花组成，呈几何或动物图形，展示丰富的想象。河边几树花楸格外耀眼，似花似果，明黄间淡红，花果合体有着特殊的品相和深意，装点了小城的喜兴与火红。

沿小河溯源而上，不多远可见荷花池，又有回环往复的小小水渠流入，不知因为水的浸漫，还是本色之故，幽幽石板路，池塘边各类树干，霜皮溜雨，均为褐色。这深褐近黑的小树小路，与池中盛开的莲花形成强烈反差。继续向前，一条宽大的马路是国道，到了城市的边际，时间是早晨五点半。我看到一片开阔地，一大片有点枯黄的庄稼，是麦子，也有高粱、野草，因了大风的吹拂，往一个方向倒伏。脚下不知名的野花，高低不一，在风中摇曳，松软绵实的草丛，于我有亲近黑土地的感觉。极目远眺，只见天光微熹的东方，一抹红光在云层中时隐时现，多时不见的城市天际线，无限地延伸，不禁倦眼大开。

走过市区不多见的老景旧街，在新建筑的鳞次栉比中，一些农垦单位牌子，仍然留存。有朋友五十年前曾是这里的插队知青，在微信圈中见到北安景致，急切地询问当年他们师部、团部旧址，同行的当地朋友多是八〇后青年，只依稀说出大致的方位。

记忆也可变为财富。

这是一个旧的兵工车间，门口"庆华军工遗址博物馆"铭牌赫然。当年是庆华工具厂，被誉为"共和国枪械的摇篮"。现在，是枪械主题博物馆。展厅有一尊朱德雕像，复原了朱老总视察时与工人们的合影，像座下一排数字，表明枪支生产的总数。展览通过灯光透视效果，将各类枪支组合成不同的方阵、图案，形象生动地展示着从研发设计，到成品校准、用途及特点等内容，表明了一个时代兵器工业的特殊荣光。

展厅由两层楼的旧车间改成,一百五十多台车床、铣床等错落排开,当年生产时的景象被还原。高科技的利用,将半个世纪以来厂里为国防事业贡献的历史,完整展现。四个展厅,八十二种型号的产品,代表不同时期发挥的作用,其中冲锋枪和手枪制造产量全国最大。当年这些保密的兵器工业,壮了国防和军威,如今成为历史,辟为遗址,应和了世界和平主题的潮流。这也许是当年用过这类武器的英烈们的愿景。在荣誉室的图片中,一支五四式冲锋枪,在英俊的雷锋照片中,显得气势不凡。中国奥运会上第一块金牌得主许海峰的气手枪,以及其他运动枪械,也多出自这里。

这个枪械厂原在沈阳,始于1921年,1950年10月,有着近三十年历史的兵工厂北迁于此,这与当时的地缘战事和国防战略考虑有关。在中国的大东北,一个举足轻重的国防兵工企业,为北安大地增添了光彩的一页。而今,作为一个有特色的博物馆,为黑土地革命文化书写了精彩一章。

在北安,今夏一台特别的主题晚会——"从延安到北安",在简朴的宾馆会议室举行,却让一批走南闯北、来自全国各地的文艺家们,感到新奇又好奇。延安与北安,西北与东北,红色基因一线牵。当地县委宣传部长介绍说,抗战时期,北安是东北抗日联军第三路军的指挥中心和后方基地。抗战胜利后,延安干部队伍团来到北安创建了老黑龙江省根据地。为了纪念当年从延安到北安开辟东北革命根据地的壮举,县里组织了一台缅怀历史、传承红色文化的主题晚会,文艺节目都是业余表演,群众自创,接地气,正能量。

这是中国革命史上的重要一笔。1945年,中国的抗战进入全面反攻阶段,党中央高瞻远瞩,提出建立巩固的东北根据地决策,为解放全中国奠定基础。为实现这一战略目标,从延安、晋察冀和山东等地抽调大批干部挺进东北。1945年11月15日,受中央派遣,延安干部近两百人历时七十二天,经过八千多里的跋涉,来到北安。

这段历史的重现,成为延安和北安两个城市合作的一个契机。北安市委主要负责同志于今年在《人民日报》发表了《在"传承"上做实文章》,"北安是革命老区，红色是永不褪色的底色"。继承延安精神，挖掘北安的红色文化资源，正当其时。于是，两个有着相同红色背景的城市友好结缘，被誉为传承红色文化的佳话。

北安现存多处红色文化纪念地，展现了从延安到北安后的革命斗争成果。当年黑龙江省委、省政府旧址，记录了中国共产党领导的第一个完整的省级人民民主政权。黑龙江报社于1945年12月1日在北安成立。东北军政大学总校，前身是抗日军政大学总校，东北的工兵学校、黑龙江军区卫生学校等，都在这里成立，是解放战争和新中国建立后一些重点军事院校的人才摇篮。为军政大学培养人才，陈云、李富春、彭真、蔡畅等一大批革命家，来到这里工作并辅导学员。还有，抗联将领赵尚志领导的冰趟子战役遗址、白皮营抗联指挥部纪念地等，经过修整和充实，成了北安传承红色文化的响亮名片。

北安的母亲河叫乌裕尔河，最终流入丹顶鹤故乡扎龙自然保护区，为东北有名的无尾河。盘桓几日，我总想一睹芳容，因离住地较远，未能如愿。但是，那天巧遇一大片格桑花地，正是盛花期，色彩艳丽，仪态万方。我以为，这些黑土地上的"花仙子"，装扮了北国的夏日风采，不知花期能有多久。但我想，她的美丽、妖娆，永在人们的记忆中，因为黑土地的养分滋润，也因为红土地的精神洗礼。

原载《人民日报》2018年10月6日

昆仑山的灯光

窦孝鹏

上世纪60年代初，我是青藏高原的一名汽车兵，部队常年执行繁重的运输任务：越冰河，跨昆仑，戈壁大漠驰飞轮，拂晓5点马达响，夜半三更才宿营。茫茫青藏线上人烟稀少，陪伴我们的就是那些设在路旁的兵站。兵站一般100多公里一个，每晚我们都自带行李在兵站住宿，进餐，给汽车加油。兵站成为我们汽车兵的多半个家，一年中，我们住兵站的日子比住连队的日子多。时间一长，每个兵站的人员，甚至饭菜特点，我们都熟烂于心。如不冻泉兵站的葱爆兔子肉，当雄兵站的烧牛肉，黑河兵站的绿豆米饭，等等，都在汽车兵中叫响了。但是，最受大家欢迎的是被解放军原总后勤部授予"红旗兵站"称号的纳赤台兵站的烧豆腐。

处于昆仑山中的纳赤台兵站，常年云雾缭绕，每当夜幕降临，兵站门前的那盏大红灯笼便会被点亮，它成了我们心中的一种标志。多少次，奔波一天的汽车兵在薄暮中老远一看见那盏红灯笼发出的光亮，心中便会涌起一阵温暖和力量：啊，到家了！可以美美饱餐一顿，好好歇歇腿了。

初冬的一个下午，我开的车在半道上抛了锚，由于雪天路滑，只听"扑通"一声，车子掉进了路边的一个雪坑里。在战友的帮助下，车子被拖了上来。但有两片钢板被颠断了，水箱也颠得漏了水。副连长看了看，留下修理班长和我们车组一起修车，嘱我修好后赶到纳赤台兵站去会合，便带车队走了。

这里是可可西里无人区，我们冒着飞扬的大雪和刺骨的严寒修好车辆后，时间已到了晚上9点30分，我们几乎被冻僵了，几个人顾不得喘一口气，急忙打开车灯，开车上路。

终于，我们看见纳赤台兵站门前的那盏大红灯笼了。我一看表，已是凌晨0点40分。副驾驶员小乔嘀咕道："这么晚了，看样子我们吃不上晚饭了。"

我笑了笑说："放心吧，炊事班的老班长是不会让咱们挨饿的。"

果然，听见我们车子的响动，红灯笼下的餐厅棉门帘一掀，走出一个人来，正是兵站炊事班的老班长徐宏武。

徐班长热情地把我们迎进餐厅，每人先送上一碗温开水。我歉意地说："老班长，让你久等了！"他一瞪眼："废话！你们最后一台车不到站，我能封炉关灶吗！"

原来，每晚不论多少车队住站，老班长都要找带队干部了解途中有无抛锚车辆，哪怕只有一台车未到站，他也要备好饭菜一直等着，这已是他的铁规。

不一会儿，一盆高压锅蒸的米饭和面条、一盘肉末烧豆腐、一盘肉丝炒豆芽便送上了餐桌。这地方气压低，没有高压锅，米饭面条都煮不熟。老班长嘟囔道："我向你们连长打听了，你们3人中有两个四川人，一个陕西人，所以准备了米饭和面条，慢慢吃，别烫着。"

小乔眨眨眼说："老班长，你的话太烫人了！"至此，我们身上的寒气和疲劳一扫而光，便狼吞虎咽地吃起来。

徐班长是闻名青藏线的老模范，老高原都知道他是1951年入伍的陕北汉子，是跟着青藏公路之父慕生忠将军进藏的老军人，他说自己这一辈子已离不开青藏线了，后来就索性转业到兵站当了炊事班长。

当时，由于气候原因，兵站沿线都不能种菜，兵站吃的菜大都从兰州买来，长途运输浪费很大，冬天路上冻掉一半，夏天路上烂掉一半，吃到大家嘴里的普通菜也成了高价钱。

　　还有，上级发的许多黄豆，他只能靠着锅台边的热气给大家泡豆芽吃，他想做豆腐，给大家改善伙食，一方面缺乏工具和设备，另一方面技术上也不入门，这让他很伤脑筋。

　　老班长已有好几年没有回家探亲了，那年，他趁着汽车兵搞冬训、兵站接待任务不多的空儿，千里迢迢回了趟老家。到家后，他一头钻进了镇上一个豆腐坊，去拜师学艺做豆腐。经过10天的跟班劳动，他把做豆腐、豆腐脑、豆腐干和豆浆的技术学到了手；接着又到县城一家食品厂去学做面包、蛋糕以及凉粉，腌小菜的手艺。他态度诚恳，老师傅毫不保留地把技术传给了他。

　　一个月的假期快到了，归队前老婆给他准备了许多土特产。但他每样只拿了一点点，因为他有许多"宝贝"要带。这些"宝贝"是一盘磨豆腐的小石磨，还有两把钢口很好的菜刀和一块磨刀石，都是当时高原买不到的。

　　临走的时候老婆和儿子把他送到了汽车站，他一路上倒了两次火车3次汽车，才把这些"宝贝"带回了兵站，开始试验做豆腐。磨豆腐要有牲口，这里虽然耗牛不少，但却不会拉磨，于是，他们只好用人推。在海拔4000米的雪山上，氧气"定量"供应，空手走路尚感吃力，人推着石磨转圈一个个累得头昏眼花，心里像塞了一团棉花，憋得喘不过气来。推着推着，眼一黑，腿一软，摔倒了。没关系，换两个人再来。好不容易做出了第一锅豆腐，放在嘴里一尝，哎呀，又苦又涩，难以下咽。问题出在哪儿呢？他们坐下来开"诸葛亮会"，是不是从山上采来的石膏不纯？于是他们把点豆腐的石膏用火烧过后研碎，再用面箩筛过一遍，使它又白又细，然后再次试验。这次虽比上次有进步，但仍谈不上好吃。突然有人提醒了一句：是不是水质有问题！是呀，这里的水质太硬，平时喝在嘴里就有股苦味，对做豆腐肯定有影响。于是，他们又反复试验，把做豆腐的水提前烧开，使水碱沉淀下去，再用清水煮豆浆，果然，做出的豆腐又嫩又香。以后，他们用上了昆仑泉水，这问题才得到了圆满解决。于是，过往人员的餐桌上又多了一道豆腐菜。

但靠人推磨磨豆腐终不是长久之计。后来老班长一心为大家服务的精神，感动了汽车部队修理连的一位电工技师，技师给他制作了一个带发电机的电动石磨，才圆了老班长让住站人员都能吃上豆腐的心愿。

老班长不但做出了豆腐、豆腐脑和豆浆，还用新学到的手艺做出了面包、糕点、凉粉，腌制出了各种口味的小菜……兵站的伙食品种丰富了，质量提高了，名声也一下在青藏线上传开了。

吃完饭，我一抬头，在红灯笼的照耀下，我看见墙上贴着住站部队送给兵站的一封表扬信，上书10个大字："风雪几千里，此地最难忘"。

第二天天不亮，我们就起床吃饭准备出发，吃上了老班长做的豆腐脑、包子和馒头。上路前，我把写好的表扬信贴在了餐厅的门上，上面是14个大字："双手巧做百样饭，红灯照暖万人心"。

我们鸣着喇叭表示感谢，出发上路。走出很远很远了，我回头一看，兵站门前那盏大红灯笼于薄明中仍在闪闪发光。

啊，昆仑山的灯光，照着一批批汽车兵，给我们无尽的温暖和力量，直至今天，直到永远。

原载《解放军报》2018年3月30日

胡耀邦三请黄克诚

王子君

1977年11月25日，黄克诚被任命为中央军委顾问。经历了18年的磨难后，黄克诚在军队又有了职务。随后，黄克诚的家搬到了南池子一个老旧的四合院。

黄克诚这时身体状况已经很差，而且他的一只眼睛已经失明，另一只也只能看到一点微光，日常看报纸处理文件全靠秘书念给他听。党中央和中央军委对他这个顾问没有提出具体的工作任务。但18年失去工作机会的黄克诚很珍视中央的这个安排，立即对军队工作"顾问"起来。经过一番深入思考与梳理，他就军队建设问题提出了多条建议，希望军队能尽快从浩劫中恢复过来，从自身抓起，引领社会新的正气。

就在黄克诚专注于"顾问"之际，胡耀邦来到南池子拜访他。胡耀邦当时是中组部部长，他登门一定是有关工作的事。

胡耀邦是代表中共中央政治局常委会来给黄克诚通气的。现在党风问题严重，中央在研究一批老同志的工作安排问题时，考虑到黄克诚对党忠诚、刚正廉洁、铁面无私的品格，认为他在中央纪委任职最适合，决定让他担任中央纪委常务书记，请他做好到中央纪委工作的思想准备。

黄克诚深感意外。现在军队的问题也很多，但他对军队熟悉，还真能"顾问"些事情，能做一些有用的工作。抓党风是一件头等大事，自己身体状况欠佳，任中央纪委常务书记，怕占了位置做不了事。他果断地拒绝了，建议让年轻些的同志干。

胡耀邦倒是安慰他不要急着回答，先考虑考虑。有什么要求尽可以提出来，有啥顾虑他也会如实向常委会反映，想办法解决。

几天后，胡耀邦第二次登门，请黄克诚答复中央。他谈起了最近老干部平反的情况。平反工作主要靠中央纪委来抓，所以当务之急是要恢复中央纪委，组建中央纪委领导班子已迫在眉睫。

黄克诚再次推拒，理由还是强调身体状况。

胡耀邦已经考虑到黄克诚的身体状况，提出解决他后顾之忧的办法：他可以不用去办公室，不坐班，再给他配一两个秘书，一两个不行三个，负责协助处理事务性工作和文件。

黄克诚一听更是直摇头。常务常务，就是要常常管理事务。不去办公室怎么主持工作？配那么多秘书，不就是工作不方便引起的吗？

胡耀邦又一次无功而返。

很快，胡耀邦第三次登门，请黄克诚就出任中央纪委常务书记一事下决心。

黄克诚颇为感动。现在是组织部门最忙碌的时期，胡耀邦身为中央组织部部长，竟为自己的任职问题连续三次登门，何等重视自己！他思来想去，觉得还是不能答应，便再一次拒绝了胡耀邦，恳切建议多起用年轻人，认为这样更有利于党的事业。

胡耀邦没有灰心，临走前，又请黄克诚不要犹豫，尽早回复中央。

黄克诚决定去向陈云请辞职务。中央明确陈云担任中央纪委书记，让他协助陈云工作。

陈云坚决不同意黄克诚请辞。黄克诚便自嘲道：我现在上看不见天，下看不见地，中间看不见人。一个瞎子怎么工作？

陈云拉着黄克诚坐下，谈起了中央工作。党风关乎我们党的生死存亡，党和国家在如此重要的历史转折关头，我们这些老同志有责任出来挑重担。中央纪委最重要的工作就是抓党风，现在党风这个样子，我们能安心待在家里，安度余年吗？

陈云的劝告彻底打消了黄克诚请辞的念头！

黄克诚抓过拐杖用力戳着站起身，毅然决然表示，他服从组织决定！他要和陈云再拼一下，"把这把老骨头拼碎了无妨！"

来找陈云前黄克诚是打定主意了的，无论陈云如何劝说，他也要不为所动，可结果还是被党风问题撼动了心志。党风关系到党的生死存亡，在这历史的转折关头，他没办法当一个旁观者，他要当一个参与者、领导者！

1978年12月18日至22日，党的十一届三中全会隆重召开。在这次全会上，黄克诚被增补为中央委员。会议选举产生了由100人组成的中央纪律检查委员会，陈云为第一书记，邓颖超为第二书记，胡耀邦为第三书记，黄克诚为常务书记。会议结束的第二天，黄克诚走马上任。虽然中央规定他可以不去办公室，可他单位家里两头办公，抓党风，为健全党的纪律检查系统、加强纪检队伍建设忙得不亦乐乎，做了大量工作。

在抓平反工作的时候，用黄克诚的名字确实管用。有一个工作人员找黄克诚诉苦说："有个干部拿到平反决定就是不签名，讲条件，要待遇，我们没办法。"黄克诚说："你把他的平反决定拿来给我。"黄克诚有个狮子头印章，是战争年代下作战命令用的。黄克诚在那份平反决定上盖上狮子头印章后对工作人员说："你再去找他。"那位干部看到工作人员又来找他时，正要张口训人，但当他看到平反决定上有黄克诚的大印，马上就签字了。黄克诚复出后，自己尚未平反，却不顾身体羸弱，依然为党为民鞠躬尽瘁，死而后已。

从此家乡是故乡

红　孩

　　自幼出生在北京，上学工作一直在北京，或者说，大部分时间都在北京的朝阳区。我对家乡和故乡这两个词近乎是同一的认识。而对于身在异乡的人来说，家乡故乡是有一定的时间和空间距离的。所谓家乡，前提必须是有家，有亲人在；而故乡，更多的是没有了家，甚至没有了家人的存在。所以，有人把故乡称作埋葬自己父母先人的地方。

　　近日，看诗人刘向东写他父亲刘章的一篇文章。刘章先生是老一代乡土诗人，原籍河北省承德市兴隆县，他出生成长的村子叫上庄，后因村里出了刘章、刘向东和刘福君一家三个诗人而改名诗上庄。据刘向东说，他们父子两代诗人共写出八千多首诗。其中有一半以上写的是家乡。一九七九年，省里调刘章从上庄来到石家庄，虽然两地都带有一个庄字，但人生际遇却由此转折。就是说，刘章一家人从此就要从农民变成大城市的城里人，这对于一个世代农民的家庭来说，不啻于是换了人间。然而，在搬家途中，刘章感慨之余，突然停了下来，写了一首《乔迁过罗文峪口口占》："喜庆乔迁又自伤，辞亲路似九回肠。罗文峪口停车望，从此家乡是故乡。"看到此，联想到自己的当下心情，泪水模糊了我的双眼。

我现在居住的地方位于北京西坝河，三环路边上，距我父母居住的东郊双桥农场有二十公里，如果开车，也就三四十分钟。就是这不长的距离，在乡邻看来，我俨然成了城里人。屈指算来，我从一九九二年离开农场到城里工作已经二十六年，父母在的时候，只要不出差，我几乎每星期都要回家看看。赶上放假，我还要住上两三天。每次离开家，母亲总会说，下次早点回来啊。特别是春节，母亲一般都会提前打电话，催我尽早回来，说该到亲戚朋友家走动走动了。母亲说的所谓走动走动，就是买些年货礼品到亲戚朋友家串门。这样的习俗在北京由来已久，印象中在七八十年代以前还很少，自改革开放日子富裕以后，人们突然之间注意起亲情友情来。我父亲曾经对我说，过去生活条件不好时，穷得都不敢走亲戚。记得上世纪七十年代有一年他到十几里远的胡家垡村去赶庙会，在人群中冷不丁看到他的小姨，那老人家小脚，已经六十多岁，在儿女的搀扶下出来看热闹。当父亲的目光与小姨相触的那一瞬间，父亲红着脸怯怯地叫了一声小姨，然后挤进了人群。这时，表弟追上他，非要叫他去家里吃饭。父亲想尽托词也要走，父亲说，他当时兜里只有几毛钱，想来已经十几年没有到过小姨家，作为晚辈就这么空手到小姨家吃饭，实在难为情。

　　那事情过去两年后，又逢春节，在农场组织部门工作的表哥一天到家里约我父亲次日到他家吃饭。这也是传统，在村里，和父亲年龄相仿的一些在村里及在外面当个一官半职的人每年春节都要相聚，大家见面彼此叙说一下这一年来的各自感受。父亲是村支书，辈分又高，自然更受尊重。这次春节聚会，表哥把单位一个新同事也叫了过来，这个同事是部队转业干部。席间，父亲和这个转业干部闲聊，当问他是哪里人时，转业干部说他是通县胡家垡村人。父亲听后一惊，说你认识康某某吗？转业干部说，那是我大哥。转业干部的话让父亲惊呆了，他一下拉住那人的手，不由得叫了一声：兄弟，我是你表哥啊！转业干部更是一惊，他颤抖地说：您是……父亲双手紧紧地拉住转业干部的手说：你是老三，小时候你和你妈到我家来过，二十多年了，再也没见过面。表叔说：是的，我十六岁就出去当兵了，一晃二十年，真是少小离家老大回啊！

父亲和表叔相认后，不仅我们两家开始频繁走动，后来父亲年节也常到胡家垡村去看他的小姨和表兄弟们。我知道，在通州的胡家垡村住着父亲的小姨我的姨奶奶。另外，与胡家垡村相邻的口子村，不仅是我妈的娘家，也是我奶奶的娘家。就是说，我的姥姥和我父亲的姥姥都是口子村的娘家。从那以后，我才知道我父母的婚姻是由他们双方老人撮合成的。我们所在的农场，在一九五八年前曾经归通县管辖，我们这里有一条萧太后河，流经口子、胡家垡村，最后在张家湾汇入大运河。因此，我说我是大运河子孙，是不为过的。

二○一七年十月，应朝阳区文联邀请，为配合北京市和朝阳区政府对萧太后河的治理改造，我为其创作了话剧剧本《白鹭归来》。在准备阶段，我翻阅了大量有关萧太后河的资料，也亲自到萧太后河生态公园实地采访了几次，跟很多乡亲们进行了座谈。特别是与我父亲同期的许多干部以及和我相熟的过去同事进行交流后，使我对家乡油然地亲切起来，仿佛有很多题材要写。多年的创作经验告诉我，这是生活的热流在开始涌动。

二○一七年十二月，当我把剧本杀青的时候，我在电脑前还是忍不住哭了。因为，在九年前的十二月十四日，我父亲离开了我们。而在二○一七年的四月一日，母亲也离开了我们。要知道，我的这个剧本它是献给我家乡的父老乡亲的，这其中也自然包含着我的父母和亲人。本来，在二○一八年春节这台话剧就要公演，因为各种原因，要推迟到春节后彩排。但作为一个写作者，我百感交集，我多想让父母能跟我一起分享剧中人物的悲欢离合啊！

父母在的时候，我们家正赶上拆迁，看着父母省吃俭用为我们建造起的四合院被推土机推倒，我知道作为曾经的乡土的家再也没有了。搬到楼房后，父母虽然居住了几年先后离去，产权证上署着我的名字，可对我来说这家永远都是我父母的家！如今，即使母亲也不在了，偶尔回家办事，我也喜欢跟同事朋友说，明天我要回我妈家。

写到此，眼泪打湿了我的眼睛。我真正懂得了刘章诗中所写的"从此家乡是故乡"了。

二○一八年的春节，注定是我人生的苦痛日子。亲爱的人啊，父母在，请一定要珍惜！

原载《中国文化报》2018年2月13日

慢慢长大

侯健飞

一

2013年，在我眼里还是孩子的侯恕人，考取了罗马美术学院绘画系研究生，即使如此，我还没有意识到，孩子已经成年，我就是这样一个不怎么成熟的父亲。

恕人是我的独子，从小酷爱画画。从小学到大学，他始终与画笔和色彩相伴。其实，对这个孩子的画画人生，我是持怀疑态度的，为什么会这样，直到今日，我都没有找到确切的答案。

远在罗马的恕人，如果将来读到这段文字，他是否能理解我的意思，还要看他的悟性和造化。因为，就在眼下，他的人生观、价值观和世界观是否确立？假使他自以为确立了三观，那么，之后会不会动摇？一句话，我怀疑的理由是：艺术道路极其艰难，如果不是天才，勇往直前的精神和刻苦拼搏的毅力才是实现理想的唯一途径，即使具备这种精神和毅力，艺无止境这条真理又横亘在那里，真理有时是一座巍峨的山，有时又是水中月、镜中花，理解这一点，不仅靠绘画技术的高超，而是通过大量的经典阅读、丰厚的学养储备、身

183

体力行的艰难探索和向世俗生活学习的诚意。

早些年，就因为我这种怀疑态度，倒成了少年恕人不断前进的原动力，能以优异的专业成绩，考取罗马美院绘画系，也说明他画得其实已经不错。后来听说，这个来自中国的亚裔学生，现在很受导师朱塞佩·莫迪卡的重视。然而，这一切只是听说，我们远隔重洋，罗马于我来说很陌生，那是梦一般的城市。

二

2013年9月16日，我和恕人母亲送他到首都机场，因为行李超重几斤，恕人蹲在地上，一边往外挑拣物品，一边用一条搭在脖子上的毛巾擦汗。

机场大厅有空调，温度并不高，但恕人的汗水怎么也止不住。

我一言不发，一如既往地很生气，冷眼看着手忙脚乱的孩子和一声不吭的母亲。恕人和他母亲都清楚我心里在想什么。

面对旁边来来往往的旅人，我终于忍不住低声质问："行李不是在家称好的吗，怎么还超重？"

"我也不知道，可能……可能称错了……"

恕人的一滴汗在明亮的地板上摔得粉碎。

这样的场景，其实是我们一家三口的生活常态。儿子在我眼里，不顺眼的事情一个接一个，一环套一环，我要么高声"教育"，要么用冷眼旁观。他母亲一言不发，一边干家务，一边用两只耳朵，交替着听这边的动静，恕人则手忙脚乱地改正他的"错误"。

恕人微胖，无论冬夏，好像永远有擦不完的汗，这也让我多有微词。我清楚地记得，孩子在五六年级时，数学已很吃力，为了给他提神，他母亲偷偷给他喝一种合成果汁，是那种廉价的黄色液体。那时我家生活窘困，饮料属于奢侈品。不到一年，原本清瘦秀气的孩子，忽然胖了起来，我认为，这是他母亲溺爱的后果之一。

此时，他母亲和我并肩站着，继续看着恕人单膝跪地，一边擦汗一边整理行李。与我面露愠色不同，他母亲的表情很平静，这是她多年一贯的表情。她一动不动地站着，看着脚下的孩子一边擦汗一边分拣东西。她知道，此时她不能来帮助孩子，这是恕人的宿命，也是她的宿命。在我这样教条的父亲面前，孩子从小独立自主是铁律，是永远不生锈的铁律。

"自己的事情自己干好，自己摔倒自己爬起来。"恕人耳边常常有这种严厉的声音回响。从两三岁起，我就不再允许他母亲抱他走路。当时驻地在北京门头沟山里。有一次，从动物园参观回来，下了公共汽车，离家尚有三四公里。恕人实在走累了，我们停下，让他坐下来歇歇，几分钟后，起来继续走；他跌倒了一次，手掌和膝盖磕破了，但他一声不吭，飞快地爬起来。他知道是自己跌倒的，得自己爬起来。那次，他眼里可能噙着泪水，但却快步跟上我们。之前，他母亲曾为类似事情与我争论，大吵，流泪，但没有用，这样只会让我变本加厉。

行李终于过关了，离起飞的时间还很充裕，但恕人母亲却对他说："你进去等吧，你爸我们回去了。"

恕人点点头，虚虚地看我一眼说："那我进去啦，你们回去吧，不用担心我。"

在他母亲转身要走时，我说："把你的手巾收起来，跟个民工似的，你现在是走出国门。"

恕人赶紧放下提包，蹲下，把攥在手里的湿毛巾胡乱塞进包里。

当恕人转身向安检门走去时，他母亲已经走出候机楼大门。母子俩一个朝南，一个朝北，反向而行，我迟疑着站在中间。当孩子消失在安检门的人流里时，我突然产生一个疑问："这孩子真的考上罗马美术学院了吗？"

后来我想起来了，去机场前，是我带着恕人的行李，到单位食堂的地磅称重的。军事单位的食堂，近年来社会化经营了，这个地磅出点儿问题，应该不难理解。

三

侯恕人出生在比塞北更北的木兰围场县。战乱年代，那里是我父亲兄弟五人最终落脚的地方，这是块神奇的土地，既是辽阔的草原，也是一望无垠的林海。塞罕坝是当地的小地名儿，什么是坝？汪曾祺先生解释说，那是蒙古语今译，就是美丽的高岭；围场，就是清朝皇家开辟的狩猎场。如今，当地民众温饱问题解决了，自然环境好了起来，已经成为中外游人争相去看的旅游胜地。2017年，塞罕坝林场荣获联合国环保组织最高荣誉——"地球卫士奖"，这让围场县一夜成名，但诚实说，尽管那里风光无限，却挡不住文化苍白的底色。

五十年前，我也出生在那里。贫穷伴随我度过五味杂陈的童年。家父对我说，他这一代人改变不了这里的贫穷，我这一代人，如果想改变贫穷，只能先改变自己。怎样改变呢？家父说，只有好好念书，然后考学出山。遗憾的是，我天生读不好书，四五年级还能听懂算术课，中学的数学、物理、化学诸科，我总是颠三倒四，云里雾里。

我上中学时，课程表里有美术课一项，却始终没有见过一本美术教材，幸好，我能从每年揭的几张年画中，汲取关于美的养分。

某年初冬，学校出现一位穿筒裤、梳着长辫子、身材苗条、嘴唇红润濡湿的少女，同学们说，这是刚分配来校的美术老师。

从那天起，我盼望着能上一堂美术课。结果，这位让我不敢正眼瞧看的老师，在一个多月后不见了。据说，她受不了这里天天刮起的白毛风，调回了县城。

可以想见我多么伤心。从那天起，我竟无师自通地开始画画。我最愿意画马，那时家家都有马，与牛羊猪狗等家畜相比，马的干净和雄健深深吸引我，马的味道也吸引我。我画画是秘密的，从来不给任何人看，只属于我自己，家人和学校都不知道。不幸的是，由于数理化成绩太差，加上家境贫寒，我在初中三年级不得不告别这所学校。

我在另一所中学又读了一年，成绩反而更糟，只好辍学。好逸恶劳的我，既不想耕田，又不想放牧，只好离开出生的村庄，到邻村或邻县走街串巷，给农家和牧民的玻璃、箱箱柜柜上画画。

二十世纪七八十年代，在中国北方，不知谁发明了油漆画，就是用汽油调和各色油漆，在柜面或窗玻璃上画芍药花、喇叭花或者展翅飞翔的富贵鸟。那个时期的北方乡村，如果空气中弥漫着一股浓烈的油漆味儿，不一定来了木匠，你可能会看到一两个油头粉面的少年，在村庄里四处游荡。

我是这群少年中的一个。那时我最得意的作品是五朵盛开的芍药，取名《花开富贵》；另一幅作品是《喜鹊登梅》——我家有一对很小的红漆对匣，匣面对称画着这个图案。这是母亲的嫁妆。新中国成立前，外公是当地最有名望的地主，母亲和姨妈们出嫁，都有这样很讲究的嫁妆。这对对匣伴随我整个青少年时期，每个寂寞的夜晚，在昏黄的灯光下，我常常看着《喜鹊登梅》和年画上的杨家将入睡。然而，生活往往有另外的解读，听起来看起来很美好的事物，其实更有其艰难曲折的一面。一个在乡村画玻璃画柜子的少年，其实就是耍手艺讨饭吃的少年，遭人白眼和凌辱是常有的事情。

我有两年乡村作画的经历。两年来，我在河北承德、辽宁锦州、内蒙古多伦一带游走，虽然换来了温饱，靠手艺穿上了腈纶背心和秋裤，但也积攒了足够的委屈和愤懑。之后老天眷顾，我成为一名战士，彻底告别了那块美丽而贫瘠的土地……

四

恕人动笔画画，比我早很多年，大约始于三岁。当时，他母亲还不太知道我小时候的历史，对于孩子涂鸦的兴趣，显得惊讶又兴奋。

令他母亲震惊的是，有一天，恕人在幼儿园画了一只趴卧的母鸡，母鸡身旁依次排列了四枚鸡蛋。简单的构图，流畅的笔触，母鸡骄傲的神态活灵活现。他母亲后来回忆说，一岁多的时候，姥姥家的母鸡在窝里下蛋，恕人就蹲在鸡窝外静静地等，静静地看，有时一等就等十几分钟，母鸡下完蛋，咯嗒一声，恕人吓得落荒而逃。

恕人一岁半离开故乡小镇，其间一直没有回去过，两年后却在都市画了这样一幅母鸡下蛋图。

此时，我和恕人母亲已经在城市有了比较安定的生活。我们越发深信，不论是城市还是乡村，孩子要想将来有出息，必须读好书，读书的前提是识字、写字、背唐诗宋词，然后学好数理化。但恕人这孩子却不仅算术不行，还把写字背诗视作畏途，实在逼急了才动笔，却常常把汉字写得长长短短，七扭八歪，像一幅幅画。

此时，我的情绪常常失控，完全忘记了自己童年的习性，更无法容忍不会算术和背不会唐诗的孩子。据恕人母亲说，孩子挨打从此开始。直到上小学，恕人对读书也没有多大兴趣。我开始怀疑他母亲所说的抓周之说。

因为工作性质特殊，孩子降生时我不在身边，孩子一周岁时，我也不在身边。他母亲按当地习俗，在孩子周岁那天，摆了各式各样的物件让孩子抓，结果他单单抓了离他最远的一本书，是溥仪先生的《我的前半生》。当他母亲写信告诉我这件事儿时，我还挺高兴，他不抓金不抓银，不抓玩具，却抓了本书！

谁想到，他竟是个如此不爱读书的孩子。

"你不是哄我高兴，才编了抓周的故事吧？"某晚我终于问出口。他母亲异常疑惑，睁大眼睛问："怎么了？"

上了小学，因为成绩不好，还撒谎，恕人一如既往地被我教训。他母亲一次次落泪，但面对孩子糟糕透顶的成绩和一个接一个的谎话，又似乎没有理由阻拦我的管教。从此，我有家暴倾向的故事在大院不断传播。其实，我哪有傅雷先生那样的学养加棍棒教育法。那个时期，我正挣扎在生活的又一个低谷：人生理想被嘲笑，文学特长被忽视，领导不喜欢，老婆没工作，自己还虚荣，我已经接近精神分裂的边缘。

有一天，小学班主任让另一位学生家长传话，请我第二天去学校。到校后我才知道，昨天恕人把老师请家长的字条扔进了学校大门口垃圾桶。可以想见，以我当年的修为和脾气，恕人如何能逃过一劫。现在回想，那时一家三口，过的是多么暗无天日的生活。怒火退去，某日，他母亲趁我高兴，怯怯地对我说："给孩子报个书法绘画班行吗？我听说，孩子有艺术特长，中考可以加分。"我想了两天，默许了。

坦白说，我丝毫没有希望孩子将来从事艺术工作的想法，我甚至完全忘掉了自己小时候，偷偷画马时的快乐。现在我想，他母亲当时也没有这种意识，作为一个几乎天天以泪洗面的母亲，她或许只想，利用早晚时间和休息日，让孩子脱离我的视线，学成什么也不重要，少挨训斥和少受皮肉之苦才是当务之急。

就这样，恕人在三年级时，在北京西城区某小学报了书法绘画班。四年级时，我们搬了一次家，离这所小学远了，他母亲又在西城区少年宫给孩子报了名，这回减掉了书法课，跟随一位祝姓的老师学画。

在我眼里，祝老师稍显年长，他性情温和，举止悠然，因为长得很像演员葛优，所以让我印象深刻。应该承认，恕人画画的进步，正是这位祝老师悉心指导的结果。从四年级到快初中毕业，差不多六七年的光景，无论功课成绩如何，恕人学画却风雨无阻。

终于有一天，我把恕人一张人物写生撕得粉碎，还愤怒地摔在地上。我下令，从此再不要让我看到他的画。被愤怒和屈辱充满的父亲，突然觉得，恕人、他母亲和那个祝姓老师，合谋设计了一个长达数年的谎言：他们各求所需——母亲因为无知；儿子为了逃避；老师为了挣钱。

不久，发生了一件事，这让我找到了解决问题的办法。

那年暑期，祝老师挑选了四五个孩子到北戴河写生。几天后回京时，一个和恕人同龄的石姓男孩儿的门牙不见了。

原来，祝老师和孩子们课后租单车游玩，石同学技不如人，单车从高坡飞速而下，一个石子颠翻了自行车，石同学眨眼间拱跪在地，再爬起来，两颗刚长齐整没两年的门牙不见了，满脸鲜血。

我记得，恕人母亲刚和我谈这个事儿时，竟忍俊不禁，乐得前仰后合，我却勃然大怒，以老师太过随意，不能保证孩子安全为由，立即中断了恕人少年宫学画的历程。

五

沾部队子弟的光，恕人才能够上北京八一中学。八一中学是一所很好的学校，可恕人的理科成绩让班主任老师忍无可忍。一次次请家长，又一次次请家长。无论冬夏，只要是上学的日子，我和他母亲时刻准备着被班主任训斥，这种折磨常常让我羞愧难当。

离中考还有不到半年的时间，恕人的成绩已经在班里倒数几名。

班主任把他母亲找去，说，为了不拉全班中考后腿，建议我们接受现实，请孩子放弃中考并转学到其他学校。当我知道这个事情时，近乎气死，我没有考虑老师这样做是否欠妥，是否合法，而是坚定地对他母亲说：如果让我多活几天，我再也不想见到这个孩子。

可能意识到恕人和我都到了崩溃的边缘，当晚，他母亲决定把恕人送到他小姨家。

恕人没有反抗，他和母亲说，想在家再住一夜。他一晚上躲在自己的小屋里没有出来，他母亲在客厅里坐了一夜。

以后整整三个多月，我们父子俩没有见过一面。

某天，恕人母亲开始整理孩子从小到大的习作。除了近年祝老师布置的作业，恕人早年的随意涂鸦和野外写生数量很大。这些画千奇百怪，有铅笔画、彩笔画、毛笔画、水粉画、焦墨画、油棒画。这些画作画在各式各样、大小不一的纸上，有白纸、草纸、报纸，但更多是画在A4打印纸的背面——我是一个文学编辑，这是我编辑后的废校稿，这从一个侧面，说明我们经济一直很拮据。

她母亲整理了大半天，看到某个时期的某张涂鸦，就会默默落泪，回想她儿子当时画画的情景，一遍又一遍看，又一遍又一遍地落泪……她后来告诉我，孩子的画，哪怕画一两根线条，几个圆圈，或像一团乱麻似的东西，她也没有丢掉一张。如今，这批"作品"被装在一个特大号纸箱中，就安放在我们床下，这个纸箱一个人是搬不动的。

六

可想而知，这样成绩的中学生，是考不上理想高中的，我甚至做好了恕人辍学的心理准备。

中考结束不久，我出差外地，其间接到恕人母亲的电话，说恕人被北京崇文区（现属东城区）第109中学特招录取。

这时我还不知道，这是一所美术特长学校；也不知道，恕人偷偷报考该校的任何细节，或者说，在我的计划和愿望里，根本没有专学美术这个概念，但事已至此，一切只有顺其自然了。

美术高中三年，由于文化课标准降低了，学校不再请家长，家庭战争就少了。心灰意冷之下，我要求恕人，既然要学画，从开学那天，每天至少画三幅速写交给我。

这不像要求学生学有长进，倒像对一个做错事的孩子的身体惩罚。对这个要求，恕人基本做到了。从城北三环，到城南崇文门，一往一返，恕人每天坐两三个小时地铁。两年来，恕人画了大量地铁人物速写。很显然，那时的恕人，认为自己的画是全班最好的，于是，常常把满分画贴到卧室里，贴得满墙都是。

离高考只差半年多。有一天问恕人，准备考哪所院校？

他回答："当然是中央美院油画系。"

我吓了一跳，好大的口气！

"要是考不上呢？"我又问。

"那就四川美院油画系。"恕人志在必得，回答得毫不含糊。

这时我才意识到，这个孩子，一生注定要与绘画结缘了。于是，我挑拣出几幅自认为好的速写、素描和色彩，带着恕人，去请教亦师亦友的国画大家袁武先生。

袁先生与我相熟，却从来不知道我有个想学画的儿子；袁先生更不清楚，这个孩子对画画的用心。在看完所有画作后，袁先生直言相告：这个水平，考一般艺术类院校美术设计专业可能性有，但考造型、考进八大美院很困难。

我说，孩子想考中央美术学院油画系。袁先生听后，看看我，又看看孩子，突然不知该说什么。停顿一下，袁先生问恕人："你有默画吗？"

我赶紧到车里取来两幅头像默画，袁先生认真看后说，要真有志造型学习，从这两幅默画看，基础还行，但得离开学校，到外办的美术考前班突击学习。

不知始于哪年，北京望京、通州一带，美术考前班如雨后春笋一样冒出来，但画室名头有大有小，办学资质、教师能力也高高低低。到底去哪家学呢？袁先生说，好像某某美术室名头很大，该美术室因为目标直指中央美院，而且中考率较高。

我和恕人按图索骥，很快就找到地处望京的某某画室。画室说，进这个画室学习要先考试，合格才能招收。恕人自信满满，结果一试不中。画室老师说，这种水平的学生，每年数以万计，即使接收进来，也不可能有短期突破，应届考上专业美院，几乎不可能。

这个打击对恕人是致命的。回到家，连饭也吃不下，一遍遍翻看画室赠送的两册自印的考前学生的习作。那种痛苦的样子，让我突然想到自己当年考学无望的心情。

第二天是周末，没和家人说，我独自一人去求见这个画室的主人。当年此君声名远播，比国画大师还风光，求见不易。在我再三请求下，主人在画室接待了我。

我像恕人母亲那样，满怀激情地陈述了孩子的绘画之路，主人耐心听了几分钟，又看了一眼我的满头白发，突然打断我说："这样吧，再让孩子下周来考一次，我们这个画室，要求升学率，学费也贵，但我要的就是基础扎实的学生，要是实在不行，请你理解……"

考试那天，我平生第一次为恕人的学习请了假。上午素描，下午色彩。我在画室外的车里，整整等了一天。太阳西下时，恕人红着眼睛走出来，走路有点摇晃，人疲惫得几乎摔倒。

"好像……还是不行。"说完这句话，恕人的两行泪水哗地流下来。

我的心也狠狠地疼了一下。回到家，再看墙上的人物素描习作，与画室里考前学生的画一比，一个个真跟小鬼儿似的。

两天后，在网上搜索到一个看似与中央美院相关的画室，不用考试就可入学。恕人冒着被109中学除名的危险，请病假离校，到这个画室学画。差不多四个月，恕人的画一天一个样子，他是如何做到的，直到今天我都还没问他。

七

2009年春天，恕人开始天南海北地参加全国统一艺考。中国几所知名美院，他报考了六所，每所院校只报一个志愿：油画。

同年7月，恕人幸运地被中央民族大学美术学院录取，专业：油画。

2009年9月18日，是民大开学第一天，我和他母亲去送恕人报到。

在恕人大一第一个学期接近尾声时，又发生了一件事。有一天，班主任老师打电话给我，说恕人整个学期都没有进入学习状态，整天在电脑上看电影。

"如果这样下去，四年大学，他什么也学不到。"老师很负责地提醒我。

我打电话给恕人，请他回家，带着电脑。

他母亲那天上晚班，恰巧恕人表哥来。我原打算等他母亲下班回来一起和他谈，结果晚饭后，他说学校晚上还有事，要回校。

一股无名火直蹿上来。

我说："你可以走，但把你的电脑留下。"

他愣了一下问："为什么？"

我说："为什么你不知道吗？你上大学是学画画，整天看电影还问为什么？！"

他明白了，突然挎起电脑包，大声对我说："我就要带走，你，你，你一辈子才给我买这一个电脑，这么多年，为什么别人有的，我却一样都没有……"

我冲上去，使劲向他抡起右臂，他用左手一把握住我的右手腕；我又抡起左臂，他用右手迅速握住我的左手腕。

父子俩就这样纠缠在一起。

我很瘦，两个手腕像被折断般疼痛。恕人表哥试图把我们分开，却没有成功。这样僵持了几分钟，我已经喘不上气来。

这时，恕人20岁的表哥突然哭了，他一下子跪到地上，他抱着表弟的腿，喊着表弟的名字，求表弟放开他父亲的手。

不知过了多久，恕人听从了表哥的哀求，松开了手。当他转身走向门口时，我一字一句地说："如果，如果你背走电脑，我，就从这里跳下去！"

我家住四楼，一扇窗子打开着，外面是繁华的夜市。恕人在门口迟疑了一下，他表哥顺势抢下他肩上的电脑包……

我不知道，恕人是从哪天开始相信，他这个不成样子的父亲，其实是一个说到做到的人。大学一年级的恕人，用屈辱和妥协捡回父亲一条性命……

八

从2013年9月恕人飞罗马，直到2015年9月20日在首都机场再次见面，相隔又两年时间，虽然中间我有过几封书信给他，却只收到他一封回信。因为我不上网，没有用微信的习惯，父子间的交流总体还是空白的。

假若，从恕人上大学算起，我们这对父子的交流空白期竟长达六年之久。

空白的后果当然只有一个：新的冲突与决绝。

2015年9月10日，我因公赴俄罗斯，按计划我得月底才能回国。但恕人突然通知他母亲，9月14日，他将绕道迪拜回北京探亲，在国内居留20天。

我不可能不怀疑，恕人是为了避开我，才选择这个时机回国的，当然，他母亲和我明白，这次恕人探望的亲人，并不是父母。

只有爱情，是的，只有爱情才有这个力量。

说起来难以置信，我这个自负、专制的父亲，唯独对恕人的恋爱持宽容态度。但考虑到热恋中的青年智商为零，我不得不提前结束俄罗斯之行。

雨萌和恕人相识在大学考前美术班。恋爱始于2010年暑期。五年多，时空已经验证了两个青年的感情，而我和恕人母亲，也已经高度认可了萌姑娘。但要谈婚论嫁，我认为条件并不成熟。

可是，9月22号晚上10点多，意外事情还是发生了。谈话中，因为雨萌不能理解我的本意——她当然不能理解，因为她也还是个孩子，而且是处在恋爱中的女生，于是，深爱她的男友用自己的果敢方式，宣布解除父亲的枷锁——这是被压迫了二十多年的总爆发！值得纪念的是，是爱情给了一个男生、一个儿子反抗父亲的力量。

恕人拉着行李和女友走出家门那一刻，世界仿佛都静止了。夜已经很深，我仍然一动不动地坐在沙发上。恕人的母亲，这个见证了一对父子关系二十多年的关键人物，第一次态度坚定地走过来，坐在我身边。就像两年前在机场送儿子出国时那样，她没掉一滴眼泪，尽管脸色苍白，但表情异常平静。

她说："走，让他走吧。他24岁了，不是18岁。你是父亲，在这件事情上，你没有错。如果你觉得伤心难过，那你就太脆弱了。"

我和恕人母亲一夜没合眼。但是，第二天早6点，我们还是准时开车启程，这是头一天商定好的，千里之外，恕人75岁的姥姥正翘首以盼。

萨克雷说过，人生一世，总有些片段看着无关紧要，而事实上却牵动着大局。这看似平常的夜晚，却是一对父子关系的分水岭。

我们希望，第二天或第三天，恕人和女友能出现在姥姥面前，但没有，一个信息也没有。

10月4日，是恕人离京取道巴黎返回罗马的日子。

晚11点32分，我终于收到恕人发自首都机场的一条短信，全文如下：

"老爸，我就要登机了。我想，还是要在走之前给您道一个歉：对不起老爸。这次回来，因为很多的原因，导致了这次事件，是我们做得不好。希望您不要太过伤心难过。这几天里我也在不断反思，不断地考虑着很多事情。我想，等我们都冷静下来，再以邮件的方式将我的一些想法和心里话和您说一说。也希望您可以用与我平等交流的心态来看待。儿子也有很多自己的想法和决定，也希望得到你们的认可和尊重。妈妈那里我也和她沟通过了，希望你们可以健健康康的，来年再见。"

我读了这条短信，又读了这条短信，再读了这条短信，但我没有回复一个字。

后来知道，恕人和雨萌离家后第三天，一起去了河南平顶山，雨萌是平顶山舞钢市人。

在之后一个月的时间里，我常常彻夜难眠。我一遍遍对自己说：放手吧，放手吧。但另一声音又问自己：除了恕人主观思想不够成熟之外，是什么力量阻挡了一个青年学子的艺术追求，反而向往平庸生活和碌碌无为终了一生？学校、老师、朋友，特别是恕人的知心朋友和最爱的人，近些年给了他什么影响和指导？以"人各有志，平庸即生活"的社会流行观念看，恕人"只想当一个中小学老师"的想法有错吗？如果不是恕人的错，难道是我错了吗？或者，是我们都错了？我又问：一个从小到大一直在学校读书的孩子，虽然年龄到了24岁，难道他心智真的长大成人了吗？如果一个自诩活到老学到老的父亲，仅仅因为儿子没有听从自己的建议，就在孩子最关键时刻放弃责任，放弃坚守，有一天儿子后悔怎么办？父亲后悔怎么办？

九

保罗·柯艾略说："谁说孩子没有能力决定一生要做的事？是成人没有这个能力。我们相信孩子们更为智慧，他们掌握着真理。"以前我并不认同这个说法，但现在已经有所启发。

于是，在一个月后的11月4日，我静下心来，用半个通宵给恕人写了一封信。开篇竟谈到他的胃病，这是下意识的开篇。这让我想起他小学一二年级时，因暑假没有人带，我出差山西大寨县约稿带着他。那三天是我们父子唯一一次独处的时间。他安静听话，亦步亦趋地跟着我。当我与作者谈稿时，他显得无聊至极，蹑手蹑脚地爬到床上独自睡去……但是，在返回北京的火车上，他的胃绞痛病突然犯了。在石家庄站，我中途下车，疯了一样冲进一个药店……回忆当时情景，突然百感交集。

这像是一封妈妈写给儿子的信，而不像我这样性格的父亲写的。在电子邮件发送成功那一刻，那个横眉冷目的父亲，突然变成一个低眉顺眼的儿子。

11月16日，有杭州作家朋友来京，晚上家宴，我竟令人意外地谈起与儿子的关系，结果喝得烂醉。第二天晚上，恕人母亲拿出手机，让我听醉酒后给儿子的留言——我竟像个女人似的，梨花带雨，肝肠寸断。在二三分钟的诉说中，语无伦次地表达了一个意思，希望他在欧洲或列宾美术学院学成古画修复再回来，否则，一切都将前功尽弃，逝水东流……录音放完，这位大伤自尊的母亲对我说："现在清醒了吗？你听听，太丢人了，你自己好意思听吗？这是一个父亲向孩子说的话吗？让孩子怎么看你，这还是以前的你吗？你，你真是越来越让人受不了！"

我羞愧地低下头。一向不会沉默的我，此时沉默了。对于这个孩子，我二十多年的管教方式正确吗？我的人生理想是他的人生理想吗？如果，真如亲友劝慰我那样，恕人这个从中国走到外国的高知学子，已经是一个"看透了世界的人、悟出了生命意义的人"，那么，我的坚持和努力还有什么意义呢？

我想起明代笔记中，有一个人对买卖古董的人用三句话谈了看法："任何一个人，一生做完三件事就该去了。自欺、欺人、被人欺，如此而已。"

记起这个典故，好像清醒了许多。试问，从古至今，东方西方，哪个英雄豪杰不是如此？我乃一介草莽，半个文人，已经过了自欺欺人阶段，那我为什么非要被人欺不可呢？

南怀瑾先生也有言："我们从生到死，今天，明天，后天，随时随地，总觉得前途无量、后途无穷才有希望，才有意思。其实，那些无量、无穷的希望，都只是'意识'思想形态上的自我意境而已，可以自我陶醉，却不可以自我满足。"

此话虽然像清凉油，清脑醒目，但现实中，我仍然一次次陷入迷茫之中。某天，我郑重写道："或许，人生并没有长大成人一说，我其实就是一个与儿子一起慢慢长大的人，这个成长过程才是最重要的，才是更有意义的。"当然，这种认知，可能被天下父亲耻笑，但对于我这样经历和性格的父亲，却成了独一无二的幸福。我知道直到老去，我也不会成为一个成熟、慈祥的父亲，但我终究是一个努力想做好父亲的人。

十

2016年4月，恕人应该研究生毕业，但他没有回来。他告诉母亲，暂不毕业回国，但从此他不要父母再资助一分钱。

同年10月，恕人女友考取罗马美术学院美术设计研究生预科班。从雨萌赴罗马开始，恕人突然勤奋了，创作了好几个系列油画，画面越来越明亮，越来越鲜艳，并像高考前那样，重新拿起钢笔，每天坚持画速写。这种明显的变化，当然是爱情的作用，只是某一天，恕人母亲知道，两个孩子为了赚到生活费和学费，竟每天凌晨两点多起床，自做大碗面和煎饼卖给同胞留学生。恕人母亲知道后，接受不了，再次落泪，但她知道，没有我的许可，恕人不会接受母亲一文资助。

后来又听说，恕人的画有人买了，俩人还兼做代购，目前不用再卖大碗面了。有一天，恕人母亲笑着告诉我："你儿子的煎饼，已经在留学生中广受好评，他不做都不行，现在他不用卖了，但每天早晨还是要做三五个，背到学校送给因此相识的好友。"

今年3月1日，恕人和雨萌双双回国探亲。3月2日上午，在岳母的建议下，我们召开家庭会议，讨论恕人提出与雨萌领取结婚证一事。

恕人前几个理由都被我一一否决。最后，恕人红着眼睛对我说："爸爸，你从小告诉我，男人要有担当，男人要负责任。我和雨萌谈了这么多年，我们非常相爱，两年前我去河南，当面答应雨萌父母，不管发生什么，不管遇到什么阻力，我和雨萌2018年之前一定要结婚。爸爸，我知道你对我不满意，对我还不放心，我请求您相信我一回……"

我沉默了一下，一字一顿地回答了恕人："婚姻不是儿戏，婚姻更不是一纸证书，婚姻是责任，是担当。"

恕人用坚定的目光看着我说："爸爸，现在我懂了。"

看到恕人如此坚定，悬了几年的心终于放了下来。我说："好！我同意了。明天你们就去河南，如果雨萌父母也同意，你们这次可以登记领证。"

这时我看到恕人和雨萌眼里的泪水。"但是，"我最后对恕人说，"从登记结婚那天起，直到我闭眼那天，我决不允许你们出现差错！"

恕人回答："那肯定，请爸爸放心！"

不知是不是天意，恕人和雨萌领证那天，正是我的生日。

这是我和儿子重获新生吗？回答这个问题为时尚早，因为，我和恕人的故事，还远远没有结束。

至此，我可以负责任地对关心他、爱他的所有亲人说，恕人开始成为你们的骄傲，不是因为他会画几张画，也不是因为他从北京走到了罗马，而是，虽然耗费了几年时光——这真是不小的代价，但他终究没有放弃自己的绘画初心，而且，懂得了一个男人的责任，还能够勇敢地承担起责任。

时光飞速向前，一个个好消息不断从罗马传来，一张张油画诞生了。虽然，通过雨萌的眼睛，我们仍然会看到恕人有散漫、贪玩、懒惰的毛病，仍然有因为我的不断要求而使他时有逃避的念头，但总体来说，恕人已经步入平凡而有意义的人生正轨。

在即将结束此文时，我还是要说，对于艺术征程的曲折艰辛，恕人尚没有深切的体悟，因此，为人生而艺术还是为艺术而艺术这个命题，他需要长时间求索才会有资格参与讨论。至于恕人未来能否成名成家，并不是我这个父亲的期望。其实，对恕人最幸运的一点是，他的父亲是一个不懂绘画艺术的人，因此他没有受到艺术创作方向上的干扰。但在做人方面，他的父亲希望，正如他的名字，恕是将心比心，人是一撇一捺大写的人，要永远端端正正；希望他单纯善良的心永远是透明的，火热的；希望他现在和未来有一个健康的体魄，爱护好自己的眼睛，多记录美，多创造美。

非常感谢慢慢长大的儿子，感谢他一直在陪伴父亲成长，直到衰老，直到死亡；他的所有痛苦、悲伤和努力，他所有的动摇和反抗，其实是让一个自认为尽职尽责的父亲，时时感到自己存在的价值，并在晚年回顾自己的人生和不堪——然而这一切都有些晚了，该发生和不该发生的事情，都已经成为事实。我断定，在儿子还不具备言说父亲好坏的勇气时，已经隐约意识到，在他的成长史上，有父亲长长的影子，这就需要特别警惕，因为不久的将来，恕人也会成为父亲。

原载《神剑》2018年第4期

寻找，那消逝的蓝天

王　洁

秋风摇曳，绿叶跌落尘泥，连最后一支抵抗灰尘的力量也消失了。尘沙混进秋风中，张牙舞爪而至。在这个秋风送爽的季节，这个本应一碧如洗的穹顶之下，你唯一能做的却是紧紧关上窗子，和这个世界相隔而立，这不啻为一场天灾。

在我无奈关窗的时候，我看到了同样失落的老张——他是我的邻居，一个退休多年的"老铁路"。雾霾已至，他却迟迟不肯关上窗子。我大声地提醒他，他点点头，向我微微地摆摆手，然后不情愿地关上窗子。他仍穿着那件褪色的涤棉青工作服，离开阳台的时候他一脸无奈，我知道，这不是他记忆里的世界。

每每晚饭后在院子散步巧遇时，老张便会找我分享他的过往，那些干净世界里的忙碌往事，徐徐似涓流。他告诉我，他曾随着铁轨踏遍了大半个中国，开山过水，攀崖架桥，就算是崇山峻岭也不在话下。他说他曾和工友深入原始森林，当时供给困难，他们就去挖蘑菇，有次沿着瀑布探入山底，竟然发现一口巨大的深潭，水雾氤氲，暗幽难测，宛如神话一般。

我能想象得到那个年代的工人们经历过怎样的艰苦，但是老张从未讲述过自己的艰辛与所经历过的磨难。相反，他的回忆里充满着乐观和欢笑。他回忆说，他曾在广袤的草原上铺设铁轨，那一望无际的草原就像锦缎一样，大风一过，碧波丛中蜇飞草伏，满是蛮荒狂野的味道，这里点缀着最原始、最野性的美，丝毫不假雕琢，呼啸的列车便如脱缰的野马一般，碾压着草腥而去。草原之广，便是有天大的噪音，也会被稀释得无影无踪。老张告诉我，他最喜欢的时光是在劳作之后，工友们并肩而坐。晚霞黏稠如汁，夕阳仿佛跌入烈火中的铁球，烧得灼红夺目，再晚一会儿，霞光渐暗，夕阳又变成了巨大的糖果，又似浆果，眼看便要和火烧云融为一体。这时候，草原变成了墨绿色，夜风吹来，花草味儿弥漫开来，置身其中，只觉神思如醺，就是世间最美的烈酒只怕也换不来这般深刻的心怡如醺。

我能想象到那番景象。劳作一天的工人们点起篝火，以野果为食，以夜风作酒，伴着蛩声鸟语，火光下映出自己的喜悦和心事，即便不用歌唱，只消几声笑语，已是动人心神的旋律……哦，对了，或许还有一条蜿蜒的小河，潺潺流水，汩汩不息，为夜色点缀一点娇羞的意味。

"有个工友，他喜欢在夜深的时候吹口琴……"老张告诉我。

我想那必是一种唯美的景象。悠扬的琴声随风飘散，和草香虫鸣混在一起，渗入草原的肌肤，花草仿佛也为之一振。这是对自然的敬畏和歌颂，工人们侧耳倾听，繁星遥遥而视，仿佛近在咫尺，月辉如雨淋漓而下，荒野成了梦园，使每个人都恋恋不舍起来。夜尽了，东方泛起鱼肚白，工人们披着崭新的朝霞前往劳作，他们是世界上第一批迎接朝阳的人，他们的勤劳甚至让初升的朝霞都无地自容。

最后，老张告诉我，他最喜欢的还是草原雨后的蓝天，仿佛纤尘不染的翡翠，晶莹剔透，殊无瑕疵。那种透彻的蓝已经超出了颜色的界限，那是一种深不见底的仰望，那是一缕不偏不倚的思绪，那是一泓点滴不绝的清泉，那是一次目光的奢望。那蓝，让人心动神醉，让人如醉如痴。工人们暂缓劳作，只轻轻地抬眼，便彻底融化在这无垠的蓝色中去了。

老张说，跟那时的蓝天比起来，现在的蓝天简直就是一块破布。

的确，这样的蓝天在城市里消失了，它在轰鸣的工业颠簸中失去了方向，最终和我们分道扬镳。层峦嵯峨、葱郁掩映的世界早已不在，我们将上苍恩赐的自然世界毁掉，然后重新构筑，我们固执地相信自己的创造能力，到最后，却连一方天空都留不住。如今的蓝已经不是老张当年那份透彻的蓝，而是变成了灰蒙蒙的蓝，变成了唯利是图的蓝，变成了尔虞我诈的蓝，变成了伤痕累累的蓝。

曾几何时，我们的心里也有一片草原、一方蓝天，那里风和日丽，碧空如洗，深蓝如幕，举手可触，那里生长着我们最初的美好与希冀。然而，我们最终走进了世俗的樊笼，变成了我们曾经最讨厌的人。于是，草原枯萎了，蓝天朽烂了，那片净土崩塌陷落，终于成为我们追之不及的废墟。然后，我们躲在尘沙之后，关上一个又一个窗子。这样的世界真的好吗？这样的世界真的是我们想要的吗？

因为人心不干净了，所以世界才变得这么不干净，老张如是说。

原载《中国文化报》2018年1月23日

78号大院

郭　伟

78号大院，是20世纪70年代初我生活居住过的一个大院，大院坐落在兰州市东岗西路78号，所以大家把它称为78号大院。

这个大院当时在兰州市是很特别的，其原因是大院内居住的大多数是高级干部及他们的家属，简称为高干楼，大院分为前楼、后楼。这院内的两栋楼也很特别，因为这两栋楼都是20世纪50年代苏联专家设计建造的。前楼为两层，后楼为三层，前面的两层和后面的三层连接在一起，两个门楼口进入院子后一模一样，进入门楼后楼中间及前后左右相连，楼中间是空的四方方敞开着的，两楼中间隔开后分为两个小院，中间隔起来的地方有通道可以通过，我们都把它统称为四合院。

这前后楼都为砖混楼，均为两房一厨房，房内没有暖气，但有火墙，冬天通过火墙取暖，也就是两房间中间的墙壁为空的，墙壁通过烤箱及煤加热后传入墙内，墙内的热再传到两间房子。这两栋楼是我居住和生活在这座城市独一无二的时光印记。当时我父亲和继母居住在后楼第2单元1楼。我和奶奶及弟弟妹妹住在前楼第1个单元后边的3楼楼梯口旁的一间只有9平方米的房子内。那时我刚从部队复员回来，被分配到兰州化学工业公司化肥厂工作，工作性质属化工，三班倒也就是24小时倒班制。那时的我20来岁，英俊潇洒，穿着一身草绿色的的确良军装，脚穿一双油光闪亮的三接头皮鞋。那个年月所有男人女人穿的衣服都是一色的蓝、绿、黑，还有的人穿着袖口及裤腿上缝着补丁的衣服。那时候年轻人很喜欢身着草绿军装，黑皮鞋，头戴一顶绿色军帽，这在当时是最时髦的服装了。穿着这样的衣着是最能吸引漂亮女生瞩目的。因为那个年月有句口号是：工业学大庆，农业学大寨，全国学人民解放军。解放军在那时非常令人崇敬和仰慕。那时我们大院内有一群干部子弟，他们的父亲当时都是省城各厅、局及省委、省革委会的主要领导，每当上下班时，院内的小轿车、吉普车来来往往很是热闹。那个年代的高级干部坐的轿车都是"伏尔加""红旗""北京吉普"等。大院内的高干子弟都和我年龄相仿，也有比我大几岁的，很多都是从部队复员回来的，穿的也和我一样一身草绿色的军服，脚穿一双黑色皮鞋或是一双白色的胶鞋，鞋底为很厚的海绵，那是篮球运动员专用鞋，我们把它称为"白墩子"。那时候流行着一句顺口溜："上绿下蓝的白墩子，草绿帽子压边子；骑着'永久牌'车子转圈子，三簧座子转铃子；见了男的是绕链子，见了女的是绕花子。"说的是英俊潇洒的青年男子，上穿绿色的军装下穿蓝色裤子，脚穿白色胶鞋称为白墩子，草绿帽子既为军帽，帽子的沿边用牙或手做一个很显眼的线边；骑着的自行车车座上有三根软弹簧，车把上有个铃子，铃子为双面的用手一压，两面都在转动，车铃悦耳；见了男青年用脚倒绕自行车的链子，见了女青年特别是漂亮的姑娘则骑着自行车围着她绕圈子。我们一帮一帮结为帮派，夏天下班没事的时候就去游泳，冬天则骑着自行车，车架后架着一双滑冰鞋去滑冰。

我当时滑冰技术可谓一流，冰场上只要我一出现就会吸引很多女孩的关注。粟娜就是我在冰场上认识的，她个子不高，小巧玲珑，粉白的皮肤，一双漂亮的黑眼睛，眼睫毛特别长，气质高雅的她在冰场上就像一只小天鹅吸引着无数小伙子的瞩目。而我则轻而易举地在冰场上把粟娜"踩"到了手，让我没有想到她还是"甘肃省陇剧团"的一名演员。认识了粟娜后，我进出78号大

205

院，院内和我同龄的伙伴很是嫉妒，而院内的老太太们也赞扬声一片。

那时候我们家的日子过得很艰辛，每天吃的饭不是清汤面片就是玉米面散饭，我记的我们当时的粮食定量为27斤半，百分之七十为粗粮，百分之三十为细粮，清油三两，肉票一斤。在我家我的粮食定量最高，因为我是化工工人，化工工人定量为34斤，工资为47.74元。这点工资需要维持我和奶奶及弟弟妹妹的全部生活费用。记得很清楚每当月底家里就没有面做饭了，奶奶是小脚，也就是旧社会美女最为时髦的三寸金莲，那时她还半身不遂，总是拖着行动不便的腿端一个碗，一步一步地移到邻居家借面，借来平平的一碗面，当我们家有面时再高高地还给人家。和奶奶生活的那段岁月里，在我倒班休息或不上班时，常常看见奶奶盘腿坐在床上，用手将缠在她那双小脚上的白布条取下来，阳光柔柔地照在奶奶取掉绷带的小脚上。奶奶洗完脚后，眯着双眼，手里拿一把剃头用的锋利的刀片，将她脚底上磨出的茧皮一刀一刀地削下来，有时不小心削得太狠，殷红的血便流了出来。削完后她再用已清洗好后的绕脚布条，一圈一圈缠绕好。每当看到奶奶用刀削掉脚上的死茧，再缠好脚时轻松惬意的样子，我也感到了快乐，同时又为奶奶那双小脚所背负的压在她身上的艰辛生活而叹息！

我当时以为粟娜看到我们家这么困难一定不会和我处朋友，没想到的是她不但不嫌弃，还常来我家帮奶奶做饭，洗衣。那时我们去别人家走动，大多数是提着1斤点心或1包糖果，记得我去粟娜家时，她却嘱咐我不要买礼品。她对我说你就穿一身军装，军装最为神气潇洒。我穿着一身军装忐忑不安地见了她的父母，她父母当时都是科学院的干部，她的父母对我没有大的意见，唯独对我三班倒的工作很不满意。她父母的条件是，如果能将工作调到市区，就同意粟娜和我处朋友，如果调不到市区这件事就算了。她的父母等于给我出了一个难题，然而最终因为我的工作问题，我和她的这段感情就以失败而告终。

在78号大院居住的那段时间我的工作为三班倒。那时厂里没有通勤车接送我们上班，记得那是最辛苦的一段日子。我最怕的就是上大夜班，我居住的地方，离我上班的地方西固区兰化公司有四十里路程，大夜班为晚上11：40接班一直上到早上8：40下班。从市区要倒3次车才能到我上班的厂区，先从78号大院门口乘坐1路汽车从东口站到小西湖汽车站，再乘41路车到西固北站，换42路汽车从西固城到西固自来水厂站下车，还要步行十几分钟才能到车间。夏天还好说，特别是冬天寒风凛冽，刺骨的寒风刮得人直哆嗦，我却要顶着刺骨的寒风乘车去工厂上班。1路车从东口到小西湖车还尚可，但从小西湖车站发往西固的车每晚11点发车，总共只有两辆。这两辆车为大通道公共汽车，而需乘这两辆车前往西固上班的不仅仅是我们兰化公司一家工厂，还有西固的棉纺厂、三毛厂、石化公司等工厂。每天晚上我必须11点前乘车到小西湖车站，如果去晚错过这辆班车，就要等晚上最后一趟12点的车，那肯定是要迟到的。迟到后不光奖金没有，还要扣工资，为了挣那点工资谁敢迟到？这两辆大通道公共汽车从西固开进小西湖车站时，车还没有停稳，人们就蜂拥而上。我经常是一看到这两辆车远远驶过来后，我就迎着车跑过去，在这辆车还没停稳时，就对着车门跳了过去，双手极快、极准地插进车门的门缝，飞身贴在车门口等车门一开，便以极快的速度冲进车内抢占座位。这两辆车不但非常拥挤，还很破旧，常常是人挤人、人挨人、前胸贴后背，很多车窗玻璃都没有，车窗外的寒风刮在人的脸上如同刀割。我就是这样一天又一天，一年又一年地重复着倒班工人的艰辛生活。但是艰苦的生活、困难的环境磨炼着我的意志，我就在这样苦难的生活中成长着。

虽然那段生活充满着艰辛和困难，而我最大的欢乐却是那时喜欢上了写作。我那时除了"滑冰""游泳"，就是泡图书馆。每个月工资发了后，除去生活费以外，最大的消费就是买书。那时候的书品种非常少，我记得我买的一些诗歌多为红色诗集，其中有李瑛、艾青的诗歌及《欧阳海之歌》《林海雪原》《红岩》《苦菜花》。有一天父亲给我送来几本书，印象最深的是苏联的小说《冬雪的冬天》《静静的顿河》《朱可夫》等，父亲对我说："这几本都是从内部搞到的。"而那时最流行和悄悄传播的是《少女的心》《第二次握手》等当时被称为禁书的手抄本。那时候没有电视，70年代初到处都在演8个样板戏《红色娘子军》《白毛女》《沙家浜》《红灯记》等。我对这些戏看了一遍又一遍，有些戏的唱词我都能背得滚瓜烂熟，我们经常模仿《智取威虎山》上的杨子荣高大的形象，边唱边学着他打虎上山的英姿，并以此为荣。《红灯记》里的"提篮小卖、捡煤渣、担水、劈柴全靠她……穷人的孩子早当家"等唱词被我们经常吟唱，给我们带来了不少欢乐。

78号大院内除了那些身居要职的领导外，还住着一位在省城名气很大的东乡族诗人。他和我住在一个楼内。我住在3楼他住在1楼，有一天我拿着写有诗歌的笔记本上去向他请教，诗人老师看后对我写的诗提出很多建议和指导，为我后来的写作奠定了一定的基础。

那时最快乐的记忆就是我和大院内的孩子，坐在大院门口人行道旁的铁栏杆上，看着走过来走过去的姑娘。我记得最清楚的一次，是大院内里长得很漂亮的一个姑娘，从我们这一群小伙子旁走过，不知谁用兰州话喊起了口令"一二一，一二一，老婆子炒洋芋，炒的洋芋生着哩！气的老婆子哼着呢！"她在我们这一群小伙子狼一样的目光中不会走路了，走着走着她不知是要迈右脚还是迈左脚，脸上红霞一片，尴尬地停在路中不动脚步，逗得我们一群小伙子哈哈大笑，笑声掠过姑娘身旁，惊飞在大院墙上"咕咕"寻食的鸽子，鸽子驮着笑声扑扇着翅膀飞向远方，飞向蓝天。

78号大院有着很多很多的人物和故事。刘为民就是最为典型的一个，刘为民大我二三岁，父母均为高干，他和我一样都是从部队复员回兰州参加工作的。刘为民最早复员后被分配到了兰州安宁区的一家工厂。后来通过他父母的关系，从那家工厂调到市公安局工作，当了公安的刘为民很威风，着一身警服，腰上挎着一把手枪。有时候在院里看到我们后故意将手枪拔出来在我们眼前炫耀。他人不错，敢为朋友两肋插刀，也很义气，就是脾气特别暴，要是他看着不顺眼的人惹了他，他会整死这个人。刘为民和我关系很好，他有一个小名叫"刘骚"，院内一般人都不敢叫他的小名，而我叫他的小名他却从不计较。有一天他骑着一辆三轮摩托去院内最西头上厕所，院子本来就不大，而他却要骑着摩托车去。院内一个小伙叫了一声"刘骚"被他听见，这还了得，他从三轮车上下来后，抓住那个叫他小名的小伙子的头发，从腰上拔出手枪，用枪顶着那人的头顶，说道："你刚才叫了声啥？你再叫一声我听听。"吓得那人尿了一裤子，正好我在旁边就将刘为民拉开了，而他很给我面子，不再计较。刘为民虽说很粗野，但他在工作上确有一手，有一段时间他被调到市公安局交通治安分局。有一天在78号大院门口碰上他，我问他上哪儿？他说："你和我一同上1路公共汽车，我抓几个小偷给你看看，你上车后不要和我说话。"我们大院门口就是1路公共汽车站，我随他一起上了一辆1路公共汽车，车上人多但不是很挤。上车后车开了没多远，我还没有反应过来是怎么一回事，刘为民已经将一个小偷抓住，并将小偷的鞋带取下来，将他的双手翻转在身后，用鞋带将小偷的两个大拇指捆住押着下了车。

刘为民没事的时候，常常会去我9平方米的房间找我，有段时间我奶奶不在兰州去了老家，他就常来找我和我聊天，并看我写的诗。他对我好的原因可能就是我能写点东西，还有一个原因可能是他的妹妹和我都在兰化上班吧！记得那是冬日的一个晚上，我要去上大夜班，从楼上下来后看到院子里及楼道的走廊内有大批的警察和联防队员，举着半自动步枪，将整个四合院围了个水泄不通。我吃惊不小，等问清楚后才知道，这些荷枪实弹的警察是来抓捕刘为民的。起因是那天晚上刘为民和几个男女朋友在他家里喝酒聊天，聊到高潮时刘为民一把将他的女朋友拉坐在他的腿上并拥在怀里，这时在一起喝酒的一位朋友就问刘为民，这个女人是不是他的情人。这一问不要紧，激怒了刘为民，他拔出手枪，朝问他的那个人头顶上就是一枪，接连又朝他家的衣柜上连开三枪，吓得这几个人夺门而逃。匆忙中有一个人从他家三楼的窗户上跳了下去，枪声被正在78号大院门口的巡逻的联防队员听到，正好和匆匆忙忙从刘为民家逃出来的人碰了个正着。联防队员一了解情况，马上进入大院去抓刘为民，却被刘为民用枪回敬了他们。于是刘为民很快就被大批警察及联防队员包围，围捕工作持续了一夜。市公安局局长亲临现场向刘为民喊话，院内戒备森严，不许人们进出。院内围捕的警察拿着地图，几个人围在一起研究着如何将刘为民捕获。因刘为民在家中用枪抵着他的女朋友将其当了人质，为保护人质的安全，围捕的警察动用了几套方案却没有成功，最后在天快亮时消防队员用催泪瓦斯逼他迫不得已缴枪投降。

不久刘为民被判了刑。刘为民被判刑几年后的一天，那时我在一家报社当记者，受命前往某监狱采访监狱领导时见到了他。当时我随报社另一位记者正在采访，突闻一声报告后，一个身着监狱制服，头发削光的服刑犯进入了我的眼帘，我一看竟是刘为民，随后监狱领导陪同我们去看监狱文艺演出队排演的节目，是春节前监狱为犯人们排演的文艺演出，出演的演员全是服刑的犯人。刘为民就紧随在我的身旁，用祈求的目光看着我边走边对我悄悄说："你能不能给我们监狱领导说说，把我照顾照顾。"我对他说："话我可以说，能不能有效果就不好说了。"刘为民讨好地说："我想你的话能起到作用，你就帮我说说吧！"几年后刘为民因为在服刑中表现好，被提前释放。从监狱出来后，我碰上他问他做什么，刘为民对我说："和亲戚一起做生意。"这以后好久没有他的消息。后来突然听说他在北京抢劫杀死了一名出租车司机，杀人后将出租车开到西安卖了，刚刚潜回兰州没几天，便被北京警方抓捕，不久后便被执行枪决。听了他被枪决后的消息我怎么都想不通，他这是为什么？为什么要杀人抢车？

那个年代，有像我弟弟他们年龄段的十几个人，组成了一帮以画素描为主的团体，经常三五成群地背着画夹，奔波于火车站、长途汽车站，为那些等车的形形色色的旅客画素描。在78号大院内就有以我弟为代表的几个习画的孩子，他们不分雨、雪、天晴，风雨无阻地练习着素描，因为我没有参加他们这些人的习画历程，很难将他们当时习画的经历详细地呈现给读者。但是有一点是肯定的，他们在那样困难的岁月里依然坚持自己的理想。我经常看到我弟身背画夹，风里来雨里去，有时深夜才返回。但他疲倦的眼神里却隐藏着习画后的欣喜。特别是当他打开画夹，取出一张又一张素描和人物画像习作的那一刻，我读懂了他的眼神以及他眼神里的执着。就是这种对画画的喜爱，使得现在从他们那拨习画之人中脱颖而出了几位著名画家。

在当年78号大院居住的那些老红军、老干部如今好多已经去了另一个世界。他们的儿女们除了刘为民和与刘为民同龄的另一个因为贩卖毒品而被枪决的年轻人以外，绝大多数都在政府部门和大型企业担当着领导职务。还有一些人已经成为拍卖师、教师、电视台台长、画家、作家、法官等。当然还有一小部分人现已下岗，但他们为了生活，还是奔忙在社会的各个角落，这些平常的小人物还要为每日的油、盐、酱、醋而奔波，他们的沉浮也从一个侧面反映着社会的变迁。

78号大院现已拆除。在原78号大院的地方已拔地而起，耸立着几栋十几层的家属楼。以前78号大院门前那家破旧的日用杂货铺也早已不知去向，取代它的是一家民营的现代化医院。现在当人们匆匆忙忙途经它的时候，又有谁能想到这里曾经有过一个78号大院呢？

原载《中国作家》2018年第2期

行走桑植

谢德才

利福塔的糖

舌尖上的桑植，有利福塔的糖。

在湖南省的桑植县城有条老街，老街上，常有卖糖人。他们在那儿摆上小摊，背篓上支个簸箕，簸箕里盛着红薯糖、苞谷糖和米糖。他们坐在那里，一声不吭，主动上门买糖的却不少。乡下人吃过早饭，挑个担儿笑嘻嘻地进了城，下午的时候，他们就把空担儿乐呵呵地挑回了家。如果你想打听这些卖糖人来自哪里？他们会幽默地给甩上一句："利福塔的'糖客'！"

平日里，一些人有事无事总喜欢往利福塔跑，那地方是块风水宝地，那里有张家界西线旅游的景点，再就是盛产红薯糖、米糖和玉米糖了。

这地方的景致像姿色诱人的美女们。如九天洞，俗称亚洲第一大溶洞。它是不是亚洲第一大溶洞，我不用去考证，这也不用我考证。但，洞是超奇的怪，我得承认。洞内，天生的九个天窗像无法计量瓦数的灯泡照亮洞内。像这样的洞，依我想，除了这九天洞，全中国难找，全世界也找不出。这里的峰恋溪俗称是张家界天子山的"幺儿子"。山峰高得吓人，差点顶到云层里去了。

最爱笑的小溪，它日日夜夜地鼓着掌，渗透着《儒林外史》中风景描写的清新与幽雅。走进千年的苦竹寨，等于走进了民风，走进了民俗，也走进了民情。这里有踩上去发出叮当响的石板路，陈年旧事也长满了大街小巷；苦竹寨，河边的苦竹们节奏性地摇曳着。一条前不见头后不着尾的苦竹河，养育出了满河的绿，还真难从字典中抠出一个准确的词儿来比拟它，即使拖出《辞海》也是瞎子点灯——白费气力。河边，会生活会过日子会享受的一些柳树，有四周的青山欣赏着，有飞来飞去的鸟儿陪伴着，有大大小小摇晃的船只依偎着……

我想去利福塔，想感受那里的糖，我急切地想去那个充满神秘的地方，一个人便挤上了去利福塔的车。

到了镇上，我问镇上人，利福塔的糖哪儿有现熬现卖的？他们的脑袋不是朝天昂起说话，很礼貌，也很文明。我喜欢这样的人，也很喜欢他们的热情与表达，倘若出了远门问路的话，遇上这样的人算是你的福气。他们为你提供准确的信息，你少走好多弯路。按照他们提供的路线，我去了利福塔镇的舒家坪村。听说，这个村熬糖的历史已有两三百年。

冬天的路上，没有雪花，但有寒冷。我在这条路上，不时碰上背着背篓和挑着担儿卖糖去的男人们和女人们。他们赶路，我也赶路。行走中，我突遇一股又一股的糖香。糖香的胆子够大，悄悄地拥抱了我，悄悄地抚摸了我，进了我的鼻孔还一个劲地往心底里钻。

这个村，水少，温柔全被女人占去了。但是，这村里的岩石甚多，一些岩匠来了这里，像磁铁般地给吸引住。在这里，他们一雕一刻，一待就是好几个月。不知怎么，红薯也跟这石匠一样钟情这里，尽管它们是在岩缝中生存，但，刨出来的红薯比别处的好，拳头大小，糖粉好。听人说，村里人熬糖就冲这红薯和一洞好水。

我走进一个院子。这院子，虽不及乔家大院的名气，但干净与古朴。我轻轻地推开虚掩的木门。屋子里，一位八十多岁的童姓的老奶奶走向我。她见我来，连忙从簸箕中锤块糖递给我，我摸着尚有余温的糖吃了起来，发现她提着一大桶水走起路来像个年轻人。我问她，你这么大的年纪，身体怎这样好？她露出得意的表情说，吃自家熬的糖呗！

她跟我说，自从村上修了公路通了车就很少熬红薯糖了，只熬苞谷糖和米糖。她认为熬红薯糖太苦太累。我看着她在屋子里像架机器转来转去，咱们间的对话便自然地简洁起来。与她的交流中，我了解了熬糖的过程，熬糖需要经过筛、磨、冲、酿造、榨糖、煎糖、冷却、打糖、拉条、切糖等等。每一道工序，少不得，都得用心。

她将本地种植出来的稻米装在筛子里，筛，筛去杂质。她用石磨不停地磨着米粉且将磨好的米粉和干净的水倒入锅中搅起来，再把前两天生长茂盛的麦芽用对码舂细以后与锅中的米粉混合起来，反复地搅拌，让其发酵。这时的火，正如人们所说："烧火是师傅，炒糖是徒弟。"火大了，滤不出糖水；火小了，不能发酵，无糖。麦芽与米粉发酵两三个小时后，用包袱滗出糖水，再在锅中煎出糖水，锅中煎糖不冒白烟之时，则可炒糖。炒糖时，炒棒要像擀面粉一样不停地翅动，眼睛要像司机开车一样直直地盯着，心要像考试一样细细地想着，因稍一走神，一锅糖就甩了。

糖汁由液体渐渐地变黏稠起来。一锅铲铲下去，提起来，若有块糖往下落，用嘴一吹，锅中的糖冒出"泡泡"时，这糖便可出锅。等黏稠的糖稍稍冷却以后，糖往木梯的木钩子上一挂，就开始扯糖了。

扯糖时，童奶奶真有几招，她扯得有节奏感和快乐感。我想体验下扯糖的味道，主动向她提出要求让我尝试，她马上把扯糖的木棒交给我。我使劲一扯，人差点倒在地上，糖也差点掉到地面，幸亏她一手挽住，现场引得旁边的观众哈哈大笑。我想，自己也是一个身强力壮的人，怎么操作起来赶不上她的手脚麻利呢？接着，我让她扯，她不慌不忙地扯着。一会儿喝彩声扯出来了，桑植民歌声也扯出来了："正月是新年，利福塔的糖甜又甜……"一扯，两扯，三扯，若干次地来回扯，青黄色的糖扯成了银白色。她是从青年扯到成年，从成年扯到老年；她是从幽幽的黑发扯到了满头白发。

利福塔的糖，人见人爱。看来，我走的这一趟，不算枉走。糖内的花生和芝麻塑造了糖香的地位和形象。这糖除非小孩子不看见，看见了会争着吃；大人们见了这糖，如猫儿见上了鱼，牙齿脱落了的老人有了这糖好像是他们的命根子，生怕吃完了再买不到，他们攒着吃。在炒米中，酌糖几小块，冲上开水吃，几口扒进喉咙，有说不完道不尽的舒服；在烤熟的粑粑中，随便戳上个小洞塞一块糖进去，一烤，糖给流了出来，这时一口咬下去，咬出的是甜甜的味道。这里的糖比蜜糖甜得浅，比白砂糖甜得正，比冰糖甜得久。

卖糖的人从县城回来了，他们哼着歌，走在乡村的小路上。这时，我也该返城了，童奶奶知道后，不许我走，紧握我的手说："你来一趟不容易啊，铺不好睡就是一夜，还是在我家宿一晚吧……"她的话，贴心又贴肉，说得我都不好意思起来，我被她的诚心所感动，住了下来。

夜太寂静，寂寞得像石头缝中长出的红薯。我吃着糖，一会儿，甜甜的味道出来了，鼾声出来了，关于糖的梦也出来了。

天平山的花

花儿绽放，漫山遍野。

这个地方，是桑植县的天平山。当我还没见到花开的样子，花的芳香却已进入我的鼻孔和灵魂。花的绽放，赏心悦目，不然，人们不会拿少女比喻花季。夜里，我枕着喜欢的绿色入眠，山中的花，总是在我的梦中一次又一次地浮现。

人们常说，值得记忆的事情往往是在清晨时发生。凭我这次经历这件事，完全相信这句话的真实性。天一亮，我就开始散步来，那是有目的地去一个农户人家。这人家，是我先天天黑以前就想去的。我经过一座简易的小木桥，到了他家的门口。这屋子，是一幢木屋，但，很精致、漂亮。屋旁的绿色几乎把整幢房屋掩饰起来，其实，在大自然中，美是无法遮掩的，越是掩饰，越是神秘，越是寻找，越是美丽。这屋子的厨房门半开半掩，屋里的灯，亮着，但不是太明，也不是太暗。走进这个家，一只狗向我冲来，叫着。这是一只上了年纪的狗，看样子，精明得厉害。它有节奏地在我的面前摇起尾巴，当时我有点害怕这样的气势。作为一只看家的狗，遇上了一个陌生人，出现几分不安是正常的。它的这样动作的出现，一般都以为会偷咬人，可它控制住自己的行为。这时，家里的主人从山里锄草回来壮了我的胆。我去看他家门前的一簇簇映山红，小狗以最快的速度跟上。我拈花，靠近鼻子闻，狗也闻起来，它的两眼还直直地监视着我，生怕我碰掉花瓣，生怕我摘花。这映山红，红如火，主人告诉我，自从他家门前屋后有了映山红，日子也红了起来，有了吃的，有了穿的……他拉着我的手，邀我去看看他家的竹园。竹园里，好大的一棵绣球花，花是那么白，那么圆，那么洁。那洁白的花朵静挂枝头，正如《幽梦影》中之言："花之娇媚者，多不甚香。"在这园子里，不知哪来的一对外地人，他们摆着不同的姿势，尽情地在这园子里拍着婚纱照。依我想，他们像绣球花一样比较在乎空灵洁净，在乎一种难得的清雅。

从这农户家走出来，我沿一条小溪往上走。这溪水，清得能分辨出鱼儿的公母。我走，溪水也走。溪水的脚步比我快，它是在赶路。路上，外来的，一阵又一阵的男男女女默默行走着。人们求得心之宁静，来到这样没有物界喧嚣之地是最好的选择。这时，鸟声冒出，尽管就那么几声，但，极其昂贵，它叫出了我从遥远的地方到这里寻觅的音符，也是路上众人所喜欢的缠绵之声。路边的花，一见如故，频频招手，一直用灿烂的笑脸追逐着我们，虽没说出声，但，让我感受到了它待人的真诚与热情。

这时节，山里已穿上五颜六色的衣裳，花开没有罢休的意思。

人们说："天平山，天平山，珙桐花开最好看！"为赏珙桐花，我找上一根小木棍，带上，边走边探。隔好几公里，山坡上的珙桐花就映入我的眼帘。当我走到世界上稀有的珙桐树下，坐了下来。这树，几人高，正是成熟期，一根根的枝条，一片片的绿叶显得格外活力。这树，几百年的历史，已戴上若干"勋章"。它开花了，花开像鸽子。它的叶子与花有约，同时开放，开始为绿

216

色，然后黄绿色，最后晶莹的白色。花一旦开到极致，叶子也就长到极致。花飘飞的时候，更像一只只的鸽子展翅飞翔，故说鸽子花象征团结，象征和平，象征吉祥。欣赏中，我的耳朵开始嗡嗡作响起来，一只只小蜜蜂在鸽子花上采起蜜来。这到底是花爱上蜜蜂，还是蜜蜂恋上花？在这，我诵读起亨利·比尔斯的诗："它喝饱了忍冬花美味的糖浆，喝成了好一个滚圆的大肚……"

刘家坪的饺子

刘家坪的饺子，好吃！

为了去吃刘家坪的饺子，我专门去了一趟刘家坪。刘家坪属于湖南省桑植县。刘家坪是红二方面军长征出发地。

这注定是一次历史的碰撞。

说起饺子的历史，源远流长。三国时期，魏人张揖所著《广雅》一书中就有涉及，另一说是由南北朝的"偃月形馄饨"，北宋时期的"细料馉饳儿"和南宋时期的"燥肉双下角子"发展而来，也说饺子是中国东汉医圣张仲景发明的。不管怎么说，反正饺子是中国人的首创，是中国人逢年过节必吃的美食。

刘家坪的老饺子店在刘家坪的街上。一条街，像一根长长的竹篾，把街的两端紧紧地给串了起来。街边，一幢陈旧的砖房顶上，立着一块木制的广告牌，字有巴掌大小，赫然写着"刘家坪老饺子店"。

我进店，一个戴眼镜的男人正忙收钱，我一眼就认定他是这个店的老板。店老板，刘姓。刘家坪姓刘的是大姓。他，留有几根胡须，见我，微微一笑。他是该乡长征村的。长征村也在街上。我吆喝一声："老板，来碗饺子！"

老板招呼我坐，又忙去收他的钱。我坐在店里的一个小角落里。这店，座无虚席。一条长凳，正常是坐两人，可它挤坐四人。来这店里吃饺子的人，有的背着背篓，有的抱着小孩，有的挂着拐杖，有的提着公文包……而今，刘家坪的饺子店已延伸到桑植县城、张家界、龙山等地，生意也是如火如荼。刘家坪的饺子，本乡的大人小孩都爱吃，邻乡镇的，还有其他区县乃至长沙、外省的好多人，都到这里吃过，尤其是外出打工的人，一带就是几百个上千个，带了一次又一次。外地人吃过之后都说："好棒！"用咱们桑植的话说就是"好逮！"

我想与老板交谈交谈，可他忙得连擦汗的时间都没有。这里没有现代化的收银台，只见顾客给钱，老板把钱放在一个油黑黑的纸盒子里。纸盒摆在桌子上，没上锁，扫一眼过去，便可见纸盒里满满沓沓，是一些一百、五十、二十的人民币。他收钱，需找零，就让顾客自己拿一块、五块、十元的零钱。趁着空当，我们聊起来。他说，他主要是负责做饺子皮、剁肉馅、包饺子……

老板跟我说，做饺子，材料搭配，要合理，主次分明。只有这样，才能吃出有层次的口感。我见他把一盆的肉和少量的辣椒切细，又一个个地把饺子包出来。包出的饺子，肥硕结实。捏边时，像做艺术品一样，捏得精致漂亮，特别像女孩子的百褶裙。我诧异，作为一个山里的大老爷们，手法却是如此精巧。

他跟我说，饺子店的门一年四季敞开。春节期间，关门三天，店门都只差被那些想吃饺子的人敲破。

凡到这店里来的，无论是谁，他一样热情，一样的价格。先来后到，自觉排队，这是店里的规矩。我看着身边的人吃饺子，闻着香味，忍不住默默地吞咽口水，也只好耐心地等着，伸长脑袋盼着自己的那碗饺子快点到自己的面前。等待中，我明白等待也是一种境界。

等了十余分钟，饺子递上来，热气腾腾。

服务员说："吃吧，等候了，不好意思！"尝上这饺，它真是表里如一，要皮有皮，皮不厚也不薄，要肉有肉，肉是精肉。肉中，裹着辣椒、葱蒜，还有养生的东西。吃之前，滴上几滴山胡椒油，味道更好，吃起来，有说不出的舒服，吃完碗中饺，莫忘碗中汤，那汤跟芭茅溪的"神仙汤"一样好喝。

听老板说，前不久，高山上下来一个大美女，一餐吃上四十个，有个老红军一次吃了五十个……店中帮忙的，看出我对老板的话怀疑，马上插嘴："那就是真的，吃完，还喊了两瓶水！"一位正吃得津津有味的白族姑娘放下勺子，甩出一首桑植民歌："马桑树儿搭灯台（哟嗬），写封的书信与（也）姐带（哟），郎去当兵姐（也）在家（呀），我三五两年不得来（哟），你个儿移花别（也）处栽（哟）"……唱完，店里欢腾，掌声不断，大家洋溢着开心的笑容！那种感觉，谁也不会说在店中仅仅就是吃了一顿饺子呢！

原载《散文》（海外版）2018年第5期

土豆的清香

宁新路

这顿饭吃搅团，这是一种有名的西北吃食。

妈在我碗里放了三个冒热气的蒸土豆就下地去了。土豆怎么变成搅团饭？让搅，我没搅成团，却搅成了一碗渣儿。吃了一碗渣饭，没吃上搅团，妈就教我做搅团。搅团的技巧是搅，把土豆不停地搅了几百圈就会搅出搅团。妈搅的搅团，没放一点水，没放一点油，却把干爽如渣的土豆，搅成了稀的软团，搅出了清香味。没有酱油醋，没有油泼辣子，我却吃了个满口香。直到后来我领会了做搅团的要法，就是不停地搅，搅成团的奇迹就在搅中才能出现。奇迹，就是为何把干爽如沙的土豆渣儿，搅出水分，搅出油，搅在一起，搅出清香的味来，搅成一碗粥团般的饭。

要把三个干而似乎挤不出水分的熟土豆搅成一碗粥团，起初我压根儿也不相信会搅成。即使我搅酸了手腕，也只是把土豆搅碎和搅成了沙状而已，根本看不到团的样子。可接着搅下去，却出现了越搅越糊，越搅越黏的奇迹。我在不停地搅中搅出了水分和土豆油并搅成粥团时感觉到，土豆的水分和油质，也就是土豆的精魂，是藏匿在土豆深处的。搅不到一定力度，搅不到一定热度，搅不到它万不得已，它不会出来。

搅多少圈，搅到什么程度，才把干爽如沙的土豆里的水分和油质搅出来，实在不知道。只有不停地搅下去，才有望接近结果。光顺搅不行，还得逆搅。往往顺搅轻松，逆搅费劲，顺搅的速度和力度快而重，逆搅就慢而轻，顺逆搅得不均等，土豆的精魂就请不出来。光快搅也不行，也得快慢相交地搅，快搅后要慢搅，恰当慢搅，搅得土豆精魂动起来了，再快搅，搅得越快越好，搅得土豆精魂烂醉如泥，才能使它从藏匿的地方松手，全身跑出来。

　　这时，干如沙土的土豆就会越来越稀，由越来越稀变得越来越黏稠，由越来越黏稠变得越来越筋道。这时，土豆沙、土豆泥，就搅成了土豆泥团，土豆泥团就会散发出土豆精魂的味道——浓郁的清香。这时，不再面与沙，不再干爽，土豆就成了稠黏的搅团。

　　土豆不是饭，搅团便成了饭，清纯的浓香溢出碗来，即使仅撒点咸盐，也会让人吃得解馋又解饿。如若浇上油泼辣子和酱油醋，那便是美食，百吃不厌。那时家里缺粮断顿，一碗土豆搅团是一顿饭，即使没有油泼辣子和酱油醋，"干"吃也诱人口舌。

　　要把干如沙的土豆搅成黏团，没耐心与耐力，就搅不成真正的搅团。而饿着肚子时难有耐心与耐力。为把土豆尽快搅成团，我在搅的土豆渣里加水，土豆很快被搅稀；我专挑水大的菜土豆搅团，土豆不费太多力便被搅稀；在搅团里加水或选择水多的菜土豆，搅团不用费力，却搅不成团了，也搅不出土豆特有的清纯味儿。我也曾用过加上香油偷懒的办法搅过土豆团，即使费多少劲，也没搅出团，搅出的是一碗香油味的稠粥。妈夸我搅团"搅"得好，居然搅出了土豆油香。可我心里知道，这并不是我心中那最为纯粹、美味的搅团味。

　　因此，我从挨饿的那时起，我就慢慢学会了如何搅碗香的土豆搅团。香的搅团，让我吃而不厌。

原载《人民日报》2018年10月6日

檀香型岚卿老师

魏丽饶

我很遗憾我不是一位名人或伟人，不能为我心存感恩的人带来什么有影响力的宣传和歌颂。每当忆起那些曾经深深感动过我的瞬间，我能做的只有冲动地拿起一个个普通的汉字来作个不咸不淡，也不会激起一圈涟漪或半朵浪花的记录，借以平缓心中涌起的潮水。

岚卿老师常常出现在我的回忆里。每当我独自行走夜路时，总会想起那段日子，那些人，那些事，尤其是老师张岚卿。人在黑暗和彷徨时遇到过的星火，是会照亮一辈子的。其实在那段岁月里，我感恩的人有好几位。老师，同学，邻居，甚至还有一只略通人性的狗。因为那是我人生中颇为特殊的一段经历。十岁。寄宿在镇上一个远房亲戚家。虒亭小学唯一一名寄读生。经常考第一名。这使我的小学高年级时段过得十分晦暗。也正是在这片暗影里，曾经帮助过我，鼓励过我，甚至没有欺负过我的每一个人，都成了我后来常常惦念的恩人。就连亲戚家那只每天送我上早自习的大黑狗，都始终在我心中氤氲着一片温热。

我说不好岚卿老师在我记忆中尤为特别的缘由，也不清楚为什么每次独行夜路时就会想起她，想起她年轻的明媚的笑容。也许正是因为那张不经意间送给我的小像。许多年来，岚卿老师总是在小像里微笑着。

灰色的寄读生活中，期末颁奖大会是最让人期盼的。盼校长和老师的表扬，盼同学们赞赏的目光，盼鲜艳的奖状，盼代表着成果和荣耀的奖品，盼父母满意的喜悦的自豪的笑容。我的奖品是一个浅蓝色笔记本，封皮上印着一小簇雪白的米兰花。尽管到虎亭小学以来常常获得最好的奖品，但像这般精美的笔记本，却还是第一次得到。在颁奖大会上，当着全体师生的面，我不好意思翻开看内页，因而一回到亲戚家，便迫不及待地从书包里掏出来欣赏。实在太精美了！我一个五年级的小学生，怎么能拥有这么高档精美的笔记本呢？太奢侈了。我小心翼翼地翻看着内页，抚摸那细腻厚实的纸质，欣赏彩页上的风景画和景点介绍，分别是中国四大园林。隐约间，闻到本子里还有一股淡淡的檀木香气。正当我沉醉于苏州拙政园的美景时，一样东西突然滑落到地上。我捡起细看，心猛然一震。是岚卿老师的小像。标准的一寸黑白小照，四周剪着整齐的花边。岚卿老师烫着精致的大波浪卷发，发梢及肩。一双澄澈、温柔、灵秀的大眼睛正笑盈盈地看着我。不，岚卿老师不光看着我，她在对我说话呢。还是她常说的那句"人活得要有志气，有骨气，有目标，有追求！"清脆、干练地从岚卿老师洁白整齐的齿间飘出来，萦绕在她微笑的脸颊。哦，一阵清风吹过，照片上散发出淡淡的檀木香。在那个年代，檀木香是种很不一般的气味，它是奢侈的，也是很有代表性的。这种香味，我在奶奶的老洋柜里闻到过，家里只有奶奶认为很贵重的东西才能住进那个老洋柜。为了防潮防蛀，特地放了檀木球。我想，这个精美的笔记本在奖励给我之前，它也是被岚卿老师视作珍宝一般收藏的吧。为了给学生鼓励，她竟割爱奉献出一股"檀木香"。

那么，照片的事她一定不知道吧？至少现在还不知道，否则岚卿老师应当要拿去的。我把这张小像用一张红纸仔细地包起来，放进文具盒里，打算开学的时候还给岚卿老师。其实当时我觉得那个浅蓝色的本子也应该还给岚卿老师的。对嘛，只有岚卿老师才配用那么好的笔记本。但当我看到扉页上的"奖品"二字以及清晰的虎亭小学公章时，又打消了这个念头。我确信，这件奖品我永远不会使用。

开学后，我一到学校便将岚卿老师的小像送到了教师办公室。不料得到的消息竟是"岚卿老师调走了"。红色纸包里的小像明明被我攥在手心，它却在我的心头利利地划一下。我鼻子一酸，没来得及跟老师打招呼便冲出了教师办公室。我不知道岚卿老师调到了哪里，只好把小像照原样夹进蓝色笔记本里，每天都把本子放在书包里随身带着。我猜想，她应该会回来开会，办事或监考吧。说不定期中考试就是岚卿老师监考呢，因为平时经常见其他学校的老师来虒亭小学走动。然而，直到小学毕业，我终究也没等到岚卿老师。后来离开家乡越来越远，小像便一直随我后来获得的奖状和荣誉证书一起珍藏在弥漫着檀木香的柜子里。柜子越来越满，小像里的岚卿老师仍然微笑着，常常对我说话。

第一次见岚卿老师，是我刚转学到镇上读书时。开学的第二天上午，陌生的教室，陌生的班级里走进一位陌生的老师。原本在陌生里多一点陌生，并不稀奇。但走进来的是岚卿老师，就完全不同了。岚卿老师身材高挑，皮肤白皙，嗓音清脆。更特别的是，她走进来时洋溢着一脸的青春自信的笑容。她那么亲切，那么漂亮，简直让人觉得虒亭这个小镇根本就无法承载她的美。对了，岚卿老师教我们数学。讲完课做练习题时，她走到我的课桌旁俯下身轻声问："你叫什么名字？是从哪里转来的？""魏丽饶。麻糊村。"我原本以为自己会紧张得不敢回答或语无伦次，但岚卿老师的笑容让我无比安心。听了我的回答，她用手轻轻抚了抚我的脑袋，脸上的笑容又加深了一些。岚卿老师什么也没有说，又静静地回到讲台上继续上课。那一堂课以后，陌生的虒亭小学悄悄为我这个寄读生滋生出一丝暖暖的熟悉。

严格来说，岚卿老师对我并没有什么特别。我与她的接触，和其他每位同学一样，都是通过练习册和作业本。作业本上清一色的红色对钩，是我对老师的敬重，练习册上飘逸的红色"优秀"，是老师对我的认可和肯定。一个学期里，我和岚卿老师就这样无声地交流着，她是校园里一道靓丽的风景，我是来

2013年 中国散文排行榜

自麻糊村的寄读生。

　　不得不承认，寄读生在班上的确存在一些难以避免的特殊性。那天老师突然说让买一本奥林匹克习题集，第二天开始布置习题集上的作业。那个时候，我没有零花钱，需要买的东西都是周末回家告诉父母，他们买好了我再带到镇上。老师交代的任务，令我焦急，害怕，却也无奈，因为我从来没有让岚卿老师失望过。放学后，我到书店找到那本习题集，标价2.16元。天色越来越暗，在与麻糊村相距十五公里的镇上，我没办法找到2.16元。这使我彻夜难眠。清冷的月光从窗户照进来，落在厨房里的锅灶上，橱柜上，砖头地面上。夜，悄无声息。我蜷缩在靠墙角的一张小床上，想象明天数学课岚卿老师的脸上会堆起阴云，还是打响霹雳。

　　然而事实上，当我把情况如实告诉岚卿老师时，她丝毫没有责怪，而是很温和地宽慰我"没关系，先安心上课"。悬在心头的一块巨石顿时落了地，我突然很想放声痛哭一场。那堂课上，老师仍像往常一样从容平静，而我的眼眶里却始终阴雨连绵。下课后，岚卿老师把我叫到办公室，我万万没想到她竟主动借给我2.16元钱。现在我仍然不知道该用怎样的语言或文字来表达当时的心情，总之我居然木讷到连一声谢谢都没能说出口。

　　对了，我的母亲能理解我那种心情。母亲说，岚卿老师对待别人的真诚，是让人说不出"谢"字的。那个时候，中秋节学校不放假，同学们偷偷把美味的水果和月饼带到晚自习上相互分享，除了我。没有人与我分享，我也拿不出可分享的东西，所以那个晚自习我显得格外孤单。或许是节日的缘故，老师没有像平时那样坐在讲台上监督我们朗诵课文。教室里整个夜晚都弥漫着读书声，嬉闹声，热烈的烛光和食物的烹香。我坐在第一排中间紧临讲台的位置，被身后的喧闹刺激着，引诱着，排斥着，冷清而伤感。就在晚自习上到一半的时候，不知为什么，这喧闹戛然停止了。我无须管，也无心管，顾自读课文。直到教室里静得只剩下我一个人的读书声，我才被自己大得夸张的声音惊得停下来。"有人找魏丽饶！"我听到后排传过来的消息。此时教室的后门果然半开着，一个矮矮的身影一动不动地倚在门扇旁。直到我穿过所有烛光，来到门口，才看清她的脸，是母亲。"妈？"我惊愕地喊出声，眼中两股泪泉顿时喷涌而出。酸楚！全世界所有的酸楚都聚在了我的心头。然而母亲顾不得回应，她急忙把手伸进衣兜里慌乱地摸出一个布包，塞给我，"快进去吧，别影响学习！"母亲疲惫的眼神吃力地示意我快回教室，温暖而不容抗拒。"妈，这么晚了，你怎么来的啊？"母亲仍旧没理会，便急急地转身走进了如水的月光里。随之，我的心也"扑通"一声，再次跌落进全世界的酸楚。

回到教室，同学们正津津有味地谈论着我的母亲。"显得好老啊！" "看样子，更像是她外婆呢。" "怎么会呢，我外婆都比她年轻多啦！"嘈杂的议论声被熊熊的烛光燃烧得咄咄逼人。我攥着母亲塞给我的布包，默默回到自己的座位上。他们说得没错，长年累月的田间劳作将母亲的容颜磨蚀得与她的实际年龄极不相符。刚才母亲一定是从地里收工后直接来了镇上，穿着一身破旧的灰色衣裤，发梢上还挂着一小片玉米叶子，黝黑的脸上蒙着一层厚厚的灰土。的确不敢相信，母亲居然是我的母亲。我把此起彼伏的议论声丢在身后，任它在烛光里燃烧成一阵阵嘲笑和讥讽。作为一个乡下寄读生，我早已习惯了这样的鄙视和嘲讽。我将头埋在课桌抽屉里，偷偷地打开那个小布包，居然是半块月饼和三颗葡萄。在乡下农家，这是多么难得多么罕见的一点美味啊。母亲用她的花手帕将它们包得严严实实，生怕洒掉一星果仁或半根青红丝。教室后门紧闭着，我把手帕原样包好，在闹哄哄的嘈杂声中，肆意哭喊，泪如雨下。

不知什么时候，岚卿老师来到我的身边。教室静了，我才意识到自己的痛哭竟然是无声的。老师从我手中拿过小布包，走上讲台，把事情的来龙去脉娓娓地讲给全班同学听。"同学们，你们知道吗？魏丽饶的妈妈刚刚给咱们学校送来了一大篮子现烤的玉米棒，让分给同学们吃。这会儿她正一个人跌跌撞撞地走在回麻糊村的山路上……"岚卿老师的声音哽咽了，教室里鸦雀无声，每一朵烛光都冷静了下来，轻轻摇曳着，模糊了同学们的视线。

再见岚卿老师，是多年以后了，无意中在县里的报纸上看到的。原来岚卿老师当时调到了县第二小学，担任数学老师。报纸的头版头条是关于县优秀教师的报道，标题下面有一张醒目的大照片，岚卿老师正在给一个小女孩辅导作业。她微笑着，无比温柔、无比亲切。恍惚间，我总觉得那个小女孩是我。就是的！因为我分明闻到了熟悉的檀木香。

原载《西部散文选刊》（原创版）2018年第2期

寻找长城脚下的乡亲

王贤根

2013年 中国 散文排行榜

到金山岭长城，是为寻找我亲爱的乡亲。

明时的戚家军，从我的家乡出征，抗倭取得辉煌战绩，随军幕僚徐渭感慨赋诗："帐下共推擒虎将，江南只数义乌兵。"他们解甲返乡不久，再度应招，沿运河北上，披星戴月近六十天，抵达通州张家港，又日夜兼程奔向京北最为险要的古北口。他们自己也没想到，从此家乡成故乡。戚继光在密云的石匣营，检阅了这支来自江南的旧部。《明史》记载："浙兵三千，至陈郊外。天大雨，自朝至日昃，植立不动。边军大骇，自是始知军令。"从此，戚家军成为长城戍边的"兵样"。那次点检，也成为戚继光治军的经典之笔。

想起这些，心中的血就澎湃起来。我决定独自出行，走向寻找他们的路。

初秋的天，湛蓝湛蓝，几缕白云在空中飘荡。我背着双肩包，乘上了北京开往滦平的长途汽车。当年的戚家军是扛着鸟铳，步行在崎岖的山道上的。史书也称这支队伍为"南兵"，他们分守长城沿线重要关隘。"黄崖、义院等口，屡被属夷侵犯，守墩南兵，每成堵回之功。"那时的长城，是明开国大将徐达主持，在齐长城的基础上修筑的，两百多年的战火摧损，风雨侵蚀，业已残破不堪。古北口是京畿重隘，又是边城"软肋"，元朝败退大漠的贵族部落，曾多次举兵从这里夺关南下，威逼京都。

燕山重峦叠嶂，关口平缓，而两侧的山势，连绵攀升。边防的守卫，是个整体。关隘与群山，互为犄角，遥相呼应。由谭纶举荐，戚继光担任蓟镇总兵，他视察边关后主持修建长城，加宽加高，用砖砌筑，最为重要的是，从山海关至居庸关西一千二百里的防线上构筑骑墙空心敌台，可以长期驻军，昼夜把守。戚家军奔向边关各隘口，正是修筑长城开初之时。抵达古北口的戚家军，就投入了修建的行列。这是明隆庆三年（公元1569年）。想当年，密云道古北路属地的金山岭、司马台的山岭沟壑上，到处有戚家军——义乌兵构筑敌台、城墙的身影。隆庆五年（1571年）十月，戚继光请求朝廷批准，又从浙江义乌招募六千兵士北上。

金山岭长城位于河北滦平县境内，与北京市密云县相邻。我遥望一座座耸立在群山之巅的敌楼，心绪不由自主地激荡。跨进金山岭长城管理处，自我介绍后，迫不及待地询问："这里有当年戚家军的后裔吗？"

显然，这有些唐突、茫然。

戚继光在《练兵实纪》中详细记载建空心敌台的部署、结构、方法及军事守备的作用。他还写道："今招南兵一万，分布各台五名十名不等，常年在台，即以为家，经年再不离台入宿人家。以此台上时刻不致乏人，故此数年不虞。"为让守台将士扎根边陲，戚继光采取了随军家属的做法，于是，大批义乌兵的妻子、儿女又远离故土，在长城的敌台上建起"夜半边城吹觱篥，何人不起望乡愁"的新家。

我是怀着现代军人的悠悠愁思，从砖垛口缓缓登上金山岭长城的。这里的每一级台阶，每一块砖石，都留有我家乡先人的体温。我一面抚摸温暖的墙体，一面静心倾听先人的声音。城垛上，我隐约看见身束戎装的兵士，紧握鸟铳，目光炯炯，注视着关外。有队军士从身旁铿锵而过，述说的吴语乡音，是那么的亲切、动听。我不敢放重脚步，恐怕惊醒先人的梦；我不敢深重呼吸，我在寻找我自己的梦。当我渐渐地登上山巅，一轮红日正从东方天际升起，重叠起伏的群山隐在黛色的迷蒙之中，座座高耸的敌楼岿然屹立，镶嵌着金色的光辉。在这里，长城九曲迂回，如巨龙逶迤盘绕，又欲腾飞。雄伟，壮丽，崇高，坚韧，众多美好的字眼，霎时涌上心头，又被热血吞没。刚柔相济，屈伸自如，柔美的艺术与刚强的力量，在我国古老的长城上，赢得无与伦比的统一。

景区内有座"金山岭长城碑记"，显然是竣工之时所刻，"隆庆四年夏孟之吉"。上面铭载一大溜明朝官员的职务、籍贯、姓名。史书往往为将相而写，碑刻亦然。万千修筑金山岭长城的普通将士，就湮没在岁月的长河之中了。历史无情，又是无奈。

我不敢贸然叙述当年戚家军——义乌兵在修筑金山岭长城中的挥汗洒血，但我清醒地知晓，这里的六十七座敌台，三座烽燧，按戚继光部署的兵力计算，则有三百五十至七百名南兵把守。来自我家乡的这些南兵，千里迢迢一路风尘到了燕山深处，"常年在台，即以为家"，风和日丽、阳光普照时倒也罢，风雨交加、大雪狂舞的日子里，他们又是怎样坚守高台、点火做饭、养育儿女的呢？他们的后人，又是怎样以台为家，拓荒种地，几百年守望着这座座神圣楼台的呢？

现在，人们习惯称敌台为敌楼。

我数度沿着长城行走，从河北的山海关、小河口、董家口、板厂峪、义院口，到天津的黄崖关。我住在楼台军后裔的村落，晚上盘坐炕上与他们长谈。他们倾吐漫长的思乡之情，让我多次落泪。泪水冲刷着时间与距离的隔膜，我们成了相知恨晚的朋友。

记得是青山绿水披上朝晖的时候，我走进张鹤珊的家。张鹤珊是位长城守望者，"2008年感动河北候选人"。介绍词后一句写道："秦皇岛市抚宁县城子峪村民张鹤珊就是义乌兵勇的后代，为了心中的信念，他三十年守护长城，从最初的'义务守城人'，变成'长城保护员'，从最初的普通农民，成为中国长城学会会员。"

长年的野风吹染，张鹤珊的脸庞呈紫铜色，五十大几的身板，抡起斧子劈柴，吭吭的，浑身有使不完的劲。他说咱村大多是守城军士的后代，山上有座张家楼，就是我家祖上守卫的。我们从小听长城的故事长大，我爹说长城救过他的命。

　　那是抗日战争时期，冀辽交界的城子峪一带属八路军活动区。日军为封锁老百姓与八路军的联系，在村子前后各筑有炮楼。听说八路军的粮食藏在山里，日军到处找也没找着，就将张鹤珊的爹和一些百姓抓进炮楼审讯。张鹤珊的父亲叫张世文，他和群众没有吐露半点信息。日军气急败坏，就将他和部分群众押到后山敌楼上。张世文是共产党人，日军看出他在群众中有威望，就将他拽到楼顶上，用枪点住脑袋："不说出粮食在哪里，就把你推下去！"

　　高高的敌楼矗立在山脊上，一边是千丈悬崖，一边是俯视村庄的山坡，从哪边推下，张世文都是粉身碎骨。面对日军凶残的威逼，张世文镇静，从容。他懂得，八路军是抗日的队伍，是老百姓的军队，粮食维系他们的生命，绝不能落到鬼子手中。日军见张世文拒说实情，就狠狠地把他从楼顶推了下去。

　　空气突然凝固。刹那间，张世文就要倒在长城下的血泊中。

　　万万没有想到的是，张世文从敌楼呼啦飘落的当儿，挂在了半空的流槽上，沉重的身子像个钟摆，悬空摆动。不知哪瞬间，忽地坠落下去。死亡敲击着张世文的脑门。日军咧着狰狞的嘴耻笑："你的，就挂着吧！"

　　张世文在流槽上从晌午挂到黑夜。炮楼的日军觉得这家伙肯定死了。他们没有想到夜阑人静时，几位村民悄悄扛上座杆（独脚梯），将他救了下来。

　　多少年后，张世文将这一切说给张鹤珊听。"城楼救了我的命，也是祖上救了我的命。你长大后，给我好好看着长城，别叫人破坏了。"张鹤珊铭记心中，自觉走上了保护长城的漫漫路途。

　　我在张鹤珊家住了两晚。我们一起走进骑筑在长城上的张家楼。那一带还有姜家楼、骆家楼、吴家楼、孙家楼、王家楼、耿家楼、陈家楼……都是以守楼义乌兵的姓氏传呼下来的。张鹤珊抱着厚实的楼墙，深情地叙述祖上守城的一些传说和义乌兵留存的风俗，让我久久地感叹与沉醉。我一次次走上长城，一回回掀开长城农家的门帘，正是谋求倾听筑城、守城将士的故事和他们的心声。四百余年来，这些历史的碎片，已经浓缩成言语的文物。当然，我也实地看到后裔珍藏的当年的作战利器与守城生活用具。对于我，更为珍贵的是从他们的故事和心声中，真切地感受长城文化的意味与精神的传承。文化是民族之魂。精神至高无上。

在金山岭长城上，我从六眼楼、桃春口、将军楼、沙岭口、大小金山楼，到东五眼楼，一座座抚摸，观赏。有座城楼底层一处，整齐砌筑的墙体灰白分明，凹部的地面与砖墙上有明显的火烧烟熏痕迹。蓦地想起，这兴许是当年守城军士烙饼焖饭的地方。炊烟从城楼上袅袅升起的时候，他们幼少的孩童，是扶着长枪守护在城垛上，还是抱着刚刚从城下拾得的干柴送到妈妈的身边？狼烟四起时，城楼上的妇女、儿童是与家主一道操枪提刀，还是退至几十米、上百米外的库房躲避……有用没用的疑问像山泉一样涌出，我没有能力回答，只能在臆想中完美自己的追问。

秋阳亮亮地照来，映得山峦清晰，峻拔，长城更显崇高了。我在欣赏、感受长城的同时，又在欣赏、感受迎面而来的游客，从他们面部的表情里，品读一个个不尽相同又疑相似的宽广而又惊异的心境。

恰在这时，有位少女怀抱一束山花走来，雅致的花簇衬着她秀丽的面容，青春气息花一样的绽放。从她匆匆的脚步中，我觉得她不是游客，那她又为何要到长城的大山上来采撷鲜花呢？

几分的鲜奇，我与她搭上话语。少女是位高中生，正值暑期在家，她奶奶不慎摔伤。听奶奶说他们家族祖上是从浙江来守长城的，过去在金山岭，后来搬到口内的山脚住下来，祖祖辈辈在那里生活，现在有的搬到北京城里去了。她说奶奶是口里嫁到口外来的，奶奶说这里离长城近，站在家门口就看到高高的城楼。有次，奶奶的兄弟来拜年，大雪天，还一起上长城呢，好像他们对这里的长城有特殊的感情。这回她躺在床上，要我上长城采束鲜花回去，说他们的祖上是在开满山花的时候来守长城的。

　　我压抑不住激动。皇天不负我。让她看了我的军官证，说一个星期后想去你家采访你奶奶。她告诉了地址、电话，就匆匆挥手，一撮马尾巴似的黑发飘忽在渐行渐远的视野里。

　　整整一个星期，我如约给女孩家电话。孩子在电话那头哭泣地告诉我，奶奶昨日去世了，身旁还置着那束鲜花。我脑子嗡了一阵，老人摔伤怎么会溘然而逝呢？是内出血过多，还是没及时送医院，或在治疗中出现意外……我不敢过多地追问青春年少的孩子，我存有自责：为什么当时我不跟随女孩去拜见这位几百年前守城兵士的后人呢？其间，中国散文学会组织散文名家到金山岭长城采风，我为什么不再留宿一晚，翌日去他们居住的那个村庄呢？或许老奶奶见到我这个故乡来客，苍老的眼神闪烁着惊喜，拉着我叙述祖上和她心中积郁已久的思念；或许她联想到古北口长城抗战的弥漫硝烟，又勾起对家史的种种回忆；或许她抿着几颗残牙，当着孙女的面，给我述说他们那一代人委婉而又率真的爱情……

　　遗憾！这一切都成为遗憾！我默默地反省自己，为什么"一个星期后"就非要"一个星期后"呢？遵守时言和某些想法一旦成"迂"，不就耽搁了人生诸多的机遇了吗？如果我及时去拜见老奶奶，倘若她的生命有转机，或延续，那不正是求之不得的吗？我知道，我无力回天，但我多么希望那成为现实啊！

　　女孩眼里流淌出来的是苦涩。在电话里，我真诚地安慰她，请替我这个远方的故乡人向老奶奶磕个头。我想，过一段时间，我去看看老奶奶的兄弟姐妹，他们一定有许多故事和藏在心底的话可以讲给我听……

　　　　　　选自《又是烟雨迷蒙时》（人民文学出版社2018年11月版）

珠峰卫士

朱金平

2018年 中国 散文排行榜

这是初夏一个阳光灿烂的日子，世界上第一高峰——海拔8844.43米的珠穆朗玛峰，鹤立鸡群般矗立在喜马拉雅山的群峰之上，银光闪闪。

此刻，一群全副武装的中国士兵，正从它的北侧一步步向雪峰深处艰难跋涉。他们巡逻的最后一站，是海拔5711米处的兰巴拉山口62号界桩。

走在队伍最前面的，是西藏军区某边防团二营六连一排长潘洪帅。1.78米的身高，魁梧结实的身板，黑漆刷过一样的浓眉，明星一样生辉的双眼，真没辜负他名字中的那个"帅"字。不过，这一切现在都掩藏在那一片迷彩和防护面罩里了。

六连，地处海拔4380米的喜马拉雅山麓，是距离珠峰最近的中国军营，主要负责山脉一线156公里边界的巡逻管控任务，素有"珠峰卫士"之称。该连营地年平均气温只有2—4℃，冬天可达零下30多摄氏度。潘洪帅2008年入伍来到这里，一转眼就是10年。这是他参加执行的第80次珠峰巡逻任务了。

出生在山城重庆的潘洪帅，从小就对军营充满了向往。一部电视连续剧《士兵突击》，他看了8遍还不过瘾，里面的许多台词都背得滚瓜烂熟。而2008年汶川大地震的那场救援行动，更给他带来心灵上的震撼。当时正在复习准备参加高考的他，在电视里看到余震警报拉响了，可一名解放军战士仍哭着求领导让他再救一个人，小伙子感动得泪水直流，埋藏在心底很久的一句话终于脱口而出："爸爸，我要当兵去！"

这也正是父亲对他这个独生儿子的期望。不久后的一天晚上，父亲兴冲冲地冲进家门就喊："儿子，征兵开始了！听说有去新疆和西藏当兵的名额。"正在冲澡的儿子立马回应："我要去西藏！那里有珠穆朗玛峰！"命运就是那么巧合，从重庆到拉萨，从日喀则到定日县，跨越千山万水，潘洪帅最终被分到这个边防连。当初说要到西藏，因为他脑子里只有珠穆朗玛峰。可西藏那么大，他做梦都没想到自己能够来到距珠峰最近的军营，成为一位名副其实的"珠峰卫士"。

新兵下连后第一次到珠峰去巡逻，潘洪帅主动报名要求参加，终于如愿以偿。巡逻前夜，他激动得没有睡好。

队伍出发前准备行装，干粮、照相机、卫星电话、指北针、地图、国旗、油漆，还有急救包，要带的东西真不少。潘洪帅主动要求背枪，因为他觉得背枪最威武，更像巡逻兵。

"猛士"车一路翻山越岭，奔驰60多公里，将他们送到雪线以上的位置再也无法前行了。接下来，就要靠巡逻兵们用双腿在白雪皑皑的悬崖峭壁间攀行10多公里，把自己送达兰巴拉山口了。刚开始时，小伙子们还兴高采烈。当那座高耸入云的珠穆朗玛峰突现眼前时，潘洪帅和其他新战友一样激情澎湃。指导员现场给新兵们鼓励："这就是世界上最高的山峰，我们的工作也要向最高的标准看齐。"此时的潘洪帅，激动得很想作首诗。可一句诗文还没想出来，就发现脑子"短路"了。他感觉胸越来越闷，腿越来越沉，路越走越累。身上的一切，包括背的那支步枪甚至架在鼻梁上的那副酷帅的墨镜都是沉重的负担。气越喘越厉害了，他真想就地躺下来。排长在他身边给他打气："加油，坚持住！"

一片蓝幽幽的冰川出现在大家的面前，班长自豪地告诉新兵们："这就是

235

著名的兰巴拉冰川，千年不化。咱们国家13亿多人，有几个人能见到这样的风景？！我们应该感到自豪！"一句话，又点燃了大家心中的激情，潘洪帅顿时感到身上有了一股神圣的力量。

62号界桩终于到了，新战友们激动不已！大家忙着给在风雪中褪了色的字体描上红漆，举着国旗在这里拍照。一个新战友忘了领导的提醒，摘掉墨镜留影，他想告诉父母亲，儿子是祖国边境最高山峰的卫士，想让家乡的父老乡亲分享他的荣光。还有一个新兵索性把面罩摘下，左一个动作、右一个造型，想在这里留下青春的纪念，把照片寄给远方的心上人……

雪山的脸说变就变，刚才还是阳光极其灿烂的天空，瞬间飞雪走石。天空中呼啸的仿佛不是零下30多摄氏度的寒风，而是一把把嗖嗖飞来的锋利刀子，只要露出一点肌肤在外面都会受伤！

下山的路，变得极其危险。翻过一座山脊，前面出现了一片开阔的雪地。一双双作战靴踩得积雪吱吱响，连长示意大家别出声。因为，连说话的声音大一点都可能引起雪崩。1973年2月28日，这个连队就有23名官兵在巡逻途中遭遇雪崩，全部壮烈牺牲。这样的教训，深深印刻在连队每个老兵的心上。

就在此时，哧溜一下，一个新兵沉入雪中突然消失了。原来雪下是冰川，冰川里有无数冰窟窿，每个冰窟窿都深不见底，如果有人掉进去，后果不堪设想。幸运的是，那个新战士横挎的枪支卡住了冰缝，大家赶紧七手八脚地把他救上来。

从兴奋不已到惊心动魄，第一次的珠峰巡逻似乎就这样结束了。每个新兵都有过这样的第一次。当大家再次登上那辆"猛士"返回时，小伙子们累得连说话的力气都没有了。

巡逻的后遗症接踵而来。那个在界桩旁摘掉墨镜的新战士，回到营房的当夜双眼红肿失明，疼痛不止。他得了雪盲症，好在军医具有丰富的治疗经验，几天后他又复明了。而那个扯掉面罩摆pose照相的新战友就惨了，脸上整天火辣辣得痛，皮肤一块块变紫发黑，并一片片卷起来。

不要以为这是个例，在"珠峰卫士连"，无论老兵新兵，每次巡逻回来，即使防护措施做得再好，脸上大多也要脱一层皮，只不过大家已经习以为常了。没有怨言，也没有犹豫，有的只是"快乐再出发"。

每一次巡逻，都会遇到不同的危险。成了老兵、当了班长的潘洪帅，应该说对巡逻路上的情况很熟悉了，但也还是经常遇到险情。一次在完成界桩的巡逻任务往回走时，他拿着地图，想给大家探出一条近路来，结果脚下一滑，溜到了冰缝的边缘。万幸的是，一只脚被冰岩挡住了，往下一看，是万丈深渊，他顿时惊得头上直冒冷汗。他冷静地将背包带捆在腰上，系上战友放下来的绳子，最终被大家拉了上来。回到车上，他的大腿抽筋，疼得脸都变形了。

每一次回营的路上，都有人半开玩笑地说："下次巡逻，我不敢来了。"可下次，大家还是争先恐后地报名，没有一个人愿意落下。因为，这是一个英雄的连队。

"珠峰卫士连"诞生于中国革命的烽火硝烟中，先后参加过抗日战争、解放战争、筑路进藏和中印边境自卫反击战，多次出色完成剿匪平叛、抢险救灾和边境封控任务，官兵们具有不怕艰难困苦、不怕流血牺牲的光荣传统。近些年来，连队先后获得"全面建设先进连队""边防执勤先进单位"与"先进基层单位"等许多殊荣。现任连长普琼次仁，毕业于原昆明陆军学院，在去年洞朗对峙事件中执行任务成绩突出，荣立三等功；指导员李江毕业于西南交大电子信息工程系，矢志扎根边防，建功立业，2015年荣立三等功，2016年被军分区评为优秀基层干部。全连官兵叫响的口号是："二营六连，勇往直前；珠峰卫士，满腔斗志。"

当初的六连，住房等生活条件很差。为改善这种状况，官兵们热火朝天地投入到改造营房的战斗中。潘洪帅刚来连队时，就参与其中。在施工中，他的右脚被钉子戳穿，拔掉钉子后仍然参加战斗；左脚被砖头砸伤了，轻伤不下火线。一次砌墙时他不慎从脚手架上摔下，右胳膊被划出两寸多长的伤口，皮肉外翻，他让卫生员简单包扎了一下继续上阵。鉴于他的出色表现，2014年已转为士官的他被组织上推荐保送到原陆军军官学院上学。军校毕业后他本来可以选择在内地部队工作，但他毅然决然回到"珠峰卫士连"当了一名排长。他说他的心已经留在了这里。

由于这里海拔高，氧气吃不饱，因此，一般军人结婚都选择回内地。可2016年冬天，潘洪帅却让未婚妻千里迢迢从重庆老家赶到部队驻地，并在当地领了结婚证。他说，因为这里的结婚证上印有藏文，具有特殊的纪念意义。

由于深受他的影响，爱人也对六连驻守的地方产生了深深的感情。发现驻地有些藏民的孩子家庭比较贫困，她就热心地发起募捐，为孩子们先后捐赠了400套服装和100套学习用具，被当地藏民传为佳话。

不久，妻子怀孕了！这是该连军人在高原孕育的第一个新生命，潘洪帅惊喜不已！如今，儿子已经6个月了。他通过视频对牙牙学语的小家伙说："快快长大吧儿子，18年后又是一条好汉。爸爸有接班人了！"

珠穆朗玛峰之所以能够耸入云天，就是因为它有着巨大而坚固的底座；边防军人之所以能够安心守边，是因为他们有着后方亲人的无私奉献。

而潘洪帅和他的战友们不仅守卫着地球上最高的山峰，也守卫着中国军人最高的精神高地。他们生命的高度，亦不是珠峰那8844.43米可以衡量的。

原载《解放军报》2018年7月9日

以梦为马　不负韶华

任晓璐

一

其实，人生在世做什么梦的都有。明星梦就是最难圆的梦，少男少女们为了成为明星，大多葬身火海。

我却没有太远大的理想、抱负。抑或是，我知道做这些梦的代价有多么大，我便不像某些人那样做着富贵梦。

时间，将我最大的期望打破。它破碎的模样，在脑海中越来越清晰。期望破碎的残骸将内心剐割七零八落。眼睁睁看期望破碎，真痛。樱花落了，何时再开？或许，再也不会盛开。

或是，内心早已与世俗社会脱节。而整个人早已投身这个美丽与丑陋兼具的社会。可是，总是无法诠释美丽的样子，就更不知道何为美丽的事儿。

忽而觉得，每个人都是舞台上的小丑儿。每个人都拥有一个角色，每个人都带着那个角色应该戴的面具。你可能是嘴里碎碎地念着，不多乎、不多乎的孔乙己。也可能是，戴着黑色面罩的佐罗。

可是，在特定的某个时刻，佐罗就会与孔乙己角色互换。孔乙己成了佐罗，佐罗就成了孔乙己。

无论成了什么样的人物，也都会有迷茫的时刻。或许，每个人都会显现出迷离的眼神，即使这眼神很短暂，但他曾经迷惘过。

某些事，随着时间的推移发生着微妙且细小的变化，只是我们都没有发现而已。其实，什么都变了模样。只是时间，它还在嘀嗒嘀嗒的一分一秒地过去。

我在一点点地长大，在我身后有一股巨大的力量。这力量，是善意或是邪恶，是不明晰的，只有一个很现实的事实。我的年龄在一点点地长，身边的人也随着时间的推移，来了些，走了些，来了些，最后都走了，一个未剩。

其实，还是很佩服自己的记忆力的。儿时，做过一个可怕的梦。我与母亲大人，在某地的乡下游玩。晚上，母亲大人将我丢在座位上去方便，不一会儿，一个身着黑衣的人将我带走。然后我便从噩梦中惊醒，那时候，还真是单纯，认为别人把我带走就是最可怕的事儿。很想念幼年的快乐与单纯。或许，等我头发花白的时候，便会成为儿时的模样。或许，还能将现在的期望实现，看到樱花的盛开。

我并非丢弃梦想的人，只是害怕再次眼睁睁地看到梦想一点点地破碎。

再见樱花，或许我们再见时，你会比现在更美好。

我像一个刚刚成熟的男子一般仰望着你雅致的容颜。其实，很多时候不明白为什么年轻的男子会恋上与自己母亲年龄相似的人，现在总算是明白了。原来，有些男人在寻找女人身上雅致的那些点滴，而将新时代的年轻女子抛之脑后。

二

某些时候，男人对女人依然垂涎欲滴，但表面还是不露声色。这样表达不免有些露骨，我只是想说，我寻梦苏州追梦上海就是这样的感觉。

拙政园的气势，那种气势把我潜意识中的金钱欲望激发得一发不可收拾。在那一瞬间，觉得自己应该挣很多很多的钱，盖一个这样的房子，给亲人们住，这也只是一瞬间的痴心妄想罢了。

寒山寺的寒气逼人。与寒山寺会面的那天刮着刺骨的寒风，银杏树叶将地面装扮成了深黄色的世界。踩在上面感到越发的温暖，可刺骨的寒风从脊梁穿透将心脏吹得微凉。

雕花楼，看上去就像是矫情的女子。苏州的能工巧匠把她装扮成这模样，如今谁也不知把雕花楼装扮成这般模样的人是谁。细致中透露着些许的优雅，让我好生羡慕，在雕花楼的面前觉得自己是这般"渺小"。

虎丘，在这个季节里色彩是如此分明，有银杏黄色的盛大、香樟树和青松富有生机的绿以及红枫热情的红。一个恶毒且善良的女人将千人工匠杀死的"千人台"上，我想或许就是在这个季节里，千人被杀。我仿佛看到她红黑分明的心脏在她的身体里跳动，以及她一半善良一半邪恶的眼神。那样的美是无法形容的。在这里与一个可爱的导游相遇，她说成片的银杏黄得并不衰败而是灿烂。导游是那样的热爱生命和乐观，照相的时候，总是让我们微笑、大笑或是狂笑。我想在这附近生活的人，都是如此热爱生命的。因为虎丘赋予了你们美，强大的美。

上海，不曾向往的地方。十二月四日，在那里的南京路以及外滩徘徊。

我看到了雾中的上海。无数的外地人在徘徊，他们也像我一样迷茫以及无奈么？

只记得，那天在地铁站晃悠了很久。那里人很多，空气很差。

真正看到上海时，已然感到四肢无力了，一瞬间便没了欣赏上海的兴致。

拖着疲惫的身躯，仰望着一座座似乎已然紧密连接的高楼大厦，好似站在地面看云朵里的房子一般。

当我拖着依然疲惫的身躯略带兴致地走到外滩，想一睹外滩的风采时，看到头顶赫然几个大字，外滩施工，请乘坐公交或是乘坐时光隧道。

我第一次坐了时光隧道，看到"流星雨"的模样，"时光隧道"形成的转瞬即逝以及"岩浆形成"的状态，但很不幸的是，这是假的。最可笑的便是"天堂与地狱"了，几个鬼怪模样的人站在隧道的中间晃来晃去，其实只是几

241

个充气人而已。

从时光隧道出来后，由于种种原因，我们只能在外滩的一个角落，看到了外滩局部的风采。这个深秋在上海，内心深处留下了些许遗憾。

三

在我年幼的时候，还曾经有过一个梦想，就是拥有一个自己的大理石板公司。听起来是不是有些可笑，我整天坐在自己的"办公室"里，给各种各样的"老板"打电话。其实，我的办公室是我们一家三口的卧室后面的一间屋子，那老板们就是一部电话，仅仅是一部电话而已，只有我自己，没有别人。从那时候开始，觉得自己以后可能会是个老板。就这样，一年又一年，一年又一年，我长大了工作了，却做着和老板没有半毛钱关系的事情。

从二十一二岁起，就有了一种预感。我定是晚婚的那一类人，看似柔和，其实个性很强；看似温柔，但内心有别人了解不到的小宇宙。直到今年，猛然间明白我不该有这样的预言以及预感，因为付出的代价有些大。

我的姥爷，就为了我的事情操碎了心。因为不定心，也不定性，便也不敢与他承诺些什么，直至姥爷去世，他的心愿也没有完成，也许他的内心是带着遗憾走的，而那遗憾也成了永远。他离开的那一天我撕心裂肺地大哭，如果我嫁了人有了可爱的宝宝，姥爷离开得会圆满些。但是，我又想，他带着遗憾走，下辈子我们还能成为一家人，前世的遗憾，下辈子亲爱的姥爷还会来找我，无论我是他的谁，他又是我的谁。只要还能相见就好。

姥爷走了，留下了遗憾。姥爷那个年代，人的思想相对单纯，一切都没有现在那么复杂，他觉得人生到了哪个阶段就应该做什么事情，可他不知道时代已经大不一样了。每次我买一件新的裙子或者大衣他都会问我，这件衣服要多少钱？好几百吧？他觉得几百已经是很多很多钱了，他会问许多我们觉得可笑的问题，细细想来这其实没有什么可笑的，就像早些时候的太姥姥会问，这电视里的人是怎么进去的。

一代人有一代人的思想与理念。如果，在姥爷或者太姥姥那个时代三十岁不结婚不生孩子，会被扣上不忠不孝的帽子。而在现在这个一切都变得相对复杂的时代，三十岁不结婚好像已经不算什么了，但是依然会有些人耻笑你。

　　三十岁，如果你还在晚睡打游戏熬夜啃老，那么恭喜你，你跟十六岁没什么区别，也许还不如十六岁。你是应该被耻笑，那确实你已经垮掉了，想要懂得经营婚姻估计还要再等十年。

　　三十岁了，如果你奔波劳累，为了自己的梦想，为了以后能够好好生活打下基础，我觉得这些人就算不结婚，也是有理由的，不应该被耻笑。因为，我懂，那种完成梦想的感觉有多么奇妙。就像之前我看着电视里的女孩子，优雅地拉着大提琴。现在，我也可以做到了，这就是完成梦想的感觉。

　　社会复杂，想要生存得顺心幸福并不是一件容易的事儿。但我不赞同那些以结婚没结婚、有没有男朋友去界定幸福不幸福的人。当然，我也希望有一个知我懂我的人疼爱我，当然在他疼爱我的同时我也会关心照顾他。没有呢？没有的答案就是安心过好一个人的生活，在我二十五岁之前也会羡慕嫉妒别人成双入对，也会消极地想为什么别人有男朋友甚至结了婚有了孩子，而我没有。是我没有其他人优秀吗？其实并不是，是对的人还没有出现罢了。

　　结婚是件美好的事儿，我有许多期待在婚姻上，也会看到其他人在婚姻中的不易，但是婚姻就是婚姻，无论好坏，都是你的。关于婚姻的事情，我没有太多的发言权，但是幸福、美好、完满，不一定属于爱情，属于婚姻，也属于自己。只要有梦想，有信仰，学会自己爱自己。当你觉得一个人也可以过得非常美的时候，也许你离生命中那个对的人就不远了，离婚姻不远了。因为，在婚姻里你们也是独立的两个人，独立的个体。

　　我期待爱情，对婚姻并不恐惧。但我，也不害怕一个人生活。

　　生活还在继续，以梦为马，不负韶华，努力做最好的自己，去迎接生命中那个对的人。

原载《四川文学》2018年第2期

西山梦泉

王　宁

寻泉

"西山泉脉随地涌现。"这是清乾隆五十三年（1788年）英廉等人奉敕编纂的《钦定日下旧闻考》中的记载。不过，仅时隔二百多年，今人竟然有些难以想象。

北京西山虽称不上是中国名山，但北京人还是对它情有独钟，都说是上风上水的好地方，誉为北京的西花园。

西山是北京西北部山地的总称，又称小清凉山，是太行山北端的一支余脉，谓"太行第八陉"。西山峰岭挹抱环回，延绵不断，如"京城之右臂"，环抱着北京城。

西山自古湖泊棋布、泉水丰沛，林木翁郁、古树参天，兼有江南水乡的秀美和北方山林的粗犷。自辽金以来，历代王朝皆在西山一带大兴土木，营建各种皇家行宫、苑囿、寺庙等，其中金章宗修建的行宫"八大水院"颇负盛名。

金章宗（1168—1208）是金朝第六位皇帝，在北京建筑史上具有重要地位。他整修并命名了"燕京八景"，并在西山一带选八座寺庙，修建成融庙宇与山水园林为一体的行宫别院。因这八处行宫皆有清泉，俗称西山"八大水院"。

如今，西山"八大水院"经历了八百多个春秋，有的只存遗址，有的虽然还在，但已不复当年胜景。

西山"八大水院"有六处在海淀区，其中四处在北安河一带。大觉寺位于北安河乡的阳台山麓，是公认的金章宗"八大水院"之一的清水院，也是保存最完好、现存文史资料最丰富的金章宗行宫。

大觉寺始建于辽代咸雍四年（1068年），距今有一千多年的历史，时称清水院。金代沿袭清水院之名，被金章宗辟为离宫别苑。元代更名灵泉佛寺。明宣德三年（1428年）重建时易名大觉寺，并一直沿用至今。

大觉寺的曾用名"清水院"和"灵泉佛寺"，皆因泉而得。

流经大觉寺的山泉为灵泉。在深冬一个清爽的中午，探访大觉寺，希望能找到灵泉。

冬日的大觉寺，没有游人如织的喧嚣，可以从容地走，静静地看，细细体味，就像跟大觉寺的一次单独约会。

去掉了春、夏、秋三季色彩的粉饰，繁花密叶的遮盖，冬天的大觉寺及阳台山，都呈现出清晰的轮廓。大觉寺的青砖黛瓦、屋脊房檐，都与圆润敦厚的阳台山协调契合，相得益彰。

大觉寺依山而建，坐西朝东，既顺应了山形地势，又体现了大辽时期契丹人崇拜太阳、以东方为尊的朝日习惯。

大觉寺的建筑格局分为三路，由中路寺庙、北路僧房、南路行宫组成。中路寺庙主要有弥勒殿、大雄宝殿、无量寿佛殿、大悲坛四进院落。北路僧房包括方丈院、玉兰院和香积厨。南路行宫有四宜堂、憩云轩两座庭院建筑，还有上方的领要亭。

中路大悲坛的上方，也是大觉寺的最高处，有布局精巧，优美可人的寺庙园林，它是大觉寺的精华所在，也是灵泉的入口处。于是穿过各进庭院，拾阶而上，直接来到寺庙园林。

寺庙园林由白塔、古树、龙潭、龙王堂组成，形成一组典型的园林构图。

白塔建于乾隆十二年（1747年），与北海永安寺白塔的形制相仿，为典型的藏传覆钵式白塔，砖石结构，下面是八角须弥座，中部是圆形塔肚，上方是细长的相轮，顶上饰有宝盖。

据百度百科介绍，白塔又称迦陵和尚塔，是清代雍正年间寺院住持迦陵禅师的墓塔。不过也有专家考证是性音和尚塔。

白塔两侧，曾有一松一柏，树龄均在五百年以上，松柏的枝条从两侧伸向白塔，像要把白塔环抱怀中，故称"松柏抱塔"，是大觉寺的"八绝"之一，但现在已经看不到这景观了。据说，白塔左侧的古松遭虫害，2003年左右彻底枯死，后来寺院又补栽了棵小松树。

白塔后面有个方形小池，古称龙潭（即灵泉池）。龙潭四周设有白石栏板，上面雕刻着牡丹花卉，栏板柱头上雕有姿态活泼、神情各异的石狮子。潭内西侧有个石雕螭首，山上的泉水汇集到螭首，从口中流出，注入龙潭。

龙潭南、北、西侧的栏板被风化得古朴沧桑，很有历史感。而东侧的栏板为近年修补。

专家考证，龙潭的三面栏板和潭中的螭首都是金代清水院的珍贵遗存。

据载，龙潭之水十分神奇，无论泉水多少，始终不溢不涸，保持平满。乾隆帝还为之题诗一首："山半涌天池，淙泉吐龙口。……不溢复不涸，自是灵明守。"其实，这是池中设有机关，泉水丰沛时，会从龙潭两侧流出的缘故。

龙潭中还有一座呈笔架形状的小山石，在螭首不远的地方，泉水流量大时，从螭首口中喷射而出，穿过笔架形山石，激起浪花，形成"喷泉射窦"的景象。

而此时，龙潭里只有一汪墨绿的死水。螭首只是空空地张着大嘴，不见一丝泉水流出。

龙潭上方有龙王堂。龙王堂是座二层小楼。登上小楼，凭栏远眺，俯瞰大觉寺及辽阔的北京平原，视野开阔，心情疏朗。

古树参天，泉流淙淙，既可在龙潭前欣赏潭中龙王堂的倒影，也可在楼上俯瞰潭中的白塔，这古代的景致，应是别有情趣。如今，塔、潭、堂、古柏还在，只是潭中之水不再清澈，更难寻觅清泉的踪影。

怅然。准备离开。突然听到一丝汩汩水声。惊诧地转身寻找，但潭面平静。屏气聆听，像是从螭首深处传出来的，但螭首处的潭水没有一丝波纹。很是疑惑。再侧耳细听，水声滴滴答答，虽然微弱，但确实存在，不是幻觉。怦然心动，精神振奋。灵泉，真的还在，没有断流！

梦泉

山贵有脉，水贵有源。大觉寺的水源头在寺院西北李子峪。《钦定日下旧闻考》中对水源头有详尽记述：

"水源头两山相夹，小径如线，乱水淙淙，深入数里，有石洞三，旁凿龙头，水从龙口喷出。又前数十武，土台突兀，石兽其钜，蹲踞台下，相传为金章宗清水院。章宗有八院，此其一也。"

关于大觉寺的泉水，在诸多历史文献中不乏生动有趣的描写。

清代英和（满洲正白旗人）在著作《恩福堂笔记》中记述：大觉寺内到处都是泉水，潺潺淙淙地昼夜流个不停，与房檐上清脆的马蹄铃声相互呼应，悦耳动听。

清人完颜麟庆（1791—1846），官至河督，博学多才，见识深远。他利用为官在外宦游四方之便，将耳闻目睹的名山胜迹编成文字，绘成图画，付梓印行，这就是研究大觉寺的重要文献《鸿雪因缘图记》。在《鸿雪因缘图记·大觉卧游》中，他这样描述大觉寺的泉水：

大觉寺矮墙外有双泉，从凿开的墙洞中流入寺内，它们左右环绕着龙王堂，汇进堂前的龙潭中。潭中泉水沉碧冷然，还有许多鱼儿在欢快地游嬉，跳跃。

灵泉从龙潭南北两侧依山势顺流而下。北路泉水呈溪流状，潺潺流淌，经畅云轩、竹林、碧韵清池，汇入功德池。南路水线，依陡峭山势，呈三叠飞瀑状，汇于憩云轩后的石渠，经四宜堂等院落流入功德池。从山上望去，两股泉水犹如二龙戏珠，将大觉寺环抱其中。

现在，从随处可见的水渠，可以想见当年大觉寺飞瀑流泉的醉人情景。

大觉寺南路的建筑有憩云轩、四宜堂和领要亭，四宜堂和领要亭是雍亲王胤禛在康熙五十九年（1720年）对大觉寺进行修建时增建的。

大觉寺南侧最高处是领要亭。领要亭的亭名源于乾隆帝的诗"山水之趣此领要，付与山僧阅小年"。领要亭的造型古朴雅致，站在此处，居高临下，尽揽全寺风景。

领要亭旁边有尊辽代石狮，虽然面部被风化掉了一大块，但仍不失唯我独尊的皇家风范。

在领要亭与憩云轩之间，有青石堆叠的假山，山势陡峭，东低西高，连贯起伏，因此，山泉顺势呈现出"三叠飞瀑"的景象。这是大觉寺最壮观的瀑布。

憩云轩是座具有园林风格的建筑，它依山傍水，曲径纵横，林木茂盛，翠竹丛生。轩前有青石铺就的台阶，两侧堆砌有山石。从山坡下向上看，憩云轩掩映在假山翠竹之中，显得清幽隐秘，含而不露，只有登上石阶，才能感受到它的气宇轩昂。

憩云轩匾额由乾隆帝御题，上有"乾隆御笔之宝"玺，轩名出自康熙帝的诗：

"云岂解劳逸，而用憩息为。我适来山轩，见彼写楹时。我憩云亦憩，此意谁能知。回首语芯刍，莫拟说禅诗。"

终日为国事操劳的康熙帝，坐在憩云轩的竹林下，眺望空中自由自在的白云，羡慕不已。他多么希望像白云那样，忘掉世间烦忧，停下来休息一下。但这样的心意又有谁懂？怅然，只是回首与人讲花草，谈禅诗。

在《大觉卧游》里，完颜麟庆生动地描述了他与友人在憩云轩煮茶品茗的情景。

完颜麟庆一行人到了憩云轩，僧人化成已经准备好了粥饭。饭后，他们随手舀瓢身边的泉水煮茶。不久，贺焕文拄着拐杖去找僧人，陈郎齐倚栏作画，贻斋也有事先回了，完颜麟庆则掸去竹床上的浮尘，放好藤枕，躺下来休息。此时，淙淙铮铮的泉水更加喧闹，完颜麟庆的心里则更加寂寥沉静，不知不觉，渐渐进入梦乡，畅游到千里之外、安乐平和的华胥之境。此时，他的心无拘无束，轻松自在，没有任何顾忌、思虑和牵绊，就像到了世外桃源。

完颜麟庆是督修水利的官员，最担心的就是每年汛期的水情，以至于平时听到水声就紧张，只有到了大觉寺，听着大觉寺的泉声，才能酣然入睡。梦醒之后，他若有所悟："寺名大觉，吾觉矣。"

完颜麟庆是金世宗的后裔，他游大觉寺，会不会有种回家的感觉？他写大觉寺，也许感触更深，滋味更浓。至于"觉"到了什么，吾辈无从得知，不过，如果也希望能像古人一样有所觉悟，也许还需要有古人的情怀吧。

唤泉

跌宕的山泉，从憩云轩双渠绕流而下，流进四宜堂院内。四宜堂俗称南玉兰院，雍亲王胤禛以自己的斋号命名，并御书匾额，赋诗一首：

"佛殿边旁经舍存，肃瞻圣藻勒楣轩。四宜春夏秋冬景，了识色空生灭源。"

丰沛的泉水，滋润了大觉寺的花草树木，现在大觉寺内的古树就有一百六十株，其中最著名的当属千年古银杏，还有四宜堂内的古玉兰树。

古玉兰树有三百多岁，树冠庞大。每年清明前后，玉兰盛开，花香袭人。其花瓣晶莹剔透、如冰似雪，宛若仙子。无论姿、色、香，均为北京之最，也是大觉寺的"八绝"之一："古寺兰香。"

据说此花原生四川，乾隆年间，寺院住持迦陵亲手从四川移植而来。也有人说，迦陵在四川病逝，曾留下遗嘱，要将此花移植京师，之后随迦陵灵柩一起来京，种植于此。不管哪种说法，有两点相同，一是此树来自四川，二是都与迦陵有关。

大觉寺的玉兰，与法源寺的丁香、崇效寺的牡丹，并称为北京三大寺庙名花。

大觉寺也与许多文人墨客结下不解之缘。1934年，在玉兰花盛开时节，朱自清与友人同游大觉寺，之后特意为玉兰花赋新诗一首，诙谐有趣："大觉寺里玉兰花，笔挺挺的一丈多。仰起头来帽子落，看见树顶真巍峨……"

更奇特的是，四宜堂内有棵古老遒劲、高耸挺拔的古柏，在一米多高的地方分成两大树干，分杈处寄生着一棵婀娜多姿、娇小妩媚的小叶鼠李树。它们刚柔相济，鼠柏不分，故称"鼠李寄柏"，也是大觉寺的"八绝"之一。

四宜堂院落还有南、北两座厢房及耳房，院内有石水槽在各屋门前环绕。四宜堂房前的水槽，在西南、西北两个拐角处，各有一个方形浅池，池里卧着石雕青蛙；而四宜堂门前的两个水池内，各有两只青蛙，一大一小，小青蛙趴在大青蛙背上，模样俏皮可爱。四宜堂院门口有明惠井，本是用来汇集泉水，但现在早已干枯。

如今，四宜堂已经成了京城著名的茶院——明慧茶院。自1997年起，每当三四月份玉兰花开放时节，明慧茶院都要举办玉兰花节。

明慧茶院的广告词说，到大觉寺：赏百年玉兰、品泉水香茗、听花间古乐、尝绍兴菜肴、观高僧炒茶，已成为一些北京人"踏青"的首选。若真是如此，也算是极其风雅了。但可以肯定的是，现在已不能像古人那样"挹泉煮茗"了。

资料记载，在大觉寺北路的玉兰院中，还有一个用整块天然大理石雕琢的水池，长约两米，宽一点三米，深约半米，池的两端各有一个凹口，一个进水，一个出水。池的西沿刻有"碧韵清"字样，这也是大觉寺"八绝"之一："碧韵清池。"

当年取名"碧韵清池"，既充满诗意，又很写实。"碧"是形容泉水汇集池中碧绿的颜色；"韵"是山泉流入流出时的声响；"清"是指池子的功能，从山上流下来的泉水不免会夹杂些落叶泥沙，经过池子的沉淀，流出去的水变得清澈透明。

但此时北玉兰院朱门紧闭，无法一睹"芳容"。

"碧韵清池"旁，还有一座宽敞高大的建筑——香积厨，是僧侣们的食堂。在此建池，也是为了取水方便。

功德池在大觉寺前院的山门与天王殿之间，是两个方形水池，四周砌有半米高的棋盘式花栏，池中有石桥相连，池南北两侧正中各有一个石刻螭首。乾隆帝为功德池赋诗《石桥题》：

"言至招提境，遂过功德池。石桥亘其中，缓步虹梁跻。一水无分别，莲开两色奇。左白而右红，是谁与分移。"

如今，一池白莲一池红莲的美景已经不复存在，而池中泉水也早已换成了自来水。据说在上世纪七十年代，人们为了攫取更多泉水，放炮把泉脉崩断。只是每逢阴历四月初八"佛诞日"，还有许多人带着金鱼、乌龟在此放生。

午后，冬日的阳光照在功德池底薄薄的一层冰上，折射出刺眼的光。一只花猫正卧在螭首口中惬意地晒着太阳，见有人走来，它骨碌碌地转动着又圆又亮的眼珠，机敏地注视着来人。螭首距栏板和池底都有一定距离，想不出这猫是如何跳到螭首之上，再钻进螭首口中的。

在大觉寺没能找到泉水的踪影，西山一带也大致如此。即使寻遍整个北京城，也很难再找到清泉了。北京，早已是个严重缺水的都市。好在，南水北调工程已经成功将清澈甘甜的丹江水引入北京。从西山经过的京密引水渠，与黑龙潭路并肩而行，一起将这生命之水源源不断地输送到市内的千家万户。

碧水荡漾的渠水，以及引水渠两侧的依依垂柳，也算得上一道不错的风景。西山，也总算不枉这有山有水的好名声了。只是，"西山之水随地涌现"的景象永远无法再现。

原载《西部散文选刊》（原创版）2018年第2期

生命之殇

荆淑敏

> 生命是美丽的，美丽的生命是人类文明的花朵；生命是顽强的，顽强的生命禁得起任何疾病的锻打和锤炼。
>
> ——题记

已经是晚上九点多了，我正倚在床头看书。特别设置的微信铃声响起，一行醒目的文字来自我的主治医生："你的化验结果出来了，经过专家反复论证，一切指标正常，你基本康复了。"

我突然泪如泉涌。六年了，有太多的苦难，太多的心酸，太多太多的折磨和煎熬……我打开抽屉，拿出我罹患乳腺癌做手术之前写给家人的遗嘱。里边有我对亲人的牵挂，有对孩子的嘱托，有对爱人的不舍，还有对亲人对朋友对同事的惦记，更有对世界对人生的留恋……我才四十多岁啊，还有那么多未尽的心愿！为什么、为什么苍天这么狠心，就要夺去我的生命？泪水伴着心酸，六年来与病魔搏斗的场景一幕一幕出现在眼前……

我出生在上个世纪60年代初一个贫困的农民家庭，我的父母没有文化，却让我一个农村女孩上学读书。我没有辜负父母对我的期望，在全国恢复高考制度第三年我榜上有名。毕业后分配到全国最大油田的一个采油厂工作。到了结婚的年龄，我选择了一名军人当伴侣。他军校毕业，参加过对越自卫反击战。人正直善良，勇敢坚强，立过战功，正是我喜欢的人。后来爱人转业到地方当了一名检察官。我也从基层财务调到了机关财务。因为我有了采油生产一线的工作经历，又有在学校学习的理论基础，我的业务过硬，做事踏实，成绩突出，成为财务主管。结婚后我们风雨同舟，共同前行。我们有了爱情的结晶，有了一个儿子。

除了本职工作，我还喜欢文学，一些文学作品常在报刊上发表。我以丈夫参加对越自卫反击战为题材，创作的散文《一个军官的日记》在报纸连载后，引起不大不小的轰动。我与他人共同编写的油田安全生产电视剧本也被搬上银屏。在我们单位，大家都夸我，不但业务精通，还是一位"作家"。

经过十几年的努力奋斗，我的抽屉里装了满满的获奖证书："巾帼英雄""优秀共产党员""五好家庭""技术能手"……老公因业绩突出，几经升迁，走上领导岗位；儿子也顺利考上了中央音乐学院。我的家已经搬迁住进了将近二百平米的房子。

所有这一切对于一个从农村出来的孩子来说，还有什么不满足、不感到幸福和快乐呢！

事业有成，家庭和睦，婚姻幸福，孩子有出息，这几乎是所有女人的梦想。而我就是实现了梦想而感到最幸福的那个女人！

北方的五月，春光明媚，莺飞草长，一切生命都在蓬勃生长。

爱美是女人的天性。我也是一个爱美之人，何况我正是春风得意的时候。2012年4月5日，午饭后我直接去了美容院做护肤。美容院人手不够，我闲来无事就躺在美容床上翻阅一本关于女性的杂志。我的眼神扫到乳腺疾病的预防和治疗那段文字，摸摸自己的胸前有很明显的肿块，好像有什么预感，顾不了别的我起身就去了对面的医院。B超室的主任是很熟悉的小兄弟："姐，你这个乳腺结节有根须，你需要到上一级医院去复查一下。"

我又到市里的医院检查，结果很快就出来了。乳腺癌！这三个字像子弹一样，击中我的神经。我当时就蒙了……

简直就是晴天霹雳！

我身宽体健，能吃能睡，事业生活顺风顺水，一点儿苗头也没有啊！在灵魂出窍的浑浑噩噩中，我十分清醒地写好了遗书，锁在了我的抽屉里。

我知道生命是伟大和崇高的，没有人轻易放弃生命。每个人心中都饱含着对生命的渴望，身体健全的人如此，身体有恙的人同样如此。健康的人为父母给予的一副好身体而努力，残缺的生命为了对生命的执着而努力。而我一个坚强的、有事业心的，有着对生活美好追求的人，更不能辜负我的生命。

一个星期以后，我躺在了省城医院的手术室病床上。

麻醉药从我的静脉血管里推了进去。很凉，我却没感觉疼。

医生和护士都各自忙碌着，麻醉师好像在试探我麻醉状态："等你醒来，有人喊你的名字，你就答应。"

我故作镇静和轻松："喊我大姐大就可以。"麻醉师和护士交流了一下眼神："剂量不够，再来一支。"

我感觉困了，耳边的声音渐行渐远……

无影灯下的我，感觉一束光打到我的胸前，一盏玻璃罩的煤油灯，映照一张老妇人的脸，老妇人在低头纳鞋底，细细的麻绳穿来引去……老妇人抬起头，眼角挂着泪花。我看清了，她是我梦里才得以相见的妈妈。

我去了一个模糊的冰冷世界，路也迢迢，人也疲惫，昏天暗地，我妈用一根麻绳用力拉我，让我朝着光的方向走。

我努力着，跋涉着，喘息着……

不知道过了多久，我醒了过来。听见医生对护士说："绷带扎紧，引流管下好。"女护士回应："她用了倍量的麻药，可能要晚醒。"

我提前醒了，因为我抗麻。我听清了医生和护士在讲我的病理活检报告：小叶亚型，浸润多发，这是一种癌细胞没有成熟就可以扩散的危险型。医生低沉的话语像一把锋利的尖刀，直插我的心脏！

我清醒着静静地躺在那里，等待着医生的召唤，也等待着相互隐瞒真相的善意谎言。我装作什么都不知道，只知道医生的诊断：良性的乳腺结节。为我做手术的是我的堂兄，他轻轻拍拍我肩膀："五妹，醒了吗？"我故作是被叫醒地应了一声。

我努力抚摸自己被绷带缠得紧紧的胸部，我在寻属于我自己的东西。护士把我的双手重新放回原处："别乱动，手术很成功。"

我在护士和家人的护送下回到了病床，我第一眼看见我的爱人，看见了亲人，看见了同学，看见了同事，他们每个人的目光都是凝重的，有人眼圈是红的。

"喝水吗？"妹妹问。"不，我想睡觉。"妹妹说："医生嘱咐，六个小时之内不能睡觉。"

迷迷糊糊中，我拒绝任何信息进入我的大脑。越是拒绝，越无法阻止，就像失眠的人，每一根神经都禁不起触碰，哪怕轻轻的一个意念，都会泛滥成灾。我仿佛掉进了无边无际的大海，黑暗，阴冷，绝望。我不愿意醒来，不能接受这样的现实，我希望就这样沉入海底，千年万年。

麻药渐渐失效了。我的腰很酸，刀口火辣辣地痛，缠满绷带的胸像压了一盘石磨，每呼吸一口气都要用上浑身的力气。我感觉很累很疲劳，额头上的汗珠如豆粒般大小不断滚落。擦去了又出来，像小溪在流淌。

这是一个加满病床的走廊，我的病床紧挨护士的值班室。这是我手术后的第一个夜晚。睡灯的暗光从踢脚线上射出。我疲倦地睁开眼睛，望一眼这个特殊群体的女人，她们经历了痛苦的挣扎以后，似乎对自己的病没有了恐惧，她们像谈论感冒发烧一样谈论着自己的病情，我用耳朵在搜寻着，谁是浸润型？谁是三阴型？谁不是原位？谁的病情又是几级？还有人讲，鹅蛋清、蚕蛹、牛尾汤蛋白质含量高，是手术以后首选食物。

我左侧临床是位白白胖胖的农村大嫂，嗓门天生洪亮地和我打招呼："你做完手术了？不用害怕，我是主动要求医生把我这俩东西都切掉，女人生完孩子就没用了，只要活着就好。"她的丈夫接话了："就是，就是，来，喝汤。"说着就把一羹匙的牛尾汤送进胖大嫂的嘴里。

胖大嫂好像不知道癌症级别是怎样划分的，又高声说："我是四级，医生说我免疫力好，没啥事。"胖大嫂说完，给我剥个鹅蛋清："来，吃一点。"我没有食欲："谢谢，我吃不下。"胖大嫂如果知道癌症的四级是离死亡最近的那个级别，她会那么放松吗？

生命对于每个人都是珍贵的，每个人都有求生的欲望。因为活着才有希望，没有了生命一切就都没有了。

我右侧临床是一位二十多岁的女孩，沉默无语地抱着毛茸茸的玩具熊发呆。女孩眼睛很美，像芭比娃娃。她拒绝切乳，母亲对她耳语了什么，似乎拉响了炸药包，女孩愤怒地咆哮："不，不，我不要！"女孩母亲轻声道："你小点声，阿姨刚做完手术。"我冲女孩笑了一笑，女孩的眼泪一滴连着一滴从睫毛上跳了下来。走廊的灯光很柔很暖，哄睡了这群精神和肉体都被伤害至极的女人。

手术过后几天，我在接受家人诱导性治疗方案："你的病理化验结果出来了，属于临界一级，可以不化疗，为保险起见，为你选择了免除后患的化疗方案，你不要有思想负担。"

我知道我的病情，也许化疗是最佳方案。想到这里，我的心针扎一样，却极力应和着："好呀，我选择化疗。"

妹妹的声音突然放宽了好几度："好呀，好呀"，说完她把一块水蜜桃肉儿麻利地送到我的嘴边，我看见家人们有了笑容，我也搜到了他们眼角深处被挤扁的几颗泪滴，我的泪滴却一直在我的心尖上挺立着。

其实，医生和家人早已沟通好并达成一致性协议，"能瞒多久是多久"。

我从化疗后的第五天就不停地呕吐，吐得昏天黑地，翻江倒海。化疗用的那一小袋红药水推进脉管里，然后就是各种呕，各种吐，各种难受，濒死的感觉。都是这一瓶红药水惹的祸，这药太霸道，太恐惧，以致我后来一见到红色就恐惧。我的五脏六腑都在接受它的洗礼。

我的免疫力开始急剧下降，白细胞从八千降到两千，超倍量地服用激素又让我饥饿难忍，我想吃肉，家人端来一碗红烧肉，我狼吞虎咽地吃了，恐怕谁来抢。吃完后，化疗反应又让我哇哇大吐，有风吹来，全身过敏，红肿奇痒，皮肤接触过的针管，残留的一点儿药水滴在皮肤上，便有黄水泡由小及大疯长，胀破的脓水流淌到哪里，哪里便又一堆黄水泡。疼痛波及我的每个关节，我侧身躺着，一条腿压在另一条腿上，像一座山，手指伸曲不能自如，步履艰难，我瘸了，新搬来的邻居阿姨问："姑娘，你的腿是打小落下的毛病？好可惜呀。"半年后我都不敢去看自己的伤口，对着镜子我的目光是散淡的，是游离的，那个S型一尺多长的伤口是我自己摸出来的，我感觉那个刀口像一条蛇缠在我的右肋，从上到下。

生活中有些事该来的一定会来，不该来的绝不会来，它们不会因人的意志或者愿望而转移。乳腺癌女性患者在治疗过程中，总有那么残酷的一天会到来。它不是在最关键的手术台上，因为那个时刻麻醉药在镇静止痛，你什么都不会想。再说那时你还抱有希望：我这不是癌症，只是一般肿瘤；或者早期，手术完了就好了。真正让你惨不忍睹、歇斯底里、痛苦、绝望，则是这样的一天。

早就听说化疗除了痛苦、难受之外，还可能让你的身体变得肥胖，臃肿，憔悴，还有最不能让女人接受的是掉头发。试想：满头乌发，突然一天掉光了，对于一个爱美的女人来说，谁能坦然接受呢？其实，从化疗第一天开始，我就想看看我的头发是什么样，会不会出现奇迹，我的满头乌发会不会毫发无损呢？每天我都想走到镜子前看看，又不敢看。家里人把我身边凡是能照出影像的东西都收走了。我每天都怀着忐忑的心情等待着那一天。

我的这一天是这样到来的。

那是开始化疗的第五天，我睡醒后家里人都不在身边。我下决心走进洗漱间，关上了房门。我小心翼翼地走到梳妆镜前，里边出现了一个臃肿、憔悴、目光浑浊，似风烛残年的老妇人。我的天哪！那是谁呀？我抬起手，她也抬起手；我摸摸我的脸，她也摸摸她的脸……上帝呀，这是我吗？我为什么变成了这样？世界在我眼前五雷轰顶般变得一片模糊。我知道事情到此还没有结束，还有更大的打击在后边。我用颤抖的手打开头巾，拿起梳子，轻轻地刚碰到头发，满头的黑发就开始撕心裂肺般地脱落，一缕缕，一撮撮，一片片，我闭上眼睛，任凭手的机械动作，一梳子、又一梳子，眼泪伴随着黑发刷刷地流下来。我再也无法抑制我的情绪，扔掉梳子，号啕大哭。疯狂地一把一把抓那没有一丝头发的光头。地上凌乱如麻的头发，七横八竖地乱作一团，就像动物世界里弱肉强食的动物们，经过厮杀争夺饱餐之后残存的鬃毛，血腥一片。我把门紧紧锁上，打开水管让流水声音淹没我的哭声。

我的哭声慢慢变成了抽泣，睁开眼睛，对着镜子，仿佛不认识镜中的这个女人和这个世界，这个人已经不是我，这是个削发为尼的女僧人，应该手捧黄卷经书，青灯一盏去修行。我又闭上眼睛，一屁股坐在地上……天塌了，地陷了，我的世界毁灭了……我仿佛坠落到十八层地狱，坠落到无边无际、暗黑冰凉的无底深渊……绝望和悲痛紧紧地包围着我，我无法呼吸，无法挪动，我要死了！

命运为什么对我这样不公！

我和所有的女人一样，我也爱美，我也喜欢把自己打扮得漂漂亮亮的，我也喜欢自己光鲜亮丽地站在世界面前。我170的个头，身材匀称，姐妹们都说我是标准的美女。我知道姐妹们是夸我，但最少我也是标致的女人啊！但是，目前我的样子别说是漂亮，简直就是一个怪物：臃肿、憔悴、呆滞，最可恨的是满头乌发变成了……

我的灵魂出窍了，越走越远，心里空空的，只剩下一副躯壳。我紧闭双眼，任泪水流成河……

这时传来了爱人急促的敲门声："淑敏，淑敏，你干啥呢？"

爱人的呼叫又把我带回了人间。我还要装作若无其事、毫不在乎的样子。我急忙把水拍在自己脸上，掩盖我的泪痕："没事，没事，就出来。"

这一天我没吃没喝。睡或者没睡都蒙着头躺着。爱人一遍遍地问我，吃点啥？喝点啥？起来坐会儿？我都拒绝了。我只想一个人静静地想一想，今后的路怎么走？

第二天，来了一屋子人。我知道这都是爱人找来劝我或者陪我的。亲戚朋友，闺密同事。看着他们盼望、担心的眼神，我又回到了正常人的思维。是啊，我儿子今年考研究生，正在复习，我做手术都没敢告诉他，怕他影响学习。我还有一个患有精神病的弟弟，父母去世之前曾经嘱咐我要照顾他，还有家人，亲戚朋友，还有单位的同事，还有这些闺密，他们都盼望我坚强起来，盼望我快快好起来。我没有放弃生命的理由，也没有放弃生命的资本，我更不能放弃希望！手术挺过来了，化疗最艰难的时期我都挺过来了，还有啥过不去的沟沟坎坎呢？只要生命保住了，头发还会长出来，美丽还会回来！

我知道生命有时很脆弱，但有时也很顽强。有时即使是天塌地陷，世界毁灭，生命也不会放弃最后一丝生的希望，他会用顽强的毅力与死神勇敢地拼搏，用尽最后的余热把生命怒放。生命之树之所以常青，奋斗的力量之所以不竭，就是因为生命还怀着美好的梦想，还有美好的明天，还有希望在前边等着，生命的花朵一定会绽放出绚丽多彩的光芒。

我笑着对一屋子的人说："谢谢你们来看我，谢谢你们给我力量，你们就是我的坚强后盾！什么困难我都能战胜。"

我又对爱人说："我要喝牛尾汤，我要吃鹅蛋清，我要继续化疗。"这时屋子里响起了热烈的掌声，姐妹们纷纷拥抱我。

第三天，我独自去了理发店，让理发师把我头上残存的一丝丝绒发剃掉。我又精心地挑选了一块蓝色碎花方巾，扎在头上。我不能自甘沉沦，我开始化妆，开始打扮自己。我又拥有了战胜疾病、战胜自己的勇气。

每个月七天一个疗程的残酷化疗，六个疗程整整半年时间。真是生不如死啊！恶心，呕吐，直到吐得胃里什么都没有了，胆汁都吐出来了，还要吐！从头到脚，没有不难受的；所有的关节没有不疼的。那种痛苦你怎么想象都不过分，那种难受你怎么叠加都不为过。好几次我都想从楼上跳下去，我没有，我挺了过来，我战胜了自己，也战胜了病魔和死神。

渐渐地我的头上有密密麻麻的黑色的头茬拱出了头皮，就像春天的绿色小草拱出了地面。我的春天来了，给了我希望。也增加了我战胜疾病、重新开始生活的信心。

养病的日子，每天坚持锻炼身体，开始看书看杂志，也开始写作，我把自己交给了文字，把自己一生的苦辣酸甜都倾吐给文字。我也开始走出家门，走向社会，和文友们交流，参加各种我喜欢的文学活动。我成立了文学沙龙，又成立了诗社，和大家一起交流文学创作体会，一起出去采风。我在文字里耕耘，我在文学的天空中放飞梦想。

除了参加文学活动，我还参加了市作协的徒步队。开始只能走几百米，经过锻炼，我已经能走十几公里了，每次都能和徒步队一起走完全程。经过一段时间的锻炼恢复，我的身体已经大有好转，一些生理指标也开始走向正常。

一天，我接到厂长电话，询问我的病情后，直入主题："鉴于你身体状况，给你配置一个助手，你可以在家多休息一段时间。"我立刻明白了，我该让位了，我也该休息了。

我退居二线了。

我把办公室腾了出来，留给新来的人。我把我的微机重装了系统，当我重新启动微机时，干净利索的青山绿水界面出现在我的眼前，以往的一切在今天都清零了。

我走出机关楼，放下了工作，反而感觉轻松了很多。

好久没有开车了，我选择了这座城市的外环路。路的右侧是波光粼粼的阳光湖。湖水静好，鸥鸟翔飞，一望无际的芦苇在阳光下铺陈着生命的绚烂和顽强。路的左侧成片的萨日朗花，五颜六色的花朵开成了平原最美丽的风景。此时，阳光无限，微风轻拂，我的心和我的车一起在洒满阳光的道路上疾驰。

阳光从车的天窗洒下来，带着花香，带着原野的气息，还有汽车音响播放的歌声，我感觉到了生命的高贵和美好，感到了生活的多姿多彩，我也感觉到了人生的灿烂辉煌。

我忽然感觉我的黑发如瀑布一样飘洒下来。

我把车停下来，让明亮的阳光和田野的微风把我浑身上下彻底打扫一遍，仿佛有脱胎换骨、浴火重生的感觉。那种新生的喜悦和兴奋，给了我今后生活的力量和坚定的信念。我知道，因果不空，有因就有果。对于生命的不放弃，不轻视，不屈不挠的努力，顽强的坚持，每时每刻提醒自己，善待生命，善待自己，当我回头时，我看到的依旧是生命的美丽绽放。

原载《海燕》2018年第10期

生育记

王 韵

　　我们的童年，没有现在的孩子们这么丰富多彩的娱乐活动。那时候，孩子们玩得最多的，就是踢毽子、捉迷藏、丢手绢、老鹰抓小鸡、过家家等游戏。我们这些文静的女孩子，都喜欢玩过家家，扮演小妻子、小母亲的角色，手里揽着金发碧眼的布娃娃，轻柔地哼着妈妈们唱给我们的儿歌，温存地哄着怀里的布娃娃入睡。那是一种潜意识母性情怀的最初萌发。

　　我所在的城市是北方沿海一座县级市。高中毕业后，我顺利进入一家开发区市政建设公司上班，然后经人介绍结婚。记得结婚半年后，我有段时间对气味特别敏感，时不时恶心呕吐，一直以为是肠胃问题，没有太在意。直到一位同事大姐善意提醒，才意识到应当去医院检查一下，结果真的是怀孕了。看到B超化验单上那个十字架似的加号，在期盼之中，我又有点不敢相信，一个新生命的诞生竟然是如此神秘而又奇妙，如此猝不及防而又天造地设。我甚至完全没有做好足够的心理准备，他就一天一天地正在向我走来。我要当妈妈了！

　　母亲去世，婆母远在上海大姑姐家。没有一点育儿经验的我，满心欢喜又惶恐紧张地准备着，迎接这个新生命的诞生。从检查出怀孕的第一天开始，我就郑重地买来一本崭新的笔记本，开始写《宝宝日记》，记载下这个新生命成长的点滴历程，长大后与他一起分享和回味。此刻我的身体是迷人的仙境，绿野河流，鸟语花香，簇拥着渐渐长大的生命。刹那间，我儿时那种怀抱布娃娃玩过家家的小母亲情怀被唤醒了。尤其对于失去了最疼我的母亲的我来说，孩子更有着不同寻常的意义，他将是我亲手创造的生命，也许有着我母亲家族的隐性基因，神奇地传递着我与他基因的金丝带。一想到自己要做妈妈了，我的生活习惯改变了许多，不再挑食，也不再娇气和任性。一向爱美的我，脱下高跟鞋，摘下隐形眼镜，不施脂粉，素面朝天，开始主动锻炼身体，眼角眉梢洋溢着即将为人母的柔情和恬淡。

那时的我，一味沉浸在创造新生命的狂喜和兴奋中，没想到对于一个女人再平常不过的生育，会在我日后的漫长生活中投下怎样的阴影。由于单位效益不好，已经半年没发工资了，检查费和生产费都不报销。他在我们租住房六十里地外的乡镇上班，每天骑摩托车早出晚归，到家已是八九点了。我天天提心吊胆地听着摩托车的声音，直到听见门响才彻底放心。怀孕后期，为了方便去市里医院检查，我退掉了单位附近的租住房，搬回到市区娘家的楼房，跟哥哥嫂子住在一起。我每天骑自行车跑十几里路去单位上班，单位没有食堂和宿舍，中午到外边的小吃摊上买个烧饼或者包子当午餐。就这样一直坚持到孩子临产。

10月22日，临近预产期还有半个月。大夫检查说因为母体营养不良，孩子胎盘钙化，可能要早产，让我做好提前生产的准备。听了大夫的话，慌乱中的我赶紧办理了产假手续。当天来到他所在单位的宿舍住了下来，希望在生产时一家三口能够在一起，不用每晚坐卧不安地谛听摩托车的声音而担惊受怕了。那晚八点半，整个下午都在他宿舍忙着洗衣服打扫卫生的我，觉得很疲惫，应该洗漱休息了，突然感觉身下有水一样的东西流了出来，却听不到响声。想起怀孕时曾问过姐姐临产前兆，记得姐姐说过会有水一样的东西流出来，预示羊水破了，马上要到医院待产。去市里医院已经来不及了，我赶紧赶到他单位所在地的一家大型企业医院。大夫们都下班了，在医院工作的表姐和值班护士过来看了看说不要紧，明早一上班，大夫会过来接生。

整整一夜，我躺在空荡荡的病房里无法入睡，一直恶心呕吐，腹泻绞痛。终于挨到第二天早晨，表姐陪着妇产科大夫过来了，看见一夜未眠、被疼痛和呕吐腹泻折磨得奄奄一息的我，表姐说这个样子没有力气生产，必须要喝点小米粥才能支撑体力。为了顺利产下宝宝，我勉强喝下了表姐为我熬的小米粥。我的体内涌起一波又一波的阵痛，好像有一只坚硬的勺子在搅动五脏六腑，从腹部向下辐射撕扯。我全身被汗水浸透了，疼得说不出话来；眼泪流干了，嗓子发不出声音，已经没有哭的力气了。我实在无法忍受这折磨，费尽力气嗫动嘴唇，请求大夫做剖腹手术。大夫摸摸我的腹部，说孩子很小，我剧痛了一夜，宫口已经开了，再坚持一下，孩子就可以顺产。听说顺产对孩子以后发育有利，我豁出去了，决定自己生。嘴唇疼得咬出了血，我连哭喊的力气都没有了。此时已是上午七点五十分，距离头天晚上破羊水快十二个钟头了。宫口已经大开了，使劲，使劲，坚持住！配合大夫的要求，我一点一点地攒足全身力气，只想让孩子顺利健康地生下来。

这时，四下突然一片沉寂，被疼痛折磨得意识模糊的我，恍惚中听到大夫跟身旁的助产士小声说话：胎位不正，孩子脚先出来了，赶紧准备采取措施！我一下清醒过来，意识到自己不幸遭遇了难产。孩子脚先出来，如果生产不顺，就会脐带缠住脖子，有生命危险，母亲也会面临大出血，甚至可能失血而死。这样的情况，我在怀孕时听人说过，没想到噩运竟然降临到我的身上。

我的大脑瞬间空白如洗，旋即想到九个月怀孕的辛苦，对孩子的期盼，想到自己早逝的母亲。孩子尚未来到这个世界睁开眼睛看上一眼，不能让他就这么一路穿过黑暗离去。宁可付出我的生命，我也要把孩子生下来。这时候，时间就是生命，每延迟一秒钟，就意味着孩子多一分危险。我突然生出了力气，起初像抽丝，后来越聚越强大。我对大夫说，我要孩子，要把孩子生出来。那一刻，没有了疼痛和恐惧，让孩子顺利出生的念头支配着我，身体立刻像充了电一样，全身的力量陡然爆发了。母爱的力量就这样战胜了危险，我的孩子终于顺利出生了，是个女儿，包着毯子只有二点五公斤。是女儿的瘦弱娇小拯救了她，也挽救了我。我全身瘫软，无力张口道谢。我与女儿一起携手，终于渡过了难关，这是我们母女俩第一次联手打败和逼退面目狰狞的噩运！可能是孩子太小，又早产的缘故，她出生并没有像小说中描写的那样呱呱坠地。大夫告诉我孩子出生的消息，我犹如卸去了千斤重担，人一下子瘫软下来，这时想起没有听到孩子的哭声。正要问，突然听到一声小猫一样微弱的嘤嘤哭泣，然后是大夫如释重负的声音：孩子生下来没哭，怕嘴里被羊水堵住，倒提着拍打了屁股一下，这会儿已经没事了。

我紧张的心立刻放松下来。大夫把孩子抱到我面前。孩子像一只小猫咪一样大小，略微发黄的卷曲的头发，大拇指肚般大的脚后跟。看着躺在身旁紧紧闭着眼睛的小小的身体，想到刚才孩子被大夫倒提着轻轻拍打的情形，我的心针扎一样疼了起来，泪水迷糊了双眼。这时我才想到，如果孩子遭遇了危险，我将如何面对。而假如我失去了生命，我的女儿又将怎样在这个世上艰难地生存下来。我已经失去了母亲，不能让我的孩子一生下来就没了母爱。从今往后，我不是我自己的了，我是一个孩子的母亲，我要好好活着，守望着她长大，不能让她像我一样，失去母亲，孤苦伶仃。

没有娘家母亲，在婆婆家坐的月子。孩子满月已经是寒冬了，他接我们从婆婆家回到娘家的楼房。

他依旧早起晚归骑摩托车去六十里外的单位上班。冬天天冷，他两三天才回来一次。我一个人照看孩子，买菜、做饭、倒垃圾、洗衣服、换洗尿布、打扫卫生。我常常把孩子哄睡，然后手忙脚乱地洗尿布、打扫卫生、做饭。饭菜刚刚做好，还没来得及吃，就听到孩子微弱的哭声。我赶紧放下饭菜，走过去照看孩子，换尿布、喂奶。等忙完回来，饭菜已经凉透了。有时我正在刷洗衣物，听到孩子的哭喊声，马上跑进房间看，床上已经找不到孩子了。循着凄厉的哭声，看到我小小的女儿翻身掉到床下，跌进了床头旁的拖鞋里面。孩子太小了，就像一只巴掌，一只拖鞋就能把她藏起来。我是多么希望好好地陪陪我的孩子啊。我把女儿抱起来，眼泪不由自主地哗哗流了下来。心疼我的孩子，也更加思念我的母亲。

没妈的孩子是根草。为了我的女儿不再像她的妈妈一样仓皇无助，我要好好活着，照顾好我的女儿。他不能天天回来，我要自己出去买菜、倒垃圾。我不敢把孩子一个人放在家里，怕她醒来找不到妈妈要哭喊，更担心她的安全。我只有把女儿包裹得紧紧的，抱着孩子在寒风中去倒垃圾，然后到周围的市场买菜。出门时我得一手拎着垃圾袋，一手抱着孩子，拿着钱包，回来时两只手紧紧抱着孩子，胳膊上挎着菜篮子。就这样，女儿过百天时，哺乳和一个人照看孩子的劳累，又使我恢复了少女时的苗条和轻盈。

那时候还没有热力公司，无法供暖。孩子太小，我不敢插电褥子。我住在背阴的北间，哥哥嫂子住在向阳的卧室。我只有白天抱着她，穿过哥哥嫂子的卧室，到阳台晒太阳。晚上紧紧抱着女儿，用自己的体温温暖着她。房间太冷了，阳光照耀不到的房间，弥漫着一股寒气和阴气。女儿常常半夜冻醒，然后一夜夜啼哭。我只有一遍遍艰难地爬起来，给她喂奶，为她换干净的尿布，抱着她轻轻哼唱。直到她安安静静地睡着了，我才能稍微躺下休息一会儿。我一夜夜反复起来又躺下，累得腰直不起，只好拄着胳膊，托举孩子跪爬起来。从那以后，我的腰就留下了痼疾，不敢弯腰，甚至每次洗头，腰肢都像断了一样，许久直不起来。

以前对房子没什么要求，但是经历了这个没有阳光的漫漫长冬，我有了迫切买房的愿望。我准备休完产假回单位上班，努力赚钱买房子，只为了可以让我的孩子每天见到阳光。可是没想到，就在我休产假期间，单位改制了，原来的国企摇身一变成了私营企业。新老板是一位干工程发了财的包工头，趁着改制之机，以极低廉的价格买下了我们的企业。他没有任何口头或书面通知，单方面与尚在产假期间的我，解除了劳动合同。为了生孩子后能多休几天产假，我一直坚持工作到孩子临产，以致营养不良，胎盘钙化，孩子早产。却没想到，我的产假成了自己职业生涯的长假，我永远被抛离了自己的岗位，再也回不去惯性的轨道。一夜之间，我由一名国企员工沦落为下岗工人。几代人依赖的企业转眼之间，倒手成为个人资本。先是没了母亲，然后失去了工作，命运无情地抽掉了我所有的支撑。我成了一个没有身份的人。在我孱弱单薄的身上，生育和工作居然成了一对不可调和的矛盾体。如果我不生育，也许还不会下岗。可是作为一个女人，一个母亲，还有什么比一个孩子的诞生更重要的呢？生育让我失去了工作，失去了赖以生存的保障，可作为母亲的我有什么过错，非要接受这灭顶似的惩罚呢？过去我心中充满梦想，是因为有个单位在，现在没了单位，被汹涌的浪头推向了社会。我万念俱灰，真的觉得什么都没有了。

天渐渐地暖和了，我开始每天骑自行车带着孩子出去，到处看租房广告和招工启事。我想为孩子租一间有阳光的房子，一间足够；想找一份工作维持生活，不求体面，只要有解决温饱的收入就行。骑着骑着，我忍不住一个人发呆，没有工作，没有房子，没有母亲，没有温暖的娘家，我像一根野草在风中飘摇，不知道自己要往哪里去，能往哪儿走。女儿能感觉到我情绪的变化，坐在宝宝椅上，从后面伸出小手抱住我的腰，柔软的身体紧紧贴在我的身上，用稚嫩的嗓音唱起了儿歌："大公鸡，喔喔喔，早早起来笑话我，笑我不劳动，笑我不干活。"听着她故意变调的儿歌，我忍不住笑了，女儿也开心地笑了，从后面更紧地抱住了我。有时候我被生活的履带碾压得没了兴致，麻木迟钝的心全然忘记了领受女儿小小的心意，没有一丝反应。女儿就会在后面奶声奶气地说：宝宝办法不好用了，妈妈不高兴了。听到女儿这么说，我百感交集。女儿小小年纪就这么有心，这么在意妈妈，让我感到既温暖，又心疼。我也会忍不住发呆，偷偷流泪。女儿看到了，边伸出小手给我擦眼泪，边把嘴巴贴到了我脸上问：是宝宝不乖，妈妈生气了吗？我忍不住把她搂到怀中。

孩子是无辜的，她是我全部的希望和寄托，是我在最艰难无助时坚持活下来的无法割舍的牵挂。每个女人都希望自己能够生一个聪明健康的宝宝。只是命运跟我开了个天大的玩笑，让我体验了生育与下岗的水深火热。但是我从未埋怨过女儿来得不合时宜，我只是心疼女儿，她生下来就跟着我吃苦受罪，颠沛流离，居无定所，三餐不继。我曾经眼睁睁地看着母亲的背影，以倒计时永远离我远去，决绝得就像输液袋中一滴一滴地跳下来的泪水。我无力挽留住母亲舍我远行，但我能够紧紧地抓住女儿小小的温暖的手。我要亲手把她带大，给予她别人无法给予她的母爱，百分之百纯棉似的母爱。如果说这世上永远有一个人真心地依恋着你，真正地需要着你，你也对她永远有割不断抛不开的牵挂，她就是——你的孩子。

我不后悔，只因为没有生育过孩子的女人是不完整的。

原载《散文》（海外版）2018年第4期

玉兰妹子

姚化勤

1

依然当年的模样：戴顶圆圆的白草帽；拖条长长的黑辫子，辫梢挽朵洁白的兰花结；一双水汪汪的杏眼里储满了忧戚，欲滴未滴。是想向我倾诉些什么吧？嘴唇张了张，却只吐出一缕悠悠的叹息。

我揉了揉眼睛，唉，妹子，哪儿还有你的身影？纵使有，也该和我一样，尘满面，鬓如霜了。可刚才我又分明看得清清楚楚。为什么会出现如此的幻觉呢？莫非你灵魂不老，且一直坚守在这片你付出过满腔心血和汗水的棉田里？

眼前的棉花正在盛开，坡坡片片，簇簇朵朵，早春的白玉兰般，仍旧开成了你当年种植的风景。是大地忘不了你，献出的祭奠的鲜花吗？

就听到一缕苍老的哭声，从棉田深处颤颤地传来："玉兰儿，妈看你来了……"循声望去，只见一位耄耋老妪，拄着拐杖，佝偻着腰，正踉踉跄跄地向一座坟包扑去。不用问，那是明婶。

哦，今天是玉兰妹子的忌日。妹妹，哥也看你来了。

2

玉兰妹子是我远房族叔——明叔的女儿。32年前，23岁的她服毒身亡，化作了这大野里的一抔黄土。按说，人死灯灭，不可能留下什么独立的"魂"儿，可昨晚一回到家乡，她却立马走进了我的梦中，左手还拿份《河南日报》扬了扬，说：祝贺老哥载誉归来！瞧，你的《最后一茬庄稼人》获得了散文一等奖。我正要接过报纸看个明白，突然，她的脸色大变，叹起气来："唉，哪像俺，出乖露丑，落了个……"话未说完，便掩面而去。我的心陡地一沉，醒了。

醒了的我再无睡意，一大早就匆匆来到了这块她安息的地方。路上，还情不自禁地在想：平庸如我者尚且能够有点儿收获，如果给玉兰妹子一个机会，她又会干出一番怎样的事业啊！命运怎么对她那么的不公呢？

玉兰妹子小我1岁，学生娃时却是我名副其实的师姐，高大得让我只有仰视的份儿。

农村的孩子上学晚，我14岁了，才读小学5年级。在同学中还算不得大龄，父辈们仍然对我赞赏有加呢！因为那年给烈士扫墓，我代表3所小学的学生发了言。消息传出，近房的叔伯们啧啧连声：嘿，咱老姚家要出露脸的人了！而当时玉兰妹子已经考上了县中。她的纪念烈士的文章《血染的路》，赫然登上了县教研室编辑的学生作文选。并且，放暑假时捧回家一张全级段理科竞赛的奖状。读过几天私塾的父亲话中含话地告诉了我这条消息，说："你玉兰妹子才称得上才女哩！说不定是谢道韫转世呢！"——谢道韫是我们县名垂史册的大才女，乡亲们大都晓得她的故事。——我当然听得懂言外之意，学习愈加努力，不敢有丁点的骄傲和懈怠了；甚至见了玉兰妹子也禁不住自惭形秽起来。

然而，如同刚亮翅的天鹅突遇风暴，升入中二不久，玉兰妹子便铩羽而归了。——原来，"文化革命"的风暴骤起，全国的学校忽地都批判起"智育第一"来。一时间，成绩优秀反而成了一条罪状。不过，开始玉兰妹子照样参加了红卫兵，并没受到什么歧视和打击。只是随着运动的深入，红卫兵组织也要"清理阶级队伍"。据说，"龙生龙，凤生凤，老鼠生儿钻地洞"。凡出身于地、富、反、坏、右的"黑五类子女"，统统被打入了贴着耗子标签的另册。

玉兰妹子的厄运随之而来了。明叔家是老中农，本身就属于体制异己的团结对象，加上明叔早年做过"国军"的文书，自然要归入反动分子一类了。玉兰妹子别无选择，一下子由同学们羡慕的"三好生"，变为遭人鄙视的"黑五类子女"。

更有人落井下石。她们班一个大她4岁的男生，过去对玉兰妹子佩服得五体投地，曾不止一次地给她写情诗，称她是自己心中的女神，白雪公主……幼稚单纯的玉兰妹子当时正一心念书，头脑里根本塞不进什么"情"呀，"爱"呀。她又羞又怕又讨厌，天真地把诗全交给了老师。老师严厉地批评了那个男生，警告他不得再骚扰女学生。谁知，"文革"中那个男生顺风扯旗，竟然当上了学校的红卫兵头目！他岂肯善罢甘休？一面往死里整老师，一面极力打击玉兰妹子，诬蔑她受反动家庭和老师的双重流毒，偷读过《红楼梦》，想出人头地，过贵族小姐的生活，所以，拼命地学习，是走"白专道路"的"黑典型"。并且，以红卫兵组织的名义，要求她联系自己的实际，揭发老师毒害学生灵魂的罪行，回到革命队伍中来。

真想不到，平时看似腼腆文弱的玉兰妹子，关键时刻竟能那样地刚强！无论"革命组织"怎样逼迫，她始终没斗争过老师一次。实在无法在学校待下去了，就干脆行李一捆，重新回到了父母身边。

或许，我们家族的血脉里遗传有"倔"的基因吧？时隔半年，我也因为不愿批判我的班主任受到打击，愤然离开了学校。

从此，早年志趣相投的我们兄妹，又添了个同"命"相怜，越发地无话不谈了。

3

那年头的事情也梦幻般地变化莫测。一年后，领袖发出了"知识青年到农村去，接受贫下中农的再教育"的号召。县中的学子们不论成绩好坏，出身红黑，也统统地上山下乡了。不过，尽管他们"响应""紧跟"的口号喊得山响，可真正能够扎根乡村、有所作为者实在了无几人。倒是成了"黑典型"的玉兰妹子一心扑到田野里，反而做出了突出的成绩。

应了一句俗话：金子放哪儿都闪光。她返村不久，担任了棉花组的技术员。家乡是棉区，爷爷的爷爷辈便享有"银太康"的美誉，但棉花产量并不高，最好年景，亩产也不过百十斤籽棉。究其原因，玉兰妹子发现，棉花组的姑娘们仍然沿用着妈妈奶奶们管理棉田的办法。于是，她找来科学种棉的书籍，和棉花组长一起带领着大伙儿边学边做：什么麦棉套种呀，倒茬轮作呀，地膜覆盖呀，营养钵育苗呀……加之推广良种和及时地浇水、施肥、防治病虫害，结果，短短三五年间，棉产量就翻了一番，亩均皮棉达到了120斤！在全县放了颗增产卫星。

我们村出名了，登了省报。村支书出席了北京的劳模会。棉花组自然也受到了表彰，只是那个时代忌讳"物质刺激"，不可能发给什么奖金；县革委就别出心裁，拿出一名大学生名额，"奖"给了我们村（当时，大学招生实行"推荐制"，县革委有权将分配本县的招生名额再行分配）。

这下好了，该轮到玉兰妹子上大学了吧？尘土里埋不住夜明珠，一个学习、生产样样拔尖的才女，怎么会长久地窝在家乡呢？要知道，那时的农村苦得很！仅仅"茅草房，篱笆墙，阴夜无电一村黑，雨天满街稀泥浆"的生活环境，大凡在城里待过的青年人谁能忍受得了？何况成年累月，起五更搭黄昏地出力流汗还填不饱肚皮呢！县中下乡的知青们大多来农村干一阵子，便通过种种门道，或招工，或参军，更有根粗苗红者被推荐进高校：一个个地远走高飞了。现在玉兰妹子也赢得了机遇——棉花组的姐妹和乡亲们一致推荐了她。即

2013年中国散文排行榜

使按当时的政策，也不应再出现问题了吧？不是说对可教子女要"给出路"，"看表现"吗？——论知识，论贡献，毫无疑问，这奖励的大学生非玉兰妹子莫属啊！

谁知，政审再次遇上"拦路虎"，结果空喜一场，为他人做了嫁衣裳。——把只读过三年小学的棉花组长送进了农学院。

我为此很是愤愤不平。想不到玉兰妹子却若无其事，照样地和姐妹们一起早出晚归，管理着棉田。一天，四下无人，我忍不住问她："你究竟还有没自己的理想？难道真的甘心做个农民，修一辈子地球？"她凄然一笑，答："生在我们这样的家庭，哪还敢有什么理想呢！不把俺当作人人喊打的耗子，就知足感恩了，不继续埋头苦干又能怎样？"

4

对个人前途只能，也已经听之任之的玉兰妹子，遇事心如止水、波澜不惊了。如果没有后面的丑闻发生，她本该和我一样，平静地熬过十年浩劫，等到拨乱反正的一天，通过高考，再实现自己的梦。可是，偏偏那件事情不期而至，把她推入了更深的深渊，终于被夺去了生命。

出人意料，似乎又在意料之中。送走棉花组长几天后的一个晚上，玉兰妹子悄悄地告诉我，支书的儿子想和她谈朋友呢，征求一下我的意见。

公平地讲，支书的大公子并无某些山大王子弟的浪荡习气，为人比较正派，上进心也强，虽然上学时成绩平平，相貌一般，个人条件赶不上玉兰妹子，但"老子英雄儿好汉"，身上遗传着"革命"基因哩，前程肯定一片锦绣。听说，有几位妙龄女郎正争相给他暗送秋波呢！玉兰妹子当然也不应再挑剔什么了！

我想了想，问："支书的儿子是真心吗？他爹知道吗？"

听了肯定的回答，我打心眼里替她高兴，说：祝福你！命运该向你微笑了。

果不其然，二人很快地订婚了。订婚后的她顺理成章地接任了棉花组长，他则满面春风地穿上了军装，连一向苦着脸的明叔，似乎也扫去了历史的阴影，心情开朗了许多。

谁会想到，悲剧恰恰于此埋下了伏笔。

两年后的一天，支书突发急病，住进了医院。儿子请假回来了。两个青年人一起打理家庭，一起照顾病号，出双入对，昼夜厮守，终于，一个春雨缠绵的晚上，他们缠绵在了一起……支书的儿子归队不久，玉兰妹子发现自己怀孕了。上个世纪的七十年代，未婚先孕还是被人认为绝对不能容忍的道德败坏行为；而且，尚未实行计划生育，做人工流产必须经过男女双方的签字同意。

玉兰妹子急坏了，给支书的儿子接二连三地写信发电报，催他赶快想办法。对方信誓旦旦地请她放心，说是已经向首长汇报了情况，待批准后，立马领证结婚。

一个月，两个月……直到事情再也掩藏不住了。支书上门了。他满口的歉意："唉——唉——都怪俺那浑小子，连队正要推荐他上军校呢，干出了这种事！还有，不知哪个缺德货，把你爸的情况捅到了部队。其实我也清楚，你爸历史上没啥劣迹。啥法呢？眼下正深挖潜藏的阶级敌人！首长要儿子做出抉择，要么上学提干，要么复员回家。你是个明白人，咋办好呢？"

玉兰妹子蒙了。她强忍住泪，半晌，缓缓地说："放心吧，我不连累他人。"

5

人生或许就是一场幻觉，缥缈闪烁，无法把握。玉兰妹子更掌控不了自己的命运，生不逢时，处处深渊。原以为墙缝里憋不死老鼠，上学不成，种田总可以吧？现在连这起码的生存空间也封闭了。尤其要命的是，民风越淳朴的地方，越容不得男女间的越轨行为，很快，村里传出了种种闲言碎语，唾沫星子淹死人啊！何况，据说已经荣升为县革委宣传组长的那个县中的头儿，也在调查此事，准备大做文章呢。

玉兰妹子终于支撑不住了，一连数日，躺在床上，不吃不喝，昏昏沉沉。我去看她时，人整个儿脱了形，面容憔悴，目光滞呆，见了我，只默默地垂泪。

任何安慰的话都觉得苍白。我站在她的床前，久久地无语。临走，才低低地嘱咐她一句："妹子，想开点，还有叔婶和弟弟哩。"——弟弟和玉兰妹子是双胞胎，因为父亲的问题，迟迟定不下婚事。——仿佛猛地触到了痛处，玉兰妹子突然压抑不住地失声痛哭，只哭得撕心裂肺，缓不过气来。

再难过的日子也得过，玉兰妹子顶着人们异样的眼光又下田了。一天，我给她介绍个对象，是我家的远地亲戚，大我3岁，高中生。据说，他在本校的同学中，是公认的才子加帅哥。也因为家庭的地主成分，打从响应领袖的号召返村务农后，就一直没走出乡间的黄土地。曾有的女友分手了。同龄的伙伴携儿带女了，仍孤身一人。不过，他好像并没完全地失望——起码没彻底地抛弃手中的笔杆，去年来我家瞧老姨，还让我看过他写的诗呢！

我很钦佩表兄的才学和骨气，认为他才配得上玉兰妹子呢！哪料到这桩事却被玉兰妹子一口回绝了。她莫名其妙地问我："表哥家有妹妹吗？"见我摇头，叹了口气，幽幽地说："个人再优秀管什么用？能跳出家庭的火坑吗？我现在嫁人有个条件：必须为弟弟换个媳妇来。"

我听着，只感到鼻子发酸。哦，妹子，我的玉兰花般纯洁高雅的妹子，你本该成为高校里的一道风景，即使沦落田间，你也是人，是活生生的人啊！怎么能这样糟践自己，用作交换的物品呢？但，那个年头，"黑五类子女"（后称"可教子女"）的婚姻大多走的"换亲"或"转亲"的路子，否则，弟弟也许要打一辈子光棍了。当时的她，肯定对自己已经彻底绝望，萦系于怀的唯有父母和弟弟了。

邻居吴婶上门提亲了：说她娘家有个近房嫂子，守寡熬大了一双儿女，哥哥24岁了，妹妹21，双方孩子的年龄正合适。她家的成分也好，几代老贫农。

就是哥哥犯过羊羔疯，南北求医刚治好，欠了点债，不知闺女中意不？

一家人竟然同意了！而且按照约定，弟弟妹妹们先结了婚；玉兰妹子等生下孩子满了月就要嫁过去。简直不可思议，难道不晓得羊羔疯很难根治吗？

直到玉兰妹子服毒自杀后，痛不欲生的弟弟送我看了她的两份遗书，我才解开了其中的谜——

"弟弟，弟妹，对不起，姐姐先走了。并非我背约弃诺，你哥哥的病其实是无法治愈、不宜结婚的。我之所以找出种种证据，坚持说完全能够医好，目的是为了消除一家人的疑虑，圆父母给儿子成家的梦……打从见到弟妹的第一眼起，我就认定和弟弟是天生的一对儿。你哥哥的病已经酿出了人生的苦酒，无论如何，不应该再耽误妹妹的青春了。弟妹，你说对吗？如果哥哥不理解，要恨就恨我一人吧，反正我即将告别人间了。只是，原谅姐姐的不孝，双方的老人全靠你们照看了。

"我的儿子送给了禹县山窝的一户人家，相信他的养父母会对他娇如亲生。你们千万不要寻找，他一旦知道了自己的身世，该多么的痛苦！我希望儿子生活得安静，阳光，没有阴霾。

"今夜的月亮真好！多想乘着月光，走进我的棉花试验田，长睡不醒。愿你们忘了姐姐，愿父母忘了女儿吧！"

另一封遗书是留给我的："哥，不管血缘远近，我一直把你当作亲哥哥，愿意向你敞开心扉。当你看到这封信的时候，或许我们已经永别了。不是我不珍惜生命。我当然也懂'好死不如歹活着'的道理。但，就我现在的样子，人不人，鬼不鬼，说不定明天还会被诬为勾引革命者的'美女蛇'，或者被骂作伤风败俗的'狐妹子'，能活得下去吗？

"我真不明白，咱们上学时祭奠的先烈们，抛头洒血，难道是为了从火海里解救一部分人，再把另一部分人踹进地狱？为什么要人为地给人分类划阶级？为什么我们接二连三地总遭厄运？

"也许过去读《红楼梦》，受了林黛玉的影响吧？我格外地看重人格的平等和尊严。与其如此地苟且偷生，还不如早日归去！再见吧，哥哥！让我们来日再作异性知己。"

6

玉兰妹子走了，带着心头滴血的创伤和满腔的哀怨走了！走得让人举目苍天，欲哭无泪。

不足一年，哑巴了似的明叔肝病复发，没钱治疗，更拒绝治疗，一言不发地追随女儿去了。

十多年后，我也离开了家乡。——终于，那个硬性地将人分为三六九等的时代过去了。上个世纪的70年代末、80年代初，"文革"结束，高考恢复，国家给了我们这代人特殊的照顾，允许婚后的大龄者参加高考。我跨过高校的门槛，走进了一座城市。时间过得真快，转眼又是10年了！10年沧桑，玉兰妹子的弟弟和弟媳改革一开始，率先跑到温州做起了小生意，现在成了有房有车有存款的新市民。倒是明婶，年近八旬的人了，不管儿子怎样劝说，一直坚守着家窝窝，不肯离去。逢到玉兰妹子的忌日，总要亲自给女儿上坟。像一页苍老的史书，讲述着那段不堪回首的岁月。

不肯离去的，还有玉兰妹子的灵魂吧？要不，回家两天来，我眼前怎么总闪动她的身影呢？此刻，耳边还响起了她的声音——和母亲的哭声一样，颤抖着，在旷野里飘荡，仿佛中草药里煎出的气息，涩苦，涩苦，悠悠复幽幽……

原载《散文百家》2018年第2期

何人破解武松心

文清丽

武松，在《水浒传》所占篇幅仅次于宋江，惜字如金的施耐庵，给了他十余回笔墨。大家对他耳熟能详的是他景阳冈空手打老虎，杀嫂祭兄，狮子楼怒杀西门庆，快活林掳掠蒋门神，飞云浦戴枷杀四凶等，知道他慨慨重义、神勇好胜、重人伦轻女色。作者为什么要塑造这么一个人物？用意何在？他是如何一步步地让一个真实的英雄，走进读者的视野？我们细细通过文本来看作家是如何塑造一个流动的人物形象的。

第十一回，武松第一次出场。他因害疟疾，在柴进家屋檐下，连火盆都没有，对着铁锹上的微火在烤。宋江踩在铁锹把上，把炭火碰在了武松的脸上，武松抓住宋江，说你是什么人，敢来瞧不起我？寥寥几笔，武松不如意的人生一下子就跳到读者眼前。

在外躲灾的武松得知自己打的人没有死，要回家看哥哥，宋江给了他十两银子。半途，武松醉酒打老虎，于是人生飞扬，成为英雄，从寄人篱下，到成为一个有身份的官吏，也与哥嫂得以相见。

嫂子潘金莲一眼就喜欢上了这位英俊的小叔子。武大来叫她安排酒菜，潘金莲不去，说他不懂事，怎么能让叔叔一个人坐着，让隔壁的王婆来帮忙。

武松搬来，潘金莲洗手剔甲，炒菜热酒，很是殷勤。但这可不是剃头担子一头热，武松还给嫂子带了礼物的，买了彩色的绸缎。大家想想，一个男人给一个女人送衣服，即便是嫂子，也有些暧昧。作者还特意强调是彩色的，证明武松很懂女人。过了一月，那天下着大雪，金莲买了酒肉，给武松生了火，站在帘下等。"武松踩着乱琼碎玉归来"，穿着什么呢？是鹦哥绿丝棉袄。白雪，绿衣服。我读得心里寒寒的。西门庆与潘金莲第一次相见，穿的也是绿衣服，可那是阳春三月，春光明媚。嫂子笑脸相迎，嘘寒问暖。武松呢，先是说感谢嫂嫂挂念，不劳嫂嫂生受。当听说对方等自己吃早饭时，说，有人请吃饭，我不耐烦，一直就走到家里。为什么不耐烦？然后金莲话说得越来越露骨，武松只是把头低了，并没有反对，甚至有些接纳的意思，所以潘金莲才更加恣意行事，然后被武松拒绝，且搬回单位。出公差前，与哥嫂话别，潘金莲以为武松回心，涂脂抹粉，换上艳色衣服。却不料，武松让哥哥看紧门户，惹得潘金莲大恼，后经隔壁王婆牵线，与西门庆发生婚外情，毒死丈夫。不久，武松回家。

"且说武松门前揭起帘子，探身入来，见了灵床子，又写'亡夫武大郎之位'七个字，呆了！睁开双眼，道：'莫不是我眼花了？'叫声：'嫂嫂，武二归了。'"

读这些短句子，好像自说自话，前言不搭后语，却是万箭穿心。

武松明知事情有疑，却不鲁莽，你看他是多么的冷静。问哥哥几时没了，得了啥病，吃谁的药，潘金莲说，得的是心口疼。武松说我哥哥从来没得过这病，潘金莲说谁能保证自己从来不得这病？然后武松问他哥埋在哪里，死多少天了。没有得到确切消息。然后出门，穿孝衣，系麻绳，买了一把尖长柄短、背厚刃薄的解腕马刀，给哥哥烧纸守灵。第二天，武松再问嫂子哥哥得什么病，吃谁的药，谁买的棺材，然后找到烧武大的何九，拿到哥哥的遗骨，再找证人郓哥了解嫂子与西门庆鬼混详情，拉着证人找县官理论，县官被西门庆打通了，此事不了了之。

本该杀嫂了，武松却不，他在拖延着时间，是跟自己的内心在较劲，还是希望官府主持正义？官府不管，邻人没人相劝，最终他只好自己动手了。让我想起了马尔克斯的《一桩事先张扬的凶杀案》。他要做得光明正大。在哥哥灵前，请了几个邻居，有开银铺的姚二郎，开纸马铺的赵四郎，对门卖冷酒的胡正卿，然后又请了王婆隔壁的卖馄饨的张公。为何只请这四人？只因酒色财气，害人。此处真妙！然后对口供，记案情，杀了嫂子潘金莲和奸夫西门庆，还主动自首，被发配到孟州服刑。

这是前五回，塑造的武松英雄，懂人伦，重亲情，一个标准的好男人。后六回作者却写出一个我们越来越不理解的另一个武松。须细细体会，方知道作者为文的狡黠。

武松调戏孙二娘一段文字，非常经典，武松当时的心境，也颇可细察：

"门前窗槛边坐着一个妇人，露出绿纱衫儿来。头上黄烘烘的插着一头钗环，鬓边插着些野花。见武松同两个公人来到门前，那妇人便走起身来迎接。下面系一条鲜红生绢裙，搽一脸胭脂铅粉，敞开胸脯，露出桃红纱主腰，上面一色金钮。"

此样打扮的确不像良家妇女，但武松调戏的话语和方式，更是不堪。

当孙二娘端来馒头，武松先是故意挑衅，说："酒家，这馒头是人肉的，是狗肉的？"孙二娘笑嘻嘻的，自然不承认，说："我家馒头，积祖是黄牛的。"武松说："我见这馒头馅内有几根毛，像人小便处的毛一般，以此疑忌。"打虎英雄、嫂嫂百般撩拨都毫不动心的武松，忽然说出如此话语，实在让人意外。之后，武松又问："娘子，你家丈夫却怎的不见？"之前，武松处处叫孙二娘"酒家"，此处却改成"娘子"，完全是一副流氓语气，并且打听人家丈夫在不在，颇有几分邪恶。得知人家丈夫不在时，他竟然变成了情人语气，关心，呵护起孙二娘来。孙二娘大怒，才动了杀机。

对孙二娘的戏弄，武松是主动的，这也有悖于梁山好汉的行事风格，尤其是放在武松身上，更显得有些扎眼。正常情况，武松将她揭穿就是了，但用这种戏弄女性的方式拆穿黑店的面目，不是自损自己的英雄形象吗？

夏天的葡萄架下，孙二娘坐在横头，张青、武松坐在下头，我忽记起武松与哥嫂也曾是这样坐着，只不过，坐在上首的是潘金莲，看着夫妻恩爱，"武松忽然感激张青夫妻两个"，为何，想起了哥嫂？由着读者自己去想。

施恩给他好吃好喝，然后说起自己快活林被蒋门神霸占，让武松帮忙出气。武松装醉到了蒋门神酒店，看见要打的蒋门神，却不打，为何？原来他看到了不远处的"河阳风月"大酒店，风月地，自然有妇人。记住，武松没醉，是装醉。

果然，武松发现了坐在酒柜后面的一个年轻的女人，她是蒋门神的妾。

作者写道："武松看了，瞅着醉眼，径奔入酒店里来，便去柜身相对一副座头上坐了，把双手按着桌子上，不转眼看那妇人。那妇人瞧见，回转头看了别处。"武松是主动的，对方不接招，于是他借酒闹事。又问人家主人姓什么，答姓蒋，他说为什么不姓李？那妇人知道他醉了，不理他。武松却让妇人陪他来喝酒。惹得妇人大怒，推开柜门，想出来，武松把上衣脱了，上半身揣在腰里，把一桶酒泼在地上，抢进柜门里，一手搂腰，一手把妇人头发上的冠"捏得粉碎，揪住云髻，隔着柜子提出来，往浑酒缸里只一丢，听得'扑通'的一声，可怜这妇人正被直丢在大酒缸里"。

武松此作何为？是荷尔蒙所致，还是另有心思？

蒋门神得知赶来，被武松打得在地下叫饶，答应离开快活林。

打完人，武松该走了，却没走，为啥？他惦记着那个妇人呢。他重新回到酒店，看到他扔在酒缸里的女人已爬出来了，头脸都磕破了，下半身也湿淋淋地拖着酒浆，其他人都不见。武松坐到店里，"一面安排车子，收拾行李，先送那妇人走了"。看架势，除了怜香惜玉，是不是还有点主人的派头？他告诉众人，施恩并不是他的主人，他们并无干涉，"我从来只要打天下这等不明道德的人！"

那么这个女人不道德吗？人家好端端坐着，你为什么要打，既然打了人

281

家，为什么又要安排车子送回去？

这时张都监赏识他的才干，让武松在他手下做个亲随。张都监中秋设家宴，请武松与他的家眷共享良宵。张都监还让他心爱的婢女玉兰，出来给武松唱曲，唱的是苏东坡的《水调歌头》。"人有悲欢离合，月有阴晴圆缺，此事古难全。但愿人长久，千里共婵娟。"听着这样的诗句，武松也许想到了哥嫂，想到了张青夫妇，想到了他那无法排解的心事。

随后张都监许婚，说玉兰聪明，懂音律，极能针黹。还有玉兰多次给武松斟酒，句句都与金莲相比。正是有了这种对女性的潜在"好感"，张都监把玉兰许配给武松时，武松才会内心里接受和高兴。也正因为这个，张都监的阴谋才会得以实施。恼得武松到鸳鸯楼杀了张都监及家小十五人，特别是杀玉兰，杀法跟杀金莲相似，都是心窝给剜了。还有"鸳鸯楼"之命名，真是妙绝，狮子楼定是武松杀人处，鸳鸯楼却不是武松喜结姻缘处。如此的反笔，让人更是为武二的命运喟叹不已。

武松遇上张青夫妇，孙二娘与金莲一样，百般地体贴照顾武松，左一个叔叔，右一个叔叔。武松也左一个嫂嫂，右一个嫂嫂，"嫂嫂说的定依"。令人想到，他与潘金莲暮雪房中的暧昧。孙二娘让他扮作行者，大家细看，是孙二娘，而不是张青。我想，这绝对不是作者信笔写来。随后，他们果真把武松打扮成了行者。武松道："我照了自也好笑，不知何故做了行者。大哥便与我剪了头发。"此时离别，武松当有多少话语可说，作者却以"不知何故做了行者"的句子，惹出了我的眼泪。人世沧桑，情海无奈，写得让人如此动容。就凭此语，《水浒传》虽打打杀杀，但它不是通俗小说，也非类型小说，而是字字句句足够让人琢磨不尽的真正的经典。

如果说张青夫妇是为了武松的安全让他扮作和尚，那么事实却是武松主动选择了当真的和尚。为何武松愿意带上这个铁界箍？他真的能做到吗？我们再看看大师如何洞幽烛微，写尽了武松人生路上的逶迤，心灵深处的云蒸霞蔚。

十月，武松在草木光辉的月夜，忽然听到林子里有笑声，随后发现一个先生搂着一个妇人在窗前看月戏笑。美的画面，却惹恼了武松。他说，出家人，怎么做这勾当？说着就敲门，对方赶紧把后窗关了，武松拿起石头去打门，出来一个道童，他杀了。先生出来，武松也杀了。问那妇人那先生是她什么人？这妇人说，她家在岭下，这是她家的祖庵，这人来投宿，说自己懂阴阳，擅风水，她父母就让他到坟上看风水，被对方引诱，留他住了几日。这家伙杀了她爹妈哥嫂，把她骗到这庵里。武松问她有钱衣不？若有，快去收拾东西，说自己要烧了庵。那妇人问道："师父，你要酒肉吃么？"明显女人对武松有好感，武松说："有时，将来请我。"那妇人却不进去拿，道："请师父进庵里去吃。"武松说："怕别有人暗算我么？"打虎英雄怕女人？奇耶。那妇人道："奴有几颗头，敢赚得师父？"武松随那妇人进庵后，见小窗边桌子上摆着酒肉，证明这妇人跟那男人刚吃喝过，并不是如她所说，强迫的两人还对酒赏月？武松烧了房子，那妇人给他一包金银，武松却说："我不要你的，你自将去养身。快走，快走！"武松此时，为何不调戏女人，也不杀她？他为什么怕女人？为什么让她快走，还说了两遍，是怕坏人？那个被杀的人可是外乡人呀。还是怕自己一时控制不住自己，失去了出家人的道德？

女人话一听就假，武松却信以为真。武松杀先生在前，并不知道先生杀过人，那为什么要杀？因为先生没了道德？武松是行者，不能再有妻子，他见不得别的道人有女人？或者这美好的夜晚勾起了他那个冬天的伤心事？所以必须杀，而且要烧了房子。有人说是为了试张青送给他的头陀留下的刀，我谓此识偏颇，绝非施耐庵本意。

武松心里有气，所以到青州酒店要肉吃，主人不给，就把对方丢到了溪里，然后吃肉喝酒，大醉。走到离酒店四五里路，发现一只黄狗，在朝他叫。武松认为狗嘲弄他，恼了，一刀砍了下去。狗嘲笑他什么？心里有鬼吧。作者确实太厉害，写武松打狗的那种逼真细节一点也不逊于写打虎。打虎是赤手空拳，打得惊心动魄；打狗是用刀砍，砍得滑稽可笑。他"扒起来，淋淋的一身水，却见那口戒刀浸在溪里，武行者便低头去捞那刀时，扑地又落下去，只

283

在那溪水里滚"，此时可是寒冬腊月呀。打虎英雄却打不着一只狗，能单夺雄镇，却两次陷进不到二尺深浅的溪水里。两次呀，作者让武松如此霉运，他遭遇了什么，怀着何样的心境，写出人生如此的无奈和悲凉？作为写作者，我翻来覆去，越想越觉得作者想出了人生复杂的况味来。正因有前面的烈火烹油，鲜花着锦之盛，才有如此的虎落平阳被狗欺的惨运。

按说可以了吧，作者还没停笔，又写被武松打了的孔亮这时带了二三十个庄客，把醉武松拖上岸，打便是了，还要强调此时武松有些醒了，只把眼闭了，由他们打，还不作声。哎呀呀，这还是那个空手打老虎、杀嫂祭兄、狮子楼怒杀西门庆、快活林掳掠蒋门神、飞云浦戴枷杀四凶的武松吗？这让我想起了海明威的短篇小说《杀手》中那个被人追杀的拳击手，他整天不敢下楼。这么写不新鲜，竟然连给他报信的人都不敢看，已经是"彩蛋"了，作者还不停笔，再强调人高马大的他，竟睡在一张小床上。再没有把声名赫赫身板伟岸的人放在一张小床上展示他的窘态更高明的办法了。看来古今中外，经典血脉相通，那就是巧察人性幽微，方能出奇制胜。

武松被宋江救了，从此走上梁山，一切与风月无关。这样让人伤怀的被逼上山，怕在梁山一百零八将中，绝无仅有。作者写林冲被逼上梁山用的是从外到里的编织法，编妻子受辱、编误闯白虎堂、编风雪、编烧火神庙等，使公务员林冲被庞大的社会机构压塌，写武松，则用内省法，用解剖刀，一刀刀地剔武松内心的枝枝节节，不见鲜血溢出，却痛在骨髓。

武松杀嫂，好像再与女人无缘，之后，作者偏要写出他与无数女人的牵绊：十字坡的孙二娘，快活林的蒋门神小妾，歌女玉兰，庵里张太公的女儿。众多女人，却又与他无缘。原因何在，作者没有写。我认为正因为武松无法排遣对嫂子潘金莲难以释怀的爱，才会去调戏孙二娘，打蒋门神小妾。但这时，他的内心是矛盾的，心里还有对女性的幻想。及至玉兰的出现，让他不禁想起了想爱不敢爱的嫂子，唤起了他对美好生活的向往，结果玉兰又骗了他，他才对天下女人彻底失望，才杀了跟张太公女儿相好的先生，也不再对此女的挑逗动心，决意成为真正的和尚。无情郎偏遇多情事，作者真乃神笔！

　　絮语难述钟爱的文学形象武松。最后，我以清朝文学批评家金圣叹语作结："武松天人者，固具有鲁达之阔，林冲之毒，杨志之正，柴进之良，阮七之快，李逵之真，吴用之捷，花荣之雅，卢俊义之大，石秀之警者也，断曰第一人，不亦宜乎？"

原载《山西文学》2018年第1期

八月黍成

宁　雨

/壹/

一棵黍子。

其实，它只是这块黍田无数棵黍子中的一员，阴差阳错被播在垄头，而最先受到我的关注。这片田地，是挂在小长梁顶上的台地，当地人也称为塬，海拔有999米。在地势平坦的华北平原向坝区过渡地带，999米，也是颇引人瞩目的一个高度了。这样一个海拔高度，竟如此繁茂地生长着这些迥异于我家乡冀中平原的禾稼。

塬，按词典的解释，是我国西北高原地区因流水冲刷而形成的一种地貌，呈台状，四周陡峭，顶上平坦。这里，却属华北地区河北阳原境内的黄土高原。大田洼村老村长周老汉对我说，塬上最趁的就是土，田里黄土厚度至少六丈六，可惜命里缺水。只要老天能给下几场雨，黍子、山药、小杂粮，都能长得欢实。

农历七月，是塬上的好季节。天蓝，云白，风轻。站在田野，即便我这个比一棵黍子高不了多少的矮个女子，也能望见远处黛色的阴山余脉，近处坡梁下面丝绸般缠扎在大滩上的桑干河，桑干河边饮水的棕色马、大黑骡，以及西山上云朵一般飘动的群羊。这般风景，荡起内心一串串温暖的涟漪。温暖到有些微微的疼痛。

第一眼便遇到一棵正在扬花的黍子。不知是一种天意，还是一个偶然。

近两年总喜欢琢磨植物的进化史，尤其着迷《诗经》里的植物。黍和稷，在《诗经》所涉植物中，几乎是出镜频率最高的，用现在时髦话说，是"热词"。考古学研究表明，包括桑干河上游阳原、蔚县在内的华北地区，是黍的原产地，年代距今大约1万年至8700年，这至少比《诗经》的年代要再向上推5000年。1万年前，泥河湾盆地桑干河两岸，正生活着全新世人类，他们制作出大量顺手的石头工具，农畜并作。聪明的先民率先"驯化"了一种植物，并且命名为"黍"。煮饭用它，酿酒用它，祭祀也用它。黍，成为泥河湾农耕文明始作的象征。

到了公元2016年，塬上人家的粮，最最要紧的，还是黍子。小长梁一带，散落着大田洼、小田洼、东谷它、大井头、小井头、油房、岑家湾、柳沟等大大小小的村庄。因"泥河湾地层"而闻名的泥河湾村，则坐落于稍远的桑干河右岸。村庄无论大小，洼坪、河下、深山、山腰梯田，每一户人家都会记得在春天里择一片最肥沃的黄土地，一遍又一遍地精耕，撒下厚厚的农家肥，趁一场细雨去播下心爱的黍子。

细小的黍种，枕着布谷鸟的叫声酣眠，一夜之间吸饱水分，扎撒出针鼻儿大的白根。又几天朗朗的日头照着，杏黄风软软地吹着，小小的嫩绿的芽头倏地拱出地皮儿。不要多少时日，黍苗开始在暗夜里咔嚓咔嚓地拔节，孕穗。塬上的老汉和女子们，走在河湾、坡道上，一仰头，一低头，满眼的青绿替换了一冬天单调的土黄，出口气儿都是无比顺畅的。一地黍苗，如同自家青葱的儿女。

大田洼的老祝，最爱在黍子扬花的七月天气，沟沟梁梁到处逛荡。他说他喜欢黍花的香味，每天往后沟里走着，看看古堡，看看古堡中的葵花、玉米、山药，闻闻黍花香，可以省下二两酒。老祝是塬上公认的酒仙儿，每天不喝酒就打不起精神。他从后沟逛回村子，俨然是喝过酒的，脸色酡红，目光炯炯。有人说老朱跟黍神有缘分，他是跟黍神一块儿喝酒了。

我也撮起鼻子嗅，却没老祝吹呼得那么香。问村中女子们，她们也觉得黍子花儿不香。如果说黍花真的有香气，也是最清淡的香，清淡到最灵敏的鼻子都无从捕捉。黍子开花，不是让人闻香的，如同一个好看的女子，眉眼身段长开了，就要为人妻，为人母，踏踏实实过日子。黍子开花，只是为了秀穗、结实。

/贰/

"八月黍成，可为酎酒。"《诗经》时代的黍子，用来酿制美酒，享祀祖先。塬上，不知道从哪个朝代便丢失了酿造黍酒的传统。人们爱黍子，是因为迷恋那一口香香的黏黏的黄糕。

黄糕，是用黍米面蒸的。家家户户的午饭，都离不了一盆热腾腾的糕。一天不吃糕，就好似一天没吃饭，心里头空落落的。秋天打下的黍子，被女子们送到磨坊去碾米磨面。黍米色泽灿黄，越是好的黍米，就越黄，完全跟太阳一个成色。黄黄的黍米是有香气的，温和的、新鲜的黍米香。这香气，外人也许闻不到，但泥河湾的子民人人闻得真切。一捧新米的香气，能逗引出一腔湿漉漉的口水。

"三十里的莜面四十里的糕，十里的荞面累断腰，累断腰。"原本一句顺口溜，82岁的羊倌儿老汉硬生生给哼成了桑干河独有的腔腔调调。老祝在坡梁上逛荡，一到快晌午，就会听到老羊倌儿的调调。那调调儿好像专门提醒他，该回村里给90岁的奶奶和18岁的儿子做饭了。午饭，照例是一顿黄糕炖大菜。奶奶牙口不好，胃口不好，但每天离不了糕，一顿午饭要满满一小碗瓷实实的黄糕。好在塬上人吃黄糕是不嚼的，祖上传下的规矩，用筷子撕扯一块儿，蘸一蘸熬好的土豆茄子豆角大菜汤，送进嘴里，"咕嘟"一下顺嗓子眼儿就到了

2013年中国散文排行榜

肚里。

一方水土养一方人，塬上人吃糕，算是一例。不过，作为一种拥有万年历史的古老农作物，黍子养育的又何止这泥河湾的塬上人家。夏商周时期，黍的身影曾遍及大半个华夏。汉代以后，中华文明与世界各大文明之间实现前所未有的交流和交融，农作物的种植清单也急剧更新。但黄河以北大部分地区，仍以旱作农业为主导。及至20世纪80年代，水田在广袤的北方平原已不是什么稀罕之物。随着水浇地面积的扩大，黍子、大麦，甚至高粱、谷子，才飞快退出主要大田作物的序列。我问一些年纪轻的孩子，何为黍，何为稷？他们只会翻着字典说，黍稷都是庄稼，散穗者为黍，实穗者为稷。至于黍稷何滋何味，则是完全陌生的、毫不相干的，远不如一杯珍珠奶茶、一份哈根达斯来得亲近。

数千年前沿着泥河湾人迁徙、繁衍的路线，一路向南攻城略地过淮河跨黄河的黍子，只用了不到30年时间，便给飞速发展的水浇田逼退到原初的出发地。而今，以黍子为大田主导作物的地方已经非常稀少。但泥河湾人，像祖先一样爱着黍子，并以之为主粮。

耐人寻味的是，黍子这种农作物在华北广大地区向北撤退的路线，跟告别贫困的地理分界线有着惊人的相似。贫困，又与干旱缺水等恶劣的自然条件如影随形。2015年国家公布的贫困县名单，河北北部的张家口市占10个，包括泥河湾遗址群所在的阳原和蔚县。

泥河湾盆地的庄稼人，是数着一场一场雨过日子的。就说发现11700年前全新世人类遗址的大田洼乡，十几个村庄，几乎个个严重缺水。饥渴的黄土地，与生性耐旱的黍子却相宜。黍子播种期间，正是桑干河上游地区降水最金贵的时候。有点潮气儿就能扎根生芽，黍子让庄稼人心中坚定着年复一年播种的希望。再差劲儿的年景，只要一片黍子地还有收成，这沟沟坡坡就能养活人。

扶贫干部老郝在工作日志中记载着这样一件事，小长梁以南10公里的南柏山中有个漫坡村，家家都要赶着毛驴到村东5公里开外的深沟蓄水池里驮水吃。6年前的冬天，一个老汉到处找驴驮水用的木架子，生生给冻死了。大田洼村，上世纪90年代才有了第一眼机井。现在，这眼井已经不符合饮用水标准，只能用来浇地。于是，大田洼4070亩耕地中，罕见的有了200亩水田。2014年，乡里利用上级支持的资金在小长梁河下深沟打了一眼新井，管道入户定时供水，村里人幸福坏了。一位老汉逢人便说，新来的王书记，把水送到家里，相当于帮我养了一个能挑水的儿子！

"帮着挑水的儿子"政府给养了，自家养活的儿子却"跑"了。在大田洼村里待了两天，没碰到一个年轻的后生、女子。到阳原县城、到张家口市，甚至远赴北上广等一线大城市打工，在大田洼乡、在阳原县已是普遍现象。年轻人一走，一年两年不回一趟家，混得有点模样的，携父母子女举家搬迁。大井头村2015年底在籍人口172户383人，常住人口却只有98户195人。

地方穷，养不住人。当了多年村长的周老汉卸任了，还在为村里忙前忙后。他说，大田洼村2015年的人均收入是2650元，达到2850元就算脱贫出列。

2650元，还不足一线城市一个新毕业大学生月薪的一半。

早起糊糊中午糕，黑下里一锅烀山药。这听起来合辙押韵的日子，被塬上的年轻人厌倦了，嫌弃了。黍子和人之间，出现了一个"你退我进"的现象：当黍子全面退守回一万年前出发的原点，塬上的后生小子，却坚定地告别着养育了世代祖先，又养育着他们这代人的黍田和黄糕饭。

/叁/

吃惯了黄糕的塬上人，也许无暇思考人与黍的进退史。这片土地，作为"东方人类的故乡"，却得到全世界越来越多的关注。

一个世纪之前，泥河湾村还是桑干河畔一座不出名的村庄，人家不足百户。1942年，随着美国地质学家巴博尔的到来，"泥河湾"三个字逐渐被赋予了不同寻常的意义。80多年来，相关领域的专家学者在东西长82公里、南北宽27公里的桑干河两岸区域内，发现了含有早期人类文化遗存的遗址80多处，出土古人类化石、动物化石和各种石器数万件。这些文物几乎记录了从旧石器时代至新石器时代发展演变的全部过程。小长梁遗址作为我国古人类活动最北端的见证，被镌刻在中华世纪坛的青铜甬道上。

2001年，泥河湾遗址群列为第五批全国重点文物保护单位；2002年，泥河湾列为国家级自然保护区。泥河湾考古遗址公园正在建设中，一座东方人祖的大型石雕高高伫立于中心广场。

小长梁，总有一批又一批的游人前来寻根，祭拜。远道而来者，在完成一个虔诚的仪式之后，往往愿意到附近的村庄走一走，到沟里捡上一两块石头，甚至在坡梁上剜下一块泥土，用干净的丝帕或白纸包裹好带回家。在大田洼村街上，我跟一个女子闲聊。我问她，有没有游客想到你家里吃饭？她连说，有的，有的。今年春天，四个背包客敲开她家门，央求给做一顿最地道的农家饭。于是，黄糕蘸大菜，第一次作为招待外地游客的饭食端上桌。那些吃惯大米白面的嗓子眼儿，对付一块粗糙的黄糕十二分不习惯，但还是学着主人的样子"咕嘟"一下咽到肚里。似乎，一顿塬上人家的黄糕饭，才结结实实拉近了寻根者与人类祖先的距离。

老实说，一株黍子、一块黄糕的历史，对于第四纪的早期人类史，实在短暂得无以挂齿。因此，一顿寻根的黄糕饭，实难以接通数百万年前先祖的气息。而作为一个土生土长的泥河湾子民，黍文化史中却有割不断的血脉。

在小长梁间的村村落落，跟一个老汉谈起泥河湾遗址，他表现出不了解、不关心，我一点都不见怪。他更关心的，是一季黍子、玉米和杏扁的收成。还有，美丽乡村建设、退耕还林、精准扶贫，自家能有哪些好处。抑或，哪个考古队要来，他们是不是要在当地招募帮忙挖土的人，以及在考古现场打工，一天能挣到多少钱。当独特而丰厚的文化遗存遭遇物质的极度贫瘠，普普通通的庄稼人，似乎少了一点对先祖、对根的热情，多了一些现实和庸常。这，正是塬上人朴实敦厚的性情所在。

七月里，嘎啦嘎啦的响雷惊动了一棵黍子的美梦。

大田洼村几个老汉站在二云家理发馆门口，一边吸烟一边打望着凤凰山那边滚过来的黑云，看上去情绪蛮好。杏干上市，黍子扬花，这场雨来得正是时候。

老汉们嘴里埋怨着"穷，养不住人哩"。问他们，要不要像年轻人一样搬出这个塬不再回来，一个个马上摇头，拨浪鼓一般。

大田洼往南深山区的朝阳山沟村，村上有个老红军，已经98岁，参加过两次国庆阅兵，国家每个月都给发补助。老红军的儿女在外地工作，接他走，却死活不干。老人家身子骨硬朗，还能下地侍弄庄稼，种几垄黍子、一片山药。闲来无事，搬个小马扎，坐在院门口看着对面的大山，一口接一口地吸烟。他与家乡的青山，相看两不厌，就算是死了，也要跟列祖列宗一块儿埋到大山里头。

这些老一辈的泥河湾农民，恋土，恋家，恋黄糕。许多人入土之前，灵堂里的供享都少不得一碗糕。

宁老汉70多岁，光棍一个，终身未娶，现如今在中心学校看大门。老汉的家，在大田洼村东头儿，夯土垒的院墙，夯土堆的窑屋，木格门窗，门上大红纸糊的对子，窗上大红纸剪的窗花儿。前院养鸡养狗，后院种菜栽花。一个红彤彤的大南瓜趴在地上，像老汉待客的笑脸，憨厚、笃定。

论日子过得精致，在这塬上，宁老汉绝对数不上。但老人家过日子的心气儿，连精打细算的女子们都很佩服。日子，当然要好，好了还想好。可这份好里，永远离不开那个心气儿。心气儿足了，孬日子也能往好里过，心气儿没了，好日子也过不出个好。自打年轻人一个接一个往外出走，打工，在城里定居，村子里越来越清静了。清静得人心惶惶的。太清静，女子们过日子的心气儿就往下塌。走过后街，往宁老汉的窑屋和小院瞅上一眼，老母鸡领着一群小鸡仔安闲地溜达呢；过一会，再瞅一眼，一架眉豆已经爬满墙头。脸红，心虚。儿女双全的人，咋还不如一个光杆老爷们儿。

老李家兄弟，也是过日子的好手。老大和老三，一家一个大院套，前后相连，一水儿新房，外墙瓷砖到顶，屋里纤尘不染。老大家院子里栽大苹果、香水梨，老三家屋前一大丛明艳的菊花，两畦正在卖花花儿线的玉米棒子。两家的孩子们都在外地工作，读书。老大两口儿带着4岁小孙女，种10亩地打一份零工。老三家春天里刚给闺女、姑爷办完喜事，喜房里彩练灯笼福字剪纸，一派喜气。孩子回家办婚事，办完又走了。老三家女子每日里打扫着，就盼一双小燕儿常回老巢住住。

滋味越来越寡淡的日子，因为理发店的二云起了一些变化。二云的娘家在大田洼，婆家在小田洼。自打学了理发，她就不再把心思放在田地里，而是专心一意开起理发馆。开理发馆需要人气，大田洼是乡政府所在地，人口多，热闹。干脆，二云租了大街边两间房子，开店兼休息。小时候耍高跷的底子，打十七岁开始跳舞，无论什么舞式对二云来说都是小菜一碟。自己跳不过瘾，拉扯着村里的女子们一块儿跳。早起熬糊糊之前跳，晚上吃了烀山药蛋之后又跳。不经意间，二云舞蹈队就红火起来了。庄稼人天性爱热闹。腊月里赶大集买窗花，正月里耍社火、打树花，秋天打完黍子蒸下头锅黄糕，还有口梆子、二人台。这些年，村里人口越来越少，红火耍不起来了。二云舞蹈队，也是人们的一个宽心事儿。

塬上女子们不欺生，一个个又大方、又淳朴。她们跟我唠叨：现在国家号召美丽乡村建设，又派干部"精准扶贫"呀。这村也美了，贫也脱了，到底能不能把年轻人的心再拴回来？年轻人的心回不来，都是白瞎。

/伍/

老祝还是一天到晚在后沟泡着。他逢人便嚷嚷，今年黍花开得格外香，秋后必定好收成。没人在意他的疯话，大家都忙活着，忙着到考古队打工，忙着一日三餐，忙着找二云学跳舞。

见我对黍子感兴趣，老祝像是找到了知己。他邀请我八月再来，吃一顿新黍面蒸的黄糕。八月，该是黍子的节日了。一捆捆穗头饱满的黍个儿，被骡车、驴车运送到村边的打谷场上。老汉们牵着大牲口，大牲口拉着碌碡转圈轧场。"吁，哦，吁吁，哦哦"的呼喊声，是人和牲口之间最默契的交谈。吆喝牲口的间隙，嘴里随便哼几句口梆子、信天游也是要的。小调和吆喝声，交织着，飘荡着，绕过场边的白杨树，一直飘到沟对面的南山梁，飘到南山梁上棉垛子似的云里。

大田洼的打谷场，静静的，碌碡安卧在场边，等待秋收的节气。最后的农耕图画，还存续于塬上的八月。而一棵黍子的命运，却该到达新的拐点了。

原载《光明日报》2018年8月10日

水坑记

刘亚荣

一

南方的水塘，带着一股子诗意，一个"塘"字，就把俗常的水坑升华到有文化内涵的地步。南方水塘那满池的荷花、蒲草，和活蹦乱跳的鱼虾，也让北方的大坑望尘莫及。我的家乡，大部分水坑就叫大坑，土得掉渣，像没人怜惜的野孩子。我也觉得叫它大坑更合适，它有时候没水，裸露着干涸的坑底，那些翘起的泥片颇像屋瓦，踩上去，嘎巴嘎巴的响。远看，鳞片一样，平坦的坑底像一条首尾被埋着裸露着身子的大鱼。唯有孟尝村中间的那个大坑，因为赋予了传说，被称为官坑。这些大坑，是村庄的肺，不仅是肺，小时候，雨水勤，村子里的大坑，有蓄水排涝的功能，不至于让本就贫瘠的村庄再成为泽国。

大坑在我眼里，藏着诸多的秘密，是我神秘的后花园。

奶奶家往南，隔一户人家，一溜三个大坑。路左的坑小，路右的坑最大，底比较平坦，是孩子们玩耍的好场所。沿着这条朝向西南的路，直角往西，是四队的场院，南侧也有一个大坑，占据了四队的东南和整个南面，成了天然的

"护场河"。这条路是去四队的必经之路，不同的是，拐到西面的路边，也是南面坑的北沿，长着几棵大柳树，与北边大坑沿上的柳树，成围剿之势，把个大水坑围了个严严实实，蓝的天，白的云，绿的水，也有些诗情画意。

每次大雨后，这几个大坑满了，水会溢到路上，偏偏这里的路面是胶泥的，一走一滑，走起来战战兢兢的。如果不是有要紧的事到场里找娘，我万万不敢走这。但这个大坑忒仁义，坑虽大虽深，却从来没淹过人，也从没伤过人。

平时，这个大坑蛮诱人的。且不说大柳树上的鸟，也不说那可以换零钱的知了皮。我喜欢在傍晚带着空罐头瓶，拿着小木棍，去找知了龟，给姥姥喂鸡。这个大坑周围几乎不长草，光溜溜的地上布满了小圆孔，洞口圆乎乎的，是知了龟自己爬出去的，口沿不整齐的，自然是被孩子们用手指头或木棍捅坏的。每次大雨来临之际，大柳树的树身都湿漉漉的，褶皱里的苔藓上都能滴下水。这时候，蛤蟆拼命地叫，仿佛是在告白它是先知，预示着雨要来临。

坑北沿的柳树还小，一棵挨着一棵，这树得地利，是天然生成的。我喜欢攀着这些小树，看浅水处的"鱼虮子"，它们和大姥爷毛衣上的虮子神似，只是颜色要好看得多，有着靓丽的黄橙色。找到能站稳脚的地方，我还会用手捞起这些黄澄澄的小玩意。捞起来也没用，太小，鸡也不吃。看一会儿，还扔到坑里。

与这些鱼虫相比，我更喜欢"鲎"。这在当时，是我们眼里的神奇之物，稍硬的壳，分为两片，像一个人披着盔甲，垂着胡须，有长长的尾巴，记得它的脚有好几对，捞起来，也数不清楚。不知道，大坑干涸时，这鲎藏在了哪里。如今它更像一个隐者，早隐到逝去的时光里，我只是凭着记忆，还原它的样貌，我们喊它"海马"，至今也不知道它的真实名字。我写"鲎"，是看过生活在浅海里的鲎的图片，它们有着相似的样貌，也许是近亲。

刚下过雨的大坑，相对是安静的，只有蛙鸣，连鸟也不知道去了哪里。淘气的孩子们的兴趣，不会在此时黄兮兮的水中，且水深，哪家大人也不会让孩子冒险，情愿孩子去远一些的潜龙河摸鱼玩耍。麦秋，大人们放心地在场里干活，孩子们泡在大坑里，谁家孩子打架，母亲们都听得清清楚楚。

东边的坑里长着浮萍，还有一丛一丛的苘麻，很多年头它们都占据着这个坑。苘麻开花很好看，深黄色，它结籽的托很特别，有小孩子做十二响、蒸百岁用它的托点胭脂，雪白的散发着麦子香味的大馒头上像盛开着一朵花。苘麻有一股子奇怪的味道，籽不难吃，大坑水浅的时候，我们会踏着坑底裸露出来的土堆，结伴去坑里采几个，坐在大坑的水簸箕上啃着吃。

大坑干枯的时候，我们在坑里玩耍，翻开泥片，挖出很多"胶泥石"。它一般都有一拃多长，像一根用泥土捏成的曲曲弯弯的铅笔，表面疙疙瘩瘩，又像巨型蚯蚓吐出来的一串泥巴，折断它，会露出铁锈色的芯，除了泥土味儿，似乎还带着铁腥味儿。胶泥石的名字，不记得是谁先说出来的，也许是世世代代传下来的。很多年后，我常常思索，当年的胶泥石到底是什么，肯定不是龙骨之类的东西。当我得知，家乡正处于战国时期燕赵的边界线附近，也是宋辽拉锯的地方，还有明朱棣的争帝位之战，导致这里空无人烟。这大坑也许是古战场，在这三四米的地下隐藏着战争的遗迹。这包裹在泥土中，吸附着泥土的铁质的内核，也许就是古代兵器的遗骸。从孟尝村西行二十多里，有个大宋台，传说是穆桂英的点将台。孟尝村的名字就来自于孟尝君，这里是他的立足之地。解放前还建有他的庙宇，有神像被人们供奉。而我们刘家人正是明初由山西迁来，村子里的他姓人家，祖上也多是由山西迁来，我家族的迁移史，是有家谱记录的，可惜刘家家谱不慎在"文革"中遗失。当我看过一些关于家乡历史的书籍，这个迷迷糊糊的结论逐渐清晰。

回忆这些，像捡回自己童年失落的羽毛。

二

这大坑，不仅是盛放童趣的地方，还泡过编簸箕的柳条、杆子，也泡过红麻。说到底，这坑水浸泡的也是生活，这浑浊的水里，也蕴含着酸甜苦辣。

泡红麻的事儿，我记得清清楚楚。乡亲们先是将长长的红麻打成捆，泡到坑里。这个初秋，孩子们再也没法泡在坑里了，沤麻有一股子臭味儿。生产队长发话，剥麻的麻秆归个人。爹干活本来就利索，又琢磨了个窍门，先只剥下麻根部的皮，攒到一堆，我和妹妹坐在麻根上，爹和娘合力把这几十根麻皮，从麻秆上扯下来。湿漉漉的麻很光溜，麻皮顺溜整齐，麻秆也丝发无伤。这剥麻的活儿赚来的麻秆，在院子里堆了一小堆，娘看着这堆好柴火就露出笑容，我家的土炕着实暖和了一段时间，麻秆好烧，没有烧草时的浓烟，麻秆的灰都发白呢。

这坑里泡的最多的是柳条。坑四周的人趁阴天下雨，出不了工，在家里偷着编几个簸箕，换粮食，或者零花钱。天好的时候，会趁生产队集合等候的工夫，编几道绳。所以，常常会看到坑沿下泡着一捆一捆的柳条，这是干部们睁一只眼闭一只眼的事儿，粮食不够吃，总不能眼看着饿死人。

爹差点没死去。刚分家，没多少粮食吃，爹的胳膊上长了一个大火疖子，扛着肿疼，在晌午该睡觉的时候编簸箕，午饭吃了两个用簸箕换来的桃子。火疖子总不好，爹实在忍不住了，才去村里的卫生所拿药，没想到吃了长效磺胺，过敏，眼睛肿得睁不开，手指间都蹿出了大水泡，差点要命。

娘提起来这事儿，总是耿耿的，说分家时奶奶只分给我家30斤高粱，一件爷爷留下来的皮袄。奶奶给皮袄的时候，又把黑粗布皮袄面拆了，只给了一个光板的皮袄芯。娘也说，你奶奶也不容易，她要有，能难为自己儿子吗？

我家当时借住在北头大娘家，离生产队有点远，爹晌午加班编簸箕的时候，会让我们听着钟声，钟响三遍就要下地了。爹就趁这工夫多编几道绳。

北院的猪圈旁长着一棵毛桃树。桃子不大，也不多，桃毛却很多，但也是妹妹的好吃头，我也喜欢吃，但每次吃完都刺痒得要命，抓得出血痕。那时候小，也不懂是桃毛过敏。每次想吃桃，娘就从树上摘下来，洗洗，给我们吃。那次娘没在家，我也小，摘不到桃。我们俩就趴在地窖子口叫爹给摘，爹说等会儿，差两道绳就好了。这时候，生产队的钟响了两遍了，妹妹小，哭着大声喊着要吃桃，爹不理她，她气得在地窖子口搓搓脚，哭起来没完。钟响三遍，爹拿着根柳条从地窖子爬上来，啪啪打了妹妹两下，下地去干活了。妹妹没受过这委屈，差点背过气去。直到现在还狡赖爹从来没打过人，却抽过她两柳条。她那时候不过三两岁，我奇怪她怎么会记得这件事儿。爹总是一脸歉意，说最后这道绳弄不好，这半张簸箕就白编了，别怪爹，咱们得顾嘴呀。

大坑里的柳条有白条，也有青条。这因为平原人和山里人需求的不同。白条就是剥了皮的柳条，青条是只把柳条的表皮刮掉，留着柳条的内瓤，太阳晒一些时日，会变成棕红色。这样的簸箕远不如白条的好看，但山里人说这样的结实，也许有道理，白条是夏季收割，青条是秋天，或者霜降后再收割，生长期较长。

包产到户后，粮食有盈余，我家也种过一地柳条。那个深秋，我女儿不到两岁。娘带着我女儿，喂鸡喂猪，还要刮青条。晚上，在电灯下，纳鞋底，给我女儿做棉鞋。那时候，大人们都穿上了皮棉鞋，好打理，美观，但是防寒性不如家做的棉鞋。天还不冷，娘就找工夫给我女儿做好了棉衣，为了做棉鞋，娘早在春天就打好了袼褙，花条绒鞋面、白棉布鞋里、底子绳和鞋口的黑棉布也都备好了。

没料到，鞋底还没纳好，娘就病了，仅八个月时间就离开了我们。整个冬天，病中的娘一直念叨，要知道一病不起，该给孩子做好棉鞋呀，那堆青条也没刮完。有几年，我看不得满地舞动的柳条，也尽量不走大坑那边的路。

大坑越来越小，直到消失。

下意识里，我觉得大坑掌管着村子里的秘密。人们用悲悯的眼神看它，惋惜它的消失时，说不定大坑早看到了村庄的发展和变迁，以及每个人的命运和结局。

三

大坑里，有一种被我们称作"卖香油"的黑壳虫。长长的身子，细长的

299

腿，细长的脚，不停地在水面滑行。它们的技艺太高超，如果没有风，看不到水面有一丝波动。

淘气让他爷爷给捉，爷爷用扫帚给他捂蜻蜓，大多是黑眼睛红乎乎身子透明的翅膀，也有那种绿眼睛蓝身子的。淘气爷爷在生产队里喂牲口，农活不忙了，除了铡草，喂牲口饮牲口的，有点小闲工夫。我们在大坑里玩腻了，就跟着淘气来找爷爷。淘气爷爷住的屋子，一股子牲口棚和烟味儿，但是有时候有煮黄豆黑豆，这简直是当时最解馋的东西，虽然豆子里还带着豆梗和豆荚。淘气从锅里抓，爷爷坐在里间屋的炕沿上吸烟，烟袋锅冒着烟，他的鼻子也冒着烟。淘气抓豆子他也不管，我害怕，只拣几颗带花纹的，但这些原本和小兔子脸一样的花纹，煮过就变形了，我舍不得吃，晒干了，却更难看，皱巴巴的，咬不动。

淘气在大坑里待的时间最长。上树掏喜鹊蛋，下到大坑里捉"海马"，捅马蜂窝，每天在大坑边的柳树上哧溜哧溜数个上下。新鞋子几天就有了洞，淘气娘说他是铁脚，蝎子毒（音，意为蝎子有毒的尾巴部分）都敢摸。

淘气的爷爷当过伪军。如果不是偶然听到，打死我也不相信。这个老人脾气很好，和电影里、书中的伪军一点也不一样。这是我当时的想法。就是他，在我们家欠队里的工分，分不到口粮的时候，站出来说用他的工分抵。我想，爷爷当伪军的事儿淘气肯定不知道。淘气是个乐天派，学习不好。好像因病休学一阵子，我记得他的手指头肚是黑的，还有裂口。淘气上树爬墙是好手，还无师自通，会折筋斗，一连翻好几个。读书不好，总被罚站，完不成作业，被老师用乒乓球拍打手心。我想，水深火热一词，用在课堂里的淘气身上正合适，课间他很活跃，玩得忘乎所以。村里成立的老调剧团救了他。

不爱学习的淘气，在老调剧团如鱼得水，他的嗓子天赋不太好，但是他的武功棒，那些戏曲中的招式他很快就心领神会，熟练地掌握。那时候淘气年纪小，没有扮演过有分量的角色，但是在龙套演员中他却是佼佼者。我五年级，淘气就是剧团的小演员了。村里过年开大戏，我在舞台边想看看平时的小伙伴

300

是什么模样。淘气脸上画着油彩，身上穿着戏装，手里还握着一把木质的涂着银粉的大刀，从化妆间跳出来，吓了我一跳。这不是那个在大坑里泡着的小男孩了，虽然还淘气，但浓重的油彩掩盖不住他对舞台的渴望。

大坑已经牵不住他。此时的大坑，也脱离了我的视线。我读初中，上卫校，差点忘了大坑。包产到户，生产队也没有了。大坑还在为人们服务，更多的人加入到编簸箕的行列中，大坑边上的树，没了。柳树是做簸箕"舌头"（簸箕底部最靠前的木板）的好材料。倒是在不多的水里泡着一捆捆柳条，簸箕舌头、杆子，有青条，也有白条。

总记得那个寒冬，到大坑里捞柳条。湿漉漉的柳条尤其重，大坑的沿结着冰，提着柳条走在路上，冷风吹着，手钻心地疼。紧走慢走到家，放下柳条，手都伸不直了。伸到炉火上，半晌才缓过来。我和淘气都是幸运者，都逃离了种地和下地窖子编簸箕的命运，变成吃商品粮的人。更多一起在大坑里玩耍的小伙伴，还在村子里过活。

淘气的娘，住在淘气花钱盖的三间房子里，一个人打发着岁月，见到我有说不完的话。我因而得知淘气考上戏校后，开始还可以。后来剧团改制，他自己走南闯北地招呼着一帮人，爱人是同行，在西北安了家。他待的地方古时是苦寒之地，荒凉、缺水。大坑，我估计更没有，这家乡的大坑，是我们这些离乡人共同的胎衣。

那些年，孩子们成群地生，喝着风长。大坑也遵循着自然规律，水大，或者水小，丰盈，或者干涸，固守着它的道。存在和消失，也许并不相悖，只是时间长河里的必然逻辑。

光阴是一个魔术师，消亡和改变是它的拿手好戏。大坑和大坑里玩耍的那些人，都走在老去的路上，说不清谁影响谁，谁陪伴谁。

四

大坑的周边，土质板结，颜色也较平常的黄土浅淡，有流水冲刷的纹，像

301

毛笔勾勒的墨迹，仔细瞧，又似瓷器上美丽的冰裂。

这些裂痕的发端，串着一户户人家，其中有两个姑娘。我给她们起名叫玉兰和辛夷，她们确实像春季里的玉兰花。

玉兰和辛夷都是玉兰树所生，只是玉兰特指玉兰花，辛夷在中药房是治鼻炎的一味良药，长得毛茸茸的样子，像个微型毛绒玩偶。辛夷是玉兰树干燥的蓓蕾。

带着幽香的玉兰和辛夷是同龄人，都编的一手好簸箕，簸箕舌头上的钻孔疏密有致，簸箕角方圆合适，柳条和绳经纬分明，整个簸箕形状漂亮。那簸箕上雪白的柳条块儿，就像她们笑起来露出的牙，唇红齿白，一对窈窕淑女。

玉兰在北方是稀罕树种，如今是城市里随处可见的观赏树，它和迎春一起唤醒北方的春天。走在园林里，盛开的玉兰花，总让我迈不开步子，无论是象牙色的白玉兰还是紫玉兰，不仅姿态美丽，还洋溢着一股子吸引人的香气。玉兰和辛夷因而总是走进我的心里，和盛开的玉兰花相比，辛夷是含蓄的，生活中的辛夷也是，总是一副羞怯怯惹人怜爱的样子。

妙龄的年纪，每天窝在地窖子里，委实不是长久之计，但孟尝村自打编簸箕成为一门糊口的手艺，有哪个姑娘能逃脱地窖子的束缚，除非嫁到外村去。玉兰、辛夷她们给自己定了任务，这也是家长同意的，每天编八个簸箕，其余时间归自己。于是，在紧张的一天之后，姑娘们钻出地窖子，长舒一口气。洗澡洗脸，搓上郁美净，换上好衣裳，溜达到村北的大堤，或者村南的公路上。

这些俊鸟，在等待可栖的梧桐树。

先是辛夷经媒妁之言和外村的一名男子订婚，在那个明媚的春天，桃花开着，梨树也看着就像雪一样白，辛夷结婚了。大红的喜字喜洋洋的，可是，刚要脱离地窖子的她，却去了更深的地下，且不复出来。辛夷和家人赌气喝了农药，听说她临死前在大坑周围转了好几圈。懂事的辛夷肯定是怕惊了大坑里的水。至于辛夷为啥走绝路，谁也不知道，有人说为了嫁妆，有人说因为结婚穿了姐姐结婚时的红嫁衣，被男方耻笑，也有人说她觉得活着没意思……她死在了娘家。婆家人不肯收留她，孤零零一个人葬在了槐树林里。那时候，槐花还没开。

玉兰的婆家是她父亲敲定的，男方家在河北岸，做皮毛生意。玉兰不用在大坑里泡柳条，钻地窨子编簸箕了，并以玉兰花开的速度嫁了过去，眨眼连生了两个儿子。我在大坑边遇到她，她怀里抱着小儿子，脸上涂着粉，身上有股花露水的味道。衣服明显不合身，紧巴巴的。皮毛生意突然沉寂下去，她的日子也许不如她说的好过，但我只是听着，并不反驳。

过年回老家，见到她。头发金黄，衣服颜色艳丽，身材膨胀得像个大面包，说话眉飞色舞，指手画脚的，一副见过大世面的样子。我极力把她和村里人风言风语的她剥离，还原那个在大坑里泡柳条还要对着水照一番的清纯的姑娘。枉自叹息。

大坑的西侧，是四队的场院，是普天之下平原上无数个场院中的一个，每天都上演着辛勤劳作的活剧，分粮食是麦秋两季的事儿。麦秋也是它最为繁忙热闹的时候。四队的场院里，曾经有过一个粉坊，所以，在我少年时期的饭碗里，这些短短的粉条，让稀汤寡水的熬菜有点捞头。对于生产队的一切，我在大坑记里不准备过多的笔墨，唯有一事不得不说。四队在西孟尝村的八个生产队中，属于比较"富裕"的，不用总吃返销粮，春耕时，还可以在队里吃一顿大锅饭。曾经有两次，集体桐油中毒，呕吐严重的被送往县医院。因为油大，那油汪汪的白面饼很诱人，一层叠着一层，纸一样薄，一抖就散开。可是，谁也没闻出那是桐油的气息，谁吃得越多，谁中毒越严重，上帝给四队人开了个不大不小的玩笑。这也是被其他生产队人耻笑的事儿，一个地方跌倒了两回。

大坑就在我们脚底下，先是被人们慢慢填平了，变成宅基地，又垒上新房子。我的鲨、鱼虱子、胶泥石和大坑一起风干为记忆。如果不是亲历，丝毫看不出这里曾经的痕迹。坑边的大柳树仿佛经历了窑变，摇身变成了大杨树，所有的旧事，都被封入时间的壳，变成一枚枚琥珀。

孟尝村中央的官坑也消失了，这个存在了不知道多少年的神奇的大坑，从一个地标成为孟尝村的一个地名。孟尝村的几座庙，先后毁于解放前后，那座做了课堂的佛殿，也失去了影踪，乾隆下江南住在孟尝村大寺的传说，快没有了传播的途径，没有人对这些老掉牙的没新意的事儿感兴趣。集市也由东西向，改为南北向。传说中，因乾隆旨意不再开口叫唤的蛤蟆们，没有了家。

大坑这个舞台，只是人生岁月的一个背景，我熟悉的人和故事都隐在了时光幕后，我试图用文字修复和还原它们，以抵御时间的荒凉无情，固执地重建曾经的存在。它们在我眼前重现，真实又缥缈。读祝勇先生的《犹在镜中》一文，"这是一种眷恋，是对年华和岁月的不舍"。深以为然，又觉得缺点什么。我深吸了一口，吐出来的却不是叹息。大坑只是我自己的一个秘密，我拼接着它的碎片，织补童年少年温暖的梦。

写着写着，又觉得茫然，就像韩文戈老师诗中所说，"突然我变得束手无策/因为我不能把死去与迷离的人再一一找回来"。

原载《山东文学》2018年第7期

猫部落

简　默

伤痕

整个夏天，我都在贵州，漂在水春河上。

两岸悬崖相对，崖上裱满荒草、绿树和花朵，中间闯出一条河流，宽阔而湍急，堆卷起浪花向东流。

猫抓刺隐匿于崖上。船行水上，我坐船中，张目远望，涌来一大团葱翠，一眼寻不到它。

直到它由灰绿转成淡红。像一堆篝火，燃在绿色屏风间。

我的目光是火药末儿，靠近它的一刹那，哧地被点亮了。

我曾经吃过它的亏。

年少时，我喜欢一个人到荒山野岭间游荡，走着走着就碰见了它。貌不惊人的它藏在比它高的树和草中，被我忽略了，它嗔怪我的冷漠，探出像锯齿一样倒生的钩刺，扎进我单薄的衣服，像一只只缠绵的手抓住我，似乎热情地挽留我站在原地不动。我不情愿地用力将身子往前一拽，只听刺啦一声，的确良衬衣被扯开了一条条口子，我的后背留下了一道道长长的血痕，我向前扑倒，

305

更多的它扎在我的脸上、手上、头发里和腿脚上，一个个血印一眨眼绽开了，我感到一种火辣辣的疼痛，顷刻弥漫了周身。

有人先被猫抓过，后被它扎过，觉得它扎过的地方像猫抓过一样疼痛，就叫它猫抓刺。

我没被猫抓过，描述不出被抓后的滋味。但我的儿子曾被猫抓过，幼年的他同样说不清那滋味。

说到底，猫抓儿子是他咎由自取。那时他恰逢"七岁八岁狗都嫌"的年纪，来到农村，空旷的院落，一切都新鲜，日常玩耍得最多的伙伴是一只小猫和一条小狗。小孩喜欢找像他一样幼小的小猫和小狗，大猫和大狗则爱亲近像它们一样垂暮的老人，它们嗅得到对方不同年龄的气息，这些气息是进入它们的一扇扇隐形的门，叫它们觉得安全和放心，甘愿仰首摇尾以示亲昵。俗语归俗语，其实狗和猫都不嫌小儿，他更视它们为自己在乡间平起平坐的玩伴。

那是一只普通的狸猫，几个月大小，黑白双色杂间，孱弱的身形惹人怜爱，叫起来嗲声嗲气，走起路小心谨慎，像是怕触到雷。

那同样是一条普通的小狗，憨头憨脑，瘦瘦的身子延伸成一截线，细细的尾巴左右甩着，好似在玩着孩子们那种简单的翻花绳游戏。

儿子将分属于不同科类的它俩撮合和安排到了一起。在他的调教下，它俩相安无事。我们常说狗撕猫咬，但在儿子的手中和眼皮底下，一只猫和一条狗像一对孪生兄弟。他左手擎猫，右手托狗，不偏不倚，它们蜷缩在他小小的掌心中，又细又短的尾巴生着绒毛，藏掖不住，垂向地面。玩厌了，他寻来一架天平，左盘放猫，右盘置狗，托盘成为他的另一双手。托盘坚硬冰凉，显然不如手柔软温暖，它们静静地卧在里头一动不动，儿子听不见它们游丝似的呼吸，它们却听得到儿子打雷似的心跳。

儿子开始了他的恶作剧。他倒沸腾的水泡了煎饼和火腿肠，端给猫和狗吃。狗看看丝丝缕缕的热气儿，摇了摇尾巴，躲到自己母亲身边去了；猫凑了上来，探出粉嫩的舌尖，立刻像触电一样，被烫着了，它恼羞成怒，趁势在儿子的大拇指上咬了一口，细碎的乳牙留下了一行米粒似的印记。这本不怪它，它与他玩得是如此好，它信任他，但它想不到他会欺骗它，捉弄它。猫永远是猫，情急之下，占上风的总是本能。

那行牙印不够深，中间汪不下血，仅留下了点点红。儿子顽劣，喜欢亲近小动物，却是第一次被猫咬，我有些后怕，开始一趟趟地带着他去枣城打疫苗。那时候那条一级水泥公路已开通，我和儿子出了家门，沿着黄土路，一直朝着东南走，我们走上水泥路，来到马路对面。由枣城和郭城对开的K15路车，是这条线路上唯一的公交车，它由郭城动身，一路走走停停，打开前后两扇门，车上的乘客拥挤着下去，车下的乘客争抢着上来，来到我们面前，仍是站着的比坐着的多。我们努力将自己缩小，捶扁，前胸贴上了别人的后背，总算踮起脚尖站住了。讨厌的是，摇晃着上路的它继续根据乘客的要求走着和停着，车上有人嚷着下车它停了，车下有人招手它也停了；庆幸的是，旅程并不遥远，停停走走也用不了很长时间。在快接近目的地的途中，我们下车了，进入了路边的防疫站。坐在桌前的医生没听完我的讲述，不耐烦地打断我，递给我一页巴掌大的纸片。护士扯开冰箱取出一支注射液体，它瞧上去有点儿浑浊，不像那些清亮如泪水的液体，她将它一点一点地推入了儿子被太阳晒得黝黑而结实的胳膊。这是一支狂犬疫苗，当然也适合猫、狼和狐狸等许多武装到牙齿的动物，是幽闭在瓶中的它熄灭了牙齿可能带来的疯癫与狂热。

我继续带着儿子，去枣城打疫苗，打到第五次就结束了，从被咬到这天恰好一个月。中午，我们回到家，一进门就有人告诉我们，那只小猫进入狗窝，想找那条小狗玩，被大狗咬死了。它大概太寂寞了，放松了警惕，忘乎所以地进入了狗的领地，自古猫狗不同窝，面对闯入自己禁区的猫，狗嗅到了它身上不一样的气息，也嗅到了危险，扑上前一口咬中了它。

咬过儿子的那只猫死了，儿子盯着侧身躺在狗窝里的它，忘记了它给他带来的疼痛、恐惧和麻烦，眼泪吧嗒吧嗒地掉了下来。他仿佛一下子长大了，默默地一个人端了铁锹，小心地铲起小猫，来到屋后的杨树林下，挖了一个坑，将小猫埋了。他做这些时，没喊人帮忙，也不说话，就一个人静静地挖坑，埋了。

在贵州，我见到了久违的小姨，在我的这些像蒲公英一样四散的亲戚中，我独独对她，有一种亲近。她的脸颊两边，各有一小团伤痕，它们是如此对称，长在两边的位置一模一样，平时攒聚在一起，一笑就开成了两朵花。

那是她幼时逗猫，猫舞出双爪给她留下的痕迹。

秋风像皮筋越扯越紧，寒冬就要降临了，猫抓刺的叶子被一股脑儿地扫落了，藤蔓渐渐地枯萎了，很快消失得无影无踪。

与寓言有关

那是若干年前的一个深夜。时令也许是秋天，也许在冬季，我已记不清了。

我借宿在朋友家。朋友一家老少三代住在北村东北方向的高岗上。这是一处独门独院，宽敞、空荡，四面都被一块一块青石堆砌的围墙包围，时间久了，这些长方形的青石被无形的锉刀锉去了油彩，一律露出了惨白的表情，瞧上去像冰块经年不化；里外两进，外头一进中央是椭圆形的花池子，没种花，却种着大蒜、辣椒、韭菜等，里面一进靠东墙挖了一口鱼塘，东边就着围墙，西南北三边都砌起了围墙，有一人多高，主要防孩子溺水。我趴在围墙边俯身探头朝塘里望，看不出塘中水有多深，只见水色碧绿像铺了层草坪。

我住在东屋，窗外就是鱼塘。北村的夜晚很宁静，说静得一根绣花针掉到水泥地上都能听见是夸张，但静得叫我被红尘纷扰塞得满满的心骤然变得空空的却是真的。北村中道路四通八达，夜行人却极少走，他们赶路一般不屑于走这些乡间小路，而将车轮和脚步都交给了纵横城市的大路，相比黄土，水泥和柏油更让他们放心与踏实。在北村，我说的是夜晚，即使侧耳谛听也很难听见人声，偶尔一两个夜归人披一身浓重的夜色，步履疲惫地回到村中，惹得一条不知好歹的狗率先狂吠起来，紧接着许多狗远远近近地呼应着，仿佛谁不叫便落了单儿，这当中也许就有他们一两家拴在大门背后的狗，北村一潭止水的夜晚现出了破绽，待到人歇了，灯熄了，狗噤声了，破绽也抚平了。

　　我就在此时，听见了那凄厉的叫声。那叫声离我很近很近，就在我的耳旁，甚至是从我的胸腔里喊出的。它不是声声慢，而是一声比一声快，仿佛一把锋利的尖刀，挑开我浑身的肌肉，鲜血一刹那喷溅了出来。我拉开门，冲到院中，循着声音，是从鱼塘中发出的。扒着围墙，我首先迎到了两星光亮，一左一右，并行排列，像人的眼睛，传达着惊恐与绝望。是一只猫，正扑腾在绿得有些油腻的水中，它显然征服不了水，要不它不会发出那叫声，水正张开口子向水底拖拽着它。黑暗中我看不清它，但它长了一双夜视眼，能够看见我，我长啥样不重要，重要的是它已窥穿了我的内心，相信我可以救它，更加凄厉地叫了。它猜得没错，我不会眼睁睁地看着它溺亡，真那样我会认为有罪的是旁观的我，我也一刻受不了它的叫声，那叫声让我体无完肤血流不止。我不是它救命的稻草，但我可以递给它一根通往尘世的竹竿，我搭起一根竹竿，它的双眼燃起求生的火花，像一道黑色的闪电，顺着竹竿一溜烟地跑走了。它没感谢我，甚至没回头看我一眼，也许它觉得我应该救它，它就是这么想的，我也不需要它感谢我，我没费啥心思和力气，仅仅举手之劳地伸出一根竹竿给它，我真的就是这么想的，然后我就回去睡我的安稳觉了。

　　打小我便听说猫是一种有灵性的小动物，传说它有九条命，轻易死不得。我亲眼看见它爬上很高的树，蹑手蹑脚地踩中某根枝条，颤颤悠悠的，一不小心，掉了下来，垂直加速度，我闭上眼睛不忍再看，它却翻了几个滚，好端端的，喵声不绝，像是炫耀，又像邀功。类似的场景我还见过，地点却换作了楼房，它同样安然无恙。我真的相信它能逢凶化吉，大难不死，是有一种神秘力量源源不断地自地下生出，托举保护着它，或者说有一种神秘的气息和气场在笼罩着它。但这一次，在鱼塘中，它遇见了真正的危险。我搞不清楚它为何要到鱼塘去，又是如何失足落进去的，鱼塘中养着鱼，这是它的最爱，是它在黑夜里嗅到了浓烈的鱼腥味，飞蛾扑火似的不顾一切地冲向鱼塘，还是其他什么

309

原因？我无法还原它落水的真相，也打捞不起正确的答案，我只能归之于好奇心。那一刻，它的好奇心超过了理性，但有时好奇会害它，甚至，会害死它的，譬如说这次。

有一个朋友，向我讲述了她儿时与一只猫邂逅的经历。那时她和家人一起住在农村，家人们都下地干活了，将她一个人留在了家里，家里没啥值钱的东西，她没锁门就去找小伙伴玩了，待她玩够了，饥渴难耐，撒开脚丫跑回家，抓起水瓢舀水便喝，猛一抬头，恰和一只猫四目相对。这是一只最常见的狸猫，但肯定不是她家的，此刻它正坐在自家墙头上，面朝着她，一双黄中透绿的眼睛，冷漠而锐利，仿佛飘着无数凛冽的锋刃，不错眼珠地盯着她，她心里发毛，恍觉许多看不见的刀子，从不同的方向飞来，无不准确地落到了她身上，她真的感到了疼，眼前幻开了红的和黑的血，不自觉地后退，撞到了墙，丢了水瓢，溅湿了裤腿和凉鞋，转身逃了。当晚她发起高烧，说着胡话，从此她看见猫便躲，从心底不喜欢它，不敢亲近它。

同样是她，给我讲了她邻居家女孩的故事。这是一个乖顺安静的小女孩，天性善良，最喜欢的小动物是猫。她曾在外头捡过一只流浪猫，不知是谁遗弃的，也许就是一只野猫，它蜷起身子像孩子的巴掌，瘦弱得仿佛拎起来抖抖能够听见哗哗的纸声，稍大点的风都能将它吹得无影无踪。谁都不相信它能活下来，但她信，她省了自己的牛奶喂它，就像小母亲喂自己的婴儿，它奇迹似的活了下来，一天一天地长大了，半年后它出落成了一只健壮活泼的成年猫，据说这时的它已相当于人的十岁。她后来得了一种怪病，茶饭不思，她母亲从老人那儿讨来一个偏方。一天中午，饭桌上多了一盆肉，她破天荒地吃了，在母亲的哄劝下，她之前是从不吃肉的。奇怪的是，今天的母亲有些反常，老是躲着她的眼神。与此同时，它却不知去向了，准确地说是她被父亲领着出去玩了一圈之后，那盆肉已端上桌子，谁也说不清它去哪儿了，她又哭又闹，但它走得太决绝太彻底了，一点迹象都没留给她。她的病好了，想吃饭了，仍然不喜欢吃肉。我不说你也猜到它去了哪儿，这个结果对她是致命的，也是万分残酷的，是对一个孩子幼小而美好心灵最残忍的伤害。万幸的是，她至今尚不知道，故事仍罩着一道薄薄的温情的面纱。

我知道民间有灵堂附近不能有猫的讲究，我也的确没在灵堂上看见过平素畅行无阻的猫出入。我理解是怕它在布置妥当的灵堂上蹦下跳，惊扰了等待永久安息的亡灵。据说，只有七岁以下的儿童和七十岁以上的老人，才能看见亡灵。我和我的同龄人，都大于七、小于七十，当然看不见，也就不会与亡灵狭路遭遇。但一只贸然闯入灵堂的猫不知看见看不见？若能看见它又看见了什么？它心知肚明，却不会向我们泄露什么，它不属于我们，它是永远的喵星人。

我至今想不明白那面透明的小圆镜为什么叫猫眼，那些躲在它后头的人，那一只只五光十色的眼睛，借助它究竟窥视到了什么？它像一个冷静的准星，隔着各种外表坚硬内心虚弱的门，时刻瞄准着对面，将心跳想象放大成喷射的子弹，筑起自己虚拟的城堡。

同事老海有一天穿了一件皮夹克，对我炫耀道："瞧，猫皮的！"不知咋的，面对披着猫皮的他，我一下子想起了上述这些，还想到了披着羊皮的狼，农夫与蛇……

家里家外

南管处是个不大的院子。沿着一条还算宽阔的水泥路，自西墙根到东大门，满打满算也只有六七十米的距离。水泥路两边是楼房，都不高，最高五层，最低四层。北边一前一后两幢楼，南边前后三幢楼，最前头那幢是最近几年盖的，也是唯一的五层。在这些楼房中，住着八九十户人家，起初都是南管处的职工家属，到后来有些人买了新房子搬走了，将空房子卖与或租给了社会上的人和外单位的职工家属。

这个院子，这些人中，有一些有意思的人，他们的身上或体内埋藏着故事，这些故事像沉积岩一样丰富而深刻地分布在生活中。

有一天午后，我坐在书桌前，灿烂的阳光透过窗玻璃，温暖地照在我的脸上和身上，我想起了那些卧在墙头晒着太阳的猫，也想起了那些与猫打交道的人。

南管处但凡养猫的人家，住的都是一层。这些早年盖的楼房，一律四层；面积也不大，四十至七十平方米，住一层的好处是有个院子，人口多了，可以加盖房子，又多出几间，当然也可以养猫。兰姨和牛伯就是他们中的两位。

兰姨呱呱落地时，嗓门儿特别大，正坐月子的母亲抱过她，上下看了一遍，同样大嗓门地咋呼道："哟，瞧妮子这一对眼睛！"探望的众亲友闻声凑上前去，俯身端详着兰姨，她的眼睛果真与其他孩子不同，别人都是一轮黑眼珠儿镶嵌在中央，瞧上去黑白分明，她也是，但她的左眼左角和右眼右角还各有一个月牙状的印记，好像一小轮黑眼珠儿，又有点儿蓝，剩下的部分都隐身进了洁白如雪的眼白当中。亲友中有人懂得多，感叹道："好一对阴阳眼！"

据说，半夜十二点之后，兰姨的这对眼睛能够穿过阳世，看见阴世的一切。这些楼房刚盖好，我们搬过来住后，偶尔有下夜班的人在院子里碰到兰姨，漆黑的夜藏起了她的影子，她个子本不高，人也瘦小，此刻更矮更小了，像一阵风疾行在水泥路上，一眨眼拐向了楼前的水泥小路，绕过楼头，马上从另一幢楼前的水泥小路飘了过来。下夜班的人迎面撞见兰姨，只见她目光炯炯，好似黑暗中的两颗星星，喊她她却不答应，只顾一个人不歇脚地走，边走边嘀咕道："这儿有两具棺材""这儿埋着一对夫妻""这儿是一个小孩"，下夜班的人听后毛骨悚然，仿佛遇见鬼魂似的一路狂奔回家。第二天说与别人听，别人来问兰姨，她头摇得像拨浪鼓，矢口否认。

春天没忽略南管处。每年开春，天气渐渐暖和起来，楼前楼后的蜀葵竞相生了出来，像小姑娘出落得亭亭玉立，繁花似锦簇满了长长的茎。这些都是兰姨种的，她满院子地寻了空儿，头年春天播撒种子，次年春风吹又生出，年年岁岁如此。红的、紫的、黄的、白的花朵盛开，像糖葫芦被攒到一起，兰姨便采了晒干了，分送给院子里的人家，据她说，不同色彩的花对应的是不同的病症。

兰姨爱猫，她曾从别人家抱了一只猫来养，这是一只大白猫，通体雪白，猫毛纤长，眼珠儿呈宝蓝色，瞧上去雍容华贵，像个贵妇。它是她的影子，她走到哪儿，它便跟到哪儿，连吃饭和睡觉也不例外。看见的人说它真依恋你，像你的孩子。她听后便得意，答我也离不开它，它就是我的孩子。

后来，她的儿媳妇怀孕了，生产了，给她添了一个孙女。儿媳妇仔细，怕这猫吓着孩子，更怕它脾气不好时伤了孩子，央求她将它送走。说送走好听，送给谁呢？谁又肯收留它呢？其实是想叫她亲手撵它走。她心疼了，犹豫了，失魂落魄了，那感觉真的像要遗弃自己的孩子。但在孩子和猫之间，她只能留下孩子，这是一个人的本性和私心决定的，她也未能免俗。所有能够进出的门都被关闭了，它在外头，她在里面。看上去仅仅是一道门，木头门、防盗门，但一夜之间，隔开她和它的又岂是一道门所能说清的？它在外头玩累了，想回到那个温暖的家，它还不知道那道门已对它关闭了，它先跑到大门，这是她带它经常出入的门，门关着，像一堵漆成米黄色的墙，它淘气地探出爪子抓门挠门，木门发出吱吱啦啦的响声，她就站在门后，当然听得见，像往常一样，她想一把拉开门迎它进来，它也会绕在她脚边仰脸喵喵地冲着她撒娇，但她看看身后摇篮里熟睡的孩子，忍住了，伸出的手慢慢地缩了回来。它似乎着急了，继续抓门挠门，响声更大更密了，每一下都像抓挠着她的心尖，她感到疼痛难忍，就要受不了了。它终于放弃了，又转到了前头的院门，继续以抓挠代替敲门。她懂得它的心，已来到客厅，这儿推开门便是院子，走上几步是一道铁门，隔着两道门，她看不见院外的它，也听不见它尖锐的爪子抓挠铁门的声音，但这声音愣是轰鸣在她耳鼓里，压倒了她周围的所有声音，一下一下，连绵不绝，一旦停止，她便暂时失聪了。这时它跃上围墙，如履平地，踏着加盖的房子，跳进院子，抓挠客厅的木门。恰好兰姨的儿媳妇回来了，听见动静，操起扫帚，推开门照着它劈头盖脸地一顿好打，它惊恐万状，慌不择路，夹起尾巴，比影子跑得还快。兰姨在一边看着不好阻拦，一把一把地抹着眼泪，心也随它跑了。

它像我们这些记吃不记打的孩子一样，记不住一次又一次地挨打，仍然上门回到兰姨家，却进不去家门，它眷恋的是过去的生存环境和生活方式。来的次数多了，兰姨的儿媳妇厌烦了，找人在院子顶上搭了一层纱网，筛下细细密密的光线，阻住了它跳入院子的脚步，它只能"望门兴叹"了。

只有兰姨，偶尔在路上遇见它，神情兴奋地唤着它，这是她和它都熟悉的名字，像暗号，它微仰着头，冲她喵了几声，算是对上暗号了，及至她撵上前，它却扭身跑了，撇给她一个冷冰冰的背影。她像被雷击中了，一动不动地站在原地，泪水悄悄地淌了下来……

它是一只公猫，无家可归成了一个流浪汉，皮毛肮脏，眼珠儿蒙了灰尘，黯淡无光，极少走大路，徘徊在墙角和树下，稍有惊吓，便倏然卷起尾巴，没头逃窜。

秋风扫落叶，穿橘黄色马甲的环卫工将地上的树叶拢到路牙石边，一堆一堆的，用打火机点着了，树叶大都干透了，熊熊燃烧起来，内心火红，像煤。火熄了，袅袅地冒着烟，留下灰烬，黑白混杂。兰姨一直站在路牙石上，目睹了落叶从燃烧到熄灭的全过程，她想灰烬里面一定很温暖，像一床针脚绵密的棉被，但谁会去住呢？是那个衣衫褴褛、长发蔽脸的流浪乞讨者，还是……她想起了它。

兰姨住院了，心脏不好，儿媳妇一家搬到了装修好的新房。一个月后，兰姨出院，回到家中，它赫然卧在院门口，身体僵硬，已死多日。

据说，近来小城来了一伙人，专门以有毒食物药狗牟利。兰姨猜测它是误食了有毒食物，中毒后硬撑着回到这儿，死在这儿。它就像一个人一样，满脑子地恋着自己曾经生活、留有自己气息的家，一旦知道生命无多，首先想到的便是回到这个家，尽管这个家已对它彻底关闭。我是这样想的，我理解这是它的叶落归根，当然，我不是它，我不清楚它是如何想的，但除此我实在无法解释它为什么死在了这儿。

第二天，兰姨再出现在我们面前，走路一条腿长、一条腿短，身体把握不住地向右倾斜，我似曾熟悉这个姿势，对，就是那只三脚的猫走路的样子。随后，南管处的人纷纷传言，兰姨的阴阳眼失灵了，她再也看不见阴世的一切了，我真的不知道这对她究竟是幸运还是不幸？

牛伯的妻子活着时爱竹子，也喜欢养猫，在家里养。

自从妻子患癌症去世后，牛伯天天做的只有两件事：一件是守着竹林发呆，另一件是喂猫。

牛伯住在二号楼一层西户，这个位置的房子三面围墙环绕，西边和南边墙外都是水泥小路，院子也比其他房子的院子大了一些，但牛伯用不着，他的三个儿女都分家单过了，妻子在时家中只有他老两口，没了妻子就剩下他一个人了。牛伯不需要加盖房子，留着地儿种花，妻子爱竹子，他就在东墙根栽了几株，刚拿来时只是单薄的竹根，栽下去沐风浴雨疯长开了，个儿高了，枝叶稠了，浓绿地搅成一大团，分不开了。牛伯的妻子走后，竹子失去了一个知音，仿佛拼了全力来怀念她，愈长愈茂密，风吹过前俯后仰，里面也藏着一些秘密，麻雀叽叽喳喳地扰了住家的清梦，幼小的猫抓着竹子的臂膀在打提溜，还有与竹子肤色一样的蛇隐没在枝叶间。牛伯推开生涩的木门，圪蹴在院子的台阶上，斜对着如今成林的竹子，一支接一支地抽烟；他的烟瘾本不大，妻子活着时已戒了多年，现在重拾了起来，反倒抽得凶了。他不像有些老人爱喃喃自语，多年的独居生活让他学会了将话压到喉咙之下，以一副哑默如石的姿态示人。轻盈浓密的烟雾缭绕着他，使他看上去很不真实，他太矮太瘦了，大伙背地里都叫他小老头儿，此刻他就更矮了，矮成了一个旋着密密麻麻年轮的树墩子，仿佛谁一屁股坐上去他都没有啥感觉。他的目光直勾勾地望着竹林，像是掉进去了，拔不出来了。其实他眼中看见耳中听到的都很丰富，他甚至不认为妻子已经走了，而是调皮地变作了这丛竹林，以永远的翠绿和修长与他朝夕相处，风传来她的窃窃私语，有时性子急了她会托麻雀和各种不知名的鸟儿喊出她的心里话，无不是对他说的。说不定她哪天高兴了，摇身一变脱去了绿裙绿衣，又回到了过去那个她，重新摇曳一身笑声，与他相依为命。

牛伯的妻子像爱竹子一样喜欢养猫。她曾经养了一只大黄猫，就像她家庭的一员，家中有空房间，它也有了属于自己的房间，和自己温暖的小床。她走后第二天它也失踪了，从此再也没回到这个家，牛伯不知道它为什么走，也不清楚它去了哪儿。他是希望它能留下来陪伴着他，就像她陪伴着他一样，它身上有她的体温，也有她的气息，从它的眼睛里能够看见她的身影，除了他的记忆以外，这是唯一通往她的小径。但现在它不辞而别了，他在心里骂着它，骂它该死的，骂它忘恩负义，骂它冷血无情，骂过后他就后悔了。他一点儿都没动它的房间，小床仍是它离开时的样子，他相信它一定会回来的；因为这个房间里有她残留在尘世的最后的气息，而她对它又是如此好，有时连他看了都嫉妒它。这听上去好笑不好笑，一个老男人和一只老猫，为了一个老女人，在争风吃醋。

　　儿女们怕他像水鬼一样沉溺于没完没了的回忆中，别憋出病来，最终溺毙于这套被回忆的汁液浸泡的房子。他们不顾他的强烈反对，执意给他换了新家具，但为了照顾他久久不能平息的抵触情绪，尊重参考了他的意见，那间猫住的房子没动，仿佛时刻等待着它归来，像等待戈多一样。那些被淘汰换下的旧家具，都太老太破了，收破烂的不乐意耗费力气帮他收拾走，恰好他也不想一扔了之，它们都黏附着他们共同的气息，院子有点儿大，也空，就一股脑儿地堆在了西墙根，只要他在家看见就觉得内心踏实和温暖。

　　不知何时，那些旧家具里住进了猫，当然是野生的，他觉得这正是她所希望的。起初是一只，在外头引来了伴，成了一家，直至越来越多，每年都会繁衍上几窝，时闻小猫嗷嗷待哺的柔细叫声，也见渐大的它们淘气地将自己吊在竹竿上随风摇摆。院子成了猫的天下，旧家具成了它们的旧宫殿，它们奔走跳跃，云集呼啸，喵声一片。牛伯怕它们挨冻，翻出棉衣和毛毯等铺在了橱子里面，果然暖和了许多。他每天都会买上几块钱的馒头，站在巷口卖馒头的中年女人知道他的情况，终于按捺不住好奇地问他，大爷，你家里天天都来这么多人吃饭啊？他淡淡答道，给孩子们吃的。他的"孩子们"就是那些野猫，他和它们吃着一样的馒头，他老了，饭量小了，一顿最多只能吃一个馒头，剩下的都是它们的了。他还经常溜达到沿河市场，买那种一指长的小鱼，这种鱼肉少，刺多，也不好吃，是渔民撒网下去捞上来的"副产品"，不舍得丢，一块儿拿来卖了，几块钱能够买上不少，他心满意足地提回家，来到院子，它们嗅到鱼腥争相涌来，蜂拥抢食，风卷残云，浓浓的鱼腥味儿久久地飘荡在空气中。

混得熟了，它们一听见他的脚步声，他压抑不住的咳嗽声（他患有慢性支气管炎），就循声直向他扑来，有时不在院子中，而在大门口，他也渐渐地习惯了在门口喂它们。但他从不让它们进到家里，它们中有顽皮的跟他开着玩笑，想趁乱蹿进屋里，谁知他眼疾手快地已关闭了门。它们不懂他为什么不让它们进家，就因为它们是野猫吗？大伙也不懂，他们想既然他那么喜欢它们，喂它们，让它们进家看一看又何妨？我猜这与他的妻子和那只失踪的猫有关，他也许是担心它们惊扰了无处不在的她，吓着了迟早会回来的它。

他足够老了，已记不起许多事，但他记得住院子中出去的每一只猫，清楚它们之间像人一样的辈分关系。偶尔他坐在楼前的长椅上听人聊天，他只是听，懒得插嘴，一只猫仓皇跑过，他脱口而出它是谁生的，它与谁又生了谁，在这上头他从未错过。南管处的孩子都叫他猫爷爷，他也笑眯眯地应着，眼中流露出慈爱的光芒。

有一天，他缓缓地走在路上，他的腿脚老了，这种速度适合他。他看见路边两条狗正在交配，几个孩子站在旁边，领头的那个手中拿着舀子，里头盛着冰凉的自来水。那个孩子在其他孩子的起哄下，大胆而无畏，端着舀子接近了狗。狗正沉浸在自己的世界里，一脸无辜地看着他，不知道他要干什么，它们又不肯结束自己的美妙时光。那个孩子比别的孩子高了一头，此刻，他高高地举起舀子，慢慢地倾斜，水像一挂小小的瀑布浇向了连接着两条狗的性器，它们原本要持续几个小时的欢愉提前结束了，一件对它们来说无比重要的大事半途而废了，它们慌乱中洒下一串清清的液体，各奔东西了。

他生气了，冲上前，叱责着他们。他们从没看见过平时慈祥和蔼的猫爷爷愤怒起来像一头狮子，吓得丢了舀子，掉头逃散。

舀子"哐啷"落到了水泥地上，也结结实实地砸在了牛伯的心头，他觉出了疼痛。

那一刻，他忽然坚定地意识到，那只大黄猫已经追随她去了，永远都不会回来了，一扇回忆之门对他关闭了，一条小径荒草蔓生，已不辨来路。

原载《青年文学》2018年第3期

爱的寂寞与荒凉

梅雨墨

一、等月色陶醉清风

冬日的旷野一片空寂，荷花谢了，藕与叶还在静默里对望，小草枯了，根与泥还在紧紧相拥。极目远眺，穷尽天涯，却已经望不到你的背影。

原野里吹不来暖阳的气息，但我还是可以闻到你发间的清香，我依然坚信，空气里还回荡着你歌唱的声音。天上有鸟儿飞过，让我想起，你曾经是我怀里，紧紧抱住的鸟鸣。在安静寂寥的大地上，在你无法想象的角落里，我正用画笔，用心去勾勒一架伸向远方的天梯。

月光洒满西楼的时候，隔空的人儿，用月桂凝着无语的酒，举杯祝福。我看见月宫里的嫦娥，长袖舞动，那柔若秋水的目光，化作清风里的窈窕女子，这是遥远的人在今夕梦醉明月，与她相拥月央的情境。

多少个夜晚，我将自己捻成粉尘，任身体弥漫成月光下的虚无，让窗口爬满相思的藤蔓。我甚至开始习惯，用一个名字来缝补岁月的孤寂。只是，从月圆到月缺，从清晨到日暮，却始终走不出，你的一个微笑。

夜，是一座没有城墙的城堡，是一列载着相思的动车，此刻，你是否也像我一样，坐在书桌前，在夜色里神思，用思念的触角把时光触摸。夜的气息里，有暧昧的缠绵，风痴情地吹过，让思念蔓延，任心中的痛敲打着我的无眠。

前世的命运，你我都不能掌握，今生的命运，仍不在你我的掌握中。我该如何向你诉说，难道只能让依窗伫望的容颜，一点点地憔悴，让或浓或淡的心思，有说不出的无奈，一直游走在心里，在绝望挣扎中无声地突围。

一场经年的等待，瞬间凝眸，退却千帆。你是前世与我情深意切又缘浅如露的女子，面对过往的幸福，我只能站在夜里，让温暖掠过心头，模糊的容颜再次清晰，过往的恩爱在今天又重逢。

一个人的月圆，心事应是透明的，这样的月下你会想起我吗？一闪而过的那些温暖或感动，多少片段，多少细节，让我跌入红尘碾碎的残章断简里，陷入一个美丽的童话，在月下化成祝福或者怀念。

倾向安静的沉默，更容易让内心的真实裸露。多么静的夜，静得能想象出空气里细微的呼吸，静得能聆听到千里之外台阶上的足音，静得仿佛伸出手去就能触摸到爱的痕迹，这是一个多么忧伤的感动，就像是在月光下，默默抱住一直深爱的那个人泅渡在诗心里的背影。

我们是多么熟悉的陌生人，一个人的忧伤会伤着两个彼此不见面的人，一声小小的咳嗽都能咳痛两个人。我要用多少温暖动人的词组，才能把你绝美绽放的样子，折叠在夜色里，安静地藏在我的心中。

身体陷在月光的深处，牵绊着另外一颗心的心，描画不出宋词里高楼赏月女子的清愁，心里想着，嘴里念着，也只能说月色如水。

月影在树荫里入梦的时候，蜷缩在墙上的影子，一定会布满相思的纹路，如若你再不来，我为你搭建的城堡，完满过后就将会荒芜。

你看，天空划过的流星有多美，风拂过塔尖的手有多温柔，枝丫上的小鸟睡得有多安详，一切行云流水，悄无声息，只等月色来陶醉清风。

二、菊香飘过是清秋

桃花开的时候，我爱上了桃花的爱情，沿着桃花的心事，我将诗句雕刻成彩霞的模样，让春风鼓荡我的衣袂，让落英缤纷着我的眼眸，在漫天的花瓣雨中，任一汪碧水带走我对你的思念。菊花开的时候，我爱上菊花丛中那点闪烁的火，那是你悠悠的魂魄，为了赴我们的千年之约，你默含心中之念，苦争一缕馨香，这是你划破清霜、自焚情愁的理由。

你说，为了缱绻心底的至爱，你要交出所有的时间，哪怕耗尽自己的生命，或者干脆变成菊花一朵，为我忽略人间的冷暖，在灿烂的秋光来临的时候，轰轰烈烈地开放这一季。我是否应该像今生这样去遵循内心的真实，击碎相思老去，还是会厮守我们的诺言，以你的到来作为花期，在月圆月半的渡口，拈着菊花一朵，为你守候。

可你知道吗？在聚如菊花开放的灿烂里，我还未来得及理清迷乱混淆的自己，还未来得及让你说清楚你的来历，打开的心焰还在燃烧，而刺骨的寒霜就在雁阵声中上岸，冬日的大幕又将来强行合拢，时间太短暂了，短暂到我们今生的相聚，只是一朵菊花开放的时间，这让我如何有足够的时间来好好地爱你呢？

寒露夜潜菊花薄凉，执一朵暗哑的芬芳，你就这样带着无法泅渡的心事飘上了天空，虽然你真的是不想离去。

静默无语，只得取一把紫砂壶，置一席小小的方桌，安坐于小院的菊丛里，静静地煮一壶菊花茶。看着干枯的菊蕾在沸水中翻腾，在壶中慢慢地舒展开来，滋润起来，复又开成一朵朵饱满的菊花，这使我想到了我们的爱情。如果我们没有遇见，是否也会像这干枯的菊蕾，什么时候才能让菊香溢满心房？而寂寞的小院，因为没有了你皓腕轻移、红袖添香，我的心也只能是一只金黄的琥珀，再完美的封闭，再完美的破碎，也不会在我的喉咙里发出一丝声响。

让我再为你煮一壶菊花茶吧。我听到空中传来你的声音和轻轻的叹息，我知道那是你一直的心事。执壶柄倾泻一道银线，看着眼前的这一杯滚烫的菊花茶，看着淡淡的白雾在夜风中袅袅飘荡，我知道仅此一杯，就足够让我们抱紧菊花的心事，在它的清香里长出柔软的翅膀，来世再寻着菊花熟悉的味道和抒情的诗句，在小院中对坐。你会望着杯中氤氲着旧时岁月的菊花，轻轻地对我说，菊，真好看，菊，真香！

让我再为你续一杯菊花茶吧。娇羞里，你依旧是那个菊花丛中为我走来的、环佩叮当的女子，在菊花沸腾的身姿和翩然的诗句里，让你隔世的嫣然，点缀着水中的笑容。

菊色慢慢淡去，我怎能把那一声最轻的叹息，从我的灵魂深处彻底地剥离？难道我只能在一方素笺上用墨迹开出思念的花朵，让你零落空瘦、暗自飘零。菊香飘过是清秋，我又怎么够阻住这夜风的凛冽与寒凉，我可以用惆怅来垫高思念，却不能用目光去打开天涯。

九月夜央，打开噬心的蛊，望着倚在窗下的菊花，擎起前世的书笺，吟瘦菊香中无边的思念。月明风轻，请不要打搅这卷曲回旋的依恋。爱，如果有来生，我会荒芜着时间的孤独，让忽近忽远的烛光去摇曳夜色，让温暖的两颗心相互偎依，让这一束菊丛盛开成夜空中最绚烂的烟火。

清泪一行，思绪绵长，谁懂我这刻骨的思念和感动，这幽幽的菊香就会伴你暗香盈窗与好梦！

三、望穿秋水

秋风起了，秋天来了。

我是秋风里匍匐着的向你蔓延的藤蔓，而心，却早已被一片落叶击中。

秋天的空中，有蒲公英飞过，有芦花飞过，有若隐若现的羽毛在风中游走。我深深地嗅着空气中的清香，那是田野中的风夹杂着泥土和稻花的香味。

秋天多情的风，来自一个秘密，来自一个脚步的轻响，把一个女子盛开的心思，诱惑到极致。

在你转身离去的瞬间，我很想用一根藤的柔软缠住你，静卧在十月的腹地，数着星星，不知往返。

悬挂在脖子上的水晶吊牌，来自于一个人的温度，可以用来慢慢蒸发夜的漫长。面对那些华美的辞藻，我忽然茫然，选不出最恰当的一句送给你。我只能把吊牌小心翼翼地取下，紧紧地攥在手心，如同握住一个，忘瘦夕阳的背影。

我不知道如何释放这无端的忧伤，只想捕捉窗外那只纷飞的蝴蝶，让这腾空而起的温情，去感受时间的寂寞与荒凉。

今夜为你，我想瘦成一枚小小的星星，不发出一丁点的声响，悄悄落在一朵莲的梦里，在暗夜里静默地想你，断断续续地倾听，一场有关风月的爱情。

感受过夏天的燥热，就应该知道这个秋天的清凉。午后的蝉鸣，丁香的忧怨，巧克力的香甜和声音的柔软，全部混杂在一起，拥堵在心间，还有那些眼泪、思念、喜悦和缠绵，一些动或静的词组，都会组成不相关的片段，纷至沓来，变成斑斑驳驳的文字，一点点地挤进一个人的诗行。

相遇太迟，爱上你是多么地不合时宜，就像是一场盛大的演出，我们却在散场的出口相遇。在人潮汹涌里，有多少说不出的话语。在彼此的双眸中，我悄声地问：你是谁？来自哪里？你多么像我在某个时空里，失散多年的亲人。

第一次见面，就想拉着你的手，想让你那只娇小的手，一直感受到我的温暖是多么地绵长有力，我会治愈你的麻木、冷漠、高傲和孤寂，让你嘴角上翘，爱上微笑。

也许爱一个人，就等于爱上了一个童话，把自己深陷在一个精心设计好的陷阱，无法自拔。

听着你在夜风中幽幽地述说，乌黑浓密的长发在夜风中凌乱飘飞。

这感觉是多么地与众不同，说不出，道不明，就像一场热烈的花事刚刚展开，还没有走向时间的深处。你让我如何确定，如何说出？看着你低垂的眉眼，羞红的脸颊，我不能拥抱，不能亲吻，我只能在夜色里望着你，把风中的爱情揉成碎片，捂在心口，只能看着你的肩膀在轻轻地颤动，绝望哭泣。

我仿佛又看到那个夜色中的女子，站在窗下呢喃着：怎么办呢？我又想你了。泪眼婆娑里，反反复复地去问自己。在分别的时光里，在想你的时候，只能嘟起嘴，恨恨地说道，你这个骗子，你根本不是什么骑白马的王子，你是夜夜偷心的妖妖。

你说，你知道吗？只要想起你，我就会忍不住内心的悸动与战栗，我轻柔地沐浴，缓缓地躺下，就是想让你那声轻言软语，去缠绕夜的渺小和我的柔弱。时间，加深了我对你的依恋，徜徉在你的世界，许多丢失了的眼泪，柔软、纯粹、妩媚，在欣赏的目光里，都开始变得汁液饱满。你的目光，已把我的骄傲洞穿得支离破碎。我不要红、橙、黄、绿、青、蓝、紫这些暧昧不清的颜色，我只要黑，我只要白，因为我知道，爱上你，就等于爱上了决绝。我不是把爱当游戏的女子，我既不朝秦，也不暮楚，既不水性，也不杨花，我失眠为你，哭泣为你，微笑还是为了你。我不知道，除了你的安慰，还有什么能够止住对你的思念。请你也把想念我的样子告诉我，好吗？让你想我的样子，在秘而不宣的日子里，借助词组的魅力，在一个女人打开的忧伤里，如莲般温暖覆盖。

日子过于平凡，让人时刻惦念的人不多，付出纯粹的黑白与泪水的人也不多，那在消瘦中释放出的优雅与美丽，仍然让人觉得是一种自信。现在的感动也许就是最大的感动，遥远的凝目，淹没着一个人的孤独，使思念成为一株成熟的稻穗，我在想着，何时才能持一把镰刀逆风而去，把一个人的饱满和圆润打开。

我失去理智，走不出迷局，就像风中的竖琴响起，曲不成调，咿咿呀呀，乱成一团。为情所困，我想念远方；无力突围，我安静写诗；我不够深沉，修炼不够，语言没有穿透纸背的犀利，心只会在一张纸上发愣。我的目光所及之处，你的心是否也已走遍，我们之间的距离不是鱼与飞鸟的距离，我们之间的距离是没有距离。

那些飘零的花瓣，陶醉过谁一夏的温柔，一寸一寸逼近的秋风，凌乱着时光的脚步，面对无法返回的红尘，最初的渴望，正一点点向深秋走去，花朵偎着绿叶，展开诗意的翅膀，交换着彼此的怜惜，互相倾听，互相安慰，或泪水或喜悦，或忧伤或幸福，点缀着一派秋水天长。

只要心还会隐现一些缠绵的低语，一些温暖的感受，那么，我就会在文字里，放牧一双望穿秋水的眼睛。

四、爱已冬眠

走过秋天，菊香在寒风中淡去，菊花在冷雨中枯败，冬天，就这样无法避免地来临了。

看到这棵我曾经如此熟悉的树，满树金黄的叶都悄然不见，现在只留下光秃秃的枝丫。偶尔，从树上飘下不知道是不是最后的一片叶子，打着旋，缓缓地飘落下来，浮动的身姿就像是我此刻的心，动荡，不安和惶惑。我伸出手，想接住这一片落叶，然而，猛地吹过一阵风，将那片落叶不知道又吹向哪里去了。寒风中，只有伸出的空荡荡的掌心还停留在那里，兀自微微地颤抖着，落寞着。

冷风阵阵地吹过脸庞，像刀割的一样。竖起了衣领，还是觉得寒冷，这是一种透心的冰凉，这个无雪的冬天难道带给我的就只是寒凉？抬头望望阴霾的天，没有温暖的阳光，快乐已经冰冻，浪漫即将终结，也许，一个美丽故事的开始，悲剧就在倒计时了，什么都是会有期限的，不是吗？

那一天，我怀揣虔诚走进佛堂，诚惶诚恐地祈求佛祖，赐我一段完美的爱情。站起身来，在我回眸的瞬间，阳光刚好照到你那张好看的脸上，反射出一圈炫目的光晕。你像是一朵初绽的桃花，看起来是如此娇美，电光石火的一瞬间，我爱上了你。虽然我们的相遇是如此偶然，但从此让我相信，什么是缘定三生。

我无法忘记你那娇媚的容颜，无法忘记你清亮如水的眼眸在灯下透出喜悦，无法忘记你一字一句地对着我背诵林徽因的诗："你是四月早天里的云烟，黄昏吹着风的软，星子在无意中闪，细雨点洒在花前。……你是一树一树的花开，是燕，在梁间呢喃，——你是爱，是暖，是希望，你是人间的四月天！"你的欣喜中带着娇羞，春风拂面，春意无限。可如今，春光灿烂的四月天已经过去了，渐渐逼近的是无法阻止的别离和冷风刺骨的冬月。

你曾经对我说，趁我的发丝还黑，青春还在，趁我还有勇气站在路中央等你；请怀揣上我的名字，越过冰上黄河，翻过万仞高山，来看我吧。让我如一滴折了翅膀的飞雪，就算是历经千年的飘荡，也只为今世在你的手中饱满消融。而如果这一切仅仅是一场梦，请不要留下你的姓名、你的味道，更不要让你的爱在一个人的体内深入滋生，有温暖的依赖。这个被你娇如花、宠如珠的女子，太蒙昧，怕别离，怕回忆，怕失血的肌肤，在迷失感动的时光里，终年浇灌忧伤的花朵。

你灵魂深处的独白，使我明白了你那颗水晶般的心，同时，也令我痛彻心扉。我知道，一切都将尘埃落定，这是定数，怨不得谁。在这样的季节，爱已经冬眠，怎么做都无法挽回。别再说爱是那么艰难，就让爱在这个冬天里好好地冬眠吧。也许，爱也在期待着明年的春天。

现在，我只能在一个无法说出的意境里，与彼岸的那盏灯火隔空隔水地对望着，任由你憔悴。或者，我还会潜入夜的深处，拨亮曾经相爱的两个人心里的某个地方，如同拨亮一盏小小的橘灯。今后，不管我们是心意相牵，还是相忘于江湖，也许都会化作会心的微笑，柔软甜蜜地潜入回忆。

虽然故事的结局已经注定，我还会在心里一直疼惜那个我曾经深爱过的女子，不会让那个迎风而瘦的名字，打湿千年风月无力拯救的凄美，即使是童话结束，也会给她披一件御寒的风衣，带她从感动深处返回现实静止的岁月，告诉她——遗忘，是相思的救赎！

遗忘这两个字，对爱过的人来说又该是多么的残忍。就让我在文字里对你诉说吧，因为文字一旦打开，就不会让幸福轻易合上，而文字一旦合上，就不会轻易把伤口打开。如果有一天，我已经成为你人群中的背影，多少的记忆都会在时光中泛黄，你的眼泪会逐渐冷却，思念也会随风而去。但是，我知道，不管你在我心里写的那个字笔画是如何的繁杂或简洁，你今世都会是我胸口雪藏的一枚朱砂痣、心里一瓣永不褪色的胭脂红。

弱水三千，我只取一瓢饮，爱过了，便不可惜，不管结果如何，都会记在心底，就算是梦一场，醒来也会留恋枕边那一滴晶莹的泪，涅槃一次，心如止水，从此便可笑看红尘散场，不再说爱！

原载《山东文学》2018年第5期

阳光落到地上（外一篇）

海　津

　　早晨，我听到阳光落到地上的声音，像猫的脚步一样轻盈。那些跳跃着的阳光，悄悄落下，在地上踩出许多暖暖的脚印。可是那些脚印被寒冷的风轻轻一吹，就不知去向了。风中摇曳着那丝丝缕缕的阳光，是从很远的地方飘来的。漫长的冬天，是阳光，从天外带给这个世界无尽的温暖。

　　阳光是这个世界整体的依赖，所有的生命都依靠阳光的存在而生生不息。我的记忆里，鸡是心里最惦念阳光的生命，每天未及五更，鸡那高亢的叫声就穿透鸡笼，冲破迷蒙的夜空。先是一声，两声，三声，之后此起彼伏。从一家的鸡叫开始，到全村的鸡们争先恐后。未及日出，鸡的叫声就漫溢了整个村庄，像晨雾一样弥漫在乡村的上空。那是鸡们对阳光执着的呼唤，直到一轮红日登临山顶，阳光洒向整个村庄，一缕缕炊烟以窈窕的身姿，在阳光的温暖中袅袅而起，乡村的鸡们才渐渐安静下来。

　　阳光的到来，让这个早上忽然明亮起来，温暖起来。纸糊的窗子镀上了一层亮色，窗格子在纸上映出宽宽的影子。这是我出生后见到的第一缕阳光，那时候或许我就像草叶上一滴小小的露珠，娇小、晶莹、脆弱。可是，那是一个没有露珠的早晨，虽然是正月，依然在冬天的寒冷里。

我嘹亮的哭声在那个寂静的小院里，也像阳光一样让一个家庭明亮起来，温暖起来。那个早上，我不是阳光，其实我也没有见到窗外的阳光，可是，也许就在我出生后的第一个早上，我在心里记住了那一缕阳光，直到多年以后，它一直在我的心里，温暖着我的生命。

我出生那一年是龙年。我是伴随着鸡的叫声来到这个世界的，彼时的乡村没有钟表，人们只以鸡叫几遍、日出日落来计算时间。鸡叫是对太阳的呼唤，所以，太阳是整个村庄计算时间的绝对标志，没有太阳的雨雪天，人们只能靠经验凭感觉来估计时间。

我曾经很认真地问过母亲我是几点出生的，母亲说哪知道是几点啊？连鸡叫几遍都没注意，只记得都收拾完了之后天才蒙蒙亮。都收拾完了意味着我的出生过程结束了，我作为一个独立的人，在这个家里，在这个世界上，正式存在了。我的出生，也许对这个世界毫无意义，但是对这个家庭甚至整个家族，却意味着又一代人诞生了，一个家族在延续，就像一条河流在流淌，就像一缕新的阳光在飘落。在母亲的记忆里，我判断自己在那个早上出生的时间应该是五点以前，因此我断定我的出生时间是寅时。我生命里的生辰八字就这样确定了，我一生的命运也就在这个生辰八字里确定了下来。

我曾不相信命运，但是偶然被某些异人按着我的生辰八字推算一生命运之后，大半生的人生历程被准确印证，又觉得无法逃离命运的轨迹。也许，一切，在你出生以前，或者出生的那一刻，都有了冥冥中的安排。

那是一个贫寒的年代，在三年大饥荒中没有被饿死而幸存下来的人们，依然过着腹中无食、身上无衣、灶里无柴的日子。只有天上的太阳才带给人们心里和身上的温暖。所以，太阳升起后，吃过简单的饭食，村里许多干不动活的老人会聚集在村头，袖着手，裹紧空荡荡的棉衣，或站或蹲地靠在避风的墙根儿，有一搭没一搭说些闲话，半睁半闭着眼睛，似睡非睡、似梦非梦地晒着太阳，极其简单地享受着满地阳光的温暖。人们像植物一样，在山村里吸足了一天的阳光，才恋恋不舍地在日落之前回到家里，回到黑暗的夜晚，回到被冻得发抖的土炕上。等待鸡叫，等待日出。

人们在阳光下过日子。阳光每天早上照在已经发黄的窗户纸上，于是屋里即刻亮堂起来，人也跟着精神起来。窗户纸上的黄，正是阳光留下的踪迹。太阳一点点升起，窗格子映在窗户纸上的阴影也由宽变窄，从一指宽到一马莲叶宽，再到完全消失，被窗格分割成一个个方框的窗户完全亮起来，那就是正午了。之后，那道暗影在窗格的另一面显现出来，渐渐变宽，直到完全暗下来，太阳就落山了。

白天，阳光从门缝儿或窗洞漏进屋里，常常会在幽暗中照射出明亮的光柱，在那刺眼的光柱里，你能看到许多细小的颗粒，在阳光中漂浮着，飞舞着，喧闹着。这是一种让人惊奇的发现，没有阳光在幽暗中的照射，平时你是看不到那些细小的漂浮物的，在阳光的明亮和温暖中，那是另一个世界，那些小的颗粒，是一些无忧无虑的精灵，在它们自己的天地里兀自快乐着，无人干预，无人打扰，那是一个安静的世界。可是，没有阳光的照射，我们看不到它们的存在。我们看不到的世界里，会有许多神秘。

阳光，你也照亮每一颗幽暗的心灵吧，让那些快乐的精灵，也在心灵的世界里显现出来，充盈起来，喧闹起来。让这个世界，充满温暖。

门前流过的溪

溪在门前小桥下穿过，瘦得像根弯曲的高粱秆。

鹊雀窝沟里的这条溪没有名字，它瘦弱、普通。瘦弱得孩子踩一脚就把它踩断了，普通得山里到处都有，随便在哪里迈一步，都会踩着。所以，这样的溪，连起个名字的必要都没有。它在门前流了很多年，也确实一直没有一个名字。

虽如此，它也由来已久了。久到哪朝哪代，我不知道。爷爷小的时候就有，爷爷的爷爷小的时候也有。溪水虽小，却真是很久远了。想想，我们居住的山沟，就是被溪水像刀锋一样在大地上一点点划开的一道伤痕。这溪，也许原来的水量很大，时间太久，它才老成这样。

如此，这条老溪诞生于哪一天，我就不得而知了。也许是唐宋，也许是秦汉，还可能是上古，或者更早。那时候这里也许还是一片平原或者丘陵，柴草茂盛，荒无人烟，河水两岸，我想象着只有一些野狼或风情万种的狐狸。

溪水虽瘦，却也源远流长。一条山溪，会有许多源头，像一只手臂伸出的手指，山就这样被它抓住了。或者更像一棵树，向大地深处伸出许多根子，水就被它吸出来了。门前这条溪，我看见它的许多源头，有的在地头的墙窟里，有的在山上的石头缝中，还有的就在一蓬柴草的根部。清凉的泉水，从不同的地方汩汩地流出来，向低洼处流下去，两条碰在一起，就合二为一，分不清彼此了。之后又有更多的细流加入进来，混合成山里的溪。

汇流到门前的溪，有一股是从东山流下来的，流到门前，有一道几米高的瀑布，平时淅淅沥沥的，或流或断，雨季里水多了，就成了一条白练，日日夜夜哗哗作响，间或遇到暴雨，那里就呈现出一道蔚为壮观的土黄色瀑布，倾泻而下，隆隆有声。

还有一股是从东山与北山之间的山沟里流出来的，从东北角跌宕而下，平时羸弱，遇雨丰盈。我常在这股溪水里戏耍，甚至粘着满脚的泥，就踩到水里，可是那溪不在乎，翻几个带着泥土的滚儿，顾自流去。没多远，被我踩脏的水就干净了，直到流远，没了踪影。

我的脚下，还是那溪。

也有时候，觉得这溪水太细，水量太少，就搬来石头，捧起泥沙，筑一道水坝，将溪水霸道地拦住，让先到的水等着后来的水。那些水聚集在一起，越聚越多，一片丰盈的水面，就显得很壮观，然后再猛然扒开水坝，看着那些水像羊群拥出圈门一样，争先恐后地逃走。我追着水头一起跑，那水头在窄窄的河沟里横冲直撞。看自己创造的奇观，是一件很开心的事情。可是没跑出多远，我就追不上它了。我创造的那一股大水，也很快就消失了。溪流依然像平常一样，不急不缓，汩汩低语，不在乎我的捣蛋。对溪水没了兴趣，我就做别的更捣蛋的事情去了。

那溪水能流得很远很远，远到鹊雀窝沟的许多人，都没去过那么远的地方。这是后来我才知道的。因为后来我也是随着那溪水的走向走出去的。

在鹊雀窝沟，水走的路也是人走的路，人走的路就是水走的路，溪水七拐八拐的，人走的路也是七拐八拐的，人路和水路交叉的时候，水少人就一步迈过去，水多就在水中扔几块垫脚的石头，人踩着那石头跳过去。水再大的时候，就脱了鞋，光脚丫子蹚过去，不过这样的时候很少。冬天水变成冰，满河沟银白，水占了人的路，人就在旁边的山坡上铲几锹沙土，垫到冰面上，继续走出人的路。

门前的溪，流出鹊雀窝沟，就融入一条河里去了。那河流过二里之处的傅杖子，继续向山口外流去。傅杖子是一个大一些的村庄。大队部在这里，就像县衙在这里一样。傅杖子有供销社的代销点儿，那是附近唯一的商业场所，人们在这里打酒买醋，卖鸡蛋买咸盐。这里有学校，也是我上过小学、中学的地方。

许多条溪汇集到一起，溪就变成了河。当溪融入河中，溪就不存在了。

河水继续流淌，在十里之外，又与另一条河水融合在一起，那条河已经是一条很像样子的河了，因为它有了自己的名字。就像有出息的人，才配正儿八经地叫出一个大名一样。它叫星干河。

星干河是两条河流汇合到一起的，一条来自三星口，一条来自干沟，各取一字，不偏不倚。星干河汇流的地方叫木头凳，这是公社所在地，这里是一个镇子，有公路，有集市，还有医院。第一次来这里是我七岁的时候陪奶奶到医院看眼睛，只是住了几天院回家后，奶奶已经失明的眼睛还是什么也没看见。我在这里上过一年中学，之后就远走他乡了。

星干河在木头凳继续向西流过几十里，汇入青龙河，星干河就不存在了。

青龙河是一条很大的河，曾经水量充沛，能行大船，考古发掘，两岸多商代遗址，这个县也因此河得名。我曾在县城工作十八年，并且娶妻生子。我在县城过起了完全不同于鹊雀窝沟的日子，但是我的父母兄弟还在鹊雀窝沟。

青龙河向南流淌，经百里入海。至海边，河流就不见了。而我也随着河流来到海边这座城市，融入城市的人群，居住，生活。

我与门前的溪，沿着同样的路，走出了鹊雀窝沟。

就像在青龙河里找不到鹊雀窝沟的溪，在海里找不到青龙河一样，在海边这座城市里，也同样找不到鹊雀窝沟的我。

原载《散文选刊》2018年第6期

马鞍形石磨

赵钧海

它静卧在一丛野蔷薇的枝叶下。那丛野蔷薇开着黄色花瓣，透着一层淡淡的红粉，鲜亮而光洁。蔷薇周围还聚集着香气馥郁的锦鸡儿、绣线菊以及开紫色小花的蓝蓟，显得忧郁而含蓄。它就在这些绿草和花瓣中间裸露出了一角。它是酱红色的，还带有一点点暗青。我被它的奇异俘获了，着魔般用双手将它抠挖出来。

魔力愈发凸显，冷艳覆盖了四野。我窃喜。这时，曦霞出露，柔风轻抚，芳草萋萋，山花烂漫，远处的天山雪顶被染得殷红。我知道，我得到了一件宝物。

它是一块马鞍形石磨。但它又不是一块普通的马鞍形石磨。严格意义上讲，它是一块文物——一块汉代文物。

我兴奋地抱着它回到毡房。所有人都惊愕地张着嘴，表情呆滞。他们都知道它，知道它不是一般意义上的石块。因为一天前我们才在博物馆见到过它的样石。诗人说，比自治州博物馆的那块更有品质和内涵。司机说，比昭苏博物馆那块还大出一个肩膀，如果用盎司计算，应该多出三百盎司。司机是收藏家，自家地下室存有许多奇石、古玩。他竟然还有一枚正面为龟兹文，背书是汉文的汉龟二体古铜币。

昭苏博物馆的那块石磨距今已经两千多年了，馆藏介绍说，为西汉时期乌孙古墓出土。出土时间是二十世纪六十年代。我这块几乎与昭苏博物馆的那块一模一样，而且这块马鞍形凹弧更加明显，工艺精细，磨面平滑。关键是馆藏介绍，说那块石磨出土自木扎特草原一座小山般的古墓冢。而我们现在就站在木扎特草原的三叶草、鸢尾以及金露梅上。

那些庞大的沿天山山脉北麓蜿蜒向西的众多古墓群，往往三五成行，南北竖排，是数千年遗留在草原与荒野上的巨冢。它们土堆硕大，底边悠长，大的底边有三四百米，冢高十多米甚至更高。它们是两千年前的乌孙贵族古墓群，民间俗称乌孙土墩墓。孩童时期，我家在古尔图居住时，北山附近就竖排着五座巨型土堆。我很蹊跷，常常莫名地突发奇想：那五座山，是不是就是海南岛的五指山？苍茫旷野，锥立着五座巨型土堆，远远望去，既蔚为壮观，又神秘诡异。那时，我们一群发小曾多次躲在大土墩后玩打仗，追捕，卧倒，滚爬，匍匐前进。我们原来竟然在两千年前的热土上嬉戏，并呼吸着两千年前混浊漫漶的古旧气息，不禁倒抽一口凉气。

昭苏古墓出土马鞍形石磨的同时，还有舌形土铁铧、青铜镰刀、铁锥、环首铁刀、铁剑、铜碗、陶器以及金属斧铲等凿铲工具。甚至还有金耳环和金箔饰件，它们金光闪闪，宛若新物。尤其那件舌形铁铧，与敦煌出土的西汉铜铧形制大小几乎完全一样，就像西汉关中地区常见的舌形铁铧的复制品。

思绪于是飞驰起来。

我的马鞍形石磨可能是一个普通乌孙家庭的遗物。天高地阔，远山白亮。天山山脉横亘在南面，如一道暗绿色的屏障。齿尖起伏，云缠雾绕。沿着山脊、沟壑、峡谷，散射着一条条清澈见底又浪花飞溅的季节河。而季节河的两边就是星罗棋布的大帐、毡房、土屋，当然还有一些屋檐雕琢精美的塔形建筑，以及陶器、铜器、铁器、钵、碟和冷兵器的烧造基地。

我的马鞍形石磨的主人，是一个烧制陶器的工匠。他浓眉栗发，扎在脑后

335

的发髻时不时还露出蜷曲的迹象。额头滑下一缕栗发，时不时会遮盖住他的右眼，他用沾有陶泥的手，随意撩拨。这个动作阳刚而劲美。其实这只是他一个极为普通的瞬间。他并不在意这个瞬间被拍摄抑或被偷窥。因为他在干他自己认为殷实又崇高的工作。这个工作虽然冷僻，但充满快意。他喜欢陶泥的柔滑、圆润和曲高调古，也喜欢拿捏揉搓陶泥过程的简劲、迂回和荡气回肠。他肌肉健美，目光炯炯，动作敏捷，娴熟。他是在用心气制作陶器。他正在做一件极富特色的茧形壶。那是一种小口小直颈，广肩鼓腹，通体宛若茧形的盛酒或盛奶器物。由于他技艺高超，他会将茧形壶的一侧做成鼓腹，另一侧做得略为扁平，以使这尊壶更适合悬挂依附于马背、毡房、土墙和人体。

这个浓眉淡发的汉子有一个完美的家室。他有一位身姿摇曳、眸子黑亮的妻子和一男一女两个可爱的孩子。身姿摇曳又眸子黑亮的妻子每天都会在这个马鞍形石磨上碾磨谷物、糜子和大麦。她双手攥着磨棒，在石磨上撒些带皮壳的谷子，用力顺着马鞍石磨的走向，来回上下压磨，于是谷子皮壳被脱下，一颗颗金黄的谷粒脱颖而出。她的脸妩媚灿烂起来。黑魆魆的夜晚来临，两个孩子已经熟睡，儿子还不时说梦话。莞尔一笑，她点燃兽骨油灯，在一烛豆光中开始碾磨大麦，她要将已去壳的大麦碾磨成粉末。这得使用更大的力气。她要用大麦做一种可以携带可以储存很久的干饼状食物。她必须日日劳作。有时，栗发男人就会过来帮忙。男人有强健的臂力，还得有一颗温暖的胸膛。在繁忙和辛劳下，女人的美貌渐渐被侵蚀，眼角有了淡淡的鱼尾纹，纤细的手指，也变得粗糙起来。但，这个男人和这个女人很温馨。冷月如钩，大漠如雪，羌笛幽怨，箜篌萧瑟。他们心底却鼓胀着云蒸霞蔚和浩荡长风。其实这只是日常生活中一个极为普通的瞬间。黑眸女人更多的时光是在压擀毛毡、濯洗羊绒、搓捻毛线、缝制衣物。还有，就是在袅袅炊烟升腾中，她忙碌的倩影被夕阳勾勒出来，黧黑黧黑，透着薄薄的金边。这个四口之家是和谐而富足的。当战事来临，男人就不得不走上战场。那是每一个血性汉子的使命。为家园而战，为生存而战。他会站在山巅，俯瞰茫茫原野，胸膛喷吐炙热的火焰。他骑上一匹乌孙天马，那也是一匹纯种汗血马。那匹马阔嘴剑眉，长鬃美臀，四肢强健。在他跨上战马的一瞬间，他就成了一名英武的勇士。他要为家园的荣辱存亡进行一场殊死战斗。是的，我不希望他战死，甚至不希望他成为战俘。当他成为战俘，就意味着他要沦为奴隶，要在皮鞭抽打和棍棒威慑下，去修建城池，挖掘战壕，修建小山一般的王室墓冢。或者，直接变为殉葬品。

乌孙古墓群庞大，集束，多点，总让后人咂舌与惊悚。两千多年前的乌孙人是中国西部一个古老部族，他们是在与匈奴、大月氏、塞种人等诸多部族的厮杀中挺立起来的大部族。从河西走廊迁徙到天山山脉北麓及伊犁河流域后，就长期聚居在西域的崇山峻岭、草原和浩渺的沙漠间。历史总是在杀戮与血腥，在刀光凛冽、弱肉强食、哀鸿遍野后渐渐清晰。后人在艰涩的成长过程中，往往回避杀伐、坍塌、缭乱、贪婪、湮灭和哀怨，也回避灭绝人性的禽兽之举。后人总会报喜，总会为胜利歌功颂德。失败者将被视为粪土，视为牲畜，永远消隐。这个循环往复的过程其实很悲戚也很无奈。但岁月凸显出来的肯定又是文明和进步。这个事实不可磨灭，也不容争辩。史料记载，乌孙曾虏获大量战俘，一律作为奴隶，威逼他们去修建王公贵族的硕大墓葬。检测的结果是，一座中型墓冢封堆体积就达一万立方米。这些巨型土墩墓，从挖土、运输、堆封、加夯，最少得动用三万劳力干数月，甚至更长时间。我们用今天的思维，恐怕很难评判那些王公贵族的真实想法，也很难复原那个恢宏又残酷的晦暗场景，但我们可以推断那里一定藏匿着诸多凄婉悱恻又惨烈悲壮的神秘故事。我为那个满目疮痍的时代而悲凉。虽然我的推衍渺小而轻浮，但我思考了，比对了，缜密解析了路线图。我在风雨剥蚀中激越与悲愤。《汉书·乌孙传》说，乌孙极盛时人口为"户十二万，口六十三万，胜兵十八万八千八百人"。乌孙这个数据远远超过西域其他各国的人口总和。我想，乌孙很壮观。在当年那样黄莽莽黛苍苍的时代，这个宏阔的部族一定有一种凝聚人心的东西。那东西后来就潜流在了后人的行进中，多少个世纪过去，它依然在流淌，在蠕动，即便是乌孙早已不复存在。许多书籍都异口同声说，乌孙是当今哈萨克族的主要祖先之一，对此我深信不疑。

终于揣摩到了一个女人——细君公主。我为自己的顿悟和敏锐亢奋不已。远嫁乌孙王昆弥猎骄靡的细君公主，是汉武帝时期一抹艳丽的彩霞。亢奋的聚焦点是我的马鞍形石磨可能就是细君公主使用过抑或是喜爱过的遗物。完全有可能，绝非异想天开。我会心而踏实地笑了笑，是屏住呼吸的那种微笑。细君公主在公元前108年一个惠风和畅的日子里，乘坐四轮马车离开了汉代都城——长安。轩敞的大厅渐渐模糊，孔雀明灯忽闪忽闪地开始黯淡，莲花铜盘的叶瓣缓缓闭合，款步而行的薄衣闺密与发小若隐若现起来。楼台殿阁，粉墙黛瓦，曲径回廊，迅速变成了过往。细君公主表情肃然。她知道迎接她的将是苍灰苍灰的荒野。是朔风，是残阳，是孤烟，是冷月，是烽燧，是马蹄，是寂寥，是怅惘，是漫漫长夜。曾经的繁花似锦、小桥流水和絮语绵绵，都悄然消遁了。她仿佛已经隐隐看到了寒月悲笳和秋风萧瑟。但她还是轻轻地抿着嘴唇，曲眉丰颊之间聚集着一种高远，一种浩气，一种磅礴。

其实，她即将迎接的挑战远远大于她的想象。她只能以身远赴。彼时，她正走在民风淳厚的乡野，她的汉服在莽莽苍苍的群山中，宛若一只七星瓢虫的外衣，渺小，微弱，轻如鸿毛。美目流盼中，她眼前的大地，越来越凄凉，她终于感觉周身寒彻，心中悄悄爬上一丝忧郁和伤感。但很快，她便在心头绞杀了它，她让自己强悍起来。一股潜藏在心底的内力汪洋大海般淹没了一切。她轻轻合上眼睛，坦然睡了。天地辽阔，大野浩瀚。她的睫毛显得略长，呈现散射状，似散射的墨菊，透着妍丽和秀雅，也凝析着峭拔与高蹈。她睡着的样子温润如玉，也楚楚生风。云起云收，风起风落，她依旧是一泓清澈的纯水，静谧，脱俗，澄明，也俨然是一个怀有大慈大悲境界的天使。隐忍中，风姿绰约的天使素雅，高大，端庄。

细君公主成了先驱，她开启了大汉与西域和亲的第一缕豆光。她比公元前33年出塞的昭君早70多年，比公元641年入藏的文成公主早740多年。当然更早些时候，是一个叫张骞的宫廷侍卫首领，二度率一支庞大的使团，以新官博望侯的身份，再度来到乌孙、大月氏、康居以及大宛，打通并夯实了与西域的关系，还与乌孙过从甚密。乌孙敬献的数十匹天马就是最有力的凿证。后来乌孙王再次遣使者，携带一千匹乌孙良马，作为聘礼请求纳汉公主，与汉朝联姻和亲。汉武帝爽朗地大笑着，旋即挑选了十匹良马，取名汗血宝马，后又取名西极天马。

细君公主被乌孙王昆弥猎骄靡封为右夫人。我一直在为细君公主捏一把汗。细细思量，你一定感觉到了，这把汗，真是水津津的，顺着手心的纹路，滴滴下落，晶晶闪烁，宛如鲜血般红润灵性。试想，细君公主虽然是右夫人，但她必须学会骑马、射箭、打猎、挤牛奶、擀毡以及磨面。细君是一个纯净勤劳又砥砺奋进的公主。她总是想把事情做得更好更加完美出色。于是，细君就在毡帐里自己下手碾磨小麦，希望用自己的手，亲自为猎骄靡包一顿饺子抑或擀一碗长寿面，或者干脆拉一碗"拉条子"或者"纳仁"，这也顺理成章，铁定存在。细君迅速融入了，契合了。吟唱起乌孙小调，似琵琶弦音，如萧萧鹿鸣。语言，风俗，服饰，劳作。细君为了汉朝的江山社稷，为了华夏民族的兴盛，甘做第一个吃蟹人。细君是扬州人，从小就酷爱吃大闸蟹。史料记载，细君不仅劳作勤快，还参与乌孙政务，将汉朝的治国理念及做法带入乌孙日常生活。那是一种什么样的高格？又是一种什么样的从容与超旷非凡？细腰，红粉，脆弱的枝丫要支撑起一棵参天大树。那种忍辱负重，那种忍泪含悲，我们无法企及。一个弱女子，独自咀嚼偌大又艰涩的历史重负，一定得有巍峨山峦一样的体魄，一定得有碧透蓝天一样的胸襟，一定得有穿云破雾一样的神力。我无限仰视她。

从地理位置上判断，我的马鞍形石磨就在细君公主下嫁活动的旷古草原。细君在乌孙生活了五年，也有说十八年，终因身体透支，染上重病，不治身亡。因此，我宁愿相信细君在油绿亮绿的草原生活的时间更长。因为细君后来再次嫁给猎骄靡的孙子军须靡，并且生有一女，取名少夫。我们如果有一点仁慈之心，就会让细君的女儿有母亲并且在母亲的呵护下茁壮成长。这似乎更符合历史本真。细君其实还在大帐抑或毡房里做过更多事情。她曾将汉代的丝织品引入乌孙，在精纺的毛布、挂毯上绣一朵百合、一朵芍药或者一朵牡丹，那种绽放，那种意蕴，多少吻合了细君公主的忧戚之心，清雅之心，钟爱之心，隽永之心。那种一上一下缝缀的动感，腰肢轻扭，婀娜舒缓，丝丝缕缕，肯定萦绕在你的眼帘，余音袅袅，永不磨灭。细君公主流传有一首《黄鹄歌》唱曰：穹庐为室兮旃为墙，以肉为食兮酪为浆，居常思土兮心内伤，愿为黄鹄兮归故乡。这首歌曲多少带有后人的杜撰色彩，但惆怅与伤感的情绪是真实的，也是柔婉又坚硬的。毕竟，细君公主自从走进天山的皱褶深处和朗灿的草原沙漠，就再也没有回过中原，更没有回过繁花似锦的扬州，她完成了使命，践行了承诺。她像一只美丽的黄鹄，飞舞旋转在西域夐古的大地上，脖颈高扬，傲岸挺立，仙气盎然。后人总会在某个瞬间想起她。想她的秀逸，想她的清润，想她的隐忍，想她的琵琶余韵，也想她的瑰奇悠远。

是的，凄婉的和亲使命，让细君在寂寞中悠然自得地碾磨大麦抑或小麦，渐渐成了习惯。她或许在碾磨自己的心绪，碾磨漫长的时光，也碾磨出了一个金光灿灿的全新历史。从那时起，西域的山山水水变得明媚而饱满，西域的穹窿变得温情而欣悦。狼烟，烽火，呐喊，厮杀。跃马揽辔，铁血柔情，仰天长叹，肃然静穆。过往的岁月终究抚平了一段段惊心动魄又混沌斑驳的往事。飞沙走石、虎啸龙吟之后，大地仍是一片清浴。

似乎少有人提及细君。但马鞍形石磨不得不勾引出我的奇思妙想。那是真实存在的。细君风韵四溢，幽香袭人，光艳生辉，犹如一颗璀璨夺目的明珠。我亢奋着。我的马鞍形石磨曾经是细君公主使用过的爱物。毋庸讳言，历史总是被一段又一段不可知接续前行着，你永远无法弄清每一个细节。精准的细节永远埋藏在荒野墓冢间，永远漂泊在风云变幻中，永远蛰伏在后人的血脉里。我的爱物，谁敢说不是真的，谁又能说没有可能？显然，我的疑虑和愚钝是多余的。我幼稚而可笑。历史就在那里搁浅着，生动又惟妙惟肖。我幡然醒悟。

细君是一尊无与伦比的美神。我庆幸，我得到了一块细君公主使用过的马鞍形石磨。可惜缺少一根磨棒。这块马鞍形石磨长三十一厘米，宽十四厘米，高七厘米，竟然重达八公斤。比一般的花岗岩重出许多。如此高密度的奇石文物，让声誉响亮的老专家也啧啧感叹。

我想，它也许是一块天外飞来的陨石制作的。

2030年的某一天，一座古色古香的博物馆里，这块马鞍形石磨静卧在玻璃展柜内。射灯把它照得通体透亮，泛起酱红又暗青的光泽。旁边的标签里，没有写捐献者的名字。

原载《广州文艺》2018年第3期